Sombras da Meia-Noite

LARA ADRIAN

São Paulo
2014

UNIVERSO DOS LIVROS

1ª edição - 2014

Diretor editorial
Luis Matos

Editora-chefe
Marcia Batista

Assistentes editoriais
Aline Graça
Nathália Fernandes
Rafael Duarte
Rodolfo Santana

Tradução
Cristina Tognelli

Preparação
Thiago Augusto

Revisão
Guilherme Summa
Marina Constantino

Arte
Francine C. Silva
Valdinei Gomes

Capa
Cristiano Martins

Dados Internacionais de Catalogação na Publicação (CIP)
Angélica Ilacqua CRB-8/7057

A186s Adrian, Lara.

Sombras da Meia-Noite/Lara Adrian; tradução de [Cristina Tognelli – São Paulo : Universo dos Livros, 2014.

352 p. - (Midnight Breed, 7)

ISBN: 978-85-7930-739-3
Título original: *Shades of Midnight*

1. Vampiros 2. Ficção 3. Romance I. Título II. Tognelli, Cristina III. Série

14-0566 CDD 813.6

Universo dos Livros Editora Ltda.
Rua do Bosque, 1589 - Bloco 2 - Conj. 603/606
Barra Funda - São Paulo/SP - CEP 01136-001
Telefone/Fax: (11) 3392-3336
www.universodoslivros.com.br
e-mail: editor@universodoslivros.com.br
Siga-nos no Twitter: @univdoslivros

Para a charmosa e inteligente, e absolutamente inesquecível, senhorita Eithne O'Hanlon de Emerald Isle, por ser uma tremenda defensora da série, e fonte de muitas risadas e muita confusão no painel de mensagens. Obrigada por ser quem você é!

Agradecimentos

Muito obrigada a todos que ajudam a produzir e comercializar meus livros e colocá-los nas mãos dos meus leitores, tanto nos Estados Unidos como no mundo. Sinto-me incrivelmente afortunada por me relacionar com todos vocês, e aprecio verdadeiramente tudo o que fazem para apoiar o meu trabalho.

Agradecimentos contínuos e humildes aos meus maravilhosos leitores, cujos e-mails, cartas e mensagens on-line me fazem sorrir diante do teclado, mesmo em meio aos mais cruéis prazos de entrega. Não sei como expressar o quanto o entusiasmo e a amizade de vocês significam para mim. (((ABRAÇOS)))

Nenhum dos meus livros seria o que é sem o ponto de vista e o apoio do meu marido, cujos encorajamento e opinião – sem mencionar incríveis ideias para as tramas – foram inestimáveis para mim. Eu não poderia sonhar com um parceiro melhor, tanto na vida real como na ficção. Obrigada por todos os bons momentos.

Prólogo

Sob o céu invernal escuro do Alasca, o canto de um lobo soou claro e majestoso em meio à noite. O uivo se estendeu, algo de uma beleza pura e selvagem, que alcançou os pinheiros densos da floresta boreal e escalou as paredes rochosas denteadas e cobertas de neve que se erguiam ao longo da margem do rio Koyukuk. Quando o lobo emitiu seu grito de caçada novamente, ele foi recebido por um riso dissonante, seguido de uma voz embriagada que respondeu do lado oposto das chamas de uma pequena fogueira.

– Au-au-au-auuuuuu! Auuuuu!

Um dos três rapazes do grupo que se reunira para se divertir naquela extensão remota de terra levou as mãos enluvadas ao redor da boca e exclamou mais uma réplica aguda para o lobo, que já se calara ao longe.

– Ouviram isso? Estamos nos comunicando aqui.

Ele alcançou a garrafa de uísque que vinha se aproximando dele, passando de mão em mão no pequeno grupo.

– Já te contei que sou fluente na língua dos lobos, Annabeth?

Do outro lado da fogueira, uma risada suave soprou uma nuvem de vapor debaixo do capuz da parca da moça.

– Para mim, pareceu mais que você é fluente na língua dos porcos.

– Ai, meu amor, essa doeu. Doeu mesmo.

Ele tomou uma golada da garrafa e passou o Jack Daniels para o próximo.

– Talvez você queira que eu faça uma pequena demonstração das minhas habilidades orais um dia desses. Juro que sou extremamente talentoso.

– Você é um cretino e tanto, Chad Bishop.

Ela tinha razão, mas seu tom de voz deixou claro que não falava a sério. Riu novamente, um som feminino, com um toque sensual de flerte, que fez com que a virilha de Teddy Toms se retesasse. Ele mudou de posição na rocha que tinha feito de assento, tentando não deixar seu interesse muito evidente, quando Chad anunciou que tinha de esvaziar a bexiga, e Annabeth e a outra garota ao lado dela começaram a conversar.

Um cotovelo pontudo atingiu Teddy na lateral direita da caixa torácica.

– Vai ficar sentado aí babando a noite inteira? Levanta essa sua bunda covarde daí e vai falar com ela, pelo amor de Deus.

Teddy lançou um olhar para o rapaz alto e magro sentado ao seu lado na rocha e balançou a cabeça.

– Fala sério, deixa de ser covarde. Você sabe que quer ir lá. Ela não vai te morder. Bem, a menos que você queira, não é?

Fora Skeeter Arnold quem levara Teddy para lá. Também fora ele quem arranjara o uísque, algo que Teddy, mesmo aos dezenove anos, só experimentara uma vez na vida. Bebidas alcoólicas eram proibidas na casa do seu pai – proibidas em todo o assentamento de seis pessoas onde ele vivia, na verdade. Naquela noite, Teddy levara a garrafa aos lábios mais de dez vezes. E não via problemas nisso. De fato, ele meio que gostava do modo como ela o fazia se sentir, aquecido e relaxado por dentro. Crescido, como um adulto.

Um homem que queria mais do que tudo se levantar e dizer a Annabeth Jablonsky como se sentia em relação a ela.

Skeeter entregou a Teddy a garrafa quase vazia e o observou tomar o último gole.

– Acho que eu tenho outra coisa de que você vai gostar, meu amigo.

Skeeter tirou as luvas e enfiou a mão no bolso da parca.

Teddy não tinha certeza do que o outro tinha, e não se importava muito com isso no momento. Estava fascinado por Annabeth, que abaixara o capuz para mostrar à amiga alguns dos novos piercings que subiam por todo o contorno da orelha. O cabelo estava tingido de um loiro muito claro, quase branco, com a exceção de uma mecha cor-de-rosa, mas Teddy se lembrava de ela ser naturalmente morena. Ele sabia disso porque na primavera anterior a vira dançar no clube de strip em Fairbanks, onde Annabeth Jablonsky era mais conhecida como Amber Joy. O rosto de Teddy corou com a lembrança, e a excitação que ele vinha tentando ignorar agora se mostrava completa.

– Tome – disse Skeeter, dando-lhe algo mais em que pensar enquanto Annabeth e a amiga se levantavam de perto da fogueira e caminhavam até a margem congelada do rio. – Dê uma tragada nisto, amigo.

Teddy tomou o pequeno cachimbo de metal e aproximou do nariz o bojo fumegante. Uma pedra pálida e calcária queimava, exalando um odor fétido e químico que abriu caminho até suas narinas. Ele fez uma careta, lançando um olhar de esguelha para Skeeter.

– O q-que é isso?

Skeeter sorriu, os lábios finos se afastando dos dentes tortos.

– Apenas uma pequena dose de coragem. Vá em frente, experimente. Você vai gostar.

Teddy levou o cachimbo até a boca e tragou a fumaça acre. Tossiu um pouco, depois exalou e aspirou mais uma vez.

– É bom, não é? – Skeeter o observou fumar um pouco mais, depois esticou a mão para pegar o cachimbo. – Devagar aí, meu chapa, deixe um pouco pra gente. Sabe, posso conseguir um pouco mais disso se você quiser – e bebida também. Por um preço, posso conseguir todo tipo de coisa que você desejar. Se precisar de um bagulho, sabe onde procurar, certo?

Teddy assentiu. Mesmo nas partes mais remotas do interior, as pessoas costumavam saber o nome, e o ramo de negócios em geral, de Skeeter Arnold. O pai de Teddy o detestava. Proibira Teddy de sair com ele, e caso soubesse que Teddy saíra escondido naquela noite – ainda mais quando estava aguardando uma entrega na manhã seguinte –, ele chutaria o traseiro de Teddy dali até Barrow.

– Pegue isto – Skeeter voltou a falar, estendendo o cachimbo para Teddy. – Vai e oferece pras moças com os meus cumprimentos.

Teddy ficou de boca aberta.

– E-está q-querendo q-que eu leve isso para Annabeth?

– Não, idiota. Leve para a sua mãe.

Teddy, nervoso, riu por sua falta de jeito. O sorriso de Skeeter se alargou, fazendo seu rosto estreito de nariz pontudo se parecer ainda mais com o de um inseto do que de costume.

– Nunca diga que não te fiz um favor – disse Skeeter, enquanto Teddy pegava o cachimbo e lançava um olhar para onde Annabeth e a amiga estavam paradas perto do rio congelado.

Ele vinha procurando um modo de puxar papo com ela, não vinha? Aquela era uma oportunidade tão boa quanto qualquer outra. A melhor que ele poderia conseguir.

A risada baixa de Skeeter acompanhou Teddy quando ele começou a se encaminhar para as garotas. O chão parecia desigual sob seus pés. As pernas pareciam feitas de borracha, não exatamente sob seu controle. Por dentro, porém, ele estava voando, sentindo o coração pulsando, o sangue correndo nas veias.

As duas moças perceberam sua aproximação com o esmagar do gelo e das pedras sob suas passadas. Viraram-se para encará-lo, e Teddy ficou maravilhado diante do objeto de seu desejo, debatendo-se para encontrar a coisa certa a dizer para conquistá-la. Ele deve ter ficado parado ali um bom tempo, porque as duas começaram a rir.

– E aí? – disse Annabeth, com um olhar questionador. – Você é o Teddy, não é? Já te vi por aí algumas vezes, mas nunca tivemos a chance de conversar antes. Você costuma ir ao bar Pete's, em Harmony?

Desajeitado, ele meneou a cabeça, esforçando-se para assimilar a ideia de que ela já o notara antes daquela noite.

– Você deveria ir um dia desses, Teddy – acrescentou ela com animação. – Se eu estiver trabalhando, não vou cobrar a sua bebida.

O som da voz dela, o som do seu nome nos lábios dela, quase o fez gozar ali mesmo. Ela lhe sorriu, revelando os dois dentes da frente ligeiramente encavalados que Teddy considerava simplesmente adoráveis.

– Hum, tome isto.

Ele estendeu o cachimbo e recuou um passo. Ele queria dizer algo legal. Queria dizer alguma coisa – *qualquer coisa* – que talvez a fizesse vê-lo como algo além de simplesmente um garoto nascido no interior que não sabia absolutamente nada sobre o mundo real.

Ele sabia das coisas. Sabia bastante. Ele sabia que Annabeth era uma boa garota, sabia que, no fundo, ela era decente e gentil. Ele sabia disso em seu íntimo e seria capaz de apostar a vida nisso. Ela era melhor que a sua reputação e melhor do que aquele bando de perdedores que o acompanhavam naquela noite. Provavelmente até melhor do que ele próprio.

Ela era um anjo, um anjo puro e adorável, e só precisava de alguém que a lembrasse disso.

– Ah, legal, obrigada – respondeu ela, e deu uma rápida tragada no cachimbo. Passou-o à amiga, e as duas começaram a se afastar de Teddy, dispensando-o.

– Espere – Teddy disse num rompante. Respirou fundo quando ela parou e olhou para trás na sua direção. – Eu, hum... Eu quero que você saiba que eu... eu acho você linda.

A amiga reprimiu uma risada atrás da mão enluvada enquanto Teddy falava. Mas Annabeth não. Ela não estava rindo. Ela o encarou sem dizer nada, sem piscar. Algo de suave refletiu em seu olhar

– confusão talvez. A amiga já gargalhava àquela altura, mas Annabeth ainda o ouvia, sem caçoar dele.

– Eu a considero a garota mais maravilhosa que já conheci. Você é incrível. Estou falando sério. Incrível de todas as maneiras.

Droga, ele estava sendo repetitivo. Mas pouco importava. O som da própria voz, sem o gaguejar que o fazia odiar ter que falar, deixou-o chocado. Engoliu em seco e respirou fundo para se fortalecer, preparando-se para revelar tudo – tudo o que pensava desde que a vira dançando no palco mal iluminado da cidade.

– Eu acho você perfeita, Annabeth. Você merece ser respeitada e... idolatrada, sabe? Você é especial. É um anjo, e merece ser honrada. Por um homem que possa cuidar de você e proteger você... e amar você...

O ar ao redor de Teddy se movimentou, trazendo o fedor do uísque e o cheiro dominante do perfume de Chad Bishop.

– B-beije-me, Amber Joy. P-por favor! D-deixe-me tocar nos seus p-peitos p-perfeitos!

Teddy sentiu o sangue fugir da cabeça quando Chad caminhou na direção de Annabeth e passou os braços possessivos ao redor dos ombros dela. Sua humilhação aumentou cem vezes ao testemunhar o beijo de língua molhado na boca de Annabeth – um beijo que ela não rejeitou, mesmo parecendo não acolhê-lo.

Quando por fim Chad a libertou, Annabeth relanceou para Teddy, depois deu um leve empurrão no peito de Chad.

– Você é retardado, sabia?

– E você é tão sexy que faz meu p-pinto...

– Cala a boca! – as palavras saíram da boca de Teddy antes que ele pudesse detê-las. – C-cale sua maldita boca. Não... não fale c-com ela a-assim.

Os olhos de Chad se estreitaram.

– Sei que você não pode estar falando comigo, idiota. Me d-d-d-diga que você não está aí, pedindo para eu ch-ch-chutar o seu p-p-pobre t-t-t-traseiro, T-T-Teddy T-T-Toms.

Quando ele deu sinal de que avançaria, Annabeth se colocou à sua frente.

– Deixe o pobre garoto em paz. Ele não consegue evitar o modo como fala.

Teddy desejou poder desaparecer. Toda a confiança que sentira um minuto antes desaparecera com a gozação de Chad e a piedade daninha de Annabeth. Ali perto, ele ouviu Skeeter e a amiga de Annabeth se juntando à gozação de Chad. Agora estavam rindo dele. Todos eles caçoando da sua gagueira, as vozes unidas, ecoando em seus ouvidos.

Teddy se virou e correu. Subiu em sua motoneve e deu partida. No instante em que o velho motor reviveu, Teddy girou o afogador. Acelerou e saiu voando para longe do grupo, cheio de tristeza e ódio.

Nunca deveria ter saído com Skeeter. Não deveria ter tomado uísque e fumado o bagulho do cachimbo dele. Deveria ter ficado em casa, deveria ter dado ouvidos ao pai.

Seu arrependimento aumentou conforme se distanciava e voltava para casa. Uns quinhentos metros antes do agrupamento de chalés feitos à mão em que grande parte da sua família vivia há gerações, a raiva e a humilhação de Teddy cederam espaço ao puro medo.

O pai ainda estava acordado.

Havia uma lâmpada acesa na sala de estar, e a luz que atravessava a cortina rompia a escuridão ao redor em um facho de luz. Se o pai estava de pé, ele devia saber que Teddy não estava em casa. E assim que entrasse em casa, o pai veria que ele esteve na farra. O que significava que Teddy estaria encrencado.

– Q-que m-merda – Teddy murmurou ao desligar a luz do farol, desviar da trilha principal e desligar o motor. Desceu da motoneve e ficou parado um minuto, fitando a casa enquanto permitia que as pernas embriagadas o sustentassem de pé.

Nada do que dissesse iria livrá-lo de uma encrenca. Ainda assim, tentou pensar numa explicação razoável sobre onde estivera e o que estivera fazendo nas últimas horas. Afinal, já era homem. Sim, claro que tinha responsabilidades para com o pai, ajudando-o no que pudesse, mas isso não significava que ele não poderia ter vida própria fora do assentamento. Se o pai viesse reclamar disso, Teddy simplesmente teria de deixar algumas coisas bem claras.

No entanto, assim que se aproximou mais da casa, sua coragem começou a desertá-lo. Cada passo cauteloso que dava esmagava audivelmente a neve, o som amplificado pelo mais absoluto silêncio que pairava no ar. O ar gélido desceu pela gola da sua parca, aumentou o frio que ele já sentia em sua coluna trêmula. Uma rajada de vento surgiu em meio ao grupo de casas, e quando o ar gélido o acertou em cheio no rosto, Teddy sentiu um medo profundo que eriçou os pelos da sua nuca.

Ele parou e olhou ao redor. Não vendo nada além da neve iluminada pelo luar e a silhueta escura da floresta, Teddy ultrapassou o abrigo de lenha que servia para aquecer a família e um punhado de outras pessoas espalhadas pela região. Espiou mais à frente, procurando determinar se haveria um modo de se esgueirar para dentro da casa sem ser notado. Sua respiração cortava o ar, entrando e saindo dos pulmões, o único ruído que ele escutava.

Tudo parecia tão quieto. Uma quietude sem vida, sobrenatural.

Foi então que Teddy parou de andar e olhou para a neve sob os pés. A neve debaixo das suas botas já não era mais branca, mas escura – quase negra na luz do luar, uma mancha imensa e terrível. Era sangue. Mais sangue derramado do que Teddy jamais vira.

Seguiu mais uns poucos metros à frente. Tanto sangue.

E logo ele viu o corpo.

À sua direita, deitado bem próximo da divisa das árvores. Ele conhecia aquele corpo grande. Conhecia o formato largo dos ombros sob a camiseta térmica, agora rasgada e escura, encharcada com mais sangue.

– Pai!

Teddy correu até o pai e se ajoelhou para ajudá-lo. Não havia mais nada a ser feito. O pai estava morto, a garganta e o peito dilacerados.

– Não! Pai! Meu Deus, não!

Terror e dor o sufocaram. Teddy se levantou com dificuldade para ir procurar o tio e os dois primos. Como eles podiam não saber o que havia acontecido ali? Como era possível que o pai tivesse sido atacado daquele modo e o tivessem deixado para sangrar na neve?

– Socorro! – Teddy gritou, sentindo a garganta seca. Correu até a porta mais próxima e bateu, chamando o tio para que acordasse. Nada além do silêncio o recebeu. Silêncio em todo o agrupamento de chalés e construções externas instalados naquele pequeno pedaço de terra. – Alg-g-guém! S-s-socorro! Ajudem, p-p-por f-f-favor!

Cego pelas lágrimas, Teddy se ergueu para bater na porta seguinte, mas parou o gesto no meio ao ver a porta entreaberta. Bem perto da entrada jazia seu tio, com o corpo tão dilacerado quanto o do seu pai. Teddy espiou dentro da escuridão e viu as formas alquebradas da tia e dos primos.

Eles não estavam se mexendo. Também foram mortos. Todos os seus conhecidos – os seus amados – se foram.

Que diabos tinha acontecido ali?

Quem – ou *o quê* – em nome de Deus poderia ter feito aquilo?

Ele vagou para o centro do assentamento, entorpecido e descrente. Aquilo não poderia estar acontecendo. Não podia ser real. Por uma fração de segundo, imaginou se a droga que Skeeter lhe dera provocara-lhe alucinações. Talvez nada daquilo estivesse acontecendo. Talvez ele estivesse viajando, vendo coisas irreais.

Foi uma esperança desesperada e fugidia. O sangue era real. O seu fedor impregnava-lhe as narinas e o fundo da língua como óleo espesso, fazendo-o querer vomitar. A morte que o circundava era real.

Teddy caiu de joelhos na neve. Soluçou, não conseguindo conter o choque e a dor. Ele gritou e esmurrou a terra congelada, o desespero engolfando-o.

Não ouviu a aproximação dos passos. Foram suaves demais, como os de um gato. Contudo, no instante seguinte, Teddy compreendeu que não estava sozinho.

E soube, antes mesmo de se virar e ver o brilho ardente nos olhos do predador voraz, que estava próximo de se unir à família na morte.

Teddy Toms gritou, mas o som não chegou a escapar da garganta.

Capítulo 1

Oitocentos e cinquenta metros abaixo das asas do monomotor de Havilland Beaver vermelho, a larga expansão de gelo do rio Koyukuk reluzia sob a luz da manhã como uma fita feita de diamantes estilhaçados. Alexandra Maguire seguia o feixe longo de água cristalina cheia de gelo mais ao norte de Harmony, a traseira do avião carregada com os suprimentos daquele dia de entrega para um punhado de moradores do interior.

Ao seu lado no banco de passageiros da cabina estava Luna, a melhor copiloto que ela já teve depois do seu pai, que lhe ensinara tudo o que ela sabia sobre pilotar um avião. A malamute-do-alasca cinza e branca estivera substituindo Hank Maguire nos últimos anos, quando o Alzheimer passara a assumir o comando. Era difícil de acreditar que já fazia seis meses que ele partira, ainda que Alex muitas vezes tivesse sentido como se o estivesse perdendo lentamente há muito mais tempo do que isso. Pelo menos a doença que estivera corroendo sua mente e suas lembranças também pusera um fim à sua dor; por certo, um ato de misericórdia.

Agora eram somente Luna e ela morando na velha casa em Harmony e fazendo as entregas para a pequena clientela de Hank no interior. Luna estava sentada ereta ao lado de Alex, as orelhas apontadas para a frente, os afiados olhos azuis mantendo-se vigilantes no terreno montanhoso de Brooks Range, com seu volume extenso preenchendo o horizonte a noroeste. Ao cruzarem o Círculo Ártico, a cadela se remexeu no assento e emitiu um ganido rápido e ansioso.

– Não me diga que você consegue farejar a carne seca de alce de Pop Toms daqui de cima – comentou Alex, esticando a mão para afagar o pelo da cabeça dela enquanto prosseguiam para o norte ao longo da forquilha do Koyukuk, passando pelos vilarejos de Bettles e Evansville. – Ainda faltam uns vinte minutos para o café da manhã, garota. Talvez uns trinta, se aquelas nuvens negras de tempestade sobre o Anaktuvuk Pass resolverem soprar para estes lados.

Alex observou os sinais de tempestade que pairavam alguns quilômetros além do seu curso de voo. Havia mais previsão de neve; certamente algo nada incomum para o mês de novembro no Alasca, mas não exatamente condições ideais para a sua rota de entregas do dia. Soltou uma imprecação quando os ventos vindos das montanhas aumentaram e percorreram o vale do rio para aumentar a excitação de um voo já turbulento.

O pior já tinha passado quando o celular de Alex começou a tocar no bolso da sua parca. Ela desenterrou o aparelho e atendeu sem precisar saber quem estava do outro lado da linha.

– Olá, Jenna.

Ao fundo, na casa da sua melhor amiga, Alex conseguia ouvir as notícias do rádio do Serviço Florestal alertando quanto às condições adversas do tempo e dos ventos.

– A tempestade está indo na sua direção daqui a algumas horas, Alex. Já aterrissou?

– Ainda não.

Ela atravessou mais um tanto de turbulência ao se aproximar da vila de Wiseman e direcionou o avião para a rota que a conduziria para a primeira parada em sua escala de entrega.

– Devo estar a uns dez minutos da casa dos Toms agora. E depois, mais três paradas. Não devo levar mais do que uma hora no total, mesmo com esse vento que estou enfrentando agora, contra mim. Acho que a tempestade só chega depois disso.

Era mais uma esperança do que cálculos qualificados, compreensão pela preocupação da amiga mais do que precaução com sua própria segurança. Alex era uma boa piloto, e muito bem treinada por Hank Maguire para fazer algo completamente negligente, mas o simples fato era que a mercadoria que ela levava no avião já estava uma semana atrasada por causa das más condições climáticas. Até parece que ela permitiria que alguns flocos de neve ou ventos tempestuosos a impedissem de entregar as mercadorias para o pessoal encravado no interior, que contava com ela para ter combustível e alimentos.

– Está tudo bem por aqui, Jenna. Sabe que sou cuidadosa.

– Sei, sim – a outra concordou. – Mas acidentes acontecem, não é mesmo?

Alex poderia ter dito a Jenna que não se preocupasse, mas dizer isso de nada adiantaria. A amiga sabia melhor do que qualquer um – ou do que ninguém – que a crença de um piloto do interior era mais ou menos a mesma de um oficial de polícia: *Você tem que sair; não tem que voltar.*

Jenna Tucker-Darrow, ex-policial pertencente a uma longa linhagem de policiais – e, além disso, viúva de um – se calou por um instante. Alex sabia que muito provavelmente o fluxo de pensamento da amiga estava ficando sombrio, por isso se esforçou para preencher o silêncio com conversa mole.

– Olha, quando eu falei com Pop Toms ontem, ele me disse que acabara de defumar uma bela porção de carne de alce. Quer que eu o convença a me mandar de volta para casa com um pouco para você?

Jenna riu, mas parecia que os pensamentos dela estavam muito distantes dali.

– Claro. Se você acha que Luna vai deixar você fazer isso, então quero, sim.

– Pode deixar. A única coisa melhor do que a carne seca do Pop são os biscoitos e o molho dele. Sorte que eu posso conseguir um pouco dos dois.

Café da manhã na casa de Pop Toms em troca de duas entregas mensais era uma tradição começada pelo pai de Alex. Era uma coisa que ela gostava de manter, embora o preço do combustível superasse em muito o preço das refeições simples de Pop. Mas Alex gostava dele e da sua família. Era um pessoal simples e bom, vivendo de modo autêntico com base na mesma terra que sustentara gerações de sua corajosa família.

A ideia de se sentar diante de um belo café da manhã feito em casa, quentinho, conversando sobre os acontecimentos da semana com Pop Toms, fazia cada solavanco e mergulho do voo até aquela localização remota valer a pena. Enquanto Alex contornava o derradeiro cume e começava a descer em direção à improvisada pista de pouso atrás da casa de Pop, imaginava o cheiro agridoce da carne defumada e os biscoitos amanteigados que já estariam assando no forno à lenha quando ela chegasse.

– Olha, preciso desligar – disse a Jenna. – Vou precisar das duas mãos para aterrissar esta coisa aqui e eu...

As palavras ficaram presas na garganta. Em terra, logo abaixo, algo estranho chamou a atenção de Alex. Na manhã escura de inverno, ela não conseguia identificar o que era a forma volumosa coberta de neve bem no meio do assentamento, mas o que quer que fosse aquilo, fez com que os pelos da sua nuca se eriçassem.

– Alex?

Ela não conseguiu responder de pronto, todo o seu foco voltado para o estranho objeto abaixo. O medo subiu pela sua espinha, tão frio quanto o vento castigando o para-brisa.

– Alex, você está ainda aí?

– Eu, hum... estou aqui, sim.

– O que está acontecendo?

– Não tenho certeza. Estou vendo a casa de Pop logo à frente, mas tem alguma coisa estranha aqui.

– O que quer dizer com isso?

– Não sei dizer ao certo... – Alex espiou pela janela da cabina ao aproximar o avião, preparando-se para aterrissar. – Tem alguma coisa na neve. Não está se mexendo. Ai, meu Deus... Acho que é uma pessoa.

– Tem certeza?

– Não sei – Alex murmurou ao telefone, mas, pelo modo como sua pulsação estava acelerada, ela não tinha dúvidas de que estava olhando para um ser humano deitado debaixo de uma camada fresca de neve.

Um ser humano morto, se tivesse permanecido ali deitado sem ser notado por mais do que algumas horas naquele frio medonho.

Mas como? Eram quase nove da manhã. Mesmo o dia ainda não clareando até perto do meio-dia no norte, Pop já estaria acordado há diversas horas àquela altura. As outras pessoas no assentamento – a irmã dele com a família – teriam de estar cegas para não perceberem que um deles não só não estava por ali, mas também formava um monte congelado logo do lado de fora de suas portas.

– Fale comigo, Alex – dizia Jenna, usando seu tom policial, aquele que exigia ser obedecido. – Conte-me o que está acontecendo.

Ao descer para aterrissar, Alex notou outra forma preocupante no terreno abaixo – essa esparramada entre a casa de Pop Toms e a divisa da floresta circundante. A neve ao redor do corpo estava coberta de sangue, manchas negras ensopando o manto branco fresco com uma intensidade pavorosa.

– Ai, Jesus – sibilou entre os dentes. – Isto aqui está bem ruim, Jenna. Algo terrível aconteceu. Há mais de uma pessoa aqui... Elas foram... feridas de alguma forma.

– Feridas, como?

– Estão mortas – murmurou Alex, a boca ficando subitamente seca com a certeza do que estava vendo. – Ai, meu Deus, Jenna... Eu estou vendo sangue. Muito sangue.

– Merda – Jenna sussurrou. – Ok, preste atenção, Alex. Quero que fique comigo ao telefone. Dê meia-volta e venha para a cidade. Vou chamar Zach pelo rádio enquanto fico no celular com você, tudo bem? O que quer que tenha acontecido, acho que devemos deixar Zach cuidar disso. Não se aproxime...

– Não posso deixá-los sozinhos – Alex exclamou. – Há pessoas feridas ali embaixo. Podem estar precisando de ajuda. Não posso simplesmente virar e voltar, deixando todos eles para trás. Ai, meu Deus. Preciso descer e ver se posso fazer alguma coisa...

– Alex, mas que droga, não faça...

– Tenho que desligar – disse ela. – Já vou pousar.

Ignorando as ordens contínuas de Jenna para que deixasse a situação nas mãos de Zach Tucker, irmão dela e único policial num raio de cento e sessenta quilômetros, Alex desligou o celular e desceu o avião sobre seus esquis na curta pista de pouso. Fez o Beaver parar abruptamente na neve fofa, não exatamente um pouso suave, mas bom o bastante, considerando que cada terminação nervosa em seu corpo urrava num pânico crescente. Desligou o motor e, assim que abriu a porta da cabina, Luna saltou por cima do seu colo, saindo em disparada do avião em direção ao aglomerado de casas.

– Luna!

A voz de Alex ecoou no estranho silêncio do lugar. A malamute já estava longe de sua vista. Alex desceu do avião e chamou Luna mais uma vez, mas apenas o silêncio respondeu. Ninguém das casas ao redor apareceu para cumprimentá-la. Nenhum sinal vindo do abrigo de lenha de Pop Toms a poucos metros dali. Nenhum sinal de Teddy, que, apesar da sua fachada indiferente de adolescente, adorava Luna tanto quanto a cadela o adorava. Tampouco havia sinal da irmã de Pop, Ruthanne, nem do marido dela e dos filhos, que normalmente se levantavam muito antes do nascer do sol tardio de novembro para cuidar das tarefas do assentamento. O local estava inerte e silencioso, completamente sem vida.

– Merda – Alex sussurrou com o coração batendo forte no peito.

Que diabos tinha acontecido ali? Em que tipo de situação perigosa ela podia ter entrado ao sair do avião?

Ao pegar o rifle carregado de dentro do compartimento de carga, a mente de Alex se agarrou à possibilidade mais repugnante. Era o meio do inverno em pleno interior, já se ouvira falar de alguém enlouquecendo e atacando o vizinho ou infligindo ferimentos a si mesmo, talvez os dois num curto período. Não queria pensar nisso – não conseguia visualizar ninguém daquele grupo unido surtando daquela maneira, nem mesmo o sorumbático Teddy, com quem Pop vinha se preocupando por ter recentemente se misturado a um grupo perigoso.

Com o rifle pronto na mão, Alex saiu do avião e partiu na direção em que Luna correra. A cobertura de neve da noite anterior estava macia sob as suas botas, abafando o som das suas passadas conforme ela se aproximava com cautela da loja de Pop. A porta dos fundos estava destrancada, entreaberta por quinze centímetros de neve que entrara pela soleira, começando a se acumular. Ninguém entrara ali por pelos menos algumas horas.

Alex engoliu o nó de medo que aumentava em sua garganta. Ela mal ousava respirar ao continuar até o aglomerado de casas em frente. O latido de Luna a sobressaltou. A malamute estava sentada alguns metros mais adiante. Aos seus pés estava uma das formas sem vida que Alex vira no ar. Luna latiu uma vez mais, depois cutucou o corpo com o focinho como se tentasse movê-lo.

– Ai, Jesus... será possível? – Alex sussurrou, fitando mais uma vez o assentamento silencioso enquanto segurava a arma com mais firmeza. Seus pés pesavam como chumbo enquanto ela caminhava até Luna e aquela forma inerte coberta de neve no chão. – Boa menina. Já cheguei. Deixe-me dar uma olhada.

Que Deus a ajudasse, ela não precisou se aproximar muito para ver que era Teddy quem estava ali. A camisa de flanela preta e vermelha preferida do adolescente estava aparecendo por debaixo da pesada parca dilacerada e ensanguentada. O cabelo negro que repousava sobre a face e a testa estava coberto de gelo, a pele morena congelada e encerada, tingida de azul onde não estava coberta do vermelho do sangue coagulado dos ferimentos abertos, onde a laringe costumava ficar.

Alex se apoiou sobre os calcanhares, aspirando fundo enquanto a realidade daquilo que estava presenciando a esmurrava. Teddy estava morto. Era apenas um garoto, pelo amor de Deus, e alguém o matara e o deixara ali como um animal.

E ele não era o único a ter esse destino no assentamento remoto da sua família. Com o choque e o medo se agarrando a ela, Alex se afastou do corpo de Teddy e virou o rosto para observar a área ao redor e as casas. Uma porta batia nas dobradiças do lado oposto. Outro montículo estava ao lado de um dos chalés. E mais outro, logo abaixo da porta de uma caminhonete que estava estacionada ao lado de um velho galpão de estoque de lenha.

– *Ai, meu Deus... não...*

E também havia o corpo que tinha visto em sua aterrissagem no assentamento, aquele que se assemelhava a Pop Toms, morto e ensanguentado próximo ao limiar das árvores da floresta atrás de sua casa.

Segurando o rifle com mais firmeza, mesmo duvidando que o assassino – ou assassinos, levando-se em conta a extensão da carnificina ali presente – tivesse se dado ao trabalho de ficar por perto, Alex se viu caminhando na direção daquela extensão manchada de neve próxima às árvores, com Luna a seguindo.

O coração e o estômago de Alex se retorciam a cada passo dado. Ela não queria ver Pop daquela maneira, não queria ver ninguém de quem gostasse brutalizado e alquebrado e coberto de sangue... nunca mais.

Ainda assim, não conseguiu deixar de se aproximar, assim como não conseguiu deixar de se ajoelhar ao lado do horrendo cadáver do homem que sempre a recebera com um sorriso e um grande e forte abraço de urso. Alex apoiou a arma na neve avermelhada ao seu lado. Com um grito sem voz estrangulado na garganta, esticou a mão e, com cuidado, rolou os ombros do corpulento homem. O rosto arruinado, sem vida, que a fitou fez o sangue de Alex gelar nas veias. A expressão dele era de terror, congelada em suas feições antes joviais. Alex nem conseguia imaginar o horror que ele devia ter passado no instante antes de morrer.

Pensando bem...

A antiga lembrança retornou dos recônditos escuros e trancafiados do seu passado. Alex sentiu sua mordida aguda, ouviu os gritos que romperam a noite – e a sua vida – para sempre.

Não.

Alex não queria reviver aquela dor. Não queria pensar a respeito daquela noite, muito menos nesse instante. Não enquanto estava circundada por tanta morte. Não enquanto estivesse tão sozinha. Não suportaria desenterrar o passado que deixara há dezoito anos e milhares de quilômetros.

Porém, ele rastejou de volta em seus pensamentos como se tivesse sido apenas ontem. Como se estivesse acontecendo de novo, a sensação inabalável de que o mesmo horror a que ela e o pai sobreviveram há tanto tempo na Flórida de algum modo viera visitar esta família inocente na floresta isolada do Alasca. Alex reprimiu um soluço enojado, limpando as lágrimas que queimavam seu rosto quando congelaram em sua pele.

O grunhido de Luna ao seu lado invadiu seus pensamentos. A cadela agora cavava próxima ao corpo, o focinho enterrado na neve fofa. Ela avançou, farejando um cheiro que levava até as árvores. Alex se levantou para ver o que Luna encontrara. Ela não enxergou de pronto, mas depois, quando o fez, o que viu não fez sentido em sua mente.

Era uma marca de pisada, suja de sangue e parcialmente escondida pela neve recém-caída. Uma pegada humana que, pelos seus cálculos, caberia numa bota grande tamanho quarenta e quatro. Mas o pé que a deixara estava descalço – naquele frio mortal, mais do que improvável, impossível.

– Mas que diabos?

Aterrorizada, Alex segurou Luna pela coleira e a manteve firme ao seu lado antes que a cadela conseguisse rastrear as pegadas. Ela observou onde elas pareciam mais sutis e depois simplesmente desapareciam. Aquilo não fazia sentido.

Nada daquilo fazia sentido algum na realidade do mundo que ela queria enxergar.

Vindo da direção do avião, ela ouviu seu celular tocar, juntamente com a estática do rádio do Beaver, enquanto uma voz masculina agitada exigia que ela entrasse em contato.

– Alex! Maldição! Você está ouvindo? Alex!

Feliz com a distração, Alex pegou o rifle e correu de volta para o avião, com Luna acompanhando seus passos, como boa guarda-costas que era.

– Alex! – Zach Tucker berrou seu nome novamente pelas ondas do rádio. – Se consegue me ouvir, responda agora! Alex!

Ela se inclinou sobre o assento e pegou o rádio.

– Estou aqui – disse, sem fôlego e trêmula. – Estou aqui, Zach, e eles estão todos mortos. Pop Toms. Teddy. Todo mundo.

Zach sussurrou uma imprecação.

– E quanto a você, você está bem?

– Sim... – ela murmurou. – Ah, meu Deus, Zach, como isso pôde ter acontecido?

– Vou cuidar disso – ele garantiu. – Mas agora eu preciso que você me conte o que consegue ver, ok? Você viu armas, alguma explicação para o que pode ter acontecido aí?

Alex lançou um olhar desolado para a carnificina no assentamento. Para as vidas dizimadas tão violentamente. O sangue que ela conseguia sentir no vento frio.

– Alex? Você tem alguma ideia de como esse pessoal pode ter sido morto?

Ela fechou os olhos com força contra a torrente de lembranças que a assolaram – os gritos da mãe e do seu irmãozinho, os gritos angustiados do pai e a fuga com ela no meio da noite, antes que os monstros tivessem a chance de matar a todos.

Alex balançou a cabeça, tentando desesperadamente expulsar aquela horrível recordação... e negar para si mesma que os assassinatos ali, da noite passada, estavam marcados pelo mesmo tipo impensável de horror.

– Fale comigo – insistiu Zach. – Ajude-me a entender o que aconteceu se puder, Alex.

As palavras não saíam de sua boca. Continuavam presas na garganta, engolfadas pelo nó do terror gélido que se abrira no meio do seu peito.

– Eu não sei – respondeu, a voz soando distante e endurecida no silêncio da floresta gelada e deserta. – Não sei lhe dizer o que poderia ter feito isso. Não posso...

– Está tudo bem, Alex. Sei que deve estar transtornada. Apenas volte para casa agora. Já chamei Roger Bemis na pista de pouso. Ele vai me levar para aí dentro de uma hora e nós vamos cuidar dos Toms, está bem?

– Está bem – ela sussurrou.

– Tudo vai acabar bem, eu prometo.

– Está bem – ela repetiu, sentindo mais uma lágrima escorrendo pela face gelada.

Seu pai dissera as mesmas palavras há tantos anos – uma promessa de que tudo ficaria bem. Ela não acreditara nele. Depois do que ela tinha visto ali, a sensação de que havia algo maligno se aproximando dela mais uma vez, Alex se perguntou se qualquer coisa voltaria a ficar bem novamente.

Skeeter Arnold deu uma longa tragada num grosso baseado ao se recostar na desgastada poltrona reclinável azul-bebê, a melhor peça de mobília que ele possuía na porcaria de apartamento que mantinha nos fundos da casa da mãe, em Harmony. Prendendo a fumaça nos pulmões, fechou os olhos e ficou ouvindo os ruídos do rádio de ondas curtas sobre a bancada da cozinha. Em sua opinião, no tipo de negócios em que estava metido, era interessante ficar de olho não só na polícia, mas também nos caipiras locais estúpidos demais para ficarem longe de encrenca.

E sim, talvez ele também gostasse de ouvir as mensagens porque obtinha uma significativa satisfação perversa em saber das desgraças das pessoas. Era bom ser de vez em quando lembrado de que ele não era o maior perdedor do estado inteiro do Alasca, pouco importando o que a vaca da mãe dele lhe dizia rotineiramente. Skeeter baforou lentamente, a fumaça fina se formando ao redor da imprecação que ele murmurou ao ouvir o rangido das tábuas velhas, conforme a eterna pedra em seu sapato vinha pisando duro pelo corredor até seu quarto.

– Stanley, você não me ouviu chamando? Está querendo dormir o maldito dia inteiro? – ela bateu na porta com o punho, depois mexeu na maçaneta trancada, sem surtir nenhum resultado. – Eu não tinha dito para você ir logo cedo comprar arroz e feijão em lata? Que diabos você está esperando, o degelo da primavera? Levante esse traseiro preguiçoso e faz algo útil só para variar!

Skeeter nem se deu ao trabalho de responder. Nem mudou de posição na poltrona, sequer piscou enquanto a mãe bufava e socava a porta. Deu mais um trago demorado e se deliciou com a sensação, sabendo que o aborrecimento do lado de fora logo se cansaria de ser ignorado por ele e voltaria para seu poleiro de harpia diante da televisão, que era o seu devido lugar.

Para ajudar a abafá-la enquanto isso, Skeeter se aproximou do rádio e aumentou o volume. O único policial de Harmony, Zach Tucker, parecia estar muito atarefado com algo importante naquele dia.

– Stanley Arnold, não pense que pode me ignorar, sua farsa miserável de filho! – a mãe bateu à porta novamente, depois se afastou, com sua bocarra ainda trabalhando pelo corredor. – Você é igual ao seu pai. Nunca valeu nada e nem vai valer!

Skeeter se levantou da poltrona e se aproximou do rádio enquanto Tucker, reportando-se para os rapazes da força policial de Fairbanks, passava as coordenadas de uma cena de crime aparentemente múltipla – provável homicídio, ele dissera – uns sessenta quilômetros para o interior. Tucker estava esperando o transporte aéreo de um dos dois pilotos residentes. Ele dissera que fora Alex Maguire que encontrara os corpos em sua rota de entregas e, naquele instante, estava no caminho de volta para a cidade.

Skeeter sentiu uma pontada de excitação ao escutar. Ele conhecia aquela área específica muito bem. Diabos, na noite anterior estivera por ali com Chad Bishop e algumas outras pessoas. Eles beberam e se drogaram perto do rio... pouco antes de terem começado a atormentar Teddy Toms. Na verdade, pelo que lhe parecia, o assentamento a que se referiam os policiais era o da família do rapaz.

– Não pode ser... – Skeeter sussurrou, perguntando-se se podia estar certo quanto àquilo. Só para ter certeza, anotou as coordenadas na palma da mão, depois vasculhou em meio à pilha de contas vencidas e outros lixos até encontrar o mapa marcado de cerveja que ele vinha usando como apoio de copo nos últimos anos. Fez a triangulação no mapa, e a descrença e um tipo doentio de surpresa tomaram conta dos seus sentidos.

– Puta merda – disse, dando mais uma longa tragada no baseado antes de apagá-lo na fórmica já gasta, para poupar o resto da droga para mais tarde. Estava excitado demais para acabar com ela agora. Aceso demais pela curiosidade mórbida para não andar de um lado para o outro sobre o carpete duro.

Será que Pop Toms e o cunhado do velho tinham se pegado? Ou teria sido Teddy que finalmente se livrara da sua coleira? Será que o garoto voltara para casa e perdera a cabeça depois que Skeeter e os outros o fizeram ir embora chorando na noite anterior à margem do rio?

Ele saberia de tudo sem demora, deduziu Skeeter. Sempre quisera ver uma pessoa morta assim, de perto. Talvez ele só fizesse um pequeno desvio a caminho da loja para comprar o arroz e o feijão que sua mãe queria.

Bom, e talvez ele simplesmente ignorasse o maldito dever de garotinho e fosse direto fazer o que *ele* queria, só para variar.

Skeeter apanhou o celular – um novinho com memória para vídeo e capinha de caveira com ossos cruzados. Em seguida, apanhou as chaves de seu trenó Yamaha do meio da bagunça da bancada. Não se importou em dizer à mãe para onde estava indo, simplesmente pegou as roupas de inverno e caminhou para o frio gélido do dia.

Capítulo 2

BOSTON, MASSACHUSETTS

O calor saía das ventoinhas do painel do Range Rover enquanto Brock aumentava a temperatura em mais alguns graus.

– Maldita noite fria.

O homenzarrão de Detroit levou as mãos diante da boca e soprou nas palmas.

– Eu odeio o inverno, cara. Isso aqui está mais parecendo a Sibéria.

– Nem chega perto disso – Kade respondeu detrás do volante do carro estacionado, o olhar fixo no decrépito prédio de tijolos aparentes que vinham vigiando nas últimas horas. Mesmo na escuridão de depois da meia-noite, com uma camada fresca de neve disfarçando tudo com seu branco imaculado, o lugar parecia um antro do lado de fora. Não que isso fosse relevante. O que quer que estivesse acontecendo no interior – drogas, sexo ou uma combinação de ambos –, atraía um fluxo constante de tráfego humano pelas portas. Kade observou um trio de amigos de uma fraternidade usando uniformes coloridos de uma universidade e duas jovens bem-arrumadas saírem de um Impala malconservado e entrarem no prédio.

– Se aqui fosse a Sibéria – Kade acrescentou, quando a rua ficou vazia novamente –, as nossas bolas estariam tilintando como guizos e estaríamos urinando cubos de gelo. Boston é um piquenique no parque em novembro.

– E quem diz isso é o vampiro nascido nas geleiras glaciais do Alasca – replicou Brock, balançando a cabeça enquanto sustentava as mãos diante da saída de ar, tentando se livrar do frio. – Quanto tempo mais você acha que precisamos esperar aqui antes que o nosso homem resolva mostrar sua cara feia? Preciso começar a me mexer antes que meu traseiro congele neste banco.

Kade rosnou mais do que riu, tão impaciente quanto o seu parceiro na patrulha da cidade naquela noite. Não foram os humanos que trouxeram Brock e ele para aquele endereço numa das áreas mais barra-pesada de Boston, mas o indivíduo supostamente por trás da atividade ilegal. E se suas informações se mostrassem verdadeiras – que o vampiro que administrava o lugar também vinha negociando outra mercadoria proibida –, então a noite terminaria de um jeito muito desagradável, provavelmente muito sangrento.

Kade mal conseguia esperar.

– Aqui está ele – disse, observando um par de faróis dobrar a esquina e uma Mercedes preta com para-choque e calotas douradas parar lentamente perto da guia.

– Você só pode estar de brincadeira – Brock disse, sorrindo zombeteiramente enquanto o espetáculo continuava.

A música reverberava dentro do sedã, o baixo rítmico e a letra contundente vibrando de uma maneira impossivelmente alta, enquanto o motorista saía e dava a volta para abrir a porta de trás do passageiro. Um par de pit bulls brancos na coleira foram os primeiros a sair, seguidos por seu dono, um macho alto da Raça, tentando com muito afinco parecer malvado mesmo estando envolvido num casaco longo de pele de raposa e tendo ultrapassado uns cinco quilos além do limite respeitável de joias e lápis de olho para homens.

– Esqueça tudo o que Gideon descobriu a respeito desse cara – disse Kade. – Temos motivos para acabar com ele só por sair na rua vestido desse jeito.

Brock riu, revelando as pontas das suas presas.

– Se quer saber a minha opinião, acho que temos que acabar com ele só por termos congelado nossas bolas enquanto o esperávamos.

Na calçada, o vampiro deu um puxão forte na guia de couro dos cachorros quando eles ousaram se adiantar um passo. Chutou o que estava mais próximo quando se encaminhou para a porta do edifício, rindo do ganido de dor do bicho. Quando ele e o motorista desapareceram dentro do prédio, Kade desligou o motor auxiliar do Rover e abriu a porta.

– Vamos lá – disse. – Vamos achar uma entrada lá pelos fundos enquanto o camarada faz a sua entrada triunfal.

Foram para os fundos do prédio e encontraram uma janela baixa no térreo meio escondida pela neve e pelo lixo da rua. Agachando de cócoras, Kade afastou a sujeira coberta de gelo, depois ergueu o painel de vidro e espiou o cômodo escuro do lado de dentro. Era um porão, tomado por alguns colchões velhos, preservativos e seringas usados, e uma combinação fétida de urina, vômito e vários outros fluidos corporais que assaltou os sentidos acurados de Kade tal qual uma marreta em seu crânio.

– Jesus Cristo – sibilou ele, os lábios se curvando para trás sobre os dentes e as presas. – A empregada do camarada vai ser demitida.

Ele entrou sorrateiro, aterrissando sem emitir nenhum som no piso áspero de concreto. Brock o seguiu, com seus cento e trinta quilos de vampiro bem armado movendo-se tão sorrateiramente quanto um gato ao seu lado. Kade passou da bagunça nojenta do piso para um canto escuro do cômodo, onde pendia uma corrente curta e um par de algemas. Um pedaço prateado de fita adesiva fora descartado ali ao lado, com muitos fios longos de cabelo loiro ainda grudados nela.

Brock se deparou com o olhar inflexível de Kade no escuro. Sua voz foi mais um grunhido do que palavras.

– Tráfico de mulheres.

Kade assentiu com gravidade, enojado com as evidências de tudo o que acontecera naquele porão-prisão escuro e úmido. Ele já estava para subir as escadas e invadir a festinha que acontecia logo acima quando uma imprecação de Brock o deteve.

– Não estamos sozinhos aqui, meu amigo – Brock indicou a porta escondida pelas sombras e pelo esqueleto de um velho colchão de molas que se apoiava com esmero demais contra ela. – Humanos – disse ele. – Fêmeas, logo ali do outro lado da porta.

Ouvindo as respirações baixas e enfraquecidas, e sentindo o fluxo de dor e sofrimento que permeava o ar, Kade se moveu com Brock em direção ao canto escuro do porão. Empurraram de lado o colchão, depois Kade suspendeu a pesada trava de metal que barrava a porta pelo lado de fora.

– Caramba – Brock sussurrou na escuridão. Ele deu um passo para dentro de um quartinho onde três jovens se sentavam agrupadas num dos cantos, tremendo aterrorizadas. Quando uma delas deu mostra de que iria gritar, Brock se moveu mais rápido do que qualquer uma das humanas drogadas poderia acompanhar. Abaixando a mão, pousou-a sobre a testa da mulher, silenciando-a num estado de transe com seu toque. – Está tudo bem. Você está a salvo agora. Não estamos aqui para machucá-las.

– Alguma delas está sangrando? – perguntou Kade, observando enquanto Brock levava as outras duas prisioneiras ao mesmo estado silencioso.

– Bateram nelas recentemente, por isso há hematomas. Mas não vejo nenhuma marca de mordida. Também não vejo nenhuma marca de Companheira de Raça – acrescentou, fazendo uma rápida verificação das peles expostas e das extremidades das mulheres, à procura da marca de nascença em forma de gota e lua crescente que diferenciava as mulheres humanas das suas irmãs geneticamente extraordinárias. Brock soltou suavemente o braço pálido que segurava e se levantou. – Pelo menos nenhuma delas é Companheira de Raça.

Uma pequena bênção, mas uma que não exonerava o vampiro patife que se estabelecera no mundo dos negócios traficando mulheres para quem oferecesse o lance mais alto.

– Me dê um minuto para que eu possa apagar as lembranças daquilo que passaram e levá-las daqui para um lugar seguro – disse Brock. – Vou logo atrás de você.

Kade concordou com um breve aceno de cabeça e um lampejo das presas.

– Nesse meio-tempo, vou subindo para ter uma conversinha em particular com o camarada.

Com agressividade queimando como ácido nas veias, Kade subiu as escadas para o barulhento andar principal da construção, passando ao largo da orgia que acontecia sob uma nuvem de fumaça narcótica, música industrial intoxicante e luzes estroboscópicas cintilantes.

Num escritório no fim do corredor, ele ouviu a voz áspera do patife que estava procurando.

– Vá lá pegar a fêmea que chegou com aqueles almofadinhas universitários – não, não a loira, a outra. Se ela for ruiva de verdade, vai valer o dobro para mim.

Kade ficou para trás, sorrindo quando o motorista corpulento do camarada saiu do escritório e o viu parado no meio do corredor. O macho era da Raça também, e a ameaça cintilou quando o âmbar reluziu em suas íris ao ver o perigo diante de si.

– Shh... – Kade disse amigavelmente, uma adaga já na mão, pronta para ser lançada.

Ele a atirou no instante em que o motorista foi pegar a própria arma, atingindo o vampiro bem no meio da garganta. O corpanzil escorregou para o chão, e no momento em que o baque surdo foi abafado pela música alta e os gemidos do salão, Kade pulou por sobre o corpo para preencher a soleira desocupada do escritório do camarada.

O par de pit bulls brancos avançou com mais rapidez do que o mestre deles em seu ridículo casaco de peles poderia reagir. Rosnando e escancarando as bocarras, avançaram sobre Kade. Ele não reagiu; não havia necessidade. Prendeu seus olhos selvagens com um olhar de comando inquestionável, que os fez parar subitamente no piso acarpetado diante das suas botas.

Todos da Raça nasciam com um dom particular – ou, em alguns casos, maldição – além da longevidade, força e sede de sangue características da espécie. O talento de Kade era a habilidade de se conectar psicologicamente com animais predadores e dirigir suas ações com um simples pensamento. Era um poder que ele esmerou com precisão letal desde a época em que era apenas um garoto nas florestas selvagens do Alasca, com animais muito mais perigosos do que aqueles.

– Parados – disse ele calmamente para os cães. Depois, relanceou para o macho da Raça que o encarava atordoado do outro lado do cômodo. – Parado, você também.

– Mas que... Quem diabos é você? – o pânico e o ultraje se aprofundaram nas linhas ao redor da boca do vampiro quando ele avaliou a aparência de Kade, desde o uniforme preto e os coturnos que combinavam com a cor escura dos cabelos espetados, até a impressionante coleção de adagas e armas semiautomáticas que ele trazia nos quadris e em coldres presos às coxas. – Guerreiro – ele sussurrou, evidentemente não tão arrogante – ou idiota – a ponto de não reconher uma dose de medo causada por essa visita inesperada. – O que a Ordem pode querer de mim?

– Informações – respondeu Kade, dando um passo para dentro da sala e fechando a porta atrás de si, fazendo uma pausa para afagar um dos agora dóceis pit bulls atrás da orelha. – Ouvimos algumas coisas perturbadoras quanto ao negócio que você tem aqui. Precisamos saber mais.

O vampiro ergueu os ombros e fez uma tentativa de parecer confuso.

– O que há para dizer? Eu me envolvo numa série de empreendimentos.

– Sim, notei isso. Um empreendimento muito interessante o que você tem no porão desta espelunca. Há quanto tempo você vem traficando mulheres?

– Não sei do que você está falando.

– Veja bem, fazer com que eu me repita não é uma boa estratégia – Kade se agachou e gesticulou para que os pit bulls se aproximassem. Sentaram-se aos seus pés como duas gárgulas, encarando o antigo dono e esperando obedientemente o comando de Kade, simplesmente porque era isso o que ele queria que eles fizessem. – Aposto que se eu dissesse a estes dois cachorros para que dilacerassem a sua garganta, eu não teria de pedir isso duas vezes. O que acha? Vamos descobrir?

O camarada engoliu em seco.

– Eu não tenho feito isso há muito tempo. Uns poucos meses, menos que um ano, acho. Comecei com as drogas e com as prostitutas, depois passei a receber certos... pedidos – ele remexeu num dos vários anéis de ouro em seus dedos. – Sabe, encomendas de serviços de uma natureza um pouco mais permanente.

– E os seus clientes? – Kade o pressionou, erguendo-se ameaçador em seu um e noventa e dois de altura. – Quem são eles?

– Humanos, principalmente. Não guardo registros.

– Mas você fornece esses *serviços* – ele sibilou a palavra entre as presas – para membros da Raça também.

Não era uma pergunta, e o camarada sabia bem disso. Ele deu de ombros mais uma vez, o colarinho do seu casaco de peles resvalando no brinco de diamante.

– Lido com eles na base do dinheiro, uma questão de demanda e oferta. Da Raça ou humanos, o dinheiro vale a mesma coisa.

– E os negócios vão bem – deduziu Kade.

– Estou sobrevivendo. Por que a Ordem está tão interessada no que ando fazendo, afinal? Estão querendo alguma participação? – ele sugeriu, o sorriso pouco mais do que uma ligeira partição dos lábios.

– Posso incluir o Lucan, se é disso que se trata. Afinal, eu sou um homem de negócios.

– Você é desprezível – declarou Kade, exasperado, porém não surpreso, que um velhaco como aquele pudesse pensar que ele ou qualquer um dos seus irmãos de armas estivesse à venda. – E se eu contar ao Lucan que você disse isso, ele o rasga do pescoço até as bolas. Sabe o que mais? Foda-se. Vou poupar esse trabalho a ele...

– Espere! – o camarada ergueu as mãos. – Espere. Diga o que quer saber.

– Muito bem. Vamos começar assim: quantas das mulheres que você manteve em cativeiro no porão e que depois foram vendidas eram Companheiras de Raça?

Um silêncio doentio se estendeu enquanto o vampiro ponderava quanto à melhor maneira de responder. Mesmo aquele ser pútrido imprestável tinha de saber que aquelas fêmeas raras que portavam a marca de nascença das Companheiras de Raça eram reverenciadas, preciosas para toda a espécie. Causar algum mal a uma Companheira de Raça equivalia a fazer o mal a toda a espécie dos vampiros, pois não existiam outras fêmeas no planeta que poderiam carregar bebês da Raça em seus ventres. Lucrar conscientemente com a dor de uma Companheira de Raça, ou se beneficiar de qualquer modo com a morte dela, era absolutamente a coisa mais hedionda que alguém da espécie de Kade poderia fazer.

Ele observou o outro vampiro do mesmo modo que o faria com um inseto preso dentro de um copo de vidro e, na verdade, ele valorizava a vida desse macho da Raça ainda menos do que isso.

– Quantas, seu patife maldito? Mais do que uma? Uma dúzia? Vinte? – ele teve que se esforçar para refrear um rosnado. – Você as vendeu inconscientemente, ou lucrou ainda mais com a venda delas? Responda à maldita pergunta!

Com a explosão de Kade, os dois cães se levantaram, os músculos compactos retesados, ambos rosnando ameaçadoramente. Os cães estavam tão sintonizados com a raiva de Kade quanto ele estava com os dois. Kade os conteve apenas com o mais tênue autocontrole, sabendo que se o vampiro acovardado adiante tinha qualquer informação de valor, ele tinha o dever de arrancá-la.

Só depois poderia matá-lo com a consciência tranquila.

– Para quem você vem vendendo as Companheiras de Raça? Responda à maldita pergunta. Não vou esperar a noite toda até você cuspir a verdade.

– E-eu não sei – ele gaguejou. – Essa é a verdade. Eu não sei.

– Mas você admite que é isso o que você anda fazendo – Deus, como ele queria acabar com aquele merdinha. – Conte logo para quem você as tem traficado antes que eu arranque sua cabeça fora.

– Juro... Eu não sei quem as queria!

Kade não estava disposto a deixar o assunto morrer assim.

– Mais de um indivíduo o procurou querendo as fêmeas? E quanto ao nome Dragos, te lembra alguma coisa?

Kade o observou com os olhos estreitos, esperando que o vampiro mordesse a isca. Mas o nome que Kade lhe lançara passou despercebido. Qualquer um que tivesse lidado com o ancião da Raça conhecido como Dragos – um vilão cujas maldades apenas recentemente foram reveladas através dos esforços da Ordem – certamente demonstraria algum tipo de reação ante a menção do seu nome.

O camarada, no entanto, estava impassível. Emitiu um suspiro e meneou levemente a cabeça.

– Eu só fiz negócios com um homem. Ele não era da Raça. Mas também não era humano. Pelo menos não quando o conheci.

– Um Servo Humano, então?

A novidade não deixou Kade particularmente à vontade. Ainda que a criação de um Servo Humano fosse contrária às leis da Raça, sem menção à moral mais básica, somente o mais poderoso da Raça poderia criar escravos mentais humanos. Consumados praticamente a ponto de morrerem, os Servos eram leais somente aos seus Mestres. Dragos era da segunda geração da Raça e se considerava acima de qualquer lei, da Raça ou de qualquer outra. A questão não era se Dragos mantinha servos, mas, sim, quantos ele mantinha e qual era a profundidade do envolvimento deles na sociedade humana.

– Você reconheceria esse Servo se você o visse novamente?

A carcaça do animal ao redor do pescoço do vampiro se ergueu mais uma vez quando ele deu de ombros de novo.

– Eu não sei. Talvez. Faz tempo que ele não aparece. Faz uns três ou quatro meses que não negocio com ele. Por um tempo, ele foi um cliente assíduo, mas depois ele não apareceu mais.

– Você deve ter ficado muito desapontado – Kade disse com uma fala arrastada. – Descreva-o para mim. Como era a aparência desse Servo?

– Para falar a verdade, nunca olhei de verdade para o cara. Nem mesmo procurei fazer isso. Dava para saber que era um Servo, e o cara pagava com notas grandes. Eu não precisava saber mais nada a respeito dele.

As veias de Kade se contraíram com hostilidade e uma raiva mal contida ao ouvir a ambivalência das suas palavras. Já matara por ofensas menores – muito menores – do que aquela, e seu ímpeto de partir ao meio aquele maldito macho era enorme.

– Então o que você está me dizendo é que vendeu repetidamente a ele mulheres drogadas demais para se defenderem, sem nenhum interesse pelo que ele fazia com elas ou onde elas iam parar. Sem fazer nenhuma pergunta. É isso?

– Acho que se pode dizer que administro meus negócios na base de "não faça perguntas, não conte nada".

– É, acho que se pode dizer isso, sim – Kade concordou. – Ou eu poderia dizer que você administra seus negócios como um puxa-saco covarde e que merece morrer de maneira bem lenta e dolorosa.

A preocupação emanou um fedor acre enquanto o vampiro sustentava o olhar de Kade.

– Espere um minuto, sim? Deixe-me pensar um segundo, ok? Talvez eu consiga lembrar alguma coisa. Talvez exista um modo em que eu possa ajudar...

– Duvido – Kade examinou-o bem, vendo pela expressão carregada de pânico em seu rosto que não obteria nada mais de valor daquela conversa.

Além disso, já estava cansado de ficar olhando para aquele cretino. Abaixou as mãos para segurar os queixos dos cachorros nas palmas, fixando o olhar nos intensos olhos castanhos de um, depois nos do outro. O comando silencioso foi entendido por eles com uma ligeira contração de tendões. Os pit bulls saltaram sobre a mesa e se sentaram diante do antigo dono, sem piscar, as bocarras de dentes afiados abertas, deixando cair a saliva.

– Bons garotos – Kade os elogiou. E girou para sair.

– Espere... então é só isso...? – o camarada perguntou hesitante entre as gárgulas escravizadas agora empoleiradas diante dele. – Quero ter certeza de que está tudo bem daqui por diante. Quero dizer, eu já contei tudo o que sabia. É tudo o que quer de mim, certo?

– Não exatamente – Kade disse, sem olhar para o traficante. Pousou uma mão na maçaneta. – Eu quero só mais uma coisa.

Enquanto saía do escritório e fechava a porta, ele ouviu o par de pit bulls partir para o ataque. Kade fez uma pausa, fechando os olhos para se permitir saborear a violência do momento por intermédio do seu talento visceral de conexão com os animais. Sentiu cada osso quebrado, cada rasgo na pele do traficante de mulheres, enquanto os cachorros o partiam ao meio. Dentro da sala, o vampiro gritava e chorava, sua dor uma pontuação agradável para a música e os gemidos ainda em andamento do outro lado da construção.

Brock vinha correndo pelo corredor enquanto Kade passava ao lado do cadáver do motorista.

– Cuidou das fêmeas? – perguntou, quando ele e seu parceiro de patrulhas se encontraram no meio do caminho.

– Apaguei as lembranças do tempo em que estiveram em cativeiro e as mandei para casa – explicou Brock. O macho corpulento dispensou apenas o mais breve relance para o corpo antes de arquear a sobrancelha para Kade. – E quanto a você? Conseguiu arrancar alguma coisa do camarada?

– No fim das contas, parece que ele não era um amante de cachorros – Kade disse por cima dos gritos contínuos vindo da direção do escritório.

A boca de Brock se ergueu num canto.

– É o que parece. Mais alguma coisa?

– Sim, infelizmente. O cretino vinha traficando Companheiras de Raça, bem como as nossas informações indicavam. Seu cliente era um Servo, mas ele não sabia mais nada além disso. Nunca viu o escravo da mente de perto e não conseguiu descrevê-lo nem minimamente.

– Merda – exclamou Brock, esfregando uma mão no alto da cabeça. – Então acho que o camarada era um beco sem saída, hein?

Kade inclinou a cabeça quando o último dos gritos morreu logo atrás dele.

– Agora é.

Brock deu uma risadinha pesarosa.

– Vamos limpar este lugar e fechá-lo. Acabei de receber uma mensagem do Gideon, pedindo que a gente vá lá assim que pudermos. Algum tipo de situação no norte.

– No norte? Do estado?

– Não, cara. Mais norte do que isso – Brock encontrou seu olhar e o prendeu por mais tempo do que o confortável. – Alguma coisa deu errado no Alasca. Ele não disse exatamente o que, apenas disse que o Lucan quer que você se reporte ao Q.G. assim que possível.

Capítulo 3

Kade compreendeu, antes mesmo de ele e Brock chegarem ao complexo da Ordem, que as notícias que os receberiam não poderiam ser boas. Como fundador e líder dos guerreiros, sem falar no fato de ser da Primeira Geração da Raça, com algo em torno de novecentos anos de idade, Lucan não fazia alarde à toa. Portanto, o fato de ele ter decidido chamar Kade especificamente era uma pista bem grande de que, qualquer que fosse essa tal de situação no Alasca, devia ser algo seriamente ferrado.

A especulação revirava no âmago de Kade, um cenário mais perturbador do que o outro, coisas terríveis que lhe eram fáceis demais de imaginar e que ardiam como bile no fundo da sua garganta. Guardou seus receios para si quando ele e Brock estacionaram o Rover na garagem da frota, atrás da propriedade muito bem guardada no piso térreo, depois tomaram o elevador do hangar, descendo uns noventa metros no subterrâneo até o centro nervoso das operações da Ordem.

– Tudo bem, cara? – Brock perguntou assim que saíram do elevador e entraram no corredor de mármore branco que conectava o labirinto de diversas salas, como uma artéria central. – Sabe que se fosse alguma coisa com a sua família, Lucan teria informado. Tenho certeza de que está tudo bem com eles, independentemente do que esteja acontecendo lá. Não se preocupe, está bem?

– Claro. Nada de me preocupar – Kade respondeu, mas a boca estava no piloto automático.

Deixara o assentamento da família no Alasca há cerca de um ano para se juntar à Ordem em Boston. Fora uma partida abrupta, impelida pelo recebimento da súbita convocação de Nikolai, um guerreiro da Ordem que Kade conhecera há décadas, quando suas viagens o levaram da tundra congelada do Alasca até o lar siberiano de Nikolai.

Havia coisas que Kade deixara inacabadas no Alasca. Coisas que ainda o atormentavam, pioradas por causa do tempo e da distância que o mantiveram longe todos aqueles meses.

Se algo tivesse acontecido e ele não tivesse estado lá para impedir...

Kade afastou o pensamento da cabeça quando ele e Brock viraram em um dos corredores que os conduziria até o laboratório de tecnologia.

Lucan, o Primeira Geração de cabelos escuros, aguardava-os na sala de guerra envidraçada do complexo, juntamente com Gideon, o gênio residente loiro, de aparência enganadoramente desarrumada, que cuidava do amplo arsenal de tecnologia da Ordem. Os dois estavam diante de um monitor de tela plana. Lucan esfregava os dedos no seu maxilar rígido, enquanto as portas transparentes do laboratório deslizavam para permitir a entrada de Kade e Brock.

– As informações estavam corretas quanto a Roxbury? – perguntou ele, quando os dois guerreiros entraram na sala.

Kade fez um relatório curto do que descobriram a respeito do traficante de mulheres, o que não era muito. Mas enquanto falava, Kade não conseguiu desviar a atenção do que acontecia no monitor atrás de Lucan. Quando o corpulento macho começou a andar de um lado para o outro, como sempre fazia quando estava irritado ou perdido em pensamentos, Kade teve a sua primeira imagem desobstruída da tela do computador.

Não foi nada bonito.

Uma foto borrada – ou talvez uma imagem congelada de um vídeo – exibia vermelho berrante e branco em todo o monitor. Sangue e neve. Um homicídio brutal nas florestas congeladas do Alasca. Kade entendeu instintivamente, e essa compreensão o perfurou tal qual a ponta de uma lâmina afiada.

– O que aconteceu? – perguntou, a voz tão dura que até pareceu apática, completamente imperturbável.

– Um vídeo repulsivo que apareceu na internet hoje – informou Lucan. – Pelo que sabemos, foi feito com a câmera de um celular e carregado em um ISP em Fairbanks, num website visitado por pessoas que gostam de assistir a cenas de crimes e por outros idiotas doentios que se excitam em ver a morte.

Lançou um olhar para Gideon que, com um clique do mouse, deixou a imagem congelada voltar à vida. Em meio à respiração acelerada e aos passos esmagando a neve da pessoa que segurava a câmera, Kade assistiu enquanto o vídeo caseiro mostrava a cena do que devia ter sido um homicídio muito brutal.

Um corpo ensanguentado jazia numa faixa de terreno manchada e coberta de neve. O foco da lente estava tremido, mas o operador conseguiu aumentar o zoom nos ferimentos das vítimas. Roupas e pele dilaceradas. Uma série de rasgos inconfundíveis e perfurações que só poderiam ter sido provocados por dentes bem afiados.

Ou presas.

– Céus – Kade murmurou, chocado com a selvageria do assassinato em sua totalidade, enquanto o vídeo passava da marca dos quatro minutos e continuava para documentar nada menos do que três outros mortos na neve e no gelo.

– Isso parece uma obra dos Renegados – disse Brock, a voz tão grave quanto a expressão em seu rosto.

Era um fato lamentável, porém inevitável, de que havia membros da Raça que não conseguiam – ou simplesmente não queriam – controlar sua sede de sangue. Enquanto a grande maioria da nação vampírica seguia as leis e o justo bom senso, existiam outros que cediam à sua avidez sem pensarem nas consequências. Aqueles da Raça que se alimentavam demais, ou em demasiada frequência, logo se viam viciados, perdidos na Sede de Sangue, a doença dos Renegados. Quando um vampiro chegava a tal ponto, havia pouca esperança de recuperação.

A Sede de Sangue era praticamente uma passagem só de ida para a loucura... e a morte, que se não ordenada pela Ordem, chegava pela própria doença, transformava até o mais cuidadoso dos machos da Raça em alguém descuidado. Um Renegado só reconhece sua sede, ele mata indiscriminadamente, corre qualquer risco na busca de aplacá-la. Ele é capaz de dizimar um vilarejo inteiro se tiver a oportunidade.

– Quem quer que tenha feito isso precisa ser detido imediatamente – acrescentou Brock. – O maldito filho da puta tem que morrer.

Lucan assentiu em concordância.

– Quanto mais cedo, melhor. É por isso que o chamei, Kade. A situação lá em cima pode sair do controle bem rápido, não só se tivermos uma disputa com Renegados, mas também porque a força policial humana está a par desses homicídios. Gideon rastreou um despacho da Polícia Estadual do Alasca para uma cidade interiorana chamada Harmony. Felizmente, tem menos de cem habitantes, mas basta apenas uma boca histérica gritando a palavra "vampiro" para transformar essa situação num desastre.

– Merda – Kade murmurou. – Sabemos quem gravou o vídeo?

– Difícil determinar isso agora – respondeu Lucan. – Gideon está investigando. O que sabemos com certeza é que existe um policial na cidade – foi ele quem alertou Fairbanks quanto aos homicídios. Por motivos óbvios, o tempo é uma questão crítica. Temos que saber quem é o responsável pelos assassinatos, e temos que nos certificar de que ninguém de lá chegue perto da verdade sobre o que exatamente aconteceu naquela floresta.

Kade ouviu, com suas veias ainda alteradas pela brutalidade do que acabara de ver no monitor. Em sua visão periférica ainda estava a última cena, uma imagem borrada de um humano jovem com o rosto coberto de sangue, os olhos sem vida encobertos pelo frio, cristais de gelo pendendo dos cílios escuros. Pelo amor de Deus, ele não passava de um garoto... ainda adolescente.

Não era a primeira vez que Kade via as consequências de um homicídio sangrento no interior do Alasca. Quando saiu de casa meses atrás, desejou nunca mais ver esse tipo de carnificina novamente.

– Estamos desfalcados devido às operações atuais, mas não podemos deixar de verificar essa situação no norte – Lucan disse. – Preciso enviar alguém que conheça o terreno e as pessoas, e que tenha ligação com a população da Raça lá.

Kade sustentou o olhar de Lucan, sabendo que não poderia recusar a missão, mesmo o Alasca sendo o último lugar em que gostaria de estar. Quando saiu de lá para se juntar à Ordem, ele o fizera na esperança de jamais ter que retornar.

Ele desejava esquecer o lugar em que nascera. O lugar selvagem que o chamava como uma amante possessiva e destruidora em todos os momentos desde que partira.

– O que me diz? – Lucan perguntou a Kade quando seu silêncio se estendeu.

Ele sabia que não tinha escolha. Devia isso a Lucan e à Ordem, cuidar dessa situação inesperada e indesejável. Não importando aonde aquilo o levaria.

Ainda que a busca por um vampiro com um desejo incontrolável de matar acabasse o levando para casa, para quatro mil hectares no interior do Alasca. Seu lar, o quintal da sua família.

Pesaroso ante essa perspectiva, ele assentiu para o líder da Ordem.

– Quando parto?

Quarenta e cinco minutos mais tarde, Kade estava gastando o carpete de seus aposentos particulares, andando para lá e para cá, a mochila já arrumada aguardando ao pé da cama. Um telefone via satélite estava ao lado da mala de couro preta, e pela terceira vez em dez minutos, Kade pegou o aparelho e digitou um número para o qual não ligava desde que deixara o Alasca.

Daquela vez ele deixou tocar até o fim.

Foi um choque ouvir a voz forte do pai do outro lado da linha.

– Já faz tempo – Kade disse, à guisa de um cumprimento ao qual o pai apenas grunhiu.

Foi um lamentável esforço de contato, depois de um ano sem mandar notícias por vontade própria. Por outro lado, seu pai jamais o acusou de ser responsável ou confiável, ou nada semelhante a isso.

A conversa foi desagradável, uma tentativa forçada de "oi, como vai" enquanto Kade criava coragem para perguntar como andavam as coisas em casa. O pai falou sobre o inverno rigoroso, sendo o único benefício da estação, o fato de que ela mantinha o sol escondido o dia todo, exceto por três horas ao meio do dia. Kade recordou-se da enorme escuridão que se estendia ao norte do país. Sua pulsação se acelerou com o pensamento de uma noite tão longa, de tantas horas de liberdade para correr.

Ficou evidente que o pai ainda não ficara sabendo dos homicídios recentes. Kade não os mencionou, nem falou da missão que o estava mandando para o norte. Em vez disso, pigarreou e fez a pergunta que vinha queimando seu âmago desde o instante em que ficara sabendo que havia problemas no Alasca.

– Como está Seth? Está tudo bem com ele?

O sangue de Kade gelou um pouco no silêncio hesitante que precedeu a resposta do pai.

– Ele está bem. Por que pergunta?

Kade notou suspeita na voz do pai, a leve desaprovação que sempre encontrava um modo de entrar na voz do macho ancião toda vez que Kade ousava fazer uma pergunta referente ao seu irmão.

– Só queria saber se ele estava por perto.

– Seu irmão tinha assuntos do Refúgio Secreto para cuidar para mim na cidade – veio a resposta, tensa. – Ele partiu há poucas semanas.

– Há poucas semanas – Kade ecoou. – Isso é bastante tempo para ele ficar afastado. Teve notícias dele recentemente?

– Recentemente, não. Por quê? – do outro lado da linha, o pai pareceu se calar com impaciência. – Do que isso se trata exatamente, Kade? Um ano sem dar notícias, e agora você vem interrogando sobre as indas e vindas do seu irmão. O que você quer?

– Deixa pra lá – Kade disse, arrependendo-se instantaneamente de ter telefonado. – Apenas esqueça que telefonei. Preciso desligar.

Não esperou pela resposta do pai. Honestamente, não precisava ouvi-la.

Kade terminou o telefonema sem nenhuma outra palavra, seus pensamentos revirando-se com as imagens horrendas que vira no laboratório de tecnologia pouco antes e o conhecimento de que o paradeiro do irmão era desconhecido provavelmente há várias semanas.

Seu irmão, que partilhava do seu mesmo talento sombrio.

A mesma selvageria sedutora e perigosa – o poder violento – que com tanta facilidade poderia escapar do controle. E que escapara pelo menos uma vez, Kade se lembrou com pesar.

– Maldição, Seth.

Jogou o telefone sobre a cama. Depois, com um grunhido furioso, girou sobre os calcanhares e socou a parede mais próxima.

Capítulo 4

A tempestade do Ártico castigou o interior do Alasca por dois dias consecutivos, despejando quase um metro de neve na pequena cidade de Harmony e em seus vizinhos distantes ao longo do curso do rio, fazendo as temperaturas despencarem para quinze graus abaixo de zero em toda a região. Costumeiramente, com um tempo como esse as pessoas tendiam a fazer uma de duas coisas possíveis: ficarem trancafiadas em casa ou migrar para o Pete's, o restaurante e bar local.

Naquele dia, apesar dos uivos do vento invernal e do frio pungente em que a terceira e última hora de luz solar desvanecia no crepúsculo do meio do dia, quase a totalidade dos noventa e três moradores de Harmony lotava o salão da igreja Congregacional para uma improvisada reunião municipal. Alex estava sentada ao lado de Jenna na segunda fileira de bancos, esforçando-se, assim como todos os outros, para entender a recente carnificina na floresta, que levou seis cadáveres brutalmente barbarizados para a câmera frigorífica improvisada na pista de voo de Harmony e colocou toda a cidade num estado de aflitiva inquietação.

Alex sabia que Zach Tucker tentara abafar a notícia do ataque ao assentamento dos Toms, mas, apesar da vastidão do interior, as notícias corriam rápido – ainda mais rápido naquele pedaço de terra de vinte e oito quilômetros quadrados que abraçava as margens do

Koyukuk. Más notícias, especialmente do tipo que envolvia múltiplas e inexplicáveis mortes de natureza violenta, tendiam a chegar aos ouvidos do povo como se tivessem vindo nas asas de um corvo.

Nas quarenta e oito horas desde a descoberta de Alex sobre os homicídios, e desde a decisão de Zach de transportar os corpos da cena do crime para Harmony na espera da melhora das condições climáticas, até que as autoridades de Fairbanks pudessem chegar e assumir o controle da investigação, o sentimento em toda a cidade passara de choque e assombro para suspeita e uma perigosa e crescente histeria. Quarenta e oito horas foram tudo o que os cidadãos suportaram sem exigir algum tipo de resposta a respeito de quem – ou o que – tinha atacado tão ferozmente Pop Toms e sua família.

– Não consigo entender – disse Millie Dunbar no banco atrás de Alex. A voz da senhora tremia, não tanto pelos seus oitenta e sete anos de idade, mas sim por tristeza e preocupação. – Quem iria querer machucar Wilbur Toms e sua família? Eram pessoas tão boas e generosas. Ora, quando meu pai chegou aqui, ele fez negócios com o avô de Wilbur por muitos anos. Ele jamais disse nada de ruim a respeito dos Toms. Eu simplesmente não consigo imaginar quem seria tão mau a ponto de fazer algo assim.

Um dos munícipes sentado num dos bancos do fundo disse:

– Se quer saber minha opinião, fico pensando no garoto, Teddy. Quieto demais, aquele lá. Eu o vi andando na cidade nos últimos tempos, mas nunca dizia nada quando alguém falava com ele, se achando bom demais para responder. Isso me fez pensar no que ele andava metido e, talvez, tivesse alguma coisa pra esconder.

– Ah, por favor – Alex disse, sentindo-se no dever de defender Teddy, já que ele não podia fazer isso por si mesmo. Ela se virou no banco e lançou um olhar desaprovador para o fundo, onde dúzias de expressões se endureceram de suspeita por conta da acusação infundada de Big Dave Grant. – Teddy era tímido perto das pessoas que não conhecia bem, é só isso. Ele nunca foi de conversar muito por causa das gozações que recebia toda vez que gaguejava. E sugerir que ele pudesse estar envolvido de alguma forma no assassinato de sua família quando ele mesmo está deitado naquela maca fria é simplesmente repulsivo. Se qualquer um de vocês tivesse visto as condições em que eles foram deixados...

A mão de Jenna pousou com suavidade no pulso de Alex, mas o toque foi desnecessário. Alex não tinha intenção alguma de continuar aquele assunto. Já era ruim o bastante que estivesse revivendo a descoberta horrenda repetidamente em sua mente desde que se deparara com Pop Toms, Teddy e o resto da família. Ela não pretendia ficar ali sentada e narrar para todos a brutalidade dos homicídios. Como eles foram feridos de forma tão selvagem, a ponto de terem a carne descolada dos ossos e as gargantas arregaçadas, como se alguma besta saída do inferno tivesse aparecido no meio da noite fria para se alimentar dos vivos.

Não, não uma besta.

Um ser saído de um pesadelo.

Um monstro.

Alex fechou os olhos contra a visão de sangue e morte que começou a se erguer dos recônditos das suas lembranças. Ela não queria voltar lá, nunca mais. Levara anos e milhares de quilômetros, mas ela superara a realidade sombria. Sobrevivera a ela, mesmo ela tendo lhe roubado tanto nesse meio-tempo.

– É verdade que não foi encontrada nenhuma arma? – alguém perguntou do meio da congregação. – Se eles não foram alvejados nem esfaqueados, como exatamente foram mortos? Ouvi dizer que havia sangue demais derramado por ali.

Da sua posição atrás do púlpito, Zach ergueu uma mão para acalmar a enxurrada de perguntas semelhantes vindas da multidão.

– Até que o destacamento da Polícia Estadual chegue de Fairbanks, tudo o que tenho a lhes dizer é que estamos tratando disso como homicídio múltiplo. Já que sou um dos investigadores, não tenho a liberdade de discutir detalhes do caso com ninguém a essa altura, nem acredito que seja conveniente fazer especulações.

– Mas e quanto aos ferimentos, Zach? – Dessa vez foi Lanny Ham quem falou, sua voz aguda um pouco mais nervosa do que o normal. – Ouvi dizer que os corpos pareciam ter sido atacados por animais. Animais grandes. É verdade?

– O que a Alex acha, já que foi ela quem encontrou os corpos? – alguém perguntou. – Um de vocês acha que podem ter sido animais que os mataram?

– Roger Bemis disse que viu uns dois lobos à espreita perto da propriedade dele no lado oeste da cidade no outro dia – interpelou Fran Littlejohn, que cuidava do pequeno posto de saúde da cidade. Normalmente, ela era uma mulher sensata, mas agora se percebia um forte tom de preocupação em sua voz. – O inverno já está bem rigoroso e mal começou. O que nos garante que não se trata de uma alcateia esfomeada que resolveu atacar o assentamento dos Toms?

– Muito bem colocado. E se forem lobos, o que nos garante que eles não vão começar a procurar por aqui, agora que saborearam presas humanas? – mais uma pergunta paranoica foi feita.

– Esperem um pouco, todos vocês – interveio Zach, sua tentativa de permanecer calmo se perdendo quando todas as vozes se elevaram juntamente com o grau de histeria.

– Sabe de uma coisa, eu vi um lobo enorme antes do pôr do sol na semana passada. Um macho preto e grande, farejando a lixeira do lado de fora do Pete's. Não parei para pensar muito na hora, mas agora...

– E não se esqueçam de que faz poucos meses que uns lobos atacaram uns cães de trenós em Ruby. Os jornais disseram que não deixaram nada além de entranhas e um par de guias de couro...

– Talvez o melhor a fazer seja agir – Big Dave disse de seu posto no fundo do salão. – Visto que estamos de mãos atadas esperando a chegada das autoridades até que resolvam vir dar uma mão, talvez o que temos que fazer seja organizar um grupo de caça. Uma caça aos lobos.

– Não foram lobos – Alex murmurou, a mente voando sem querer para a trilha de pegadas ensanguentadas que vira na neve. Aquilo não fora deixado por um lobo, nem por nenhum outro tipo de animal, disso ela tinha certeza. Mas uma vozinha lhe sussurrava que também não fora feita por um humano.

Então... por quem?

Ela balançou a cabeça, recusando-se a permitir que seus pensamentos se voltassem para a resposta que ela esperava – rezava – que não fosse verdade.

– Não foram lobos – repetiu, elevando a voz por sobre o rumor de paranoia que se alastrava como uma doença ao seu redor. Levantou-se e se virou para encarar a multidão vingativa. – Nenhum lobo mata assim, não sozinho. Nem mesmo a mais audaz das alcateias faria isso.

– A senhorita Maguire está certa – disse Sidney Charles, um dos líderes nativos de Harmony e prefeito da cidade há muito tempo, mesmo tendo se oficializado como detentor do posto apenas nos anos mais recentes. Ele acenou com a cabeça para Alex de seu lugar na fila da frente da igreja, o cabelo escuro em seu rabo de cavalo manchado de cinza, o rosto bronzeado marcado por linhas profundas ao redor da boca e dos olhos, marcas ganhas por sua natureza jovial e alegre. Naquele dia, porém, ele estava sério, o peso de toda aquela conversa sobre morte visível nos costumeiros ombros orgulhosos. – Os lobos respeitam os humanos, assim como nós devemos respeitá-los. Já vivi muito, o bastante para garantir a vocês que eles não foram os responsáveis por este fato terrível. Ainda que eu viva mais cem anos, jamais acreditarei que seriam eles.

– Bem, com todo o respeito, Sid, mas eu não gostaria de me arriscar – disse Big Dave, acompanhado pela rápida concordância de muitos outros homens de pé ali. – Até onde sei, não existe nenhuma temporada para lidar com lobos problemáticos, estou certo, oficial Tucker?

– Não, não existe – Zach contemporizou. – Mas...

Big Dave prosseguiu.

– Amigos, se existem lobos ameaçando assentamentos humanos, então estamos no nosso direito de nos defender. Mas que inferno, esse é o nosso dever, oras. Eu garanto que não quero ficar sentado esperando até que uma alcateia esfomeada resolva atacar de novo.

– Concordo com Big Dave – disse Lanny Ham, erguendo-se do banco como um foguete. Torceu as mãos diante do corpo, o olhar nervoso disparando ao redor do salão. – Eu sugiro que a gente tome uma atitude antes que esse mesmo tipo de situação aconteça aqui em Harmony!

– Nenhum de vocês está prestando atenção? – Alex os desafiou, com a raiva crescente. – Eu já disse que os lobos não são os responsáveis pelo que aconteceu a Pop Toms e sua família. Eles foram atacados por algo terrível, horrendo... mas não por um lobo. O que eu vi lá não pode ter sido causado por nenhum tipo de animal. Foi outra coisa...

A voz de Alex ficou presa na garganta quando seu olhar passou pelo fundo da igreja e se deparou com um par de olhos cinzentos tão penetrantes que lhe tiraram o fôlego. Ela não conhecia o homem de cabelos escuros que estava de pé nas sombras próximas à porta. Ele não era de Harmony, nem de nenhuma das cidades vizinhas. Alex tinha certeza de que nunca vira aquela face delgada bem barbeada e de maxilar quadrado e forte, nem mesmo a surpreendente intensidade do seu olhar, em nenhum lugar de todo o interior do Alasca. O rosto dele era difícil de ser esquecido.

O desconhecido nada disse, tampouco piscou os cílios negros quando ela subitamente emudeceu e perdeu o fio dos seus pensamentos. Ele simplesmente a encarou por sobre as cabeças dos moradores da cidade como se ela fosse a única pessoa que ele visse, como se os dois fossem os únicos em todo o salão.

– O que você acha que foi, querida?

A voz trêmula de Millie Dunbar arrancou Alex da enervante conexão com o olhar do desconhecido. Ela engoliu em seco e se voltou para fitar a gentil senhora e as outras pessoas que agora aguardavam em silêncio para ouvir o que ela acreditava ter visto no assentamento dos Toms.

– Eu... eu não tenho certeza – ela se restringiu a dizer, desejando jamais ter aberto a boca. Sentiu o calor dos olhos do desconhecido e subitamente se viu relutante em afirmar o que estivera pensando naquele dia na floresta, e em todas as horas tortuosas que se passaram desde então.

– O que você viu, Alexandra? – Millie a pressionou, sua expressão um misto de esperança e medo. – Como pode ter tanta certeza de que não foram animais que mataram aquelas pessoas?

Alex sacudiu de leve a cabeça. Maldição, entrara naquela por conta própria e agora, com quase cem pares de olhos cravados nela, esperando uma explicação, havia bem pouco que ela podia fazer para recuar. Não sem fazer papel de idiota e condenando uma alcateia inocente de lobos locais ao excesso de zelo de Big Dave e dos seus amigos, que pareciam estar à espera de uma permissão para acabar com eles sem motivo algum.

Merda.

Havia alguma alternativa a não ser a verdade?

– Eu vi... um rastro – admitiu baixinho.

– Um rastro? – Foi a vez de Zach falar, as sobrancelhas castanhas descendo próximas aos olhos enquanto ele a avaliava do púlpito à frente da congregação. – Você não me disse nada a respeito de um rastro. Onde você o viu, Alex? De que tipo era?

– Era uma pegada... na neve.

O ar grave de Zach se aprofundou.

– Está se referindo à marca de uma bota?

Alex ficou ali em silêncio por um bom momento, incerta sobre como colocar em palavras o que estava para dizer em seguida. Sentiu o peso da atenção de todos, a expectativa de toda a cidade cravada na loira alta que passara grande parte da vida em Harmony, mas ainda era vista como um tipo de intrusa, porque viera com o pai, vindo dos pântanos úmidos da Flórida.

Era a lembrança daquelas terras encharcadas e de sol escaldante que preenchia os sentidos de Alex agora. Ela conseguia sentir o sal da água na língua, o cheiro doce de ciprestes cobertos de musgo e a fragrância dos lírios permeando o ar. Ouvia as canções vibrantes das cigarras e o coaxar das rãs fazendo serenatas no escuro, enquanto via a mãe ninar seu irmão mais novo até que ele dormisse na varanda do chalé protegida por tela, lendo numa voz gentil e suave, da qual Alex sentia muitas saudades. Ela conseguia enxergar a lua dourada que lentamente se erguia na direção do mar cintilante de estrelas logo acima da terra.

E também conseguia sentir, ainda agora, o medo repentino que atravessou seu coração na noite em que fora violada pela violência quando os monstros vieram se alimentar.

Tudo ainda estava bem presente para ela.

Ainda devastadoramente real.

– Alex.

A voz de Zach a sobressaltou, sacudindo-a de volta para o aqui e o agora, em Harmony, Alasca, e para o terror que tomava conta dela quando pensava que o horror do qual fugira na Flórida poderia, de alguma forma, tê-la reencontrado.

– Que diabos está acontecendo, Alex? – Havia impaciência na voz pausada de Zach. – Preciso saber o que você viu lá. Tudo o que você viu.

– Eu vi uma pegada – ela disse da maneira mais clara que conseguia. – Não de uma bota. Mas de um pé descalço. Um pé bem grande, muito parecido com o de um humano, mas... não exatamente.

– Ah, pelo amor de Deus... – exclamou Big Dave com uma bufada zombeteira. – Não foram os lobos que os mataram, foi o Pé Grande! Isso já é demais.

– Do que você está falando, Alex? Isso é algum tipo de brincadeira?

– Não – insistiu, desviando do olhar descrente de Zach para o resto das pessoas. Todos a encaravam como se esperassem que ela explodisse numa gargalhada.

Todos exceto o desconhecido de cabelos escuros no fundo.

Seus olhos cinzentos a perfuravam como lanças de gelo, a não ser pelo fato de que a sensação que tinha quanto mais sustentava o seu olhar não era de frio, mas de aquecer os ossos. E não havia zombaria em sua expressão. Ele a ouvia com uma intensidade que a fazia tremer por dentro.

Ele acreditava nela, quando todas as outras pessoas ali a rejeitavam com olhares confusos e educados – e alguns não tão educados assim.

– Não é nenhuma brincadeira – Alex disse aos moradores de Harmony. – Nunca falei mais sério, juro...

– Já ouvi o bastante – Big Dave anunciou, começando a se mover na direção da porta, sendo seguido por diversos outros homens rindo entre si.

– Sei que parece loucura, mas vocês têm que acreditar em mim – disse Alex, desesperada para que acreditassem nela, agora que contara a verdade a todos eles.

Parte da verdade, pelo menos. Se eles não acreditavam quando ela dizia que vira uma pegada na neve, jamais aceitariam a verdade ainda mais incrível – e aterradora – daquilo que ela temia ser o culpado pelo assassinato de Pop Toms e sua família.

Mesmo Jenna a encarava como se ela tivesse enlouquecido.

– Ninguém conseguiria sobreviver naquele frio sem roupas adequadas, Alex. Não tem como você ter visto a marca de um pé descalço lá. Sabe disso, não?

– Eu sei o que eu vi.

Ao redor delas as pessoas começaram a debandar. Alex virou o pescoço para localizar o desconhecido, mas não o viu mais. Ele tinha ido embora. E ela não entendia por que se sentia desapontada ao pensar nisso. Tampouco entendia porque se sentia compelida a procurá-lo. Sentia-se impaciente com aquela necessidade e desesperada para sair dali.

– Ei, está tudo bem – Jenna se levantou, lançando-lhe um sorriso de empatia, ainda que confuso, enquanto a abraçava forte. – Você passou por muita coisa. Os dois últimos dias foram difíceis para todos, mas tenho certeza de que especialmente para você.

Alex se afastou do abraço e balançou de leve a cabeça.

– Estou bem.

A porta da igreja se abriu e se fechou quando mais um grupo de pessoas saiu na noite fria. Será que *ele* também estaria lá fora? Ela tinha que saber.

– Você viu aquele homem no fundo da igreja? – perguntou a Jenna. – Cabelo preto, olhos cinza-claros. Ele estava sozinho de pé ao lado da porta.

Jenna balançou a cabeça.

– De quem você está falando? Não notei ninguém...

– Deixa pra lá. Olha só, acho que não vou ao Pete's hoje à noite.

– Boa ideia – Jenna concordou quando Zach desceu da plataforma elevada do púlpito e andou na direção delas. – Vá para casa e veja se consegue dormir um pouco, ok? Você está sempre se preocupando comigo, mas agora quem está precisando de cuidados é você. Além disso, já faz um tempinho desde que comi um hambúrguer e tomei uma cervejinha com meu velho irmão, só nós dois. Ele tem me evitado ultimamente, me deixando curiosa pensando se ele tem alguma namorada secreta em algum lugar.

– Nada de namoradas – disse Zach. – Não tenho tempo para isso, pois sou casado com o meu trabalho. Você está bem, Alex? Aquilo foi muito estranho e nada a ver com você. Se quiser conversar a respeito do que aconteceu, comigo ou com algum profissional...

– Estou bem – insistiu, irritando-se, mas grata pela raiva que a fazia deixar seu passado perturbador no fundo da gaveta, onde era o seu lugar. – Olha só, esqueçam o que eu disse hoje. Não quis dizer nada com aquilo, eu só estava zombando do Dave.

– Bem, ele é um idiota e bem que mereceu – Jenna disse, parecendo mais do que aliviada por não ter que chamar os homens de jaleco branco no fim das contas.

Alex sorriu com uma leveza que não sentia.

– Vou nessa. Divirtam-se no Pete's, pessoal.

Mal esperou eles darem tchau. Alex disparou em direção à porta, mas sua corrida foi impedida por um trio de senhoras da terceira idade conversando e andando muito devagar, e sua pulsação estava acelerada quando finalmente conseguiu aspirar a primeira lufada do ar gelado de fora. Parou sob o beiral de madeira da igreja e relanceou em todas as direções, procurando pelo rosto impressionante que ficara gravado em sua lembrança desde o instante em que o vira.

Ele não estava lá.

Quem quer que ele fosse, o que quer que o tivesse trazido para Harmony quando o resto da civilização estava bloqueado por conta do clima, ele simplesmente saíra na escuridão e desaparecera no ar gélido.

Capítulo 5

Kade caminhou em meio à erma frigidez da floresta, deixando o vilarejo de Harmony uns sessenta quilômetros atrás dele. Havia poucas opções de viagem no inverno para os humanos naquelas partes do interior: avião, trenó ou motoneve. Kade viajou a pé, a mochila e os equipamentos às costas, as raquetes de neve ajudando-o a andar na superfície dos montes de neve, que poderiam engolir um homem até as orelhas. O vento cortante o castigava enquanto ele subia uma colina para logo descer outra, com velocidade e resistência sobre-humanas, tudo graças à sua parte que era da Raça.

Eram o seu coração e sua alma do Alasca que se deliciavam com o frio e o terreno fustigantes, clamando a brutalidade que havia dentro dele – a brutalidade que rapidamente ressurgia, agora que ele estava na conhecida tundra da sua terra natal.

Seguir o rio Koyukuk congelado para o norte, em direção à localização genérica do assentamento dos Toms, era bem fácil. Assim que se aproximasse da área em que os homicídios ocorreram, seu olfato aguçado o conduziria pelo resto do caminho. A despeito da camada fresca de neve recém-caída nos últimos dias, para alguém da sua espécie, a mácula do sangue derramado era levada pelo vento como um farol no caminho até o cenário da recente carnificina.

O que vira da imagem do vídeo postado na internet, que Gideon obtivera em Boston, preparara-o de certa maneira para aquela missão. Ele fora até a pista de pouso de Harmony após sair da reunião do município para dar uma olhada nos mortos que eram mantidos no gelo no pátio do único hangar. Os ferimentos pareciam grotescos no vídeo. Vê-los de perto certamente não melhorou nada.

Mas Kade estudara as lacerações – praticamente eviscerações – com a mente aberta e um olhar objetivo. Não encontrara nenhuma surpresa durante sua visita ao necrotério improvisado. Não fora um animal nem um humano que matara a família Toms.

Outra coisa os brutalizara... exatamente como a bela jovem loira de olhos castanhos, chamada Alexandra Maguire, insistira na reunião na igreja da cidade.

Ela, sim, se revelara uma surpresa.

Alta e magra, com uma beleza simples que não precisava de nenhum adorno para enaltecê-la, a fêmea atordoara Kade quando se levantou e declarou ter visto algo estranho na neve. Primeiro porque Kade não sabia que houvera testemunhas, a não ser pelo idiota que gravara o vídeo e tivera o mau gosto de publicá-lo on-line. Localizar e silenciar esse problema específico eram as prioridades de Kade naquela missão para a Ordem, assim que identificasse o vampiro – ou vampiros – Renegado responsável pelo ataque sangrento e providenciasse para que a justiça fosse feita por uma mão fria e rápida.

Mas agora havia uma complicação extra, na forma daquela fêmea, Alex.

Apenas mais um detalhe numa situação já repleta deles. O que quer que ela tivesse visto, o que quer que ela soubesse a respeito dos homicídios na floresta, ela era um problema com o qual Kade teria que lidar antes que as coisas se complicassem ainda mais. Certamente ele conseguia pensar em coisas piores para fazer no cumprimento do dever do que pressionar a atraente loira atrás de informações.

Uma dessas coisas pairava logo adiante na escuridão – o agrupamento obscuro de casas e construções externas que abarcava o assentamento da família Toms. As narinas de Kade estremeceram com o cheiro do sangue soterrado debaixo da cobertura de neve que embranquecia o terreno. Daquela distância de uns cem metros, o cenário era pitoresco, pacífico. Um posto fronteiriço tranquilo aninhado entre abetos e bétulas da floresta boreal que o cercava.

Contudo, o fedor da morte estava impregnado no local mesmo no frio, aumentando de intensidade conforme Kade avançava na direção da construção de madeira mais próxima à trilha. Retirou as raquetes de neve e subiu os dois degraus até a varanda. A porta tosca estava fechada, mas não trancada; Kade virou o ferrolho e empurrou a porta com o ombro, abrindo-a.

Uma poça grande de sangue congelado reluzia como ônix negro na luz fraca do luar que o cercava enquanto ele permanecia parado na soleira da casa. Sua reação corporal ante a cena e o cheiro das células vermelhas cristalizadas foi como se uma marreta o atingisse no crânio. Embora o sangue estivesse derramado e velho, inútil para Kade, cuja raça só se alimentava das veias de seres humanos vivos, suas presas se alongaram nas gengivas como resposta.

Ele sibilou uma imprecação baixa por entre as presas alongadas ao levantar a cabeça e perceber mais sangue – mais sinais de luta e de sofrimento – na trilha escura e borrada que partia do cômodo principal até o corredor curto que o cortava no centro. Uma das vítimas tentara escapar do predador que viera matá-los. Kade abaixou a mochila e as raquetes de neve, depois seguiu pelo corredor. O humano apenas selara seu destino ao fugir para o quarto dos fundos. Encurralado ali, os respingos nojentos nas paredes e a cama desfeita contaram a Kade o suficiente a respeito da brutalidade da matança também.

Outras duas vidas foram ceifadas naquele local, e Kade não obteve nenhuma satisfação em juntar os pedaços dos horrendos cenários dos homicídios enquanto caminhava pelo resto do assentamento e analisava o ataque. Já vira o bastante ali. Sabia com certeza que as mortes eram causadas pela Sede de Sangue. Quem quer que tivesse matado os humanos ali o fizera com um fervor que excedia qualquer coisa que Kade já tivesse visto – mesmo daqueles Renegados mais selvagens e viciados.

– Filho da mãe – murmurou, o estômago contraído devido ao desgosto enquanto saía do assentamento fantasmagórico e cambaleava em direção à floresta circundante à procura de ar fresco. Respirou fundo, tragando o sabor do inverno frio para dentro dos pulmões.

Não era o bastante. A fome e a raiva se uniam ao seu redor como correntes apertadas, sufocando-o dentro do calor da parca e das roupas. Kade tirou-as e ficou nu na noite mordaz de novembro. A escuridão fria o acalmou, mas não muito.

Ele queria correr – precisava correr – e sentir os braços frios da selva do Alasca envolvendo-o. Ao longe, ouviu o uivo de um lobo. Sentiu o lamento ressoar no interior de sua medula, sentiu-o cantando em suas veias.

Kade lançou a cabeça para trás e respondeu.

Outro lobo replicou, esse bem mais próximo que o primeiro. Em questão de minutos, a alcateia se aproximara, avançando centímetro a centímetro em meio ao agrupamento de árvores. Kade relanceou de um par de olhos aguçados lupinos para outro. O macho alfa se adiantou das árvores, um animal grande e preto com a orelha direita rasgada. O lobo avançou sozinho, movendo-se como uma sombra no branco imaculado da neve.

Kade se manteve firme enquanto primeiro o alfa, depois os outros, caminharam num círculo lento ao seu redor. Enfrentou seus olhares questionadores e enviou uma promessa mental de que não pretendia machucá-los. Eles entenderam, exatamente como ele sabia que aconteceria.

E quando silenciosamente comandou que eles se afastassem, a alcateia recuou para a cortina espessa da floresta iluminada pelas estrelas.

Kade os seguiu e correu com os lobos como se pertencesse à alcateia também.

Em outro lugar na noite fria e escura, outro predador percorreu o terreno congelado e proibitivo.

Fazia horas que ele vinha andando, sozinho e a pé naquela vastidão vazia por mais noites do que conseguia contar. Tinha sede, mas a sua necessidade já não estava tão forte como quando saíra para o frio. Seu corpo estava nutrido agora, os músculos, os ossos e as células plenos de poder do sangue que tomara recentemente. Na verdade, sangue em demasia, mas seu sistema já estava equilibrando o excesso.

E agora que estava mais forte, o corpo reavivado, ele encontrava dificuldades para moderar a excitação da caçada.

Aquilo era o que ele era, afinal: a mais pura forma de caçador.

Eram esses instintos predadores que faziam a sua consciência formigar, enquanto a floresta silenciosa que ele penetrava era perturbada pelo andar rítmico de um invasor de duas pernas. O cheiro de madeira queimada e de pele humana suja atacou suas narinas enquanto a figura escura de um homem envolvido numa parca pesada se materializava não muito longe de onde o caçador observava e esperava na escuridão. A cada passo dado pelo humano um ruído metálico emanava das correntes de aço e dos grampos afiados que ele segurava com a mão enluvada. A outra mão trazia um animal carregado pelas patas traseiras, uma espécie grande de roedor que tinha perdido suas vísceras ao longo do caminho.

O humano caçador de animais caminhou penosamente até um pequeno abrigo de madeira mais acima da trilha.

O predador o observou passando, despercebido do olhar que o seguia com interesse voraz.

Por um momento, o caçador debateu consigo mesmo se valeria a pena encurralar a presa no confinamento do pequeno abrigo ou se exercitar um pouco entre as árvores e montes de neve no lado fora.

Decidindo-se pela segunda opção, saiu de seu ponto de observação e emitiu um leve som da base da garganta – parte aviso, parte convite para que o agora assustado humano começasse a correr.

O truque não falhou.

– Ah, meu Deus. O que é isso? – O medo empalideceu o rosto barbado e fez seu maxilar relaxar. Deixou cair seu prêmio irrisório na neve aos seus pés, depois tropeçou numa corrida aterrorizada floresta adentro.

Os lábios do predador se curvaram mostrando as presas ante a antecipação da perseguição.

Ele permitiu que sua presa tomasse uma dianteira, depois se pôs atrás dela.

Capítulo 6

Alex carregou a motoneve e seguiu a trilha, com Luna a bordo na frente com ela, cerca de uma hora antes da aurora. Ainda estava perturbada com a reunião municipal da noite anterior e mais que curiosa a respeito do desconhecido que aparentemente desaparecera em pleno ar, no meio da floresta, tão estranhamente quanto aparecera no fundo da igrejinha de madeira de Harmony.

Quem era ele? O que ele queria na pequena e remota Harmony? De onde viera, já que a última tempestade de neve deixara boa parte do interior bloqueada de todos os portos das redondezas?

E por que ele fora a única pessoa em toda a congregação da noite passada que ouvira seu relato da pegada deixada na neve na propriedade dos Toms sem fazê-la se sentir como se tivesse perdido o juízo?

Não que isso importasse hoje. O senhor Alto, Moreno e Misterioso partira há muito de Harmony, e Alex tinha um trenó carregado com o máximo de mantimentos que conseguia levar – necessidades básicas para algumas pessoas que ela negligenciara quando sua viagem de avião fora interrompida alguns dias atrás.

Agora ela tinha parcas três horas de luz solar e apenas o suficiente de combustível a bordo, dentro do gigantesco tanque da Polaris, para fazer o trajeto de cento e sessenta quilômetros de ida e volta.

Ela não tinha nenhum motivo válido para fazer um desvio até a propriedade dos Toms depois de quase uma hora dirigindo. Nenhum a não ser a sua necessidade angustiante de obter respostas. A esperança – fútil como ela temia que fosse – de que pudesse encontrar algum tipo de explicação para os assassinatos que não envolvesse pegadas ensanguentadas na neve e todas as lembranças que elas traziam do fundo do seu inferno interior.

Enquanto desviava a motoneve para a trilha que levava até a propriedade de Pop Toms, Luna saltou para brincar na neve fofa e reluzente.

– Fique comigo – Alex avisou a malamute brincalhona, enquanto diminuía a velocidade ao se aproximar do agrupamento de estruturas de madeira.

Ver a ansiedade de Luna ao correr na frente lhe trouxe de volta um indesejável *flashback* daquele momento horrível três manhãs antes, a descoberta do corpo jovem de Teddy.

E, igual àquele dia, Luna disparou, ignorando os chamados de Alex para que esperasse.

– Luna! – Alex gritou na tranquilidade do início da tarde. Desligou o motor e saltou, depois avançou o melhor que pôde por sobre os montes altos de neve que mal retardaram a cadela. – Luna!

Alguns metros à frente, a malamute subiu os degraus da varanda da casa de Pop e desapareceu em seu interior. O que era aquilo? A porta estava aberta, embora Zach tivesse se certificado de fechar tudo antes que os corpos de Pop e da família fossem levados embora. Seria possível que o vento tivesse empurrado a porta?

Ou teria sido algo mais perigoso do que a ventania do Ártico que varrera a região depois dos homicídios?

– Luna – repetiu Alex ao se aproximar da construção de madeira, odiando o tremor em sua voz. O coração começou a bater forte dentro do peito. Engoliu sua ansiedade e tentou mais uma vez. – Luna. Saia daí, garota.

Ela ouviu um movimento no interior, depois um ranger e um estalido de uma tábua de madeira que protestou contra o frio e o peso de quem quer que fosse – ou do que quer que fosse – que estava lá dentro com sua cadela.

Mais movimentação, passos se aproximando da abertura da porta. O medo subiu pelo pescoço de Alex. Levou a mão para a arma presa no coldre à cintura debaixo da parca. Sacou a arma e segurou-a com as duas mãos diante do corpo, bem quando Luna voltou trotando com desinteresse para receber Alex no fim das escadas.

E, atrás dela, mais para o interior da casa de Pop, havia um homem – o desconhecido de cabelos escuros do fundo da igreja. Apesar do frio, ele vestia apenas um par de jeans folgado, que ele fechava casualmente como se tivesse acabado de sair da cama.

Ele sustentou o olhar incrédulo de Alex com uma calma que ela não entendia, como se olhar para o cano de uma quarenta e cinco milímetros carregada fosse algo que ele fizesse todos os dias.

– Você – murmurou Alex, a respiração evaporando diante de si. – Quem é você? Que diabos está fazendo aqui?

Ele continuou imóvel, imperturbável, dentro do cômodo principal da casa. Em vez de responder às suas perguntas, ele indicou a pistola com o queixo forte e quadrado.

– Importa-se de apontar isso para outro lugar?

– Acho que sim – respondeu ela, com a pulsação acelerada e não totalmente devido ao medo.

O homem era intimidador, com seus quase dois metros de altura, os ombros largos e musculosos e bíceps poderosos que pareciam capazes de erguer um alce adulto. Debaixo do singular padrão de tatuagens que dançava de forma artística em torno do torso, peito e braços, parecendo algum tipo de intrincado padrão tribal, a pele dele era suave, da cor dourada de um nativo. O cabelo parecia indicar a mesma linhagem, negro e liso, as pontas curtas e espetadas parecendo tão macias quanto as asas de um corvo.

Somente os olhos o denunciavam como outra coisa que não um nativo do Alasca. Num tom prata-claro, penetrantes em contraste com os cílios espessos e escuros que os contornavam, eles prendiam Alex num laço praticamente físico.

– Preciso pedir que venha para fora onde eu possa vê-lo – disse, nem um pouco à vontade com aquela situação ou com o desconcertante homem. Embora soubesse não ser páreo para ele, com ou sem balas para protegê-la, ela se esforçou ao máximo para usar aquele tom policial de quem não aceita desaforo usado por Jenna. – Agora. Saia.

Ele inclinou a cabeça para um lado e relanceou além dela para o mormaço nublado da luz vespertina tênue do lado externo.

– Prefiro não fazer isso.

Ele prefere não fazer isso? Sério?

Alex flexionou os dedos para segurar melhor a pistola, e ele ergueu as mãos lentamente para demonstrar que não estava se rebelando.

– A temperatura aí fora deve estar uns dez graus abaixo de zero. Isso é capaz de congelar algo vital num homem – disse ele, com a audácia de curvar os lábios num meio sorriso divertido. – As minhas roupas estão aqui dentro. Como pode ver, eu não estava vestido adequadamente para receber visitas. Ou para enfrentar um tiroteio na tundra.

Seu humor fácil e pervertido murchou grande parte da agitação dela. Sem esperar por uma resposta – sem nenhuma preocupação com a pistola carregada ainda apontada para o seu peito – ele se virou e entrou mais na casa de Pop.

Bom Deus, aquelas fascinantes tatuagens o envolviam nas costas também. Pareciam se mover com ele, acentuando os músculos duros e enxutos que se tensionavam e relaxavam a cada passo.

– Você também não precisa ficar aí no frio – ele disse, a voz grave provocando algo insano na sua pulsação enquanto ele desaparecia de vista. – Guarde a arma e entre, se quiser conversar.

– Merda – Alex sussurrou numa lufada.

Relaxou os braços, sem entender muito bem o que estava acontecendo ali. O cara era inacreditável. Seria arrogante ou simplesmente louco?

Chegou a pensar em disparar um tiro de alerta, só para que ele entendesse que ela estava falando sério, mas, no mesmo instante, Luna emitiu um ganido e voltou a subir os degraus e a entrar na casa atrás dele. Cadela desleal.

Murmurando uma imprecação, Alex abaixou a pistola e, com cuidado, subiu até a varanda rumo à porta aberta do que quase fora um segundo lar para ela nos últimos anos. Ao entrar na casa de Pop, ela não poderia lhe parecer mais estranha. Imprópria em todos os sentidos.

Sem a voz ressonante de Pop para recebê-la enquanto entrava, a casa parecia fria, mais escura e vazia do que nunca. Felizmente, não havia nenhum sangue derramado, visto que ele e Teddy ou tinham corrido ou sido perseguidos do lado de fora antes que o assassino conseguisse apanhá-los. Tudo parecia estar como deveria caso eles estivessem ali, mas a visão arrepiava Alex como algum tipo de realidade alternativa que se colidia com a que tinha conhecido.

Discordante com a sala abarrotada havia uma mochila de couro com o zíper aberto sobre o sofá laranja e marrom. Alex deu uma espiada em seu conteúdo, notando uma muda de roupa e um punhal desembainhado sobre um par de calças pretas ao estilo militar.

Contudo, o punhal serrilhado que parecia capaz de escalpelar um urso com facilidade era apenas um aperitivo comparado ao restante da artilharia disposta na sala de estar de Pop.

Um rifle de longa distância estava apoiado no canto mais próximo à porta. Ao lado, na mesinha de canto surrada que Pop Toms fizera com as próprias mãos, como presente de casamento para a esposa há cerca de três décadas, havia um cinturão de balas, cujas pontas, grandes, pontudas e encapadas, eram do tipo de munição capaz de atravessar pele e ossos num instante, sem nenhuma misericórdia na captura de prisioneiros. Outra arma, uma semiautomática nove milímetros que superava o seu revólver quarenta e cinco com facilidade, repousava no coldre preto próximo à caixa de balas.

Tendo vivido na floresta grande parte da vida, Alex não se acovardava ao ver armas e equipamentos de caça, mas aquele arsenal pessoal – e a percepção de que o homem que o possuía acabara de voltar para a sala – a surpreendeu.

Levantou o olhar e o flagrou vestindo uma camisa grossa de camurça cinza e arregaçando as mangas nos braços. O conjunto fascinante de tatuagens desapareceu quando ele abotoou a frente. No confinamento da sala pequena, Alex captou o cheiro da atmosfera ártica com seus pinheiros, assim como de algo mais selvagem que parecia preso a ele e clamava a atenção dos seus sentidos.

Céus, fazia tanto tempo assim que estava sem companhia masculina que seus instintos de preservação já não funcionavam? Ela achava que não, mas, pensando bem, ela não era a única fêmea afetada pelo desconhecido que aparecera do nada na noite anterior. Luna estacionara seu traseiro traidor aos pés dele e o fitava com um olhar de adoração, enquanto ele abaixava a mão para coçá-la atrás das orelhas. Normalmente, a malamute ficava atenta ao redor de estranhos, desconfiava de pessoas novas, mas não com ele.

Se ela precisasse atestar a personalidade de uma pessoa, seria melhor não confiar nos instintos de Luna. Quanto a isso, Alex tinha seu detector interno para julgar se podia ou não confiar em alguém, um tipo de detector de mentiras instintivo do qual ela tomara conhecimento ainda criança. Infelizmente, para que ele funcionasse, ela precisava estar perto o bastante para tocar na pessoa – um simples resvalar de dedos era uma conexão suficiente para lhe dizer se estavam mentindo.

Por mais tentador que fosse pousar a mão na pele nua dele, isso também significaria abaixar a arma. Sinceramente, ela não achava que seria sensato ficarem tão amigos assim ainda.

– Quem é você? – Alex exigiu saber, imaginando se dessa vez ele responderia. – O que estava fazendo na reunião municipal em Harmony e o que faz aqui? Está comprometendo uma cena de crime, caso ainda não tenha notado.

– Notei. E o metro de neve recente que agora está cobrindo todo este lugar já a comprometeu muito antes de eu chegar aqui – disse ele sem se desculpar, ainda esfregando a cabeça e o queixo de Luna, enquanto a cadela praticamente babava de contentamento.

Alex podia jurar que algo não dito se passava entre o homem e a cadela no instante antes de Luna se levantar e se aproximar de Alex para lambê-la na mão.

– Meu nome é Kade – disse ele, prendendo-a com o firme olhar prateado. Ele estendeu a mão, mas Alex ainda não decidira se já poderia confiar nele. Ele hesitou por um momento, depois voltou a abaixar o braço. – Pelo que ouvi ontem à noite, imagino que você era próxima das vítimas. Lamento a sua perda, Alex.

O modo como ele pronunciou seu nome com tamanha familiaridade a enervou. Não gostou de como a voz e a compaixão inesperada e indesejável pareceram atingi-la no peito e se enredar em seus sentidos. Ela não o conhecia e, definitivamente, não precisava da empatia dele.

– Você não é daqui – ela disse abruptamente, necessitando manter algum distanciamento, visto que as paredes pareciam se fechar ao seu redor quanto mais ficava na presença dele. – Mas também não é de fora. É?

Ele balançou a cabeça de leve.

– Nasci no Alasca, fui criado ao norte de Fairbanks.

– Ah! Qual é a sua família? – perguntou, tentando parecer que estava mantendo uma conversa e não fazendo um interrogatório.

Ele piscou, apenas uma vez, bloqueando seus olhos magníficos lentamente.

– Você não deve conhecer a minha família.

– Você pode se surpreender. Conheço muitas pessoas – disse ela, pressionando-o para que ele não fosse evasivo. – Pode me testar.

Os lábios amplos se curvaram nos cantos.

– Isso é um convite, Alex?

Ela pigarreou, pega desprevenida pela insinuação, porém ainda mais pela aceleração da sua pulsação enquanto a pergunta pairava sobre eles. Ele se aproximou então, com passadas largas e lentas, que o deixaram a apenas um braço de distância.

Meu Deus, ele era maravilhoso. Ainda mais assim de perto. O rosto magro tinha ângulos agudos e ossos fortes, as sobrancelhas pretas acentuando o tom invernal e a inteligência aguçada dos olhos, que se erguiam bem leve nos cantos. Olhos de lobo. Olhos de caçador.

Alex se viu presa neles quando ele se aproximou ainda mais. Sentiu o calor da mão dele na sua, depois uma pressão gentil, porém firme, quando ele cautelosamente tirou a pistola dos seus dedos.

Ele a ofereceu de volta sobre a palma aberta.

– Não vai precisar disso, eu prometo.

Quando ela aceitou a pistola calada e a guardou no coldre atrás das costas, ele foi para o sofá e embainhou o punhal que estava sobre a mochila.

– Você deve ter ficado bem abalada, já que foi a primeira a ver o que havia acontecido aqui.

– Não foi um bom dia – ela disse. – Os Toms eram pessoas decentes. Não mereciam morrer daquela forma. Ninguém merece.

– Não – ele concordou, com gravidade. – Ninguém merece esse tipo de morte. A não ser as bestas responsáveis pelo que aconteceu com seus amigos.

Alex o observou enquanto ele fechava e guardava a caixa de munição na mochila.

– Foi isso o que o trouxe aqui? Você e toda a sua artilharia? Alguém de Harmony o contratou para matar uma alcateia de lobos? Ou veio aqui por conta própria?

Ele inclinou a cabeça na direção dela.

– Ninguém me contratou. Sou um solucionador de problemas. Isso é tudo o que você precisa saber.

– Caçador de recompensas – ela murmurou, com mais veneno do que o que seria sensato. – O que houve aqui não tem nada a ver com lobos.

– Foi o que você disse ontem na reunião – ela nunca ouvira a voz dele mais equilibrada do que aquilo até então. E quando ele a fitou, foi com uma intensidade investigatória que a fez recuar um passo. – Ninguém acreditou em você.

– E você?

Como se fosse possível, o olhar dele se aprofundou ainda mais. Como se pudesse enxergar através dela, até chegar às lembranças que ela não suportava reviver.

– Conte-me o que você sabe, Alex.

– Quer que eu lhe conte mais a respeito da pegada que encontrei lá fora?

Ele balançou a cabeça muito de leve.

– Estou me referindo ao resto. Como pode ter certeza de que esses homicídios não foram causados por animais? Você viu o ataque?

– Graças a Deus, não – respondeu ela rapidamente.

Talvez rápido demais, porque ele avançou um passo, com o cenho fechado. Avaliando-a.

– E quanto ao vídeo? Há mais dele em algum lugar? Algo além das imagens tiradas depois que as mortes ocorreram?

– O quê? – Alex não precisou fingir confusão. – Que vídeo? Não sei do que está falando.

– Três dias atrás, um vídeo filmado aqui por um celular foi parar num site ilegal na internet.

– Ah, meu Deus... – Aterrorizada, Alex levou a mão até a boca. – E você assistiu?

O tendão que se esticou no rosto dele foi confirmação suficiente.

– Se você souber algo mais a respeito dos homicídios que aconteceram aqui, preciso que me conte, Alex. É muito importante que eu tenha todas as informações que puder.

Se Alex se sentiu tentada a contar tudo na reunião da noite anterior, agora, sozinha diante daquele homem – daquele estranho que a confundia inexplicavelmente em todos os níveis do seu ser –, as palavras ficaram presas na garganta. Ela não o conhecia. Não tinha tanta certeza de que podia confiar nele, mesmo que ela, de alguma maneira, conseguisse a coragem de trazer à tona suas mais sombrias suspeitas.

– Por que você está aqui, de verdade? – ela perguntou com suavidade. – O que está procurando?

– Estou à procura de respostas, Alex. Acredito que esteja procurando o mesmo que você – a verdade. Talvez exista um modo de nos ajudarmos.

O toque agudo do celular de Alex rompeu o silêncio prolongado. Ele tocou mais uma vez, dando a Alex a desculpa de que ela precisava para se colocar a alguns passos de distância do homem cuja presença parecia roubar o ar da sala. Alex lhe deu as costas e atendeu a ligação.

Era Jenna, telefonando para lembrá-la de que deveriam se encontrar para jantar no Pete's naquela noite. Alex confirmou rapidamente, mas permaneceu no telefone mesmo depois de Jenna ter se despedido e desligado.

– Sim, sem problemas – Alex disse para o telefone mudo. – Já estou a caminho. Estarei aí no máximo em vinte minutos. Ok. Tchau!

Colocou o aparelho no bolso da parca e se virou para encarar a nova pessoa favorita de Luna, sentada no sofá com ela deitada aos pés.

– Preciso ir. Tenho entregas para fazer antes que o sol se ponha, e vou me encontrar com uma amiga para jantar na cidade.

Estava ansiosa para ir embora, mas por que se sentia impelida a se explicar para aquele homem? Não era da conta dele o motivo de ela estar praticamente correndo dali.

Alex sutilmente estalou os dedos e chamou Luna. A seu favor, Luna se aproximou sem parecer magoada demais por ser chamada para longe dele.

– Vou avisar o policial Tucker que você estará aqui estes dias – acrescentou, imaginando que não faria mal ele saber que ela era amiga da polícia.

– Faça isso, Alex. – Ele não se ergueu de sua posição largada no sofá. – Tome cuidado aí fora. Te vejo por aí.

Alex captou o sorriso preguiçoso dele ao pegar Luna e seguir para a porta. Embora não ousasse olhar para trás, ela sentia o olhar cinzento às suas costas, observando-a enquanto ela montava na motoneve com Luna e acelerava. Havia se afastado alguns metros quando outro pensamento a atingiu.

Não havia notado nenhum outro veículo estacionado em parte alguma ali.

Então como foi que ele conseguiu vencer o trajeto de mais de sessenta quilômetros de Harmony até ali, no meio da floresta?

Capítulo 7

Kade esperou que as poucas horas de luz solar passassem no chalé da propriedade dos Toms. Assim que ficou seguro para a sua pele sensível ao sol se aventurar do lado de fora, ele partiu a pé uma vez mais, desta vez em direção às terras que a família tinha ao norte de Fairbanks.

Imaginou como seria recebido no Refúgio Secreto do pai – ele, o filho pródigo, a ovelha negra indefensável que partira um ano antes sem desculpas nem explicações, sem nunca olhar para trás. Sentia certa culpa por isso, mas imaginava que ninguém acreditaria se o dissesse.

Ficou imaginando se Seth estaria lá quando chegasse e, em caso positivo, o que o irmão diria a respeito dos assassinatos que trouxeram Kade de Boston de volta para casa para investigar em nome da Ordem.

Contudo, mais do que tudo isso, Kade ficou pensando no que Alexandra Maguire estaria escondendo.

Kade tinha bastante experiência pessoal em guardar segredos para deduzir que a atraente piloto não estava sendo totalmente honesta quanto ao que sabia a respeito das mortes recentes – não com o povo da cidade, nem com a força policial, tampouco com ele mesmo há pouco. Possivelmente, nem consigo própria.

Ele poderia tê-la pressionado quando se encontraram na casa de Toms, mas Alex não parecia do tipo que era forçada a fazer algo que não quisesse. Kade precisaria conquistar a sua confiança a fim de obter as informações de que precisava.

Talvez até tivesse que seduzi-la, uma ideia que ele considerava interessante até demais. Isso mesmo. Seria uma dureza de trabalho se aproximar de Alexandra Maguire... Cada missão deveria ter esse tipo de tarefa onerosa.

Pensamentos de como conduziria as coisas da próxima vez em que a visse fizeram com que as horas e os quilômetros ficassem para trás. Em pouco tempo, chegou ao pedaço imenso de floresta virgem que pertencia à família há centenas de anos. Os cheiros conhecidos das árvores e da terra que jazia dormente debaixo da neve contraíram seu peito. Por muito tempo aquele pedaço de terra fora seu lar, seu reino e seu domínio.

Quantas vezes ele e Seth correram e saltaram livres naquela mesma floresta, irmãos em armas, jovens senhores numa perseguição? Vezes demais para lembrar.

Mas Kade se lembrava da noite em que o idílio da infância partilhada chegou ao fim. Ele ainda sentia o peso daquele momento na mão fria do medo que segurava sua nuca enquanto ele se aproximava do extenso assentamento de construções de madeira que abarcava o Refúgio Secreto da sua família.

Diferentemente da maioria das comunidades civis da Raça, aquele Refúgio Secreto não tinha um perímetro cercado ou câmeras de segurança de circuito fechado. Também não havia guarda montada. Pensando bem, num lugar tão ermo, isso não seria necessário. A própria terra funcionava como sentinela das muitas residências e da população que vivia nelas. Severa, remota e extensa.

Se os predadores de quatro patas não dissuadiam visitantes humanos inesperados de aparecerem de repente na propriedade, o pai de

Kade e cerca de vinte outros machos da Raça que viviam no Refúgio Secreto provavelmente ficariam mais do que contentes em cuidar deles.

Kade avançou penosamente pela trilha coberta de neve que levava até a casa principal. Bateu à porta, pouco à vontade para entrar sem ser anunciado.

O irmão mais novo do seu pai veio atender a porta.

– Seth, o que você está fazendo parado aí na neve...

– Tio Maksim – disse Kade, inclinando a cabeça num cumprimento quando a compreensão transpareceu na expressão iluminada do outro. – Como vai, Max?

Ele tinha quase trezentos anos, mas como todos os demais da Raça, parecia no auge da vida, com seu rosto sem rugas e espessos cabelos escuros.

– Estou bem – ele respondeu. – Esta é, sem dúvida, uma grande surpresa, Kade. Seu pai ficará imensamente feliz por você estar em casa.

Kade resistiu ao impulso de rir disso, mas só porque sabia que o tio dissera aquilo afavelmente.

– Ele está?

Maksim assentiu.

– No escritório. Meu Deus, é um alívio vê-lo novamente e saber que você está vivo e bem. Você ficou tanto tempo sem mandar notícias que temo que muitos de nós deduzimos que o pior tivesse lhe acontecido.

– Pois é – Kade disse de modo estranho. – Já ouvi isso. Pode dizer ao meu pai que estou aqui?

O tio lhe deu um tapa no ombro.

– Vou fazer melhor do que isso. Venha comigo. Eu mesmo vou levá-lo até lá.

Kade seguiu o macho corpulento pela casa imensa até o escritório particular de seu pai, cuja vista se estendia pelo lado oeste da propriedade. Maksim bateu os nós dos dedos na porta, depois apertou o ferrolho e a abriu.

– Kir. Veja quem voltou para casa, irmão.

O pai de Kade se virou do programa de computador aberto no monitor, girando a grande poltrona de couro para encará-los. Kade viu a expressão séria se obscurecer passando da surpresa e alívio para confusão e desapontamento mal disfarçado quando percebeu que era o filho pródigo que aguardava na soleira, e não o favorito. A expressão séria se acentuou.

– Kade.

– Pai – ele respondeu, sabendo que não haveria abraços emocionados e boas-vindas calorosas de seu pai, quando ele se levantou da poltrona e deu a volta até a frente da longa escrivaninha.

Ele dispensou apenas um olhar para o irmão, que estava atrás de Kade próximo à porta.

– Deixe-nos, Maksim.

Kade sentiu, mais do que viu, a saída obediente e silenciosa do tio. Em vez disso, fitou o pai, enxergando a desaprovação no olhar sombrio que o penetrava do outro lado do escritório. Kade baixou a mochila e a artilharia no chão e aguardou o desprazer do pai.

– Esqueceu de comentar que pretendia vir para casa quando telefonou há poucos dias – como Kade não ofereceu nenhuma explicação, o pai exalou audivelmente: – Pensando bem, isso não é surpresa alguma. Você tampouco se importou em dizer alguma coisa antes de partir um ano atrás. Apenas se foi sem pensar nas suas responsabilidades para com a família.

– Era a minha hora de partir – Kade respondeu após um longo momento. – Eu precisava fazer algumas coisas.

A zombaria do pai soou carregada de animosidade.

– Espero que tenha valido a pena. Você partiu o coração da sua mãe, não percebe? Até telefonar subitamente no outro dia, ela estava certa de que você tinha sido morto ao se juntar àquele grupo de vingadores em Boston. E ainda que Seth fosse a última pessoa a falar mal de você, posso garantir que você também partiu o coração dele ao ir embora. O seu irmão mudou muito desde que você se foi.

E claro, a culpa disso e de todo o resto sempre recaía sobre os ombros de Kade. Ele balançou a cabeça, sabendo que de nada adiantaria ele tentar se defender ou defender a Ordem. Lucan e os outros guerreiros não precisavam do apoio e da aprovação do seu pai. Para falar a verdade, nem ele.

Ele já sobrevivera sem isso por muito tempo e, desde então, desistira da necessidade de provar seu valor para aquele homem.

– Então, Seth está fora cuidando de negócios para o senhor?

O pai recebeu a pergunta com o olhar estreito.

– Ele deve voltar logo. Imagino que ele também vá se alimentar enquanto estiver afastado, motivo provável para o seu retardo.

– E quanto a Patrice?

– Ainda não se uniram – foi a resposta ríspida do pai.

Kade grunhiu em compreensão e desejou que pudesse se sentir mais surpreso ao ouvir a notícia. Por seis anos era sabido que Seth e Patrice, uma das Companheiras de Raça que vivia no Refúgio Secreto desde criança, acabariam formando um casal unido pelo sangue. Naquela época, Patrice o escolheu a despeito de todos os outros da região e, para deleite dos seus pais, Seth concordara em torná-la sua companheira. A questão era que ele sempre parecia encontrar uma boa desculpa atrás da outra para postergar a união.

Sem uma Companheira de Raça para aplacar as necessidades de sangue de um vampiro, ele se via forçado a se alimentar da população mortal para se manter. A maioria dos machos da Raça via com bons olhos o elo eterno e inquebrável que os libertaria da escravidão de sua sede de sangue e que forneceria uma fonte constante e amorosa de força e paixão pela duração da vida do macho.

Todavia, existiam alguns que preferiam permanecer independentes, caçando quando bem quisessem, deleitando-se com a constante perseguição e conquista da presa humana.

Kade mesmo não tinha pressa alguma de se prender a uma Companheira de Raça, outro ponto de controvérsia com o pai e a mãe, que viviam unidos e felizes há mais de um século. Em vez disso, depositaram suas esperanças em Seth. Ele era o estudioso, o cérebro, aquele que todos acreditavam que um dia tomaria as rédeas como líder do Refúgio da família ou formaria o seu próprio.

Kade sempre fora o exato oposto do irmão. Fora esse traço temerário que provavelmente o condenara ante os olhos do pai, enquanto o cuidadoso controle externo de Seth aparentemente lhe concedera liberdades ilimitadas.

– Bem – disse o pai após um silêncio prolongado –, visto que você voltou ao seu juízo e retornou para casa agora, imagino que isso signifique que você esteja pronto para fazer parte da família mais uma vez. Como parece que você retornou com apenas a roupa do corpo, tomarei providências para transferir alguns fundos para a sua conta.

– Não vim aqui atrás de dinheiro – Kade ralhou, a raiva surgindo diante da suposição do pai. – E quanto a ficar aqui, não tenho planos de...

– Onde está o meu filho? – as palavras de Kade foram interrompidas por um pequeno ciclone que escancarou as portas do escritório e entrou como uma brisa. – É você mesmo! Ah, Kade!

Ela o puxou para um abraço apertado, o corpo vibrando de emoção. Sua mãe estava bela e vibrante como sempre – mais que vibrante, pois seu brilho era aumentado pelo ventre distendido por debaixo das calças, e pelo largo suéter que ela vestia. Com cabelos escuros e olhos prateados e claros, iguais aos dos filhos Seth e Kade, Victoria era uma mulher estonteante. Assim como seu parceiro, ela também não aparentava mais do que trinta anos de idade, seu envelhecimento detido pelo elo de sangue que partilhava com Kir.

– Ah, meu amado menino! Estive tão preocupada com você! Graças a Deus você voltou e... veja, bem na hora. – Ela sorriu, absolutamente radiante. – Você terá dois novos irmãos em menos de um mês. Gêmeos idênticos, como você e Seth.

Embora ela parecesse deliciada ante a perspectiva, Kade sentiu uma reviravolta doentia em seu íntimo. O talento que ele e Seth partilhavam, a habilidade de se comunicar e comandar animais predadores, era um dom singular transmitido a eles geneticamente pela mãe Companheira de Raça, do mesmo modo como ele e Seth tinham a mesma pele dourada, cabelos negros e olhos exóticos. Mas, diferentemente dela, em Kade e em Seth, com o sangue da Raça do pai correndo quente nas veias, esse talento tinha um lado obscuro. Ele odiou pensar que o padrão poderia se repetir em mais um par de irmãos.

– A senhora me parece bem, mãe. Estou contente em vê-la tão feliz.

– Estou ainda mais feliz agora que você está aqui. Vai ver que mantive seus aposentos exatamente como os deixou. Nem um dia se passou sem que eu não tivesse esperança e rezasse para ter meus dois amados filhos sãos e salvos, vivendo debaixo do nosso teto novamente como uma família.

Ela lançou os braços ao seu redor novamente, e Kade se sentiu ainda pior com o que tinha a dizer.

– Eu... eu não sei quanto tempo vou ficar. Não voltei para viver aqui, mãe. Estou aqui a trabalho, para a Ordem.

Ela se afastou, a expressão se entristecendo.

– Não vai ficar?

– Só até a minha missão acabar. Depois terei que voltar para Boston. Lamento se fiz vocês pensarem que...

– Você não pode ir – ela murmurou, as lágrimas se avolumando nos olhos. – Seu lugar é aqui, Kade. Este é o seu lar. Somos a sua família. A sua vida está aqui...

Ele gentilmente meneou a cabeça.

– A minha vida é com a Ordem agora. Eles precisam de mim, e eu tenho coisas importantes a fazer. Mãe, sinto muito desapontá-la.

Ela soluçou por trás da mão, e recuou alguns passos, cambaleando um pouco com o movimento, mas o pai de Kade logo se pôs ao seu lado, envolvendo-a protetoramente com os braços. Ele falou suavemente com ela, carinhosamente, palavras particulares que pareceram acalmá-la de algum modo. Mas as lágrimas e os soluços não pararam por completo.

O pai de Kade a acompanhou com cuidado até a porta, parando para levantar a cabeça e lançar um olhar firme para o filho. Seus olhos se encontraram e se digladiaram, nenhum deles desejando recuar.

– Você e eu não terminamos, Kade. Espero que me aguarde aqui até que eu acabe de cuidar da sua mãe.

Ele esperou como ordenado, mas apenas por um minuto. O tempo afastado fez com que ele se esquecesse como era estar naquele lugar. Ele não conseguiria viver debaixo do mesmo teto que o pai, assim como não conseguiria viver à sombra de Seth. Sentia-se morrer por causar sofrimento à mãe, mas se precisava de um lembrete de que não pertencia àquele lugar, conseguira-o em alto e bom som com o olhar que o pai lhe lançara ao passar pela porta.

– Merda! – sibilou ao apanhar a mochila e sair do escritório.

Foi para fora, pensando que o ar gélido o ajudaria a clarear a mente. Em vez disso, seu olhar foi atraído pelo chalé do irmão. Sabia que não deveria entrar – na verdade, não tinha direito algum –, mas a necessidade de respostas era mais poderosa que qualquer culpa por invadir a privacidade de Seth. Kade abriu a porta e entrou.

Não tinha certeza do que esperava ver. Algum tipo de caos e bagunça de uma mente perturbada? Mas os aposentos de Seth estavam mais arrumados do que nunca, não havia absolutamente nada fora do lugar. Toda a mobília e seus pertences organizados e precisamente dispostos. Havia um livro de filosofia na mesinha ao lado do sofá, uma coletânea de música clássica na disqueteira. Na mesa do computador de Seth, uma pasta contendo planilhas impressas de algo em que ele obviamente vinha trabalhando para o pai, bem fechada debaixo de um peso de cristal. Seth, o filho perfeito.

Só que quanto mais Kade olhava ao redor, mais o chalé se parecia com um cenário montado do que com um lugar em que alguém morava. As coisas estavam arrumadas demais. Muito organizadas, como se colocadas ali para o caso de alguém espiar à procura de algo estranho. Ou de algum sinal de fraude, que era o que Kade estava fazendo.

Mas Kade conhecia o irmão melhor do que qualquer outra pessoa. Ele era uma parte de Seth, como ninguém mais poderia ser, por causa do elo inquebrável com que nasceram por serem gêmeos idênticos. Desde que eram garotos foram como duas partes de um inteiro, inseparáveis, com uma inenarrável compreensão mútua.

Kade acreditara que ele e Seth eram idênticos em todos os aspectos... até a primeira vez que vira o irmão comandar uma alcateia de lobos para perseguir e atacar um urso.

Na época, não passavam de garotos, com uns catorze anos e ávidos em testar os limites tanto de suas forças como também de suas habilidades sobrenaturais. Seth estava se gabando, contando que fizera amizade com uma alcateia da região e que conseguia comandar a mente de mais de um animal de cada vez. Kade nunca tentara isso – sequer percebera que poderia fazê-lo –, o que fez Seth querer demonstrar.

Ele chamara a alcateia com um uivo e, antes que Kade percebesse o que estava acontecendo, ele e Seth estavam correndo com os lobos atrás de uma presa. Depararam-se com um urso pardo apanhando salmão no rio. Seth dissera à alcateia que abatesse o urso. Para total assombro de Kade, eles obedeceram. Mas o mais chocante – e infinitamente mais abominável – foi ver Seth participando do ataque.

Foi uma batalha longa e prolongada... e Seth se deliciou com ela. Sujo de sangue do animal, ele chamara Kade para que se juntasse a eles, mas Kade se mostrou aterrorizado. Vomitara nas moitas, nunca tendo se sentido tão enojado e triste em toda a sua vida.

Nas semanas que se seguiram, Seth caçoara reservadamente de Kade. Vangloriara-se, agindo como um diabinho em seu ombro, desafiando-o a testar os limites do seu talento para determinar qual deles era o gêmeo mais poderoso. Kade, de maneira estúpida, acabara cedendo. O orgulho fizera dele um tolo, por isso ele aceitara a luva de pelica lançada por Seth.

Aperfeiçoara sua habilidade até que ela lhe surgisse tão naturalmente quanto respirar. Aprendera a amar a sensação da barbárie indomada em sua pele, inundando seus sentidos, presa entre os dentes e as presas. Ele se tornara tão bom, tão viciado no poder do seu talento, que logo se tornou quase impossível controlá-lo.

Seth ficara furioso porque a habilidade de Kade excedera a sua. Ele era ciumento e inseguro, uma combinação perigosa. Até que um dia, subitamente, encontrou algo mais para provar a Kade, e suas inclinações violentas assumiram um foco alarmante.

A certa altura, Seth silenciosamente avançara seu talento direcionando-o para outra presa.

Ele e sua alcateia mataram um humano.

Isso aconteceu poucos meses antes de Kade ser recrutado pela Ordem. Enojado e furioso, ele teve a intenção de arrastar Seth para diante do pai e o resto dos moradores do Refúgio e expor a indesculpável infração à lei da Raça. Seth, porém, implorara para que não o fizesse. Jurara que aquilo não passara de um erro terrível – um jogo que acabara saindo do controle. Implorara a Kade que não o denunciasse. Jurara que a morte fora acidental e que aquilo jamais voltaria a acontecer.

Kade duvidou dele já naquela época. Deveria ter exposto o segredo de Seth. Mas Seth era seu amado irmão – sua outra metade. Kade sabia o que a notícia do crime de Seth causaria nos pais, especialmente na mãe. Por isso guardou o segredo, mesmo que mantê-lo o estivesse corroendo por dentro desde então.

Protegera Seth da verdade e impedira a dor dos pais, e quando Nikolai lhe telefonou de Boston, dizendo que a Ordem necessitava de novos recrutas, Kade agarrou a oportunidade.

Agora os homicídios dos Toms trouxeram tudo à tona novamente. O que ele mais queria era que o irmão não fosse capaz de matar uma família inteira a sangue frio, mas temia que a promessa feita por Seth um ano atrás tivesse sido difícil demais de manter.

Com esse medo lhe pesando na cabeça, Kade começou a caminhar para a porta. Até estar na metade do caminho, não percebeu que estava andando sobre a pele de um urso pardo. A pele cobria o chão da sala de estar, e apesar de o urso morto por Seth e sua alcateia há tantos anos já ter desaparecido por conta da natureza, o rugido congelado da boca daquele urso morto feito de tapete fez Kade parar. Voltou até perto da cabeça e se ajoelhou próximo à boca aberta do animal.

– Ah, Seth. Permita que eu esteja errado... – sussurrou ao enfiar a mão com cuidado na boca de dentes afiados.

Foi o mais fundo que conseguiu e praguejou quando os dedos resvalaram num tecido macio e agarraram um saquinho escondido na base da garganta do urso pardo.

Kade retirou um saquinho de amarrar, ouvindo o som metálico de algo se chocando quando o depositou na palma. Afrouxou a cordinha e despejou seu conteúdo. Diversos anéis de ouro caíram em sua mão, junto com uma pulseira de couro trançado com um dente de urso pendurado e algumas mechas de cabelo de uma variedade de cabeças humanas. Sangue coagulado sujava alguns dos itens.

Não havia como confundir aquilo com outra coisa...

Souvenires que Seth aparentemente vinha coletando. O esconderijo de recordações de um assassino, tiradas das suas vítimas.

– Filho da mãe... – Kade exclamou com rispidez. – Seu maldito e doentio filho da puta!

Raiva e tristeza colidiram em seu estômago. Não queria acreditar no que estava vendo. Queria arranjar desculpas, agarrar-se a qualquer possível explicação exceto àquela ressoando como um sino de alerta em seu crânio.

Seu irmão era um assassino.

Teria ele atacado a família Toms de maneira tão hedionda, também?

Algo no íntimo de Kade simplesmente não conseguia aceitar a matança de uma família inteira.

A despeito do terror assentado como gelo em seu íntimo, ele precisava de mais respostas antes de querer condenar Seth como esse tipo de monstro. Precisava de provas. Inferno, ele precisava encarar o irmão e exigir a verdade dele, de uma vez por todas.

E se no fim Seth fosse culpado, então Kade estaria preparado para fazer o que fosse necessário. O que ele deveria ter feito assim que teve provas do aparente desrespeito de Seth pela vida humana.

Caçaria seu maldito irmão e o mataria.

Capítulo 8

Boa parte das pessoas reunidas no Pete's naquela noite estava aglomerada na área na frente do bar, o barulho das conversas se misturando com o do jogo de hóquei na TV a cabo e com uma antiga canção dos Eagles tocando no *jukebox* próximo ao banheiro *unissex* e à entrada da sala de jogos nos fundos. Alex e Jenna estavam sentadas frente a frente em uma das mesas no centro. Haviam terminado de jantar já há um tempo e agora dividiam uma fatia de torta de maçã caseira do Pete's, enquanto tomavam o resto da cerveja, que já esquentara.

Na última hora, Jenna vinha bocejando e consultando o relógio de vez em quando, mas Alex sabia que a amiga era educada demais para deixá-la na mão. De maneira egoísta, Alex queria prolongar aquele encontro. Insistira na torta de maçã e numa última cerveja e até colocara algumas moedas no *jukebox* para ter a desculpa de esperar pela música selecionada antes de saírem.

Qualquer coisa para não ter que voltar para sua casa vazia.

Sentia saudades do pai, agora mais do que nunca. Por tanto tempo ele fora seu amigo mais próximo e confidente. Ele fora seu protetor forte, cheio de boa vontade e capaz, quando o mundo ao redor fora virado de ponta-cabeça pela violência. Ele seria a única pessoa que entenderia os medos inomináveis que a cercavam agora. Ele seria a única pessoa para quem ela poderia se voltar, o único que poderia lhe dizer que tudo ficaria bem e quase convencê-la de que acreditava nisso.

Agora, com exceção da cachorra, estava sozinha, e estava aterrorizada. O desejo de levantar acampamento e fugir do que vira naquele dia terrível na propriedade dos Toms era quase opressor. Mas para onde? Se fugir da Flórida para o Alasca não bastara para escapar dos monstros que se esgueiravam nas suas lembranças, para onde, então, ela poderia fugir em seguida?

– Vai ficar revirando esse garfo a noite toda ou vai comer um pouco dessa torta? – Jenna tomou o resto da cerveja e pousou a garrafa na mesa tosca num ligeiro baque. – Você queria torta, mas está me fazendo comê-la sozinha.

– Desculpa – Alex murmurou ao abaixar o garfo. – Acho que não estava com tanta fome assim no fim das contas.

– Está tudo bem, Alex? Se quiser falar sobre o que aconteceu na noite da reunião ou sobre o que houve lá na casa dos Toms...

– Não, não quero falar sobre isso. O que há para se dizer? Merdas acontecem, certo? Coisas ruins acontecem com pessoas boas o tempo todo.

– É, acontecem – Jenna concordou baixinho, os olhos perdendo o brilho na luz da luminária sobre suas cabeças. – Olha só, eu passei lá no Zach hoje à tarde. Parece que a Polícia Estadual do Alasca em Fairbanks está muito ocupada no momento, mas vai enviar uma unidade para cá em alguns dias. Nesse meio-tempo, eles descobriram um vídeo com filmagens do crime na internet... Algum cretino deve ter ido até lá com um celular com câmera logo depois que você foi embora, depois postou o vídeo num site ilegal, que supostamente paga cem dólares por materiais brutais reais.

Alex se sentou mais para a frente, sua atenção focada na confirmação daquilo que Kade lhe dissera na casa dos Toms.

– Sabem quem fez isso?

Jenna revirou os olhos e gesticulou na direção da sala de jogos, onde um grupinho de drogados locais lançava dardos.

– Skeeter Arnold – concluiu Alex, sem se surpreender que o eterno desempregado e preguiçoso, e ainda assim nunca sem uma bebida numa mão e um cigarro noutra, seria o responsável pelo desrespeito aos mortos em troca de alguns dólares. – Cretino. E pensar que ele e Teddy Toms vinham saindo juntos nos últimos tempos, antes que...

Não conseguiu concluir a frase; a realidade ainda era muito cruel.

Jenna assentiu.

– Skeeter tem a habilidade de se juntar aos rapazes que consegue manipular. Ele é um drogado inútil. Já disse para Zach nesse último ano que tenho um palpite de que o cara esteja vendendo drogas e álcool para a população nativa abstêmia. Infelizmente, a polícia precisa de uma coisa chata chamada provas antes de poderem prender e julgar, e Zach fica me dizendo que o que eu tenho contra Skeeter não passa de suspeita.

Alex fitou a amiga, percebendo a tenacidade em seus olhos.

– Você sente falta? De ser policial, quero dizer.

– Não. – Jenna franziu a testa como se estivesse ponderando a respeito, depois balançou firme a cabeça. – Eu não poderia mais fazer esse tipo de trabalho. Não quero ser responsável por limpar as tragédias e os passos em falso dos outros. Além disso, toda vez que eu fosse averiguar um acidente de trânsito, eu ficaria pensando em qual coração eu dilaceraria quando entregasse meu relatório. Não tenho mais estômago para o trabalho policial.

Alex esticou a mão e deu um aperto leve e compreensivo na mão da amiga.

– Se é que serve de consolo, eu a considero uma excelente policial, e é porque você se importa. Aquilo nunca foi apenas um emprego para você, isso dava para perceber. Precisamos de mais pessoas como você cuidando do resto de nós. Continuo pensando que um dia você vai voltar.

– Não – ela replicou e, pelo elo das suas mãos, o sentido interior de Alex lhe disse que Jenna estava falando sério. – Perdi a coragem quando perdi Mitch e Libby. Sabe que vai fazer quatro anos nessa semana?

– Ah, Jen...

Alex se lembrava muito bem daquela noite de novembro que ceifou as vidas do marido policial de Jenna e da filhinha deles. A família estivera em Galena para um jantar especial e, na volta para casa, quando começara a nevar e a pista ficara escorregadia, a Blazer deles patinou na direção do fluxo contrário de carros. O caminhão de dezoito rodas completamente carregado atingiu-os em cheio – cinco toneladas de toras de madeira a caminho dos Estados Unidos Contíguos.

Era Mitch quem estava dirigindo a Blazer, e morreu no impacto. Libby permaneceu no hospital por dois dias, gravemente ferida, a vida dependendo de aparelhos, antes que seu corpinho simplesmente desistisse de lutar. Jenna ficou em coma por um mês e meio, só para acordar e receber a terrível notícia das mortes de Mitch e Libby.

– Todos dizem que com o tempo não vou sofrer tanto. Passado o tempo, conseguirei me consolar com as lembranças felizes que tive em vez de ficar pensando só no que perdi. – Jenna expirou fundo e desvencilhou a mão de Alex, passando a puxar o rótulo da garrafa de cerveja. – Já faz quatro anos, Alex. Eu já não deveria ter me conformado?

– Conformar-se... – Alex escarneceu. – Sou a pessoa errada para você perguntar isso. Só faz seis meses que papai se foi, mas acho que nunca vou deixar de esperar vê-lo aparecer na porta de casa de novo. Acho que em parte é por isso que estou pensando em...

Jenna a encarou quando as palavras ficaram suspensas no ar.

– Pensando em quê?

Alex deu de ombros.

– É que ultimamente eu venho pensando se não seria melhor para mim vender a casa e seguir em frente.

– Seguir em frente? Sair de Harmony, quer dizer?

– Sair do Alasca, Jen. – E, quem sabe, deixar para trás todas as mortes que pareciam persegui-la para onde quer que fosse. Antes que elas a alcançassem novamente. – Só estou pensando que talvez eu precise de um recomeço em algum lugar...

Ela não conseguia decifrar a expressão de Jenna, que parecia um misto de tristeza e inveja. Antes que sua muito persuasiva amiga se lançasse numa discussão contraofensiva dos motivos pelos quais Alex deveria ficar, um urro masculino bem alto de entusiasmo surgiu da área do bar.

– Do que se trata isso? – perguntou Alex, sem saber o que estava acontecendo por estar de costas para a algazarra. – O time de Big Dave ganhou ou algo assim?

– Não sei, mas ele e seus amigos correram todos juntos para o balcão do bar – Jenna voltou a olhar para ela e emitiu uma baixa imprecação. – Você é a minha melhor amiga, Alex, e você sabe muito bem o quanto sou exigente em relação às amizades. Você não pode ficar aqui diante de um pedaço de torta pela metade em plena noite do hóquei no Pete's e simplesmente me jogar a bomba de que está pensando em se mudar. Desde quando? E por que não me disse nada disso antes? Pensei que amigos partilhassem tudo.

Nem tudo, Alex admitiu silenciosamente. Havia algumas coisas que ela não tinha coragem de partilhar com ninguém. Coisas sobre si mesma e coisas que ela vira ou que a rotulariam como mentalmente perturbada ou absolutamente insana. Jenna sequer sabia que a mãe e o irmão de Alex tinham sido assassinados, quanto mais como o foram.

Massacrados.

Atacados por criaturas saídas dos piores pesadelos.

Alex e o pai criaram uma história mais viável, quando tomaram o rumo do Alasca para recomeçarem a vida sem a outra metade faltante da família. Para quem perguntasse, a mãe e o irmãozinho de Alex foram mortos por um motorista embriagado na Flórida. Morreram na hora, sem sentirem dor.

Nada poderia estar mais distante da verdade.

Alex sentira culpa por perpetuar a mentira, ainda mais para Jenna, mas se consolara ao pensar que estava protegendo a amiga. Ninguém haveria de saber o horror que Alex e o pai testemunharam e do qual escaparam por um fio. Ninguém gostaria de pensar que um mal tão terrível – tão sedento de sangue e violento – poderia de fato existir no mundo.

Ela dizia a si mesma que ainda estava poupando Jenna, protegendo a amiga, como o pai tentara protegê-la.

– Só comecei a pensar nisso agora – murmurou, depois tomou o último gole da cerveja morna.

Assim que pousou a garrafa, a garçonete de cabelos platinados se aproximou com mais duas. Alex notou, quando a moça pousou duas garrafas geladas na mesa, que a mecha rosa no cabelo combinava com o batom vibrante.

Alex balançou a cabeça.

– Ei, espere, Annabeth. Já pagamos a conta e não pedimos essas aqui.

– Eu sei – ela disse, depois apontou o polegar para trás na direção do bar. – Alguém pagou uma rodada para todo mundo no bar.

Jenna gemeu.

– Se for Big Dave, eu passo.

– Não foi ele – explicou Annabeth, com um amplo sorriso e o rosto todo iluminado. – Nunca vi o cara antes – alto, cabelo escuro espetado, olhos incríveis, totalmente sexy.

Foi a vez de Alex gemer. Sabia que só podia ser Kade mesmo antes de virar na cadeira e procurá-lo no meio da pequena multidão de homens formada ao redor do bar. Ele se destacava dos demais, seus cabelos sedosos e negros no centro da aglomeração.

– Inacreditável – murmurou quando a garçonete se afastou da mesa.

– Você o conhece? – Jenna perguntou.

– É o cara que eu vi no fundo da igreja ontem à noite. O nome dele é Kade. Eu o vi hoje de novo na propriedade dos Toms enquanto eu fazia a minha rota de entregas.

Jenna franziu o cenho.

– Que diabos ele estava fazendo lá?

– Não tenho muita certeza. Eu o encontrei no chalé de Pop Toms, parecendo ter acabado de sair da cama no meio da tarde. E estava muito bem armado – estou me referindo a rifle de longo alcance, punhal, pistola e artilharia destinada a uma presa bem grande. Deduzo que esteja pensando em ajudar no suposto problema com os lobos.

– Não é de admirar que Big Dave pareça gostar tanto dele – Jenna observou com brusquidão. – Bem, não tenho como tomar outra cerveja, mesmo sendo de graça. Estou exausta. Preciso parar no Zach para entregar uns arquivos que ele me pediu, e depois vou direto para casa.

Alex assentiu, tentando não pensar no fato de que Kade estava no mesmo lugar que ela, ou na maneira desconcertante como sua pulsação parecia se acelerar com a ideia.

Jenna se levantou e pegou o casaco do gancho na parede.

– E você? Quer que eu te dê uma carona até em casa?

– Não – mesmo sendo tarde e o Pete's estando abarrotado, aquilo ainda era melhor do que o que a esperava em casa. – Vá em frente, não se preocupe comigo. Vou acabar com essa torta e quem sabe tomar um café para acompanhar. Além disso, prefiro andar os dois quarteirões até em casa. O ar fresco vai me fazer bem.

– Tudo bem, se você tem certeza – quando ela assentiu, Jenna lhe deu um rápido abraço. – E chega desse papo de se mudar, hein? Não sem me consultar antes. Entendido?

Alex sorriu, mas foi um esforço.

– Entendido.

Viu a amiga atravessar a taverna, a policial dentro de Jenna incapaz de resistir ao impulso de lançar um olhar de esguelha para o estranho no ninho. Acima do barulho do lugar, Alex ouviu o tilintar do sino na porta assim que Jenna a fechou atrás de si.

Alex cortou um pedaço da torta com o garfo, mas parou antes de enfiá-lo na boca. O que estava fazendo? Não tinha o menor apetite e a última coisa de que precisava era tomar o café extraforte do Pete's, para deixá-la acordada a noite toda quando finalmente criasse coragem para voltar para casa.

Céus, estava sendo ridícula. O que de fato precisava era voltar para casa, alimentar Luna antes que a cadela destruísse a casa em retaliação por ter sido abandonada a noite inteira e depois tentar ter uma boa noite de sono para variar. Poderia pensar em todo o resto na manhã seguinte, quando a cabeça estivesse mais fresca. As coisas, então, fariam muito mais sentido. Pelo menos era o que ela esperava, porque não conseguia pensar no que mais poderia acontecer para desequilibrá-la ainda mais.

Assim que se levantou e vestiu a parca, Alex sentiu as duas garrafas de cerveja descerem imediatamente para a bexiga. Perfeito. Usar o banheiro do Pete's significava ter que passar pelo bar – e por Kade. Considerou ignorar a pressão urgente na bexiga, mas os dois quarteirões da taverna até sua casa, no ar gélido, seriam uma tortura. Talvez até um desastre.

E daí se Kade visse que ela estava lá? Claro que ela não queria falar com ele. Sequer precisava olhar para ele.

Sim, um plano brilhante. Pena que fracassou assim que ela se afastou dois passos da mesa.

Sentiu os olhos de mercúrio penetrantes perfurando-a em meio à multidão como se fossem raios *laser*. Seu olhar atingiu cada uma das suas terminações nervosas de um modo basicamente semelhante: elétrico e sensual. Alex tentou ignorar o efeito que ele tinha nela, o que foi mais fácil quando ela distinguiu a voz áspera de Big Dave das demais e o ouviu se gabar das suas caçadas recentes, enquanto Kade sorria e assentia como se estivesse se divertindo com seus melhores amigos.

Vinte e quatro horas e ele já era um dos garotos. Que legal para ele.

Desgostosa, Alex passou pelo *jukebox* e chegou ao banheiro. Emitindo um suspiro de alívio por ele estar desocupado, entrou e fez o que tinha que fazer, revirando os olhos enquanto as risadas prosseguiam do outro lado da porta trancada. Foi só quando estava à pia, lavando as mãos, que acabou se olhando no espelho e viu o reflexo cansado e desarrumado olhando-a de volta.

– Ai, meu Deus... – sussurrou, desejando que ao menos tivesse se dado ao trabalho de passar um rímel antes de sair de casa. E talvez uma escova nesses cabelos emaranhados ao redor da sua cabeça, como se tivessem sido açoitados pelo vento.

Fez uma tentativa inútil de ajeitar algumas das mechas loiras, mas não havia muito a fazer. Não era de admirar que Kade a tivesse encarado daquele jeito. Ela parecia uma Medusa ambulante sem uma noite de sono decente há uma semana – o que de fato era verdade, pensando bem.

Será que ela já estava com a aparência tão ruim quando se viram antes, naquele mesmo dia? Esperava que não. Desejou que ele não tivesse pensado que...

– Pelo amor de Deus. Por que tem que se importar com o que ele pensa, hein? – disse para o rosto incorrigível no espelho. – Aquele homem lá fora é a última pessoa que você tem que impressionar.

Alex assentiu ante seu próprio conselho, ao mesmo tempo pensando se tudo o que acontecera nos últimos tempos a empurrara para além de uma linha invisível, onde subitamente era aceitável conversar com o próprio reflexo. Já era ruim o bastante que ela conversasse com Luna como se a malamute conseguisse entender todas as suas palavras; aquilo era levar as coisas longe demais.

Inspirando fundo, Alex prendeu os cabelos desregrados atrás das orelhas, depois destrancou a porta e saiu.

– Tudo bem aí dentro?

Kade. Ah, Deus.

Ele estava recostado no *jukebox*, que agora, ela notou, finalmente tocava a música que ela havia escolhido cerca de uma hora antes. Ele sorria para ela, com o bom humor revelado nos cantos da boca larga e no brilho do olhar. Será que ele a ouvira se admoestando por sobre a ironia de Sheryl Crow cantando seu erro predileto?

– Vejo que já está fazendo amizades em Harmony.

Ele grunhiu, lançando um olhar casual para o grupo de homens ainda tomando cerveja antes de voltar toda a sua atenção para ela.

– Big Dave e alguns dos outros vão atrás da alcateia de lobos que foi vista pelas redondezas recentemente. Pediram que eu me juntasse à caçada.

Alex escarneceu.

– Parabéns. Tenho certeza de que vão se divertir juntos.

Quando ela tentou passar por ele, Kade disse:

– Hoje também ouvi a respeito de uma morte no inverno passado que pareceu suspeita. Um nativo que morava sozinho uns quinze quilômetros a noroeste de Harmony. Big Dave parece pensar que os lobos foram responsáveis por essa morte também.

Alex se virou, balançando a cabeça.

– Está se referindo a Henry Tulak? Ele era um bêbado e meio louco. Muito provavelmente fez alguma idiotice e morreu por exposição ao frio.

Kade levantou um ombro.

– Big Dave e os outros disseram que nada pôde ser provado porque o corpo de Tulak só foi encontrado no degelo da primavera. Nada mais restava a não ser os ossos.

– E se você tivesse morado no interior por algum tempo – como diz ter morado – saberia que nada dura na floresta. Se o ambiente não o absorve, os animais o devoram. Isso não significa que os lobos o tenham matado.

– Talvez não – concordou Kade. – Só que há boatos de que a última vez em que alguém viu Tulak vivo, ele mencionara uma alcateia rodeando a casa dele. Disse que sentia como se eles o estivessem espreitando, à espera do momento certo para atacar.

A frustração de Alex se acentuou ao ouvir aquele tipo de asneira se perpetuando, ainda mais por Kade, que ela pensava que fosse mais inteligente do que Big Dave e seu bando de cabeças ocas.

– Big Dave é capaz de dizer qualquer coisa para incitar as pessoas. Essa é a natureza dele. Se eu fosse você, não apostaria muito no que ele diz.

– Estou aqui para obter informações, Alex. E nesse momento, Big Dave parece ser o mais acessível. Tudo o que estou conseguindo dos outros nesta cidade são evasões e meias-verdades, e nenhuma dessas duas coisas me interessa.

Muito bem, aquilo a ofendeu. Seu barômetro interno disparou da frustração para a fúria.

– Por que mesmo você está aqui? Evasões e meias-verdades! Olhe para si mesmo. Aparece aqui, ninguém te conhece, ninguém sabe de onde você vem...

– Já te disse, do norte de Fairbanks. Vindo de Boston, se é que estamos começando a ser francos um com o outro agora.

Então ele não era exatamente do Alasca, mas viera de outro estado. Ela não poderia estar menos surpresa. Com o máximo de casualidade possível, pôs a mão em seu antebraço e se inclinou para perto, como se fosse uma policial interrogando uma testemunha que não queria cooperar.

– Como chegou a Harmony, já que todo mundo ficou isolado por conta do mau tempo dos últimos dias? Pensando bem, como foi à propriedade dos Toms depois que saiu daqui ontem à noite?

– Andei. Com raquetes de neve, claro.

– Você andou mais de sessenta quilômetros no meio da noite. – Alex riu, mas sem humor algum. Prestou atenção aos seus instintos enquanto mantinha a mão no braço dele, à espera que seus sentidos lhe dissessem se ele era confiável. Nada foi percebido. Ele era transparente como o vidro, ilegível. Ainda assim, isso não alterava a lorota que ele estava tentando lhe passar. – Que papo furado. Você fica aí, me acusando de mentir, mas não me contou nada, apenas que seu nome é Kade e que é um caçador de recompensas querendo dinheiro para matar uma alcateia de lobos inocentes.

Ele balançou a cabeça de leve.

– Eu nunca disse que vim caçar lobos, atrás de uma recompensa ou não. Você deduziu isso. E está errada.

– Está certo, desisto então. O que está fazendo aqui e porque está armado até os dentes? O que exatamente você quer, Kade, o não caçador de lobos do norte de Fairbanks que veio de Boston?

– Eu lhe disse isso quando nos encontramos antes. Quero respostas. Preciso saber a verdade – toda a verdade – a respeito do que aconteceu com os seus amigos. E acho que você pode me ajudar com isso, Alex. Acho que você é a única pessoa que pode.

Ele baixou o olhar para onde a mão dela ainda estava apoiada em seu braço. Alex abruptamente a afastou, com a voz grave dele vibrando em seu interior, suas palavras fazendo-a sentir que talvez ela pudesse confiar nele, quer seus instintos pudessem confirmar isso ou não.

Não queria se afeiçoar a ele, maldição. Não queria depositar sua confiança em nada que ele dissesse, pensou, enquanto seu coração acelerava e tudo dentro dela gritava para que saísse em disparada. Correr, antes que ela cometesse o erro de deixar aquele homem entrar em seu inferno particular quando ela nada sabia a seu respeito.

– O que está tentando armar? – disse ela suavemente, desejando ter forças para simplesmente se afastar e deixá-lo ali parado em vez de ceder à curiosidade que a fazia querer saber mais. – Que tipo de jogo está fazendo aqui?

– Não sei sobre o que você está falando – disse ele, apesar da firmeza do seu olhar, que afirmava que não havia muita coisa que escapasse do seu intelecto afiado. – Que jogo acha que estou fazendo?

Alex o encarou, forçando-se a tentar interpretar em seu olhar as coisas que ele provavelmente não lhe diria.

– Você me diz que não é um caçador, mas permite que Big Dave e os outros acreditem que você seja. Você me diz que quer informações minhas, mas não está disposto a dar nada em troca. Ou você é um mocinho ou bandido. Então, qual dos dois você é, Kade?

Algo cintilou na expressão dele.

– Você enxerga as coisas como sendo só certas ou erradas, pretas ou brancas? A seu ver, as pessoas só são boas ou más?

– Sim, são. – Ela nunca pensara no assunto naqueles termos, mas tinha que admitir que se confortava com tal clareza. O certo era certo e o errado era errado. Na sua vivência, havia bem pouca distinção entre o bem e o mal.

E Kade ainda não respondera à sua pergunta.

Para sua surpresa, ele ergueu a mão e a tocou na face, onde uma mecha de cabelo caíra sobre o rosto. Sabia que deveria recuar do toque indesejado, mas o calor da carícia – por mais tênue que fosse – era bom demais para ser negado.

– Pode ser sincera comigo, Alex. Pode confiar que, seja o que disser, eu não lhe farei mal.

Que Deus a ajudasse, mas sentia-se tentada a contar tudo ali mesmo.

Ela não o conhecia de fato, no entanto, quando o fitava nos olhos, ainda sentindo o calor dos dedos em sua pele, ela queria crer que poderia mesmo acreditar nele. Num cantinho assustado do seu coração de menina, ela verdadeiramente esperava que ele pudesse ser capaz de banir alguns dos demônios que a atormentaram quase a vida inteira.

Ela sentia, inexplicavelmente, que se lhe contasse a respeito das bestas que mataram sua mãe e seu irmão – as mesmas bestas que ela tinha certeza de que tinham matado a família Toms –, Kade entenderia. Que ele, dentre todas as pessoas, seria seu aliado mais forte.

– Você pode me contar – disse ele, sua voz grave muito gentil e incitante. – Conte-me a respeito da trilha na neve. Você sabe o que deixou aquela pegada, não sabe? Conte-me, Alex. Quero ajudá-la, mas preciso que você me ajude primeiro.

– Eu... – Alex engoliu em seco, descobrindo que era preciso mais esforço do que imaginava para juntar coragem. – O que eu vi... é difícil colocar em palavras...

– Eu sei. Mas está tudo bem, eu prometo. Você está a salvo comigo.

Ela respirou um tanto nervosa e sentiu o cheiro de fumaça acre e o fedor de roupa suja de algum lugar próximo. Assim que registrou o mau cheiro, ela viu Skeeter Arnold e dois dos seus amigos drogados saindo do bar em direção à sala de jogos. Um celular com capinha de caveira e ossos cruzados numa mão, uma cerveja na outra, Skeeter inclinou a garrafa na direção de Kade.

– Obrigada pela bebida, meu chapa. Muito generoso da sua parte.

Kade mal dispensou um relance para Skeeter, mas Alex não conseguiu disfarçar seu nojo. E ficou grata por isso, porque o nojo que sentiu por Skeeter Arnold aplacou parte da insanidade temporária que a fez pensar que poderia confiar num estranho que a manipulava como a um instrumento feito por ele próprio.

– Imagino que você não goste do cara – Kade disse, enquanto Alex internamente estremecia de repugnância.

Ela grunhiu.

– Sabe aquele vídeo que você mencionou, o da filmagem da família Toms que apareceu na internet? Bem, foi esse cretino que filmou.

O olhar de Kade se estreitou quando ele encarou Skeeter do outro lado do salão. Seu olhar era mais que intenso – era letal. E enquanto Alex o fitava, ela notou que a tatuagem nos braços dele, apenas a parte visível nas mangas enroladas, não era da cor de henna de que ela se lembrava, mas de um matiz de azul-escuro quase negro.

Bem, aquilo era realmente estranho.

Talvez ela tivesse tomado uma cerveja além da conta, já que via a cor da tatuagem dele mudar. Ou talvez apenas tivesse se lembrado errado. Ficara tão atordoada ao vê-lo na casa de Toms mais cedo, sem falar no fato de que o corpo incrível dele estava quase despido, que era completamente plausível que tivesse confundido a cor da tatuagem dele. Só que ela nunca antes vira um trabalho tão elaborado quanto o dele, e a imagem dele parado lá, abotoando o jeans como se ela o tivesse tirado da cama, estaria eternamente gravada em sua mente.

Depois de um longo minuto chamuscando Skeeter Arnold com seu olhar, Kade finalmente voltou a olhar para ela.

– Lidarei com ele mais tarde. O que você tem a me dizer é mais importante.

Alex recuou um passo, pressentindo o perigo no homem mesmo com ele ainda falando com ela no mesmo tom gentil de antes. Mas algo estava diferente. Havia um ar de ameaça nele que a deixou nervosa.

E ainda restava o fato de que quando ela lhe perguntara se ele era bom ou mau, ele não lhe respondera.

– Acho melhor eu ir embora agora – murmurou, recuando mais um passo antes de se desviar rapidamente dele.

– Alex – ela o ouviu chamar logo atrás.

Continuou andando, porém, passando por entre a multidão de pessoas no bar, desesperada por um pouco de ar frio – e pela libertação da sua visceral e problemática reação a Kade.

Capítulo 9

Kade emitiu um grunhido baixo ao ver Alex abrir caminho na taverna e praticamente correr para a saída.

Pressionara-a um pouco demais, uma tática que ele deveria saber que teria fracassado só pelo pouco tempo que passara com ela, avaliando o modo como ela se portava. Quanto mais era pressionada, maior ficava a obstinação de Alexandra Maguire.

E, além disso, ele piorara as coisas ao ir contra o bom senso e tocá-la.

Ele não conseguira resistir, e uma parte sua reconheceu, mesmo enquanto aquilo estava acontecendo, que ela parecia à vontade com o contato. Até o instante em que o moleque folgado e seboso, com olhar injetado e nariz em forma de bico, se aproximou e os atrapalhou. Só por isso Kade sentiu ímpetos de socá-lo, sem falar no fato de que o drogado também fora o responsável pela transmissão da prova visual de um ataque de vampiro na World Wide Web.

Com relação a Alex, Kade vira o medo em seus olhos quando a pressionou para obter respostas. Ela ficara aterrorizada ante a ideia de pôr as palavras para fora, mas ele tinha certeza de que estivera bem perto de fazê-la se abrir por completo sobre o que exatamente sabia. A sensação fria como o gelo em seu âmago lhe dizia que ela sabia muito mais do recente ataque e assassinato da família na floresta.

Será que ela sabia da existência da Raça?

Será que ela já vira um deles antes?

Céus, e se ela tivesse descoberto mais do que uma simples pegada na propriedade dos Toms?

Se ela tinha informações que poderiam implicar Seth nos crimes – ou inocentá-lo, por mais tênue que fosse essa esperança –, Kade tinha que saber. E tinha que saber logo.

E se ela tivesse de fato conhecimento sobre a Raça, Kade concluiu que seria muito mais fácil apagar a memória dela nas sombras do estacionamento mal iluminado do que no meio do bar e restaurante lotado.

Seguiu-a até o estacionamento coberto de neve. Ela já estava na metade do caminho limpo da tundra, caminhando a passos rápidos para além de duas picapes e algumas motoneves estacionadas do lado de fora do Pete's. Sequer diminuiu os passos ao ouvir o som do sino na porta, quando Kade saiu debaixo da varanda coberta para ir atrás dela rapidamente.

– Você sempre foge quando fica com medo?

Isso a fez parar. Ela se virou com uma expressão estranha no rosto, como se o comentário dele tivesse atingido perto do alvo. Mas logo ela piscou e essa expressão se foi, sendo substituída por um olhar estreito e pela elevação orgulhosa da cabeça.

– Você nunca desiste, mesmo quando sabe que não vai ganhar?

– Nunca – replicou, sem nenhuma hesitação.

Ela murmurou uma imprecação bem audível e continuou andando, partindo na direção da rua. Kade a alcançou em poucos passos.

– Você ia me contar algo lá na taverna, Alex. Algo importante que eu preciso mesmo saber. O que era?

– Deus! – Ela se virou para ele, com raiva faiscando dos olhos castanhos. – Você é impossível, sabia disso?

– E você é linda.

Ele não sabia por que disse aquilo, a não ser pelo fato de achar muito difícil manter o foco com ela parada ali parecendo selvagem, com o rosto corado pelo beijo frio do Ártico, e os cabelos loiros emoldurando a face em ondas bagunçadas debaixo do rufo de pelos do capuz da parca.

Se Brock ou qualquer um dos guerreiros de Boston o ouvisse agora, eles pensariam que ele estava manipulando aquela fêmea, dobrando-a com elogios para conseguir o que queria. O próprio Kade queria acreditar que essa fosse a causa da sua repentina confissão. Mas ao olhar para Alexandra Maguire, a sua beleza simples iluminada pelo luar tênue logo acima e pelo brilho multicolorido das luzes de neon do bar atrás dele, Kade entendeu que não estava fazendo nenhum jogo. Sentia-se atraído por ela – muito atraído – e queria que ela entendesse que ele não era o inimigo.

Não exatamente, de qualquer maneira.

O ultraje dela diminuiu, transformando-se em confusão conforme ela recuava um passo.

– Preciso mesmo ir agora.

Kade levantou uma mão, mas parou antes de segurá-la fisicamente.

– Alex, qualquer que seja o segredo que esteja guardando, você pode me contar. Deixe-me partilhar desse fardo. Deixe-me protegê-la do que quer que a tenha amedrontado tanto.

Ela balançou a cabeça, as sobrancelhas castanhas se unindo.

– Não preciso de você. Eu nem mesmo te conheço. E se eu sentisse a necessidade de partilhar alguma coisa, tenho amigos com quem falar.

– Mas você não contou nada para eles, contou? – Não era, na verdade, uma pergunta, e ela sabia disso tanto quanto ele. – Não existe ninguém em sua vida que saiba o que você mantém preso dentro de si. Contradiga-me se eu estiver errado.

– Cala a boca – ela murmurou, a respiração saindo em forma de vapor no ar frio, a voz um tanto entrecortada. – Apenas... cala a boca. Deixe-me em paz. Você não sabe nada a meu respeito.

– Será que alguém sabe, Alex?

Ela ficou calada e parada, e Kade teve a certeza de ter cruzado outro limite que a afastaria ainda mais dele. Mas ela não se virou, nem o deixou para trás. Não o xingou, nem o estapeou, tampouco gritou para que alguém do Pete's o fizesse por ela. Ela ficou parada, perdida nos olhos dele num silêncio desolado, ferido.

Seu dever de guerreiro, de coletar informações vitais e de apagar qualquer risco de segurança para a Ordem, colidiu com a súbita urgência de oferecer conforto e proteção para aquela fêmea que professava tão ferrenhamente não ter necessidade de nenhum dos dois.

Kade se aproximou e então a tocou novamente. Apenas um leve toque da ponta dos dedos sobre uma mecha dourada de cabelo solto pela brisa invernal. Ela não se moveu. Sua respiração parou de evaporar e, de perto, Kade conseguia ouvir a corrente sanguínea pulsando pelas veias dela quando o coração passou a bater mais rápido.

– Você me perguntou no bar se eu era um mocinho ou um bandido – ele a lembrou, com a voz baixa e rouca ao perceber o calor dela se fundindo ao seu quando ele se aproximou ainda mais. Balançou a cabeça lentamente. – Não sou eu que decido isso, Alex. Talvez você descubra que sou um pouco dos dois. Do modo como eu enxergo o mundo, tudo é de uma escala diferente de cinza.

– Não... eu não posso viver assim – ela disse, o tom de voz revelava sua sinceridade. – Assim tudo seria mais complicado, difícil saber o que é verdade ou não. Difícil demais saber o que é real.

– Eu sou real – Kade disse, sustentando seu olhar ao passar os dedos pela curva do seu maxilar. – E você também me parece bem real.

Ela inspirou de leve ante o toque dele, e quando seus lábios se entreabriram, Kade tomou sua boca num beijo impulsivo e imediatamente elétrico.

Ele segurou seu rosto com carinho na palma da mão, enquanto lhe resvalava os lábios e saboreava o calor úmido e suave da sua boca. O beijo de Alex era doce e convidativo... incrivelmente gostoso. A sensação causada pelo contato com o corpo dela lançou um raio de fogo que o atravessou, cauterizando cada terminação nervosa com o selo das suas curvas esguias e a fragrância ardente das matas que era só dela.

Ele não estava pensando em obter informações, nem em encontrar um lugar mais tranquilo para apagar a memória dela depois que conseguisse as informações de que necessitava. O que ele sentia agora também não tinha nada a ver com conforto e proteção.

Tudo o que ele sentia era um desejo por aquela mulher, um desejo surpreendentemente intenso.

E uma avidez que se tornava mais ardente quanto mais Alex ficasse em seus braços.

Com um beijo simples e não impetuoso, ela o afogou numa onda de desejo e sede de sangue. Ele não se alimentara desde que chegara ao Alasca, um descuido de suas necessidades, que agora fincavam as garras nele exigindo ser satisfeitas com a mesma urgência que o pulsar rígido entre suas pernas.

De algum lugar em sua mente enevoada e sedenta, Kade ouviu um veículo se aproximando no estacionamento. Quis ignorar o ronco baixo do motor, mas logo uma voz chamou das sombras:

– Alex? Está tudo bem aí?

– Droga... – ela sibilou, recuando. – Isso foi um erro.

Kade nada disse quando ela recuou vários passos, mas, pensando bem, falar seria complicado, já que suas presas agora preenchiam a boca. Ela não olhou para ele, o que foi bom, uma vez que um vislumbre dos seus olhos agora – transformados do cinza prateado de sempre para o brilho âmbar claro que o traía como sendo alguém da Raça – teria transformado o imponderado beijo impulsivo numa catástrofe de grandes proporções.

– Eu não deveria ter deixado que você fizesse isso – ela sussurrou, depois deu a volta por ele.

Kade relanceou por sobre o ombro com cautela, vendo a Blazer com as cores da Polícia Estadual do Alasca parada e Alex se aproximando dela.

– Oi, Zach. O que foi? Pensei que Jenna estivesse na sua casa.

– Ela acabou de sair. Disse que você estava aqui no Pete's, então pensei em vir tomar uma cerveja com você. – A voz de Tucker foi carregada pelo vento. – Que diabos está fazendo aqui fora? Está com alguém?

– Não, ninguém – ela disse. Kade sentiu, mais do que viu, o rápido olhar que ela lançou para as sombras onde ele estava. – Eu já estava de saída. Me dá uma carona para casa?

– Claro. Entra aí – Zach Tucker disse, e Alex abriu a porta e entrou.

Kade travou os molares, refreando o desejo que ainda o percorria enquanto a via fechar a porta e sair com o macho humano. Detectara o cheiro da mentira casual no tom do policial e deduziu que Zach Tucker não era o único homem em Harmony que ficava feliz em inventar qualquer desculpa para ficar na companhia – e cair nas boas graças – da sensual Alexandra Maguire. Kade sentiu um impulso muito forte de ir atrás dela, quer ela tivesse se mostrado contente de escapar dele ou não.

Mas se precisava de algo para distraí-lo dessa ideia, ele conseguiu quando a porta da taverna se abriu e Skeeter Arnold e três dos seus amigos chapados saíram.

Kade observou o grupo de vinte e poucos anos, sorrindo com satisfação quando o bando se dissipou e Skeeter ficou sozinho, enquanto os amigos saíam numa barulhenta e velha F150. Quando Skeeter começou a andar para os fundos do estacionamento, Kade saiu das sombras para segui-lo e trocar umas palavras a respeito dos perigos de se irritar um bando de vampiros.

Antes, porém, que desse dois passos na direção do cretino, Kade viu faróis entrarem no estacionamento e uma Hummer preta ficar atrás de Skeeter Arnold. O veículo reluziu debaixo das luzes do estacionamento e, comparado com os demais parados no estacionamento do Pete's, Kade seria capaz de apostar sua bola esquerda que o motorista não era da região. Quando o carro diminuiu propositadamente para acompanhar o passo de Skeeter, que parou para enfiar a cabeça dentro da janela aberta do passageiro, os cabelos da nuca de Kade se eriçaram de desconfiança.

O que alguém com uma Hummer haveria de querer com um perdedor do calibre de Skeeter Arnold? Algo foi dito para o rapaz num tom baixo antes que ele risse e assentisse.

– Sim, claro. Pelo preço certo eu posso me interessar em ouvir um pouco mais a respeito – ele respondeu, depois abriu a porta e entrou.

– Que merda você está aprontando? – Kade murmurou quando o carro acelerou, levantando grumos de neve pelo caminho.

Ele teve a sensação de que qualquer que fosse a transação acontecendo entre Skeeter e seu mais novo associado, seria algo muito maior do que o costumeiro montante do traficantezinho.

Uma onda de calor sibilante e baixo e uma antiga canção sentimental country emanavam do painel do carro cedido pelo governo a Zach, enquanto Alex relanceava pelo espelho retrovisor, vendo o estacionamento do Pete's sumir aos poucos na escuridão atrás deles.

– Obrigada pela carona, Zach.

– De nada. Eu tenho que comprar ovos e molho de pimenta de qualquer modo. Café da manhã dos campeões, sabe? E de policiais de trinta e cinco anos, solteiros, sem nenhuma noção nutricional.

Alex lhe lançou um sorriso educado enquanto percorriam o trajeto curto de dois quarteirões até a casa dela. Sentia-se tanto aliviada quanto tola por ter fugido de Kade daquele modo, mas, na verdade, estava contente pelo resgate. Só Deus sabe o quanto ela precisava de um, antes que se sentisse tentada a fazer mais qualquer coisa com ele ali no espaço aberto, entre as picapes e as motoneves.

O que estava pensando ao deixar um completo desconhecido avançar daquele modo? Ela não era do tipo que deixava um cara tirar vantagem com elogios vazios nem com mãos ousadas – e, sendo uma jovem solteira vivendo no interior do Alasca, ela conhecia muitos homens que tentaram.

Só que naquela noite, com Kade, aquilo não se parecera com algum tipo de jogo, por mais que a arte da sedução parecesse natural para ele. E ainda que ela sequer tivesse visto o rosto dele antes que ele aparecesse na noite anterior, ela tinha que admitir – pelo menos para si própria – que ele não se parecia em nada com um estranho para ela.

Kade parecia conhecê-la – e entendê-la – num nível que a atordoava.

Ele parecia capaz de enxergar seu íntimo, nos lugares sombrios que nem ela mesma era corajosa o suficiente para olhar, e era isso o que mais a assustava em relação e ele.

Foi essa irritante sensação de conhecimento que a deixou tão desesperada para escapar dele naquela noite.

– Lar, doce lar – Zach disse, invadindo seus pensamentos ao parar ao lado da antiga casa de fachada de madeira. – Jenna já deve ter lhe dito, mas recebi notícias de que um destacamento de Fairbanks da Polícia Estadual do Alasca chegará aqui até o fim da semana – ante o aceno de Alex, ele apoiou o braço direito no encosto do banco dela e se inclinou um pouco mais para perto. – Sei que não deve estar sendo fácil para você. Caramba, não está sendo nem para mim. Eu conhecia Wilbur Toms e a família há muitos anos. Não entendo como uma coisa horrível dessas foi acontecer com eles. Mas a verdade virá à tona, Alex. Tenho certeza.

O rosto de Zach, parcialmente iluminado pelas luzes fracas do painel, parecia sério, cauteloso. E depois do que ela tinha dito na reunião municipal, ela não ficaria surpresa se os instintos de policial dele lhe dissessem que ela estava escondendo algo.

– Se houver algo mais de que se lembre sobre a cena do crime, Alex, eu preciso que me conte, está bem? Qualquer coisa. Eu ficaria feliz de saber que estamos do mesmo lado quando o destacamento de Fairbanks chegar disparando perguntas pela cidade.

– Claro – ela murmurou. – Sim, Zach. Se eu me lembrar de mais alguma coisa, conto para você.

Enquanto dizia isso, ela sabia que não mencionaria mais as pegadas na neve ou o medo que tinha de que algo horrendo estivesse à solta na floresta gélida não muito longe de onde eles estavam agora. A coisa que ela temia era muito pior do que qualquer tipo de perigo imposto por homens ou animais. Era monstruosa. E não seria detida por Zack Tucker ou um bando de policiais estaduais, e Alex tentaria se esquecer disso com todas as forças.

Ela também tentaria se esquecer de tudo o que acontecera nos pântanos da Flórida há tantos e tantos anos. O melhor seria esquecer-se, enterrar bem fundo e seguir em frente.

Ou se mudar.

Fugir.

– Durma bem – Zach disse quando ela saiu da Blazer e fechou a porta do passageiro. – Ligue quando quiser, está bem?

Ela assentiu.

– Obrigada, Zach. E obrigada mais uma vez pela carona.

Ele lançou um sorriso tão rápido que sumiu do seu rosto antes mesmo de ele passar a marcha no câmbio e sair dali. Enquanto Alex caminhava até a porta da frente da antiga casa que dividira com o pai desde que era uma garotinha assustada, arrancada de seu mundo – de sua realidade –, a vontade de fugir dali só aumentava. Recomeçar em algum lugar novo seria o melhor modo para ela se livrar dos medos que a perseguiam, que voltaram ainda mais sombrios agora, mais assustadores do que nunca.

Ela não podia enfrentar esse tipo de horror novamente.

Tampouco podia se deixar envolver por um estado de falsa confiança de que alguém – mesmo um homem como Kade – pudesse enfrentar um mal como o que ela sabia que existia. Ter qualquer tipo de envolvimento com ele era a última coisa de que ela precisava.

Todavia, isso não a impedia de imaginar o que ele pensava dela, ou de desejar que tivesse se desculpado antes de largá-lo no frio.

Tentou não pensar no modo como a boca dele se encaixava tão bem, e com tanta sensualidade, na sua. Tentou não pensar no modo como o seu coração ainda estava acelerado, o estômago ainda retesado com o nó de excitação só de pensar em estar nos braços dele. Tentou não imaginar o que poderia ter acontecido caso Zach não tivesse aparecido naquela hora, mas imaginar-se com Kade – talvez nus na sua cama, talvez se despindo apressadamente, descontrolados no meio do estacionamento do Pete's se não conseguissem chegar tão longe – era perturbadoramente fácil demais.

– Ah, isso não é nada bom – murmurou baixo ao abrir a porta e entrar para ser recebida por entusiasmadas lambidas caninas e um rabo muito sacolejante. – Eu sei, Luna, eu sei... estou atrasada. Desculpe, querida. Também foi um dia bem longo para mim. Vamos lá, agora vou cuidar de você.

Alex se ocupou deixando a cadela sair para fazer xixi no jardim enquanto preparava um pote de comida e outro de água fresca. Depois que Luna voltou e engolia a comida, Alex tirou a parca e as roupas ao passar pelo corredor, a caminho do banheiro para uma banho tardio, porém muito longo e quente.

O jato quente que atingiu a pele nua não aplacou em nada o calor remanescente causado pelo beijo de Kade. Ela se ensaboou, tentando se lembrar há quanto tempo não deixava um homem passar as mãos em demorada apreciação em seu corpo despido. Há quanto tempo não tinha intimidades – de verdade – com alguém? O momento de fraqueza com Zach poucas semanas após o falecimento do pai não contava. Aquela foi apenas uma noite, na verdade umas duas horas. Estivera emocionalmente ferida e imaginava que só precisava de alguém para fazê-la se esquecer de tudo aquilo, ainda que por pouco tempo.

Estaria fazendo o mesmo com Kade? Estaria se agarrando a ele, fabricando algo entre eles que de fato não existia – não poderia existir –, por causa do novo trauma pelo qual estava passando?

Talvez fosse só isso mesmo, uma sensação temporária de estar sendo levada à deriva em busca de um porto seguro. Naquela noite Kade lhe dissera que ela estaria a salvo com ele. Enquanto uma parte sua acreditava nisso – uma parte primitiva e instintiva –, ela também sabia que o fogo que ele atiçara dentro dela com apenas um beijo não parecia nada seguro. Ela não conseguia deixar de pensar que se aproximar dele poderia ser o maior risco que assumiria. Ele enxergava coisas demais nela, sabia demais. E naquela noite ele a fez sentir demais.

Alex gemeu ao se inclinar para a frente no chuveiro, recostando o braço nos azulejos e apoiando a cabeça no braço enquanto a água quente escorria pelo seu corpo. Fechou os olhos e lá estava Kade. O admirável rosto cinzelado. Os intensos olhos claros e penetrantes. O calor dentro dela ainda estava lá, calor esse que a fez sussurrar o nome dele enquanto abaixava a mão livre para se tocar onde ardia de desejo de ser tocada por ele.

Relaxou num estado de resignação contente, deixando que a água quente, o vapor e os pensamentos sobre ele derretessem todo o resto.

Capítulo 10

Kade ficou escondido nas sombras, observando em meio à mata fechada de abetos e pinheiros, a uns quatrocentos e cinquenta metros de distância de onde a carona chique de Skeeter Arnold o levara. A trinta quilômetros de Harmony, localizado próximo à base de uma pequena montanha e de um afluente estreito do rio Koyukuk, a propriedade de quatro hectares e construções baixas brancas ficava protegida por grades de aço de quatro metros e meio de altura e arame farpado. Câmeras e luzes de segurança estavam espalhadas por todo o lugar, e um par de guardas uniformizados tentava se manter aquecido na guarita da frente, onde portavam rifles militares.

Kade teria suposto que aquele lugarzinho amigável se tratava de uma prisão de segurança máxima, não fosse pela placa de metal gasta pelo tempo presa ao portão, com letras pretas lascadas, na qual se lia: COMPANHIA DE MINERAÇÃO COLDSTREAM.

Do lado de fora, no pátio, um grupo de trabalhadores estava ocupado descarregando caixotes selados de vários tamanhos de dois contêineres grandes estacionados próximos ao que parecia ser um depósito. Alguns dos caixotes eram levados para o tal depósito, enquanto outros eram levados para a entrada guardada da mina.

Cada vez mais interessante, Kade pensou, imaginando que nas mais de duas horas em que Skeeter estava dentro do escritório central da construção, ele não devia estar sendo entrevistado para um emprego.

Kade estava mais do que ansioso para interrogar o humano quanto aos seus assuntos ali – além de todos os seus outros empreendimentos –, mas se os novos amigos de Skeeter não o soltassem nos próximos minutos, esse interrogatório teria que ser deixado para uma próxima vez. O mais importante era entrar em contato com a Ordem para informá-los sobre o que descobrira até ali. E ele também tinha que entender o que se passava em sua cabeça em relação a Alexandra Maguire.

Para sua total irritação, sua libido se acendeu à mera sugestão de que voltasse a Harmony para encontrá-la novamente. Não que ele estivesse surpreso ao perceber que pensamentos sobre ela ferviam logo abaixo da superfície do seu consciente. Aquele beijo ainda o fazia queimar por dentro – chamas abafadas cujas brasas só necessitavam de um mínimo de combustível para se acenderem.

E isso não era nada bom.

Desejar aquela fêmea era muito ruim, especialmente quando a sua missão dependia de mantê-la calada. Desviar as suspeitas dela a qualquer custo. Erradicar o risco que ela representava para a sua missão, para os objetivos da Ordem e para a segurança da nação da Raça como um todo.

O que quer que Alexandra Maguire soubesse a respeito dos homicídios na floresta – o que quer que ela soubesse quanto à espécie de Kade de maneira geral – teria de ser abafado, e com presteza.

Fora só naquele mesmo dia que ele considerara seduzi-la para obter a verdade, caso necessário? Agora aquele plano tinha uma falha, porque se o beijo deles lhe revelara alguma coisa era que se aproximar de Alex – mesmo em nome do trabalho – não seria fácil. Ela já o afetava sem querer, desde a fachada de independência que ela cuidadosamente vestia como uma máscara até a tênue indicação de vulnerabilidade que ele vislumbrara nela naquela noite.

Não, voltar para a cidade à procura de Alex não era uma opção. Além do que, ele duvidava de que ela o receberia favoravelmente depois do modo com que se afastara dele no Pete's. Inferno, até onde podia saber, Zach Tucker ainda podia estar com ela. Ficou claro que eram amigos e, sem dúvida, o policial certinho se encaixava na sua necessidade, que ela mesma alegou, de categorizar tudo em compartimentos bem claros. Com o maldito chapéu e o uniforme meticulosamente passado, até as pontas das botas bem amarradas, o policial Tucker projetava uma imagem de mocinho em preto e branco.

Só que algo naquele homem incomodava Kade. Em parte a aparente descontração em seu relacionamento com Alex, embora Kade não costumasse ceder ao ciúme com frequência. Isso não o impedia de cerrar os dentes só de pensar no cara e de pensar em dar uma passadinha em Harmony para dar uma checada em Alex no fim das contas. Retomar as coisas do ponto em que foram deixadas no estacionamento do Pete's era opcional. Mas muito tentador.

Antes que a ideia se enraizasse ainda mais, Kade a dispensou com uma imprecação murmurada.

Aquela missão estava se mostrando um tormento, isso sim.

Com tal pensamento acompanhando-o, Kade saiu sorrateiro de seu ponto de observação de Skeeter Arnold e dos seguranças bem armados e partiu na direção do Refúgio Secreto do pai para algumas horas de caminhada. Ele poderia esperar as horas claras do dia lá, entrar em contato com o Q.G. em Boston para contar seus achados até então e ver se Gideon conseguiria descobrir algo a respeito da Companhia de Mineração Coldstream.

Skeeter Arnold perdera a noção do tempo. Estava no banco de trás do Hummer, surpreso ao ver que o relógio no painel do luxuoso automóvel mostrava seis horas da manhã.

Ficara fora a noite toda?

Parecia que havia saído do Pete's há poucos minutos e lá estava ele de volta. Só que tudo estava diferente.

Ele estava diferente.

Ele sentia isso na maneira como o corpo se mantinha ereto no assento de couro, os ombros erguidos em vez de estarem caídos como sempre. Sentia-se poderoso de algum modo e sabia que a fonte desse poder estava sentada ao seu lado: imóvel, silencioso, emanando uma ameaça sombria e um controle letal e impassível.

Skeeter não sabia o nome dele. Não se lembrava se lhe disseram.

Isso não era relevante.

– Não contará a ninguém o que se sucedeu esta noite – disse a voz, parecendo sugar todo o ar para dentro da parca de pele preta e capuz amplo. – Você irá imediatamente para casa e destruirá todas as cópias do vídeo dos assassinatos.

Skeeter assentiu com obediência, desejoso em agradar.

– Sim, Mestre.

Lembrava-se de ter pensado, quando o motorista do Hummer o abordara mencionando a partilha de informação para uma fonte particular, que a transação por certo envolveria uma grande soma em dinheiro passando para os seus bolsos.

Errara quanto a isso.

E quando o levaram até a velha companhia de mineração para se encontrar com a tal fonte particular, ele errara ao pensar que o homem alto de terno caro e camisa branca imaculada fosse de fato um homem. Ele era algo totalmente diverso.

Algo... diferente.

Skeeter sentira um pouco de medo ao ser conduzido por guardas armados do veículo até o prédio central, entrando numa área de segurança que se assemelhava a uma instalação de pesquisas, repleta de mesas de exame de aço inoxidável e, por baixo, equipamentos de computação que valiam alguns milhões de dólares. Tudo era muito estranho, mas o mais curioso fora o cilindro vertical amplo que parecia ser algum tipo de gaiola com correntes metálicas e algemas presas ao piso.

Enquanto ele tentava entender o sentido de tudo aquilo, o indivíduo com quem se encontraria – o mesmo indivíduo agora sentado ao seu lado – entrou na sala para interrogá-lo sobre muitas coisas. Respondeu quanto ao telefone usado para filmar o vídeo na propriedade dos Toms. Respondeu o que sabia quanto aos homicídios, se vira a criatura que atacara os humanos.

Skeeter lembrou-se da sua confusão ante a maneira estranha como eram feitas as perguntas, e se preocupou em ter entrado numa situação muito mais perigosa do que parecia. Mas não houvera como recuar. Entrara em algo potencialmente letal. Soubera disso, mesmo naquele instante.

Perguntaram-lhe a respeito de Alexandra Maguire e dos boatos sobre os assassinatos que percorriam a cidade. Quando ele informou sobre o estranho, o cara grande e musculoso de cabelos negros e olhos lupinos que aparecera em Harmony duas noites antes fazendo o mesmo tipo de perguntas ao povo local, o ar na sala pareceu se adensar como num nevoeiro.

Skeeter se lembrou do medo que sentiu quando o homem alto de terno caro sacou o telefone via satélite de uma mesinha e saiu da sala por alguns minutos.

Lembrava-se de ter se sentido ansioso, de ter precisado se distrair de qualquer que fosse o desastre que o aguardava do outro lado daquele telefonema. Perguntara aos funcionários do laboratório para que a gaiola era usada, observando três deles em macacões brancos testando alguns ajustes e apertando controles de computador que operavam diferentes funções da coisa.

Em voz alta, Skeeter opinou que não deveria ser usada em humanos. A dimensão da cela, o tamanho da mesa dentro dela e as amarras fortes afixadas a ela pareciam ter sido projetadas para algo muito maior do que um homem. Um urso pardo, talvez, Skeeter dissera, sem receber nenhuma explicação dos funcionários nem dos guardas armados.

Mas alguém lhe respondera, por mais impossível que parecesse.

– Foi construída para alguém da minha espécie – dissera o homem alto de terno caro ao voltar para a sala.

Ele lhe pareceu diferente. Ainda rico e importante, ainda possuidor do mesmo ar de poder letal, mas seu rosto parecia mais tenso, as feições mais retesadas, mais pronunciadas.

Skeeter se lembrou de ter visto uma repentina centelha âmbar no olhar estreito que o impedia de se contorcer, embora todas as células do seu corpo berrassem para que ele saísse dali correndo. Lembrou-se de ter captado um vislumbre de dentes brancos pontudos, lembrou-se de ter pensado que estava a segundos de morrer... depois sentiu no corpo o golpe que o suspendeu.

Skeeter não se lembrava de muito mais depois daquele instante de puro terror.

Tudo desacelerou, sumiu.

Mas ele não morrera.

Acordara há pouco tempo e toda a sua confusão – junto com seu medo – tinha desaparecido.

Agora ele pertencia àquele indivíduo poderoso sentado ao seu lado, o vampiro que o transformara em algo mais do que um simples humano. A lealdade de Skeeter estava garantida pelo sangue, sua vida ligada à do seu Mestre.

– Você se reportará a mim com toda e qualquer informação que obtiver – disse a voz que o comandava em relação a tudo agora.

– Sim, Mestre – respondeu Skeeter, e quando recebeu um aceno para sair ele desceu do Hummer e esperou até que o veículo se afastasse do acostamento da estrada e fosse embora.

Quando ele sumiu, Skeeter andou pelo estacionamento do Pete's até a única motoneve que ainda estava estacionada. Subiu nela e virou a chave. Nada aconteceu. Tentou novamente com o mesmo resultado, depois praguejou baixinho quando percebeu que havia se esquecido de abastecer na noite anterior.

– Bom dia – uma voz conhecida o cumprimentou quando os pneus com correia de neve esmagaram a estrada congelada. – Precisa de uma mão?

Skeeter balançou a cabeça sem olhar para Zach Tucker. Uma tremenda falta de sorte, ele se deparar com o único policial da cidade.

Tucker não aceitou sua recusa. A Blazer parou ao lado da motoneve de Skeeter e ficou ali enquanto o policial saía e dava a volta até a parte de trás para pegar um galão vermelho de gasolina do porta-malas.

– Longa noite, hein? – ele comentou ao se aproximar para abrir a tampa do reservatório de combustível da Yamaha. – Parece um pouco acabado hoje, Skeeter. Você deve ter ficado na farra com novos amigos de fora da cidade ou algo assim. A propósito, bela Hummer...

Skeeter não ofereceu nenhuma explicação ao ver o galão se esvaziar na sua motoneve.

– Não vou cobrar nada desta vez – Tucker disse ao terminar. Mas quando Skeeter pensou que o policial iria se afastar, ele acabou se aproximando ainda mais e sussurrou. – Pensei ter lhe dito para pegar leve por uns tempos – deixar de farrear e traficar até solucionarmos esse maldito assunto. E, para sua informação, postar aquele maldito vídeo do celular foi certamente a coisa mais estúpida que você poderia ter feito. Agora estou com aqueles idiotas de Fairbanks enchendo o meu saco quanto a ter perdido o controle de uma cena de crime!

Tucker estava furioso, e isso costumava preocupar Skeeter.

Não naquele dia.

– Preciso lhe lembar de que a nossa pequena operação tem boas chances de acabar estourando na nossa frente? Vou receber policiais estaduais no fim da semana para esmiuçar essa investigação. Não preciso que você lhes dê mais motivos para ficar e ver o que mais há aqui. Entendeu?

Skeeter o ignorou, dando a volta nele para se sentar na motoneve.

– Você é um idiota – Tucker escarneceu – ou só está chapado?

– Nunca estive mais limpo na minha vida – Skeeter respondeu.

– Quero saber onde você esteve ontem à noite. Aonde foi? Céus, você não foi idiota o bastante para contar a ninguém a meu respeito e sobre o nosso acordo, foi?

– Nada disso lhe diz respeito. O que você quer não importa mais. Eu tenho outras prioridades agora.

Quando Skeeter deu partida, a mão de Tucker desceu sobre o seu ombro.

– Se você me ferrar nessa, não pense que não serei capaz de jogá-lo debaixo de um ônibus. Você vai estar ferrado antes que consiga dizer as palavras porte e tráfico de drogas. Atravesse o meu caminho agora e eu juro por Deus que vou enterrar você.

Skeeter sustentou o olhar empedernido do seu último sócio de negócios.

– Isso não seria sensato, policial Tucker. – Ele viu a centelha momentânea de surpresa nos olhos do policial e se sentiu triunfante por tê-la colocado lá. – Mas obrigado pelo combustível.

Skeeter acelerou e partiu, saindo voando do estacionamento. Quando chegou à casa da mãe no fim do quarteirão, estava tomado por essa nova sensação de poder, e ansioso para dar continuidade às ordens do Mestre. Estacionou a motoneve e correu até a porta dos fundos da casa, ciente, mas sem se preocupar com isso, de que suas botas pesadas ressoavam no piso de tábuas corridas do corredor.

Depois de menos de um minuto dentro do seu apartamento, a mãe começou a se mover no andar de cima, as reclamações abafadas ecoando até ele em seu quarto. Ele sabia que ela viria apressada para baixo para atormentá-lo, e não se surpreendeu quando ela o fez.

– Stanley Elmer Arnold! – ela gritou, batendo à sua porta. – Faz ideia de que horas são? Seu vagabundo! Como se atreve a ficar fora a noite toda, me deixando preocupada, só para arrastar seu traseiro para casa a esta hora e me acordar! Você não passa de um perdedor e um...

Skeeter foi para a porta e saiu no corredor, segurando a mãe pelo pescoço, interrompendo-a antes que ela tivesse a oportunidade de abrir a boca.

– Cala a boca, sua vaca – ele lhe disse com rispidez. – Estou trabalhando aqui.

Caso ela tivesse dito qualquer sílaba quando a mão se soltou dela, Skeeter a teria matado ali, naquele mesmo instante. E, por Deus, ela entendera isso. Entendera que as coisas seriam diferentes dali por diante.

Sem dizer mais nada, ela se afastou dele, cambaleando um pouco nos chinelos puídos e roupão manchado. Com cautela, deu a costas e caminhou de volta pelo corredor pelo qual viera.

Skeeter Arnold inclinou a cabeça ao ver sua silhueta larga recuar, depois sorriu ao retornar para os assuntos mais importantes que o aguardavam no apartamento de merda que ele chamava de casa.

Capítulo 11

Era estranho estar de volta aos seus velhos aposentos no Refúgio do pai, como se ele tivesse de algum modo entrado num lar dos sonhos, distante e conservado na memória, que já não parecia mais ser adequado a ele. No entanto, fiel à sua palavra, a mãe de Kade se certificou de que nada estivesse fora do lugar desde que ele partira um ano antes. Depois da longa noite que teve em Harmony, ele conseguia apreciar o estofamento confortável de sua antiga poltrona reclinável de couro, perfeitamente localizada diante da imensa lareira de pedras do rio, que crepitava com achas de madeira recém-dispostas.

Kade se recostou na poltrona e riu ao telefone enquanto Brock o deixava a par de tudo o que tinha perdido em Boston nas duas últimas noites.

– Estou falando, cara, se a gente não se cuidar, estas fêmeas daqui vão arrasar com a gente. O jeito com que estão cuidando das missões durante o dia está começando a acabar com a nossa imagem.

Desde que ele ligara para o Q.G. da Ordem há alguns minutos, Brock o vinha presenteando com histórias sobre as Companheiras de Raça dos outros guerreiros e dos esforços delas em ajudar no que, até pouco tempo, fora uma espécie de clube só de garotos. Agora as missões da Ordem se tornaram operações em que todos colocavam as mãos – exclusivamente com o intuito de impedir que o maníaco da

Raça ávido pelo poder chamado Dragos desencadeasse seu tipo pessoal de inferno tanto para a espécie humana como para a Raça deles.

Os recursos de Dragos estavam de acordo com suas finanças e, ao que parecia, eram tão sombrios quanto seus planos. Seu ato mais hediondo fora a captura e o aprisionamento de um sem-número de Companheiras de Raça ao longo das últimas décadas, usando-as para criar um exército de assassinos selvagens. Tendo o quartel-general de Dragos sido atacado pela Ordem algumas semanas antes, suas operações foram interrompidas – desmontadas e desviadas, conforme as suspeitas da Ordem.

Encontrar Companheiras de Raça em cativeiro antes que ele pudesse causar mais mal era o objetivo primário da Ordem no momento. Visto que a rapidez na ação podia representar a diferença entre a vida e a morte, Lucan concordara em utilizar toda arma do arsenal da Ordem, que incluía as fêmeas muito especiais e singularmente dotadas que aceitaram alguns dos guerreiros como companheiros.

Havia a parceira de Rio, Dylan, que possuía a habilidade de ver os espíritos das outras Companheiras de Raça mortas e, quando tinha sorte, obter informações críticas delas. Elise, unida a Tegan, possuía o talento de ouvir as intenções humanas sombrias e corruptas. Ela acompanhava Dylan em abrigos, lares e albergues, e sua habilidade a ajudava a acessar as intenções das pessoas que conheciam ao longo do caminho.

A companheira de Gideon, Savannah, usava sua habilidade tátil para ler a história de um objeto, na esperança de encontrar elos para algumas das desaparecidas. A de Nikolai, Renata, com seu poder de explodir a mente mesmo do mais forte dos vampiros, transformou-se numa aliada formidável em qualquer missão, fornecendo serviços de guarda-costas para as outras Companheiras de Raça em suas missões diurnas.

Mesmo a companheira de Andreas Reichen, Claire, que apenas recentemente se recuperara do seu ordálio nas mãos de Dragos e dos seus associados, aparentemente estava se envolvendo nos assuntos da

Ordem. Utilizando-se do seu dom de andar pelos sonhos, ela vinha tentando fazer contato com algumas das Companheiras de Raça conhecidas que foram dadas como desaparecidas ao longo dos anos.

– Sabe – acrescentou Brock com secura –, quando Niko me recrutou para esse trabalho no ano passado, eu esperava que fosse apenas uma bela desculpa para poder chutar uns traseiros Renegados.

Kade sorriu, lembrando-se das primeiras patrulhas pelas ruas de Boston, que costumavam envolver apanhar os ferozes viciados em sangue da cidade e explodi-los.

– Isso o faz sentir saudades da simplicidade dos primeiros meses no trabalho, não é?

Brock grunhiu em concordância. Depois perguntou:

– Falando em Renegados, como estão as coisas aí nessa geladeira? Já faz dois dias. Ainda não cuidou do assunto?

– Estou seguindo algumas pistas, mas nada de concreto até agora. Provavelmente vou ficar aqui mais alguns dias, talvez uma semana.

Brock exalou uma imprecação que revelou a Kade o que ele achava dessa perspectiva.

– Antes você do que eu, cara. Antes você do que eu... – Houve uma pausa antes de ele perguntar: – Já conseguiu encontrar sua família?

– Bem... – Kade disse, inclinando a cabeça para trás para fitar a viga de madeira do teto. – A minha chegada em casa foi mais ou menos como antecipei.

– Tão bom assim, é?

– Digamos que me sinto mais acolhido quando saio na escuridão de vinte graus abaixo de zero.

– Dureza – disse Brock. – Lamento por isso, cara. De verdade.

Kade assentiu.

– Deixa pra lá. Não preciso falar sobre a minha recepção calorosa em casa. Eu só queria ligar para passar uma informação que Gideon pode achar interessante.

– Ok. Manda ver.

– Encontrei o cretino que postou o vídeo sobre o ataque aos humanos. Seu nome é Skeeter Arnold, um drogado local, provavelmente um traficante café com leite. Eu o vi sair de um bar e entrar numa Hummer zerinho com motorista. Foi levado a algum tipo de escritório de uma mineradora na floresta. O nome no portão era Companhia de Mineração Coldstream. Peça a Gideon que dê uma olhada quando tiver tempo. Estou curioso para saber que tipo de negócios esse perdedor tem com eles.

– Pode deixar – disse Brock. – Cuide-se. Não congele nada de que possa precisar depois.

Kade riu, apesar da inquietação que sentia só de pensar naquela missão.

– Entrarei em contato – disse ao terminar a ligação.

Assim que deixou o telefone na mesinha ao lado, uma batida forte soou do lado de fora da porta do chalé.

– Está aberta – disse, esperando ver o pai. Preparou-se para a desaprovação que se seguiria. – Pode entrar.

Mas foi Maksim quem entrou, provocando um alívio em Kade que ele mal conseguiu esconder. Levantou-se sorrindo e gesticulou para que o tio se juntasse a ele diante da lareira.

– Não pensei que você fosse voltar – comentou Max. – Pelo menos não tão cedo. Ouvi que as coisas não correram bem entre você e meu irmão no outro dia. Bem que eu gostaria que ele não fosse tão duro com você.

Kade deu de ombros.

– Nunca nos entendemos bem. Eu não tinha esperanças de que começássemos agora.

– Agora que você é um dos guerreiros da Ordem – disse Max, com os olhos cintilando numa conspiração ávida, e a voz grave com uma pontada de franca admiração. – Estou orgulhoso de você, meu sobrinho. Orgulhoso do trabalho que vem fazendo. Há honra nele, assim como sempre houve em você.

Kade quis descartar o elogio como se fosse algo desnecessário, mas ouvi-lo – especialmente vindo de Max, que, apesar de ser algumas centenas de anos mais velho que ele, sempre lhe pareceu mais com um irmão – fez com que se sentisse bem demais para fingir que não importava.

– Obrigado, Max. Isso significa muito para mim, vindo de você.

– Não há por que me agradecer. Estou dizendo a verdade. – Fitou Kade longamente, depois se inclinou para a frente, os cotovelos plantados nos joelhos afastados. – Ficou fora por um ano. Deve estar fazendo coisas importantes para Lucan e para a Ordem.

Kade sorriu, percebendo as suas intenções. Como ele, Max ansiava por aventuras. Ao contrário dele, Max se comprometeu a servir como segundo homem para o pai de Kade, o líder do Refúgio Secreto em Fairbanks. A lealdade de Max o acorrentara àquela prisão de quatro mil hectares, e ainda que ele jamais se esquivasse das suas obrigações ou da sua promessa ao irmão duro e intransigente, Max apreciava os conceitos de risco e recompensa, de coragem e honra, tanto quanto Kade.

Por causa disso, e porque Kade entendia que a lealdade de Max se estendia a ele também, sabia que lhe confiar alguns detalhes das suas experiências na Ordem e da missão atual não teria problema.

– Ouvi dizer que houve uma revolta na Agência lá no leste há alguns meses – comentou Max, observando Kade com curiosidade, à espera que ele elaborasse a questão.

– Houve, sim – ele admitiu, lembrando-se de uma das suas primeiras missões e do começo dos problemas da Ordem com o louco chamado Dragos. – O nosso departamento de informações descobriu um diretor de alto escalão da Agência que não era o que aparentava ser. Esse cara vinha trabalhando com um nome falso e fomentando uma rebelião secreta há várias décadas – mais até. Ainda estamos tentando determinar até onde chega essa corrupção, mas não tem sido fácil. Toda vez que nos aproximamos do bastardo, ele se esconde ainda mais.

– E aí vocês o perseguem ainda mais – Max disse, falando como um dos guerreiros de Boston. – Vocês têm que continuar atingindo-o, cercando-o por todos os lados, até ele ficar exausto demais para correr e não ter alternativa a não ser ficar e lutar. E então vocês o destruirão de uma vez por todas.

Kade assentiu com gravidade, percebendo a sabedoria do conselho de Max e desejando que a perseguição a Dragos fosse tão simples e direta assim.

O que Max não sabia – o que nem ele, nem qualquer outra pessoa, tinha permissão de saber – era que Dragos era apenas a ponta de um *iceberg* bem traiçoeiro. Dragos tinha uma arma secreta, uma que ele detinha há séculos. Mais ou menos na mesma época em que Kade se unira à Ordem, eles descobriram a existência de uma criatura que se pensava estar morta há muito tempo. Um Antigo. Um dos extraterrestres sedentos de sangue que deram vida à Raça de vampiros na Terra há milênios.

Dragos era neto daquela criatura e vinha formando seu exército de vampiros assassinos, incontroláveis e implacáveis, gerados a partir dele por mais tempo do que qualquer pessoa gostaria de conceber.

Se essa novidade se espalhasse pelas comunidades da Raça nos Estados Unidos e no exterior, o pânico se propagaria.

Caso vazasse para a população humana que não só havia vampiros entre eles, mas que um megalomaníaco dentre eles pretendia assumir o poder e escravizar a todos?

Armagedom.

Kade teve que se sacudir mentalmente para se livrar desse cenário de pesadelos.

– Enquanto o restante da Ordem está fazendo exatamente o que você disse, eu acabei escolhendo o palitinho menor e vim parar no

Alasca. Estou investigando um ataque a humanos na floresta – uma família inteira dizimada, em apenas uma noite.

Max franziu o cenho.

– Renegados?

– É o nosso palpite. – E também a esperança de Kade, embora cada minuto daquela missão o levasse cada vez mais longe de um resultado favorável. – Não ficou sabendo de nenhum problema nos Refúgios, ficou? Algum boato de alguém com propensões para a Sede de Sangue?

Max meneou a cabeça lentamente.

– Nada parecido. Houve um incidente no Refúgio em Anchorage uns nove meses atrás. Algum garoto idiota quase sangrou um humano até a morte numa festa, mas esse foi o único problema na região nos últimos tempos.

Essa novidade por certo não fez Kade se sentir melhor. Porque se não havia Renegados à solta, então só restava um lugar sensato para se colocar a culpa.

– Fico imaginando se Seth não ouviu nada – murmurou, tentando esconder o medo e a fúria da voz. – Eu detestaria não vê-lo enquanto estou aqui.

– Ele também detestaria isso – Max disse, e Kade pôde ver que ele falava sério.

Ele não sabia a respeito de Seth. Como todos os outros, ele não fazia ideia.

Somente Kade sabia.

E o fardo desse conhecimento pesava cada vez mais.

Max se recostou na poltrona e pigarreou com suavidade.

– Há algo que eu gostaria de lhe contar, Kade. Algo que você precisa entender... A respeito da sua família, do seu pai.

– Continue – disse Kade, sem saber direito se gostaria de ouvir o quanto o pai adorava Seth e desejava que Kade fosse mais parecido com ele.

– Meu irmão, o seu pai, não tem facilidade para demonstrar afeição. Especialmente com você.

– Engraçado, eu não tinha percebido isso. – Kade sorriu com um humor que não sentia.

– A nossa família tem um segredo sombrio – Max disse, e Kade sentiu o corpo ficar entorpecido. – Kir e eu tínhamos um irmão mais novo. Estou certo de que você nunca soube disso. Poucas pessoas sabem. Seu nome era Grigori. Kir o amava muito. Todos nós o amávamos. Grigori era um rapaz inteligente e charmoso. Mas também tinha um lado selvagem. Mesmo em idade tenra, ele se revelava contra a autoridade e andava no fio da navalha em todas as situações sem medo algum.

Kade se viu sorrindo, pensando que talvez também gostaria de Grigori.

– Apesar dos seus defeitos, Kir o adorava. Mas, alguns anos mais tarde, quando ficamos sabendo que Grigori se tornara Renegado, que em sua Sede de Sangue ele tinha matado, Kir o excluiu completamente. Simples assim – Max disse, estalando os dedos. – Nunca mais vimos Grigori. Desde então, Kir sequer o mencionou novamente. Dali por diante, Kir se tornou outro homem.

Kade ouviu atentamente, relutante em admitir a pontada de empatia que sentia pelo pai e pela perda que ele sofrera.

– Talvez seu pai acredite que não suportaria esse tipo de dor novamente – Max sugeriu. – Talvez, às vezes, ele veja muito de Grigori em você.

E, pelo visto, resolvera excluir Kade antes, ao mesmo tempo em que depositava todas as esperanças paternais em Seth.

– Não tem importância – Kade murmurou, acreditando apenas parcialmente nisso. Estava envolvido demais com situações de vida e morte para se preocupar com a baixa expectativa do pai para com ele. – Agradeço pela informação, Max. E pela sua opinião. Também agradeço por você ter vindo.

Max, perceptivo como sempre, captou a sutil sugestão e se levantou.

– Você tem coisas para fazer. Não devo prendê-lo.

Quando esticou a mão, Kade, em vez de aceitá-la, o puxou para um abraço.

– Você é um bom homem, Max. Um bom amigo. Obrigado.

– Qualquer coisa que você precisar, Kade, só precisa me pedir.

Foram juntos até a porta, e Kade a abriu no momento em que duas mulheres, embrulhadas em pesados casacos de inverno e carregando uma manta cada uma, passavam diante do seu chalé. Uma delas levantou o olhar e estava prestes a desviá-lo quando voltou a olhar novamente.

– Ah... Kade? – perguntou ela, seu belo rosto se iluminando num sorriso. – Kade! Ouvi que você tinha voltado para o Alasca, mas não sabia que estava aqui.

– Olá, Patrice – disse ele, lançando um sorriso educado para a Companheira de Raça que seu irmão gêmeo mantinha à sua espera debaixo das asas nos últimos anos.

Ao seu lado, Max ficara absolutamente imóvel. Kade sentia o calor emanando do outro macho, enquanto Patrice continuava conversando com animação, gentil e bela, com o cabelo ruivo brilhante e os vívidos olhos verde-escuros iluminados pela luz da lareira que vinha de dentro do chalé.

– Ruby e eu estávamos indo ver a aurora boreal de uma das rochas. Vocês gostariam de nos acompanhar?

Kade e Max recusaram ao mesmo tempo, mas foi a recusa de Max que diminuiu o sorriso de Patrice, embora ela tivesse tentado esconder isso com a ponta da manta que carregava. Enquanto as Companheiras de Raça se afastavam, Kade notou que o macho mais velho não conseguia deixar de olhar para elas.

Ou melhor, para uma delas.

– Patrice? – Kade perguntou, surpreso pelo desejo muito bem contido que percebera nos dois.

Maksim desviou o olhar para ele.

– Ela se comprometeu com outro. Eu jamais interferiria nisso, não importando o quanto Seth demore em finalmente aceitar o presente precioso que recebeu. O bastardinho arrogante e ignorante...

Kade viu o tio sair pela varanda e continuar pelo terreno coberto de neve até seus próprios aposentos.

Não sabia se ria ante a virulência da declaração de Max ou se amaldiçoava Seth por estar potencialmente arruinando mais duas vidas.

Capítulo 12

Alex despejou uma chaleira de água fervente na cafeteira antiga sobre o fogão. Conforme a cozinha se enchia com o aroma do café recém-coado pela segunda vez naquele dia, ela se virou para a mesinha onde Jenna e ela estavam tomando café da manhã. Ou melhor, onde Alex estava tomando café da manhã. Jenna apenas beliscara as batatas fritas caseiras e deixara os ovos mexidos praticamente intocados.

– Deus do céu, eu odeio o inverno – murmurou ela, recostando-se na cadeira de madeira que rangeu, desviando um olhar pensativo para a escuridão de fora às oito horas da manhã. – Em determinados dias, parece que ele nunca vai acabar.

– Vai, sim – disse Alex, sentando-se diante da amiga e observando o olhar atormentado de Jenna se aprofundar.

Claro que não era nem a escuridão nem o frio que a entristeciam. Alex não tinha de olhar para o calendário na parede ao lado do telefone para compreender a crescente tristeza de Jenna.

– Ei – disse Alex, forçando um tom alegre na voz. – Se o tempo continuar claro no final de semana, pensei que poderíamos voar até Anchorage. Que tal fazer compras ou ir ao cinema? Topa um fim de semana só de garotas na cidade?

Jenna voltou a fitá-la e balançou a cabeça de leve.

– Acho que não.

– Ah, que é isso? Vai ser divertido. Sem falar que você está me devendo uma. Acabei o meu melhor café Red Goat com você. Preciso dar um pulo na Kiladi Brothers para renovar o meu estoque.

Jenna sorriu de modo tristonho.

– Acabou seu amado Red Goat comigo? Uau, você deve estar mesmo preocupada comigo. Acha que estou mal, hein?

– E está? – Alex formulou a pergunta cautelosa, porém direta, que exigia uma resposta igualmente franca. Estendeu a mão por sobre a mesa e segurou a da amiga. Observou-a com atenção, dando ouvidos aos seus instintos que sempre lhe diziam se estavam lhe contando a verdade ou uma mentira. – Você vai ficar bem desta vez?

Jenna sustentou seu olhar como se estivesse preso a ele e deu um suspiro baixo.

– Eu não sei, Alex. Sinto saudades deles. Eles me davam um motivo para levantar da cama de manhã, entende? Eu me sentia necessária, sentia que minha vida tinha um propósito maior quando Mitch e Libby faziam parte dela. Não sei se um dia voltarei a sentir isso.

A verdade, então, por mais dolorosa que fosse. Alex recebeu a confissão da amiga com um aperto em sua mão. Ela piscou, libertando Jenna da ligação invisível do seu olhar inquisidor.

– A sua vida tem um propósito, Jenna. Tem um significado. E você não está sozinha. Para início de conversa, você tem a Zach e a mim.

Jenna deu de ombros.

– Meu irmão e eu temos nos afastado nos últimos tempos e a minha melhor amiga tem falado umas besteiras sobre se mudar daqui.

– Eu falei sem pensar – disse Alex, sentindo uma pontada de culpa tanto pela covardia que a fazia cogitar a ideia de fugir novamente quanto pela meia-verdade que dava a Jenna agora, na esperança de fazê-la se sentir melhor.

Levantou-se e levou as canecas de café até o fogão.

– A que horas você saiu do Pete's ontem à noite? – Jenna perguntou enquanto Alex servia café fresco e o trazia de volta até a mesa.

– Saí pouco depois de você. Zach apareceu para me dar uma carona para casa.

Jenna sorveu um gole da sua caneca e a pousou no tampo da mesa.

– É mesmo?

– Foi só uma carona – explicou Alex. – Ele se ofereceu para tomar uma cerveja comigo no Pete's, mas eu já estava a caminho de casa.

– Bem, conhecendo meu irmão, ele só devia estar querendo uma desculpa para tê-la na caminhonete dele. Ele tem uma queda por você desde que éramos adolescentes, você sabe disso. Talvez, apesar dessa conversa de ele ser um cara durão, comprometido com o trabalho, ele ainda esteja de olho em você.

Alex não pensava assim. A única noite deles juntos fora prova suficiente para ambos de que o que quer que sentiam um pelo outro, isso jamais voltaria a ultrapassar os limites da amizade. Ela conhecia Zach há mais de uma década, mas ele lhe parecia mais desconhecido do que Kade, que conhecera apenas um dia atrás.

Por mais incrível que pudesse parecer, apesar da maneira com que Kade mexia com as suas emoções, ela se sentia mais protegida fisicamente com ele do que com Zach, um oficial condecorado.

Deus do céu. O que isso queria dizer a respeito do seu bom senso, Alex não saberia determinar.

Enquanto refletia tomando um belo gole de café, o telefone da cozinha começou a tocar. Alex se levantou e atendeu a linha comercial de modo automático.

– Entregas e Fretes Maguire.

– *Oi.*

Aquela única palavra – a voz profunda e agora intimamente familiar – entrou pelos seus ouvidos e desceu por sua espinha numa corrente de pura eletricidade.

– Hum, olá... Kade – respondeu, desejando não soar tão atordoada. E também tinha que parecer que havia perdido o fôlego? – Como conseguiu meu número?

Do outro lado da cozinha, Jenna ergueu as sobrancelhas num indício de surpresa. Alex girou sobre os calcanhares, desejando esconder parte do calor que lhe subia pelas faces.

– Não existem muitos Maguires em Harmony – disse ele do outro lado da linha. – Nem tantos pilotos. Por isso, com um palpite calculado, telefonei para o único número que aparecia listado que cobria os dois critérios – um Hank Maguire da Entregas e Fretes Maguire.

– Ah... – A boca de Alex se abriu num sorriso. – E como sabe que ele não é meu marido?

A risada baixa dele soava tão agradável como veludo.

– Você não beija como uma mulher casada...

As entranhas de Alex ficaram moles e aquecidas com esse lembrete, e estava bem difícil não se contorcer ao pensar nos lábios dele sobre os seus e na revisita mental sensual que tinha feito sozinha no chuveiro na noite anterior.

– Hum, bem... por que telefonou? Você... está ligando a trabalho?

Que Deus a ajudasse, ela quase acrescentou "ou por prazer", mas teve o bom senso de refrear as palavras antes de se envergonhar ao proferi-las. A última coisa de que ela precisava era pensar em Kade e em prazer na mesma frase. Ela já tivera uma bela amostra disso. O bastante para saber que traria perigo e complicações; coisas das quais ela já tinha o suficiente.

– Eu deveria me encontrar com Big Dave e alguns outros caras em Harmony hoje – disse Kade, casualmente lançando o melhor motivo de que ela necessitava para não querer nada com ele.

– Ah, certo – disse Alex. – A grande caçada aos lobos.

E lá estava ela, permitindo que seus hormônios tresloucados a cegassem para o fato de que ela ainda não conhecia o jogo dele. A raiva surgiu com amargura em sua garganta.

– Bem, divirta-se. Preciso desligar...

– Espere – disse ele, no momento em que ela estava prestes a colocar o aparelho no gancho. – Eu deveria me encontrar com Big Dave hoje, mas, na verdade, eu tinha esperanças de conseguir um guia para me levar à casa de Henry Tulak.

– Henry Tulak – Alex repetiu lentamente. – O que você poderia querer no chalé dele?

– Eu só... Eu preciso mesmo saber como aquele homem morreu, Alex. Você pode me levar lá?

Ele parecia sincero e estranhamente resignado. Por isso parecer tão importante para ele, Alex se viu cedendo quando deveria estar afastando-o por completo.

– E quanto a Big Dave?

– Eu me desculpo quando o encontrar novamente – respondeu, parecendo qualquer coisa exceto preocupado quanto a enfrentar o valentão da cidade e os seus amigos. – O que me diz, Alex?

– Sim, tudo bem. – Maldição, não deveria se sentir tão excitada com a perspectiva de passar um tempo ao lado dele. – O dia vai nascer lá pelo meio-dia, então por que não se encontra comigo aqui em Harmony às onze? Teremos luz suficiente para viajar e algumas horas para verificar o lugar depois que chegarmos.

Kade resmungou, como se estivesse refletindo a respeito do outro lado da linha.

– Prefiro não esperar pela aurora para seguir para lá, se estiver tudo bem para você.

– Prefere viajar no escuro?

Ela conseguia perceber o sorriso se ampliar nas feições dele quando ele respondeu:

– Não tenho medo de um escurinho se você não tiver. Já estou a caminho, posso encontrá-la na sua casa em uma hora.

Bem, ele era direto, ela tinha que admitir. O homem colocava uma coisa na cabeça e não temia ir atrás dela.

– Daqui a uma hora está bom para você, Alex?

Ela relanceou para o relógio e perguntou se conseguiria tirar o pijama, tomar banho e dar um jeito no rosto e no cabelo nesse meio-tempo.

– Hum, sim, claro... Daqui a uma hora. Até lá.

Quando desligou, Alex sentiu a curiosidade do olhar de Jenna às suas costas.

– Era o Kade?

Ela se virou, com um sorriso bobo.

– É, ele mesmo.

Jenna se recostou na cadeira e cruzou os braços diante do peito, parecendo uma verdadeira policial, mesmo de blusa de moletom e jeans gastos, com os cabelos soltos ao redor dos ombros.

– O mesmo Kade que estava no Pete's ontem à noite, e o mesmo Kade que você viu na propriedade dos Toms ontem e com quem você disse que não quer ter nada? Esse Kade?

– O próprio – respondeu Alex. – E antes que você diga qualquer outra coisa, só vou levá-lo para o chalé do Tulak para que ele dê uma olhada.

– Ok.

– São só negócios – disse Alex, pegando os pratos do desjejum com pressa e colocando-os na pia. Pegou uma fatia de pão embebida em ovos e a jogou na direção da boca esperançosa de Luna. – Na minha opinião, se eu conseguir afastar uma arma sequer da mira dos lobos, então estou mais do que contente em distrair Kade com um passeiozinho no campo.

Quando se aproximou da mesa para limpá-la, Jenna a encarou.

Não era preciso ter o detector de mentiras de Alex, nem o olhar treinado de policial de Jenna, para entender que, sem sombra de dúvida, Alex estava entusiasmada. Revirada de ponta-cabeça por um homem que conhecera há dois dias. Tentada a permitir que esse homem, que era de uma centena de tons de cinza, entrasse em seu mundo certinho onde tudo era preto ou branco.

– Tome cuidado, Alex – disse Jenna. – Sou sua amiga e te amo, não quero que você se machuque.

– Eu sei – ela disse. – E não vou sair magoada.

Jenna riu baixinho e balançou a mão à sua frente, dispensando-a.

– Bem, por que está parada aí quando deveria estar se aprontando para esse não encontro? Vá em frente. Deixe que eu e Luna cuidemos da limpeza do café da manhã.

Alex sorriu.

– Obrigada, Jenna.

– Mas quando você voltar desse não encontro – Jenna lhe disse, enquanto ela avançava pelo corredor –, vou querer o nome completo dele e o número do seguro social. E também seu histórico médico completo! Sabe que não estou brincando!

Alex sabia muito bem disso, mas estava rindo mesmo assim, levada pelas muito bem-vindas, talvez porque incomuns, sensações de excitação e esperança.

Capítulo 13

Kade não tinha percebido o quanto estava ansioso para ver Alex até enxergar sua silhueta atrás do vidro jateado da porta da casa dela quando ela foi abri-la. Alta e magra, vestida num par de jeans escuros e uma malha verde-limão com uma camiseta de gola alta por baixo, o cabelo loiro preso em duas tranças que derramavam-se em seus ombros, em pleno inverno, ela parecia fresca como a primavera. Ela lhe sorriu através dos cristais de gelo pensos nas janelas, o rosto naturalmente belo enaltecido por um pouco de rímel e o rubor repentino que se fez em suas faces.

– Olá – disse ela, ao abrir a porta para que ele entrasse. – Você me encontrou.

Ele inclinou a cabeça uma vez num aceno.

– Eu te encontrei.

– Deixe-me adivinhar – disse ela, com o sorriso ainda estampado no rosto. – Você andou até aqui assim como fez no outro dia para ir até a floresta?

Ele lançou um sorriso malicioso e indicou a motoneve estacionada no jardim.

– Resolvi dirigir hoje.

– Sim, claro que sim. – Ela segurou a porta aberta para ele. – Entre. Só preciso calçar as botas e pegar o casaco, e podemos ir.

Quando ela desapareceu virando na sala de estar, Kade entrou na aconchegante cozinha e passou o olhar pela mobília simples e pela atmosfera convidativa e casual. Ele sentia o perfume de Alex ali, sentia a presença dela nas linhas retas e regulares do sofá e das cadeiras, na madeira rústica das mesas e nos tons verdes, marrons e cremes do tapete entrelaçado debaixo dos pés.

Ela voltou para a sala com um par de botas Sorel e uma parca pesada cor cáqui.

– Pronta, se você estiver. Deixe sua moto aqui. Vamos para os fundos pegar a minha para irmos até a pista.

Kade parou alguns passos atrás dela.

– Pista?

– É – afirmou ela. – Não há previsão de neve para os próximos dias, então para que perder tempo indo de motoneve quando podemos voar até lá?

– Eu não sabia que iríamos voando. – Ele sentiu uma pontada momentânea de incerteza, algo novo para ele. – Ainda está escuro.

– O meu avião não sabe a diferença entre dia ou noite – disse ela, com um brilho dançando nos olhos castanhos. – Vamos. Isto é, a menos que fique pouco à vontade com um pouco de escuridão, Kade.

Ela caçoava dele, e ele adorou isso. Sorriu, pronto para enfrentar qualquer desafio que ela lhe lançasse.

– Mostre o caminho.

Com Alex encarregada e Kade muito satisfeito em ir na garupa, nem que fosse apenas pela desculpa de passar os braços ao seu redor, aceleraram pelas vias congeladas da cidade até onde o avião monomotor estava estacionado na singela pista de pouso de Harmony. Além do hangar onde estavam temporariamente estocados os corpos da família Toms, o aeroporto consistia de uma pista curta de neve compactada e luzes de orientação que mal se enxergava por cima dos montes de neve mais altos.

O Havilland Beaver de Alex tinha um vizinho por companhia, um pequeno Super Cub, equipado com pneus largos em vez dos esquis do veículo de Alex. Uma rajada de vento atravessou a pista, erguendo uma nuvem de neve que subia como folhas ao vento.

– Lugar agitado, hein?

– Melhor do que nada. – Ela estacionou, e os dois desceram da motoneve. – Vá em frente e entre. Preciso checar o avião antes de decolarmos.

Kade poderia ter se recusado a acatar ordens de uma fêmea, caso não estivesse tão intrigado pela confiança de Alex naquilo que ela realizava. Kade entrou pela cabina destrancada e fechou a porta. Mesmo o Beaver parecendo um burro de carga visto pelo interior, Kade se assustou com a sensação claustrofóbica da sua cabina. Tendo mais de um e noventa de altura e pesando mais de cento e dez quilos sem armas e roupas, ele era considerado um macho grande segundo qualquer padrão, mas, ao se sentar no banco do passageiro do monomotor, os painéis curvados e as janelas estreitas faziam aquilo se parecer com uma gaiola.

Alex apareceu pelo lado do piloto e se sentou no banco atrás do manche.

– Tudo pronto – anunciou com alegria. – Aperte os cintos, e estaremos voando em seguida.

No interior remoto do Alasca, não era de se admirar que não houvesse controle de tráfego aéreo, nenhuma torre de rádio para liberar a decolagem. Dependia somente de Alex levantar voo e seguir na direção correta. Um minuto mais tarde, subiram na escuridão, cada vez mais alto no céu matutino desprovido de luzes a não ser pelo manto distante de estrelas reluzentes.

– Bom trabalho – comentou Kade, lançando um olhar para Alex enquanto ela equilibrava a subida e os desviava de um trecho de solavancos provocados pelos ventos. – Imagino que você já fez isso algumas vezes.

Ela sorriu de leve.

– Voo desde que tinha doze anos de idade. Mas tive que esperar até os dezoito para fazer o curso oficial e tirar o brevê.

– Você gosta de estar aqui em cima, perto das estrelas e das nuvens?

– Adoro – disse ela, concordando com um aceno pensativo, enquanto verificava alguns controles no painel. Depois voltou o olhar para a vastidão diante deles. – Meu pai me ensinou a voar. Quando eu era menina, ele me dizia que o céu é um lugar mágico. Às vezes, quando eu ficava com medo ou acordava assustada com um pesadelo, ele me trazia com ele, não importando que horas fossem. Subíamos bem alto no céu, onde nada de ruim podia nos alcançar.

Kade conseguiu detectar a afeição na voz dela quando falou do pai, e também percebeu a tristeza pela sua perda.

– Há quanto tempo seu pai morreu?

– Há seis meses... Alzheimer. Há quatro anos ele começou a se esquecer das coisas. Isso piorou bem rápido, e depois de um ano, quando a doença começou a afetar seus reflexos no avião, ele finalmente me deixou levá-lo ao hospital em Galena. A doença progride de forma diferente nas pessoas, mas com papai, pareceu dominá-lo com tanta rapidez... – Alex soltou um suspiro pensativo. – Acho que ele entregou os pontos assim que recebeu o diagnóstico. Não sei, talvez já tivesse desistido de viver muito antes.

– Por que diz isso?

Aquela não fora uma pergunta invasiva, mas ela mordeu o lábio quando ele a fez, um ato reflexo que revelava que ela provavelmente sentia ter lhe contado mais do que pretendia. Pelo olhar desconfiado e repentino que ela lhe lançou, ele percebeu que ela tentava avaliá-lo de algum modo, tentando decidir se seria seguro confiar nele.

Quando ela por fim falou, sua voz saiu baixa, o olhar mirando o para-brisa, como se ela não pudesse falar com ele e olhá-lo ao mesmo tempo.

– Meu... hum... meu pai e eu nos mudamos para o Alasca quando eu tinha nove anos. Antes disso morávamos na Flórida, nas Everglades, onde meu pai pilotava um avião para passeios turísticos sobre os pântanos e Keys.

Kade a avaliou na luz fraca da cabina.

– É um mundo totalmente diferente daqui.

– É. Pode apostar nisso.

Um barulho metálico repentino surgiu do nada no avião, e a cabina reverberou. Kade se segurou no banco, grato ao ver que Alex não entrara em pânico. A sua atenção estava voltada para os instrumentos do painel, e ela aumentou a velocidade do avião. Os sacolejos e o barulho abrandaram, e o voo voltou a ficar suave.

– Não se preocupe – ela lhe disse, o tom tão sério quanto sua expressão. – Como meu pai costumava dizer, é um fato científico que alguns dos sons mais alarmantes nos aviões só podem ser escutados à noite. Acho que estamos bem agora.

Kade riu pouco à vontade.

– Acho que vou ter que confiar em você.

Sobrevoaram um pico, depois fizeram uma leve curva, mudando de direção para voltarem a acompanhar o Koyukuk logo abaixo.

– Então, o que aconteceu na Flórida, Alex? – perguntou, voltando ao assunto que não pretendia deixar de lado. Seus instintos lhe diziam que estava perto de descobrir os segredos que ela escondia, mas ele não estava querendo avançar nas suas investigações naquele momento. Estava, de fato, interessado nela – caramba, se fosse honesto consigo mesmo, teria que admitir que começava a se preocupar de verdade – e desejava entender o que se passara com ela. Tendo captado a dor em sua voz, desejou poder ajudá-la da maneira que pudesse. – Alguma coisa aconteceu com a sua família na Flórida?

Ela balançou a cabeça e lhe lançou mais um daqueles olhares perscrutadores.

– Não, não conosco... mas minha mãe e meu irmãozinho...

A voz se partiu, emocionada. Kade sentiu as sobrancelhas se unirem ao fitá-la.

– Como eles morreram, Alex?

Por um momento estonteante, seus olhos se prenderam aos dele, imóveis e carregados de um medo renovado, um pavor frio que começou a se formar em seu âmago. O pequeno compartimento que partilhavam a mais de dois mil metros acima do solo se estreitou ainda mais, contraído pelo silêncio de Alex ao seu lado.

– Eles foram mortos – disse ela por fim. Palavras que só fizeram a pulsação de Kade acelerar quando ele considerou uma causa possível; uma causa terrível que faria do seu envolvimento com Alex algo ainda mais impossível do que já era. Mas ela deu de ombros e voltou a olhar para a frente. Inspirou fundo e depois soltou o ar. – Num acidente. Um motorista embriagado passou por um semáforo vermelho num cruzamento. Bateu no carro da minha mãe. Ela e meu irmão caçula morreram com o impacto.

A carranca de Kade se acentuou enquanto ela recitava os fatos depressa, como se não conseguisse dizê-los com a rapidez desejada. E recitar parecia uma descrição correta, porque algo na explicação dela parecia ensaiado, muito bem treinado.

– Sinto muito, Alex – disse ele, sem conseguir despregar seu olhar interrogador dela. – Imagino que seja ao menos uma bênção o fato de eles não terem sofrido.

– É – respondeu ela automaticamente. – Pelo menos eles não sofreram.

Voaram por um tempo sem conversarem, observando a paisagem escura debaixo deles se alternando de faixas sem luz de floresta densa e montanhas elevadas, para o azul elétrico da tundra coberta de neve e dos contrafortes das montanhas. No céu ao longe, Kade viu o brilho esverdeado misterioso das luzes do norte. Ele as indicou para Alex e, apesar de ter visto a aurora boreal inúmeras vezes desde o seu nascimento há quase cem anos, ele nunca estivera no céu para presenciar as cores fantásticas dançando no horizonte.

– Incrível, não? – Alex comentou, obviamente à vontade ao navegar num amplo arco para que pudessem ver as luzes por mais tempo.

Kade observava as luzes, mas seus pensamentos ainda estavam em Alex, tentando juntar as peças da ficção em que ela queria fazê-lo acreditar.

– O Alasca não poderia ser mais diferente da Flórida, não?

– É verdade – concordou ela. – Meu pai e eu queríamos recomeçar... Tivemos que fazer isso depois que mamãe e Ricky... – Inspirou fundo, fortalecendo-se antes de dizer mais do que pretendia. – Depois que eles morreram, meu pai e eu voamos para Miami para comprar uma passagem para algum lugar a fim de recomeçarmos nossas vidas. Havia um globo em uma das livrarias do terminal. Papai me mostrou onde estávamos e me pediu para escolher um lugar para irmos. Escolhi o Alasca. Quando chegamos aqui, achamos que Harmony parecia uma cidade amigável na qual poderíamos criar nosso novo lar.

– E foi?

– Sim. – Sua voz soou um tanto saudosa. – Mas agora que ele se foi, está diferente para mim. Andei pensando se não está na hora de dar mais uma olhada no globo, conhecer outra parte do país por um tempo.

Antes que Kade tivesse a chance de perguntar algo mais, o motor começou a fazer barulho e sacolejar com vingança renovada. Alex acelerou mais uma vez, mas o barulho e o sacolejo persistiram.

– O que está acontecendo?

– Vou ter que aterrissar agora – disse ela. – Ali está o chalé do Tulak. Vou tentar chegar o mais próximo possível.

– Tudo bem. – Kade olhou pela janelinha para o chão que se aproximava mais rapidamente do que ele gostaria. – Só tente descer devagar. Não estou vendo nenhuma pista aí embaixo.

Ele não precisava ter se preocupado. Alex baixou a aeronave sacolejante em seu par de esquis num deslize suave, conseguindo se desviar de alguns abetos antigos que se materializaram do nada na escuridão ao pararem sobre a neve fofa. O chalé estava bem diante deles, mas Alex diminuiu a velocidade do Beaver e fez uma curva suave, navegando com muita precisão para quem teve que aterrissar tão abruptamente.

– Nossa, essa passou perto – exclamou ele ao pararem de vez na neve.

– Acha mesmo? – A expressão de divertimento de Alex era imensa ao desligar o motor.

Ela desceu, e Kade a seguiu até o motor. Ela o olhou por dentro.

– Droga. Bem, pelo menos isso explica o problema. Alguns parafusos saíram da tampa do motor e caíram.

Kade sabia tanto de tampas de motores quanto de tricô. E ele não tinha problema em desejar que isso prendesse-os na floresta por algumas horas. Ou, melhor ainda, por algumas noites.

– Então, o que você está me dizendo é que ficaremos presos aqui até alguém vir ajudar?

– Você está olhando para a ajuda – ela lhe disse, lançando-lhe um sorriso enquanto voltava para pegar uma caixa de ferramentas no compartimento de carga do avião.

Parte do motivo pelo qual Kade a levou até aquela localização remota era que queria, de uma vez por todas, chegar à raiz do que ela sabia quanto aos homicídios da família Toms. Agora, depois das meias-verdades que ela lhe contara a respeito das mortes da mãe e do irmão, ele tinha outro motivo para questioná-la. E ele disse a si mesmo que, no final das contas, se Alex soubesse de algo sobre a existência da Raça – ainda mais se esse conhecimento estivesse relacionado à perda dos familiares na Flórida –, então, aliviá-la do fardo dessa lembrança seria um ato de bondade seu.

Aquilo, porém, não dizia respeito somente à missão. Ele tentara se convencer de que era isso, mas a obrigação ficara em segundo plano no instante em que chegara à casa de Alex. A maneira como a sua pulsação ficava mais rápida ao redor dessa fêmea por certo não fazia parte do plano. Seu coração ainda estava acelerado por conta da repentina aterrissagem, mas assim que Alex voltou para junto dele, parecendo inteligente e capaz, e tão adorável, ao se aproximar do motor, as batidas do seu coração passaram a ser uma palpitação.

– Importa-se de segurar essa lanterna para mim? – Ela a acendeu e a entregou a ele, depois tirou uma luva e apanhou alguns parafusos na caixa de ferramentas. – Alguns desses devem servir até voltarmos para casa.

Kade a observou colocar cada parafuso no buraco, imaginando se os guerreiros em Boston sentiam o mesmo orgulho e prazer ao verem suas fêmeas fazerem aquilo que faziam de melhor.

Mas o pensamento o irritou assim que entrou em sua mente... Desde quando ele era do tipo que pensava em ter uma companheira, quanto mais aproximar Alexandra Maguire desse cenário? Na melhor das hipóteses, ela era um obstáculo temporário no cumprimento da sua missão para a Ordem. Na pior, ela representava um risco de segurança para toda a nação da Raça – alguém que ele devia silenciar o quanto antes.

Mas nada disso importava para seu coração acelerado, nem para os estalidos de atenção que atravessavam todas as suas veias e células enquanto ela concluía seu trabalho a poucos centímetros de distância. Atrás dela, ao longe, a luz verde da aurora boreal se unira a uma faixa avermelhada. A cor emoldurou Alex quando ela se virou para olhá-lo, e ele se questionou se já vira algo tão belo quanto o rosto dela com o halo de magia congelada da selva do Alasca. Ela não disse nada, apenas sustentou seu olhar com a mesma intensidade silenciosa que ele sentia atravessando-o.

Kade apagou a lanterna e a colocou sobre a tampa do motor agora fechado. Tirou as luvas e segurou a mão nua de Alex, aquecendo-lhe os dedos na pressão de suas palmas quentes. Segurou-a de leve, dando-lhe a oportunidade de se afastar caso não desejasse seu toque. Mas ela não opôs resistência.

Ela entrelaçou os dedos nos dele, fitando-o nos olhos com uma intensidade voraz.

– O que quer de mim, Kade? Por favor, preciso saber. Preciso que me diga.

– Eu achei que sabia – disse ele, mas balançou a cabeça. – Achei que tinha tudo certo na cabeça. Deus, Alex... conhecer você mudou tudo.

Ele soltou uma mão para pousar na curva do maxilar dela, escorregando os dedos entre o capuz da parca e o calor aveludado do seu rosto.

– Não consigo entender você – ela disse, franzindo o cenho ao levantar o olhar para ele. – Eu me sinto desconfortável por não conseguir entendê-lo.

Ele tocou a ponta do nariz dela e lhe lançou um sorriso torto.

– Muito cinza no seu mundo em preto e branco?

A expressão dela permaneceu grave.

– Isso me assusta.

– Não se assuste.

– *Você* me assusta, Kade. Durante toda a minha vida, fugi das coisas que me assustavam, mas com você... – Ela emitiu um suspiro incerto e lento. – Com você, pareço incapaz de me afastar.

Ele afagou o rosto dela, passou as pontas dos dedos sobre as rugas formadas na testa enquanto ela o fitava.

– Não há motivo para você ficar assustada quando está comigo – ele lhe disse, com toda a honestidade.

Mas, então, ele inclinou a cabeça e pressionou os lábios sobre os dela, e o beijo que deveria ter representado uma promessa carinhosa inflamou-se em algo mais selvagem quando Alex o retribuiu tão abertamente, provocando a boca dele com a ponta da língua. Todo o calor que surgira entre eles na noite anterior no estacionamento do Pete's foi reavivado naquele instante, só que mais veloz, mais intenso, pelas horas em que Kade a desejara. Ele ardia por aquela fêmea, de uma maneira muito perigosa. Beijá-la era um risco alto; o desejo já alongara as presas, a visão já se tornara aguçada com a luz âmbar que agora preenchia suas íris.

Seduzi-la ali não fora seu objetivo, não importando a missão da Ordem ou o quanto ele desejasse descobrir os segredos de Alex para satisfazer sua curiosidade pessoal.

Afastou-se, a cabeça baixa, o rosto virado para longe para esconder as mudanças que não poderia permitir que ela visse. Mudanças que a assustariam.

Mudanças que ele não seria capaz de explicar.

– O que foi? – perguntou ela, com a voz rouca devido ao beijo. – Algo errado?

– Não. – Ele meneou a cabeça, ainda escondendo o rosto até conseguir aplacar seu desejo. – Nada errado. Mas está frio demais para ficarmos parados aqui. Você deve estar congelando.

– Não posso dizer que eu esteja sentindo frio no momento – replicou, fazendo-o sorrir a despeito da guerra que acontecia em seu interior.

– É melhor entrarmos. – Ele não aguardou uma resposta antes de dar a volta no avião. – Só preciso da minha mochila. Vá na frente. Vou logo atrás.

– Está bem. – Ela hesitou por um momento, depois se pôs a caminhar na direção do chalé, as botas esmagando a neve. – Traga lenha, já que está por aí. As pessoas usam este lugar como abrigo agora, então você deve encontrar um pouco no galpão logo atrás.

Ele esperou até que ela tivesse entrado no chalé antes de tirar a mochila com armamento do avião e seguir para procurar o abrigo de madeira. O ar ártico o estapeou conforme ele avançava pela neve imaculada. Ficou grato pelo castigo do tempo frio. Necessitava da lucidez do vento gélido.

E ainda assim ardia internamente por Alex.

Desejava-a demais, e seria preciso que uma geleira o engolisse para aplacar parte do calor que ela acendia nele.

Capítulo 14

Alex entrou no chalé de um único cômodo e fechou a porta atrás de si para lacrar o frio, com esperanças de conseguir um instante de privacidade para poder lidar com o tumulto que acontecia dentro dela. Recostou-se contra a madeira gasta e exalou um suspiro trêmulo.

– Controle-se, Maguire.

Quis fingir que o beijo não significara nada, que o simples fato de Kade ter se afastado primeiro era indício de que até mesmo ele pensava que deixar as coisas esquentarem entre eles seria má ideia. Só que as coisas já estavam quentes, e negar isso não faria o fato desaparecer. Não havia um lugar longe o bastante para que Alex deixasse de sentir o desejo que sentia por Kade. E o engraçado era que ela não queria fugir daquela sensação. Pela primeira vez na vida, existia algo que a assustava sobremaneira, mas que não lhe provocava ímpetos de sair correndo.

Não, ainda pior: seus sentimentos por Kade a impeliam a se aproximar dele.

Ainda mais assustador, ela sentiu que Kade poderia ser alguém forte o bastante em quem se apoiar, forte o bastante para que ela se abrisse – se abrisse de verdade – a respeito de tudo o que mantinha represado dentro de si por tanto tempo. Uma parte sua queria acreditar que ele poderia ser o homem forte que ficaria ao seu lado em qualquer tempestade, mesmo uma repleta de monstros, na qual a noite tinha dentes e o vento grunhia sedento de sangue.

Kade *seria capaz* de ficar ao seu lado.

Alex sabia disso do mesmo modo como sabia quando alguém lhe mentia. Ainda que não conseguisse lê-lo como fazia com as outras pessoas, esse mesmo sentido intenso lhe dizia que isso acontecia porque Kade era diferente das outras pessoas de alguma maneira. Ele era diferente dos homens que já conhecera e que viria a conhecer.

Esse mesmo estranho e inabalável, instinto estivera no comando no voo, quando ela estivera perto de lhe contar a verdade – toda a verdade – sobre os motivos que levaram o pai e ela a se mudarem da Flórida. A verdade a respeito do que, exatamente, matara sua mãe e seu irmão.

Fora difícil lutar contra esse instinto que desejava permitir a aproximação de Kade, e quando ela lançou a mentira ensaiada que usara com tantos outros sem nenhum remorso, ser desonesta com Kade fez com que se sentisse terrível. Imagine só – ela escondera uma das verdades mais fundamentais sobre si mesma de todos em Harmony que a conheciam desde que era uma criança; no entanto, após apenas alguns dias de flertes com um desconhecido, ela se via pronta a contar tudo.

Kade, contudo, já não era mais um estranho para ela. Ele não lhe pareceu um estranho nem mesmo na primeira noite no fundo da igreja, quando os olhos prateados se encontraram com os seus do outro lado do salão.

E se tudo o que vinham fazendo desde então era apenas um flerte, por que seu coração batia forte contra o osso esterno toda vez que estava perto dele? Por que ela sentia, contra toda lógica e sensatez, que seu lugar era ao lado desse homem?

Com o frio das lembranças remotas e a incerteza do futuro se aproximando, ela precisava de algo forte e quente no qual se segurar.

Não apenas de qualquer coisa ou de qualquer pessoa... mas dele.

Precisava do calor de Kade agora – da sua força –, mesmo que apenas por uns instantes.

O depósito de madeira atrás do chalé tinha um estoque decente de lenha cortada e seca, empilhada dentro da construção externa que tinha as iniciais de Henry Tulak acima da porta. Era costume na floresta que os viajantes cuidassem uns dos outros, deixando combustível e alimentos para o próximo e respeitando a natureza a fim de preservá-la tanto para si quanto para outrem.

Enquanto apanhava as achas de madeira que usariam, Kade pensava no que poderia deixar em troca da lenha que queimaria no chalé com Alex. Ajoelhou-se e abriu o zíper da mochila. As únicas coisas que trazia que poderiam ser úteis ali eram suas armas, porém, as pistolas destinadas a matar Renegados que ele carregava eram valiosas demais para serem deixadas para trás. Uma adaga, então. Ele tinha mais do que uma consigo.

Ao colocar a mão dentro da mochila à procura de uma faca que poderia deixar, o solado da bota se prendeu em algo branco e duro, preso entre as tábuas do abrigo.

– O que é isso?

Moveu-se para o lado para poder ver melhor o que havia debaixo da bota. Um dente de urso. A ponta de marfim longa e afiada estava encravada no espaço entre duas tábuas como se tivesse sido afundada por inúmeras botas antes da sua. Não foi o dente, contudo, que fez o sangue de Kade gelar nas veias. Foi a tira fina de couro entrelaçada presa a ele.

Exatamente do mesmo tipo que a pulseira presa a outro dente que vira recentemente.

Aquele que ele encontrara manchado de sangue humano seco, guardado no esconderijo de tesouros particulares de Seth. A coleção pervertida de *souvenires* mantida por um assassino.

Seu irmão estivera ali.

Ah, não... seria possível que Seth tivesse matado o homem encontrado devorado por animais naquele mesmo lugar no ano anterior?

Kade quis negar a prova que tinha na mão fingindo ser uma mera coincidência, mas o gelo em seu peito lhe disse que seu irmão gêmeo estivera ali no inverno anterior, quando Henry Tulak respirou pela última vez.

– Filho da mãe... – Kade sussurrou, enojado, ainda que tivesse procurado provas daquilo desde que chegara ao Alasca.

Agora que ela o encarava – a certeza de que somente um gêmeo idêntico pode ter a respeito da sua outra metade –, não havia mais como negar o que ele sabia em seu coração há tanto tempo. Seu irmão era um assassino. Não melhor do que os Renegados que Kade sempre odiara e que agora perseguia como membro da Ordem. A fúria o atravessou, ultraje não só em relação a Seth, mas a si mesmo, por querer acreditar que estivesse errado a respeito do irmão. Não havia mais incerteza em acusar Seth, ou a repugnância em relação aos seus atos.

Kade soltou o dente de urso com a ponta da faca e o segurou diante de si, fitando, enojado, a prova que acabara de condenar o irmão. A mesma prova que impelia Kade a fazer o que era justo e correto – fazer o que era seu dever, não só pela Ordem, mas como um macho cuja conduta pessoal de honra exigia justiça.

Precisava encontrar Seth e colocar um fim àquela matança.

Precisava sair dali naquele instante. Estava nervoso demais pela ira e pela determinação para voar de volta para Harmony com Alex; seguiria para lá a pé para iniciar sua caçada pessoal, enquanto a aurora do meio-dia ainda demoraria algumas horas a chegar. Cobriria o maldito interior inteiro a pé se fosse necessário – chamaria os lobos para ajudá-lo a encontrar Seth se não conseguisse rastreá-lo sozinho rápido o bastante.

Kade enfiou o pingente de dente de urso no bolso da frente dos jeans e deixou a faca sobre a pilha de lenha, uma oferenda, apesar de não ter mais uso para ela agora. A única coisa de que precisava era sair logo dali e fazer o trabalho que o trouxera de volta ao lar, ao Alasca, de uma vez por todas.

Enquanto dava a volta no abrigo e subia até o chalé, ele era como um barril de dinamite numa combinação de raiva e intenção letal. Porém, ao abrir a porta do chalé, pronto a oferecer alguma desculpa esfarrapada para Alex explicando por que teria que abandoná-la ali, ele foi recebido pelo ar quente e o brilho dourado de um fogo crepitando no pequeno fogão a lenha no meio do chalé.

E pela própria Alex, sentada em meio a um ninho fofo de sacos de dormir e mantas de lã macias. O cabelo loiro fora libertado das tranças e caíam em ondas sobre os ombros nus. Ombros despidos, assim como as pernas longas que se viam por debaixo da manta fina que mal a cobria.

Caramba... a linda e sensual Alex, nua à sua espera.

Kade pigarreou, subitamente sem palavras, e mais ainda sem as desculpas que pretendera dar para sair dali imediatamente.

– Eu... hum... eu encontrei um pouco de lenha e fósforos naquele balde ali – Alex disse. – Pensei em esquentar as coisas por aqui.

Esquentar? Se ela fosse mais quente, o corpo de Kade se incendiaria ali mesmo. O coração ainda batia descompassado por conta da descoberta desagradável no abrigo de lenha, mas agora seu ritmo passou para uma batida mais profunda e mais urgente. Ele sentiu um músculo no maxilar dar um repuxão violento enquanto via a luz do fogo dançar sobre a pele suave e macia.

– Alex...

Ele meneou a cabeça de leve, incapaz de pronunciar as palavras para rejeitá-la. As mais de uma dúzia de razões pelas quais aquilo era uma má ideia – ainda mais agora, quando seu dever o impelia a deixar de lado suas necessidades egoístas para se concentrar plenamente na missão que o levara para lá – simplesmente despareceram da sua mente lasciva. Uma avidez o assolou, o desejo substituiu a raiva que o consumia há menos de um minuto do lado de fora. Não sabia ao certo se levar as coisas entre Alex e ele para um nível mais íntimo, dadas as circunstâncias, podia ou não ser mais do que uma péssima ideia.

Isto é, até ela se levantar e começar a andar na sua direção. A manta fina que mal envolvia sua silhueta, arrastando-se aos seus pés, agora se entreabria na frente e lhe permitia um vislumbre desobstruído das pernas delgadas e infinitas a cada passo que ela dava. E conforme ela se aproximava, com o tecido fino se mexendo para desnudar a pele macia do quadril esquerdo, Kade viu a minúscula marca de nascença carmesim, na forma de uma lágrima e de uma lua crescente, que transportou aquela situação do reino das más ideias diretamente para uma zona de completo desastre.

Ela era uma Companheira de Raça.

E isso mudava tudo.

Pois Alexandra Maguire não era uma simples mortal, uma humana com quem poderia simplesmente se divertir, manipular em busca de informações, talvez transar por um tempo, para no fim apagar sua mente e se esquecer dela. Ela era como um membro da família para os da sua espécie, uma fêmea para ser honrada e reverenciada, tão preciosa quanto ouro.

Ela era algo raro e miraculoso, algo que ele certamente não merecia, e ela não fazia ideia disso.

– Ah, Cristo... – Apoiou a mochila no chão. Seus assuntos com Seth e com a Ordem teriam que esperar. – Alex, tem uma coisa... nós precisamos conversar.

Ela sorriu numa curva sensual dos lábios.

– A menos que precise me informar de alguma doença que tenha ou que, na verdade, seu interesse é por homens...

Ele a encarou, perguntando-se se existiram pistas ao longo do caminho. Mas, no começo, ele não olhara para Alex apenas como uma fonte de informações, uma testemunha relutante que ele teria que fazer se abrir usando quaisquer meios necessários. Depois que falara com ela, começara a gostar dela. E depois que gostara dela, foi difícil não desejá-la.

E agora?

Agora tinha a obrigação de proteger aquela fêmea a qualquer custo, e isso incluía impedi-la de cair nas mãos de um macho como ele. Ele a colocava em perigo só pelo fato de estar com ela, arrastando-a em sua missão para a Ordem e aproximando-a, ainda mais depois de hoje, dos horrores dos joguinhos doentios do seu irmão. Se ele era metade do guerreiro que jurara a si mesmo ser, levaria Alex para longe daquele lugar, a levaria para casa, para nunca mais procurá-la.

– Kade? – Ela inclinou a cabeça ao se aproximar, ainda à espera da sua resposta, o tom de voz suave. – Hum... não é isso o que tem a me dizer, é?

– Não. Não é.

– Que bom – ela disse, praticamente ronronando as palavras. – Porque eu não estou com vontade de conversar agora.

Kade inspirou fundo quando ela se aproximou, deixando pouco mais de alguns centímetros e uma fina manta de lã entre eles. E a sua fragrância... de pele aquecida, de calor feminino e de um traço adocicado de algo mais esquivo que ele agora sabia que só podia ser o odor singular do sangue de uma Companheira de Raça.

Mesmo sem a maldita marca de nascença, inferno, apesar disso, Alexandra Maguire era uma combinação tóxica que o envolvia – por fora e por dentro – como a mais potente das drogas.

Ela levantou o olhar para ele, os olhos cor de caramelo agora escurecidos como duas piscinas profundas em que ele poderia se afogar.

– Quero estar com você, Kade, aqui e agora. – Devagar, ela abriu a manta, expondo-se por completo para ele ao passar os braços ao seu redor, envolvendo ambos com as dobras do tecido. O calor do corpo nu quase o queimou, entalhando-se em sua lembrança como um ferro em brasa. – Estou cansada de sentir frio o tempo todo. Estou farta de me sentir sozinha. Só por agora, quero que me toque, Kade. Quero sentir as suas mãos em mim.

Ela não teve que pedir duas vezes. Ele sabia que ela precisara de coragem para admitir sua vulnerabilidade para ele, para se expor daquela maneira. Não poderia fingir que não desejava aquilo tanto quanto ela. Ele a desejou desde o momento em que a viu pela primeira vez. Agora, todas as suas boas intenções, todos os seus pensamentos de honra e de dever foram incinerados num instante.

Levantou uma palma até a linha delicada da coluna dela; a outra se ergueu para acariciar a curva graciosa do rosto e a pele sedosa da nuca. A pulsação dela vibrava ao encontro do seu polegar conforme ele acariciava a pele macia sobre a carótida. Enquanto ele brincava com a faixa erótica de pele debaixo dos dedos, ela fechou os olhos e inclinou a cabeça para trás, dando-lhe mais acesso do que seria sensato.

A pulsação de Kade também acelerou, cada um dos batimentos cardíacos dela, cada pequeno tremor do corpo junto ao seu estimulando suas necessidades mais primitivas. Ele afundou a cabeça e aninhou o rosto na junção do pescoço e do ombro dela, ousando o mais suave dos beijos enquanto as presas rapidamente preenchiam sua boca, a língua ávida por saboreá-la. Exalou seu desejo num grunhido baixo, tracejando a boca ao longo do pescoço, depois descendo, inclinando-se conforme apanhava um seio perfeito na mão, erguendo o mamilo róseo até os lábios.

Sugou-a, atento para não arranhá-la com as pontas afiadas das presas, enquanto puxava o botão mais fundo em sua boca, envolvendo-o com a língua, deliciando-se com os arquejos excitados de prazer dela. Desceu a mão livre, espalmando a nádega arredondada, brincando com a junção do corpo dela por trás. A sensação de tê-la nos braços era tão boa, tão gostosa. Ele esmagou-a contra o seu corpo, deixando que os dedos se aprofundassem, chegando às dobras do sexo. Ela estava úmida e quente, a pele um paraíso acolhedor quando seu toque se aprofundou.

– Ai, meu Deus... – ela arfou, arqueando-se em seu abraço. – Kade...

Num gemido, ele soltou o seio da mordida sensual e voltou aos lábios, capturando-lhe o suspiro num beijo profundo e faminto. Embora ela o acompanhasse, era ele quem estabelecia o ritmo, mais urgente do que fora sua intenção, mas ele estava envolvido demais para desacelerar. Também estava mais do que ciente das mudanças que lhe aconteciam – mudanças que exigiriam algum tipo de explicação, que também exigiriam um tipo de conversa, algo em que ela não se mostrara interessada e algo que ele seria incapaz de realizar no momento.

Ainda beijando-a, pois se via incapaz de afastar a boca da dela, ele a guiou de volta ao ninho de cobertas perto do fogo. Juntos, eles o despiram, arrancando rapidamente o casaco e a camisa, as botas e os jeans. Kade se despiu do resto das roupas enquanto Alex trilhava com a língua um caminho ao longo do pescoço dele. Kade estremeceu ao sentir um disparo de desejo preenchendo suas veias, sentiu o sangue apressado até os membros e o pênis pulsante. A pele comichava com a transformação dos *dermaglifos*, as marcas da Raça que lhe cobriam o peito, os braços e as coxas. Os *glifos*, normalmente um tom ou dois mais escuros que o de sua pele, por certo estariam saturados de cor agora, escurecendo-se para refletir o desejo que sentia por Alex.

– Ah, caramba... – grunhiu, sibilando profundamente quando ela mordiscou a pele macia logo abaixo da sua mandíbula. Não sabia quanto mais aguentaria. Quando ela abaixou a mão para afagá-lo em toda a sua extensão, ele não teve como segurar seu rosnar animal. Ela espalmou a cabeça do sexo, num toque tanto curioso quanto exigente ao espalhar a umidade natural sobre a pele sensível.

– Deite-se comigo – pediu ele, com a voz rouca, a respiração ofegante.

Segurou-a nos braços e afundou com ela no piso coberto de mantas do chalé, beijando-a enquanto a pressionava com suavidade debaixo de si. Ela estava tão macia e quente ao seu encontro, os braços envolvendo-o pelos ombros, as coxas afastadas onde os seus quadris se encaixaram. O pênis se aninhou ao encontro da fenda úmida do seu sexo, louco de desejo de se afundar, mas Kade só brincou de penetrá-la, escorregando entre as pétalas aveludadas do seu corpo ao mesmo tempo em que brincava com a boca ao longo da pulsação na lateral do pescoço. Segurou o sexo para se conter, esfregando sua rigidez na suavidade dela, usando a ponta larga do pênis para acariciar seu clitóris. Ela gemeu, arqueando-se para acompanhar seu ritmo, alargando as pernas num convite. Ele resistiu à tentação, quase sem conseguir.

Ela lhe pedira que a aquecesse, e ela estava quente, mas ele quis deixá-la mais quente do que nunca. A necessidade repentina e incomensurável de marcá-la como sua – de lhe dar prazer como ninguém antes dele – ressoou em seu sangue como um tambor. Atordoado com a sensação, ele se refreou. Mas Alex era tão gostosa, parecia tão certa para ele, que antes que se lembrasse de que ela merecia algo melhor, ele passou a beijá-la corpo abaixo. Saboreou cada centímetro desde os montes dos seios até a musculatura firme do abdômen e a maldita marca de nascença no quadril que tornava seu prazer e sua necessidade egoísta algo tão errado.

Mas, errado ou não, por mais egoísta que fosse ao ceder ao seu desejo por Alex, ele passara do ponto de resistir. A sensação de tê-la debaixo de si elevou a chama em seu sangue levantando fervura. A fragrância dela o atraía como um ímã até a faixa de pelos claros e encaracolados entre as pernas. Beijou-a ali, usando os lábios e a língua e os dentes até ela se contorcer contra sua boca. E mesmo assim ele não parou. Sugou-a e afagou-a, dando-lhe prazer até que ela se arqueasse debaixo dele e gritasse durante o trepidante clímax.

E ainda assim ele não parou.

Continuou sugando, beijando e afagando-a, conduzindo-a até mais um pico e depois, só depois, ergueu-se para cobri-la com seu corpo, penetrando-a profundamente enquanto as quentes paredes internas se contraíam ao redor do pênis pulsante. Penetrou-a percebendo que ele também precisava daquele calor, daquela sensação – mesmo que temporária – de não estar sozinho. Precisara de Alex daquele modo, naquele instante, tanto quanto ela acreditava precisar dele.

O orgasmo de Kade se avolumava na base do pênis, intensificando-se a cada estocada fervorosa. Cada vez mais ardente, cada vez mais estreito, até que ele não conseguiu segurar nem mais um segundo. Sentiu o corpo tenso com a força com que ele vinha e a penetrou o máximo que ela conseguia acomodá-lo, enterrando o rosto no ombro dela e emitindo um grito rouco de alívio quando seu sêmen explodiu numa torrente líquida quente.

Ele não teria conseguido segurar mesmo que tivesse tentado, apesar de não existir a possibilidade de uma gravidez, contanto que não houvesse troca de sangue. Mas isso também se mostrou mais tentador do que deveria. As presas de Kade alongaram-se das gengivas quando ele se perdeu no calor interno de Alex. Ele ouvia a pulsação acelerada dela, sentia-a no eco enlouquecido das batidas do seu coração. E ele sentia o fluxo do sangue dela pulsando logo abaixo da superfície da pele delicada onde a boca dele repousava numa careta retesada.

– Ah, caramba... Alex – sibilou, atormentado pelo fluxo de sensações que ela lhe provocava.

Tudo o que pertencia à Raça nele exigia que ele tornasse aquela sua fêmea, que clamasse seu sangue assim como clamara seu corpo.

Kade suprimiu essa necessidade, mas, maldição, não foi algo fácil. Rolou-a contra si, acomodando-a de costas para ajudar a esconder as mudanças que o acometeram no ato de paixão.

– Você está bem? – ela perguntou, enquanto ele se esforçava para conter seus impulsos e obter um pouco de juízo.

– Sim – ele conseguiu dizer depois de um instante. – Melhor do que tenho o direito de estar.

– Eu também – disse ela, o sorriso evidente pelo torpor na voz que resvalou com suavidade no alto do seu braço. – Para o caso de estar se perguntando, os meus serviços de piloto não costumam incluir ficar nua com meus clientes.

– Isso é bom – Kade disse quase num grunhido ao aproximá-la ainda mais do corpo ainda ardente. Ele não queria que ela ficasse nua com ninguém, percebeu num rompante. Já não teria gostado dessa ideia antes, mas depois do que acontecera entre eles, ele não receberia isso nada bem.

– E quanto a você? – perguntou ela, enquanto ele os cobria com as mantas para esconder seus *glifos* do olhar dela.

– O que tem eu?

– Você faz isso... com frequência?

– Ficar nu com pilotos sensuais do interior do Alasca no meio de uma floresta gélida? – Fez uma pequena pausa, deixando-a pensar que estava levando a pergunta em consideração. – Não. Foi a minha primeira vez.

Bem como a ferrenha sensação de posse que ainda corria em seu sangue ao pensar em Alex com outro macho. Perguntou a si mesmo se foi o fato de ela ser uma Companheira de Raça que o atraiu logo de cara. Mas, assim que pensou nisso, percebeu que a marca de nascença que a ligava ao mundo sombrio que ele habitava como um ser da Raça foi a menor das qualidades que o atraíram a Alexandra Maguire. A última coisa de que ele precisava naquele momento era um envolvimento emocional, ainda menos com uma fêmea que trazia a marca da lágrima e da lua crescente.

Mas ele estava envolvido. Na verdade, acabara de atar mais alguns nós a uma situação já impossível.

Praguejando contra si mesmo, como um idiota de primeira classe que era, Kade a beijou no alto da cabeça e a abraçou, enquanto esperava que seus olhos voltassem à aparência normal e as presas tivessem a oportunidade de se retraírem.

Levou um tempo para isso acontecer, e mesmo depois que o corpo voltou ao ritmo normal, o desejo que sentia pela mulher em seus braços permaneceu.

Capítulo 15

A luz do dia brilhou fraca e escondida pelas nuvens fora da boca da caverna na floresta. O predador buscara abrigo ali pouco antes, quando os primeiros raios começaram a mostrar as garras em meio à escuridão do inverno. Poucas coisas existiam mais poderosas do que ele, ainda mais naquele mundo primitivo que era tão diferente do distante mundo em que nascera muitos milênios atrás. No entanto, por mais avançada que fosse a forma de vida da sua espécie, a sua pele desprovida de pelos e coberta de *dermaglifos* não processava a luz ultravioleta: apenas alguns minutos de exposição o matariam.

Das profundezas da sua segurança na caverna, ele descansou da perseguição da caça da noite anterior, impaciente para que a luz tênue se extinguisse e recuasse uma vez mais. Logo precisaria se alimentar novamente. Ainda sentia fome, as células, os órgãos e os músculos demandavam rejuvenescimento extensivo depois do longo período de privação e abuso que sofrera enquanto estivera em cativeiro. O instinto de sobrevivência se digladiava com o conhecimento de estar, absoluta e completamente, sozinho naquele naco inóspito de entulho.

Não restava mais ninguém como ele já há muito tempo. Ele era o último dos oito exploradores que caíram neste planeta, um náufrago solitário sem chance de escapar.

Eles tinham nascido para conquistar, para serem reis. No entanto, um a um, seus irmãos abandonados morreram, quer pela crueldade do novo ambiente que os cercava, quer pelas guerras com a prole meio-humana nos séculos que se seguiram. Através de uma traição e de um acordo secreto com seu filho, somente ele sobrevivera. Mas fora a mesma traição e acordo secreto que o tornaram escravo do filho do seu filho, Dragos.

Agora que estava livre, a única coisa mais atraente do que pôr um fim em seu tempo naquele planeta abandonado era a ideia de poder levar seu herdeiro traidor consigo para a morte.

Uivou ante a lembrança das longas décadas de dor e experiências a ele infligidas. Sua voz reverberou nas paredes da caverna, um rugido sinistro que saiu rasgando dos pulmões, semelhante a um grito de guerra.

Um disparo respondeu de algum lugar não muito distante, em algum lugar na floresta lá fora.

Houve uma batida súbita nas folhagens do lado externo. Em seguida, ouviu passadas fugidias de animais – de muitos animais – correndo próximos à entrada da caverna.

Lobos.

A alcateia se dividiu, metade correndo pelo lado direito da entrada, metade disparando pela esquerda. E logo atrás deles, poucos segundos depois, o som de vozes humanas, homens armados em perseguição.

– Por aqui – um deles gritou. – A maldita alcateia inteira subiu este cume, Dave!

– Vocês, peguem o lado oeste – uma voz retumbante comandou. – Lanny e eu vamos a pé pela colina. Há uma caverna logo adiante; é provável que um ou dois dos bastardos tenham se escondido ali.

O barulho dos motores dando ré e o fedor do combustível queimado permearam o ar quando alguns dos homens saíram dali. Alguns minutos depois, do lado de fora da boca da caverna, na luz do dia que barrava a única via de fuga, as silhuetas de duas pessoas segurando longos rifles tomaram forma. O homem da frente era grande, com um peito amplo e ombros largos e uma barriga que outrora podia ter sido musculosa, mas que agora era somente flácida. O homem que o acompanhava devia ser uns trinta centímetros mais baixo e muitos quilos mais magro, uma criatura tímida de voz trêmula.

– Acho que não tem nada aqui, Dave. E não sei se foi uma boa ideia nos separarmos dos outros.

Confinado às sombras, o único ocupante se encolheu na parede da caverna, mas não rápido o bastante.

– Ali! Acabei de ver um par de olhos cintilantes aqui dentro. O que eu disse, Lanny? Pegamos um dos bastardos bem aqui! – A voz do homem grande estava carregada de agressão ao levantar a arma. – Acenda a lanterna e me deixe ver no que estou atirando, sim?

– Hum, tudo bem, Dave. – O companheiro nervoso se atrapalhou com a tarefa, ligando a luz e oscilando-a com gestos nervosos no chão e nas paredes da caverna. – Está vendo alguma coisa? Eu não estou vendo nada por aqui.

Claro que não, pois o olhar cintilante que o homem vira apenas um instante antes já não estava no solo, mas fitando os humanos do alto, onde o predador agora se segurava nas estalactites acima de suas cabeças, parado no escuro tal qual uma aranha.

O homem grande abaixou a arma.

– Mas que diabos! Onde o danado foi parar?

– Não devíamos estar aqui, Dave. Acho melhor a gente ir procurar os outros...

O homem grande avançou mais alguns passos para dentro da caverna.

– Não seja covarde. Me passe a lanterna.

Quando o baixinho esticou a mão para entregar-lhe a lanterna, a bota bateu numa pedra solta. Ele cambaleou, caiu de joelhos e deu um grito de surpresa e dor.

– Merda! Acho que me cortei.

A prova acobreada do sangramento se elevou numa súbita onda olfativa. O cheiro de sangue fresco perfurou as narinas do predador. Ele aspirou e sibilou em resposta ao exalar o ar dos pulmões por entre os dentes e as presas.

Abaixo dele, no chão da caverna, o homenzinho nervoso levantou a cabeça. Seu rosto aflito se retesou com horror sob o olhar âmbar faminto do alienígena.

Ele berrou, sua voz tão aguda e horrorizada quanto a de uma garotinha.

Ao mesmo tempo, o homem grande se virou com o rifle.

A caverna explodiu com o estrondo do tiro e da luz ofuscante, enquanto o predador saltava das rochas de cima e se lançava sobre o par de humanos.

Alex não se lembrava da última vez em que dormira tão profundamente sem interrupções. Nem se lembrava de ter se sentido tão relaxada e saciada como depois de fazer amor com Kade. Espreguiçou-se sob a pilha fofa de mantas e sacos de dormir no chão, depois se ergueu sobre um cotovelo para vê-lo colocando mais lenha na fogueira no pequeno fogão do chalé.

Ele estava agachado, os músculos fortes das costas e dos braços se esticando e flexionando quando ele colocou mais uma acha no fogão a lenha, a pele suave brilhando na luz quente da fogueira. O cabelo preto curto estava todo bagunçado numa confusão de espetos que lhe conferia um ar ainda mais selvagem do que de costume, principalmente quando ele virou a cabeça para olhar em sua direção, e ela se sentiu atingida pelas linhas letais do rosto e mandíbula e pelo olhar prateado cercado por cílios escuros.

Ele estava lindo, de tirar o fôlego, cem vezes mais do que quando estava agachado nu diante dela, com o olhar intenso e íntimo, travado no seu. O corpo de Alex ainda vibrava com a lembrança da paixão partilhada, a dor agradável entre as pernas pulsava um pouco mais forte agora com o modo com que ele a fitava, como se quisesse devorá-la novamente.

– Dormimos enquanto era dia? – perguntou, subitamente sentindo necessidade de preencher aquele silêncio ardente.

Ele acenou com a cabeça.

– Já faz umas duas horas que o sol se pôs.

– Vejo que saiu – comentou, percebendo a pilha renovada de lenha ao lado dele.

– É. Acabei de chegar.

Ela sorriu, arqueando as sobrancelhas.

– Espero que não tenha saído assim. No escuro a temperatura não deve passar de zero.

Ele grunhiu, a boca sensual se curvando com bom humor.

– Não tenho problemas de encolhimento.

Não, aquele definitivamente era um homem sem a mínima insegurança quanto à sua masculinidade. Cada centímetro seu era feito de músculos esculpidos, rijos e delgados. Com seus mais de um metro e noventa de altura, ele tinha a forma bruta mítica de um guerreiro, desde os ombros amplos e bíceps definidos até a superfície entalhada do peito e do abdômen tanquinho, terminando nos perfeitos quadris estreitos. O restante dele era igualmente perfeito, e ela podia atestar que ele sabia o que fazer com aquilo.

Deus do céu, ele era uma obra de arte viva, que só era enaltecida pelo desenho intricado, ainda que sutil, da tatuagem – e de que cor ela era mesmo? – sobre a pele dourada do torso e membros, como um caminho traçado pela língua de uma amante. Alex acompanhou os desenhos estranhos com os olhos, imaginando se era apenas um truque da luz do fogo que fazia a cor de henna das tatuagens parecer escurecer, enquanto o avaliava em franca admiração.

Sorrindo como se já estivesse acostumado a ter mulheres admirando-o, ele se levantou e andou com lentidão até onde ela estava deitada, sem nenhuma inibição com a sua nudez.

Alex riu com suavidade e balançou a cabeça.

– Você nunca se cansa?

Ele ergueu uma sobrancelha ao se reclinar com negligência ao seu lado.

– Se eu me canso?

– De ter mulheres aos seus pés – disse ela, percebendo com uma ponta de surpresa que não gostava muito dessa ideia. Odiava, na verdade, e se perguntou de onde vinha a dor do ciúme, levando em consideração que ele não era seu só porque partilharam algumas horas suadas – e, sim, espetaculares – nos braços um do outro.

Ele afagou uma mecha solta do cabelo dela e levantou o olhar dela para o seu.

– Só estou vendo uma mulher comigo agora. E posso garantir que não estou nem um pouco cansado.

Segurou-a pelo rosto e a deitou sobre as cobertas. Seu olhar a derreteu quando a fitou, e ela sentiu a pressão rígida da ereção cutucando-a na lateral do corpo quando ele se esticou ao seu lado.

– Você é uma mulher especial, Alexandra. Mais especial do que pensa.

– Você não me conhece – protestou ela baixinho, precisando se lembrar disso mais do que a ele. Conheciam-se há... quanto tempo? Dois dias? Ela não era de permitir que alguém entrasse em sua vida tão rapidamente, ou tão profundamente, ainda mais depois de tão pouco tempo. Então, por que ele? Por que agora, quando tudo em seu mundo parecia estar empoleirado no alto de um penhasco? Um empurrão na direção errada, e ela desapareceria. – Você não sabe nada sobre mim... não de verdade.

– Então me conte.

Ela o fitou, surpresa com a sinceridade, com o pedido franco em sua voz.

– Contar...

– Conte-me o que aconteceu na Flórida, Alex.

O ar pareceu sair dos seus pulmões naquele instante.

– Mas já contei...

– Sim, mas tanto você quanto eu sabemos que não foi um motorista embriagado que arrancou sua mãe e seu irmão de você. Foi outra coisa que aconteceu com eles, não foi? Algo que você manteve em segredo todos esses anos. – Ele falou com paciência, suavemente, coagindo a confiança dela. E que Deus a ajudasse, mas ela se sentia pronta para ceder. Ela precisava partilhar aquilo com alguém, e no fundo do seu coração, ela sabia que esse alguém era Kade. – Está tudo bem, Alex. Você pode me contar a verdade.

Ela fechou os olhos, sentindo as palavras horrendas – as lembranças terríveis – subindo como ácido pela garganta.

– Não consigo – murmurou. – Se eu disser, então tudo o que tentei deixar para trás... tudo pelo que me esforcei tanto a esquecer... tudo vai voltar a ser real.

– Não pode passar a vida se escondendo da verdade – disse ele, e ecos de coisas passadas surgiram em sua voz. Uma tristeza, uma resignação que garantiu a ela que ele entendia parte do fardo que ela há tanto tempo carregava. – Negar a verdade não a faz desaparecer, Alex.

– Não, não faz – concordou ela bem baixinho. Em seu coração, ela sabia disso. Estava cansada de fugir e cansada de manter o horror do seu passado enterrado e esquecido. Queria se livrar de tudo aquilo, e se isso significava enfrentar a verdade, não importando o quanto ela fosse horrível – não importando o quanto ela fosse inimaginável –, então que fosse assim. Mas o medo era um inimigo poderoso. Talvez poderoso demais. – Eu tenho medo, Kade. Não sei se sou forte o bastante para enfrentar isso sozinha.

– Você é. – Ele depositou um beijo rápido no ombro dela, depois a fez fitá-lo novamente. – Mas não está sozinha. Eu estou com você, Alex. Conte-me o que aconteceu. Eu a ajudarei, se você permitir.

Ela sustentou o olhar suplicante dele e encontrou a coragem de que precisava na força de aço dos seus olhos.

– Nós tivemos um dia maravilhoso juntos, todos nós. Fizemos um piquenique ao lado do rio, e eu ensinara Richie a mergulhar de costas do píer. Ele só tinha seis anos, mas era destemido, sempre querendo tentar tudo o que eu fazia. Foi um dia perfeito, repleto de riso e de amor.

Até a escuridão recair sobre o pântano, trazendo um terror profano consigo.

– Não sei por que escolheram a nossa família. Procurei por um motivo, mas nunca descobri por que eles apareceram à noite para nos atacar.

Kade a acariciou com cuidado, enquanto ela se debatia com as palavras seguintes.

– Às vezes não existe razão. Às vezes as coisas acontecem e não há nada que possamos fazer para entendê-las. A vida e a morte nem sempre são lógicas, claras.

Às vezes a morte salta da escuridão como um fantasma, como um monstro terrível demais para ser verdadeiro.

– Havia dois deles – murmurou Alex. – Nem sabíamos que eles estavam lá até ser tarde demais. Estava escuro, e estávamos todos sentados na varanda, relaxando depois do jantar. Minha mãe estava no balanço da varanda com Richie, lendo uma história do Ursinho Pooh antes de nos levar para a cama, quando o primeiro apareceu do nada, sem aviso, e se lançou sobre ela.

A mão de Kade ficou imóvel.

– Você não está falando de um homem.

Ela engoliu em seco.

– Não. Não era um homem. Não era nem... humano. Era outra coisa. Algo maligno. Ele a mordeu, Kade. E, então, o outro agarrou Richie com os dentes também.

– Dentes – repetiu ele, sem surpresa nem descrença na voz, apenas compreensão grave. – Você quer dizer presas, não quer, Alex? Os agressores tinham presas.

Ela fechou os olhos quando a impossibilidade da palavra se registrou.

– Sim. Eles tinham presas. E os olhos, eles... eles cintilavam no escuro como brasas ardentes, e no centro deles as pupilas eram longas e finas como as dos gatos. Eles não podiam ser humanos. Eram monstros.

O toque de Kade no rosto e nos cabelos dela a acalmava, enquanto as lembranças daquela noite terrível ressurgiam em sua mente.

– Está tudo bem. Você está segura agora. Eu só queria ter estado lá para ajudar você e a sua família.

O sentimento era gentil, ainda que improvável, visto que ele não podia ter mais do que alguns poucos anos a mais do que ela. Mas pela sinceridade em sua voz, ela soube que ele estava sendo sincero. Pouco importava a improbabilidade, ou a enormidade do mal que enfrentavam, Kade teria ficado ao seu lado contra o ataque. Ele os teria mantido a salvo quando ninguém conseguiria.

– Meu pai tentou combatê-los – murmurou Alex –, mas tudo foi muito rápido. E eles eram tão mais fortes do que ele. Derrubaram-no como se ele não fosse nada. Àquela altura, Richie já estava morto. Ele era tão pequeno que não teria a menor chance de escapar daquele tipo de violência. Minha mãe gritou para o meu pai fugir, para me salvar se pudesse. "Não deixe minha filha morrer!" Essas foram as suas últimas palavras. Aquele que a segurava fincou a mandíbula no pescoço dela. Não a soltou, ficou com a boca fechada sobre ela. Ele... ah, meu Deus, Kade. Isso vai parecer loucura, mas ele... ele bebeu o sangue dela.

Uma lágrima rolou pelo rosto, e Kade pressionou os lábios na sua testa, trazendo-a para junto de si e oferecendo-lhe o conforto tão necessário.

– Não me parece loucura, Alex. E eu sinto muito pelo que a sua família passou. Ninguém deveria passar por tamanha dor e perda.

Embora ela não quisesse reviver aquilo, as lembranças tinham sido ressuscitadas e, depois de mantê-las enterradas por tanto tempo, ela sentiu que não conseguiria mais contê-las. Não enquanto Kade estivesse ali para fazê-la se sentir mais aquecida e segura do que em toda a sua vida.

– Pelo modo como atacaram minha mãe e Richie, pareciam animais. Mas nem mesmo animais fariam o que eles fizeram. Ah... meu Deus, e havia tanto sangue. Meu pai me pegou no colo e começamos a correr. Mas não consegui desviar o olhar do que estava acontecendo atrás, na escuridão. Eu não queria ver mais, era tudo tão irreal. A minha mente não conseguia processar aquilo. Já faz tanto tempo, e ainda não tenho certeza se posso explicar o que foi que nos atacou naquela noite. Eu só... Eu quero que tudo faça sentido, mas não faz. Nunca vai fazer. – Inalou fundo, revivendo uma dor mais fresca, uma confusão mais recente. – Vi o mesmo tipo de ferimentos na família Toms. Eles foram atacados, assim como nós fomos, pelo mesmo tipo de maldade. Isso está aqui no Alasca, Kade... e eu estou com medo.

Por um longo momento, Kade nada disse. Ela conseguia ver a mente dele repassando tudo o que ela lhe dissera, cada detalhe incrível que faria com que qualquer outra pessoa escarnecesse em descrença ou lhe dissesse que ela deveria procurar ajuda profissional. Mas ele não. Ele aceitava a sua verdade pelo que era, sem traço de dúvida em seus olhos ou em seu tom inflexível.

– Você não precisa mais fugir. Pode confiar em mim. Nada de ruim vai acontecer com você enquanto eu estiver por perto. Acredita em mim, Alex?

Ela assentiu, percebendo só então o quanto confiava nele. Confiava nele num nível além do instintivo, era visceral. O que sentia por ele desafiava o fato de que ele entrara em sua vida ainda naquela semana, tampouco estava relacionado ao modo como ela o desejava fisicamente – com uma sofreguidão que ainda não estava pronta para analisar.

Ela simplesmente fitou os olhos inabaláveis de Kade e soube, em sua alma, que ele era forte o bastante para carregar qualquer fardo que ela partilhasse com ele.

– Preciso que confie em mim – disse ele com gentileza. – Existem algumas coisas que você precisa saber, Alex, agora mais do que nunca. Coisas sobre si mesma, e sobre o que você viu, tanto na Flórida quanto aqui. E também há coisas que você precisa saber sobre mim.

Ela se sentou, o coração batendo de modo estranho no peito, pesado com uma sensação de expectativa.

– O que quer dizer?

Ele desviou o olhar, passando a acompanhar a carícia ao longo do corpo nu, depois se deteve no osso do quadril. Com o polegar, ele traçou um círculo ao redor da sua pequena marca de nascença.

– Você é diferente, Alexandra. Extraordinária. Eu deveria ter reconhecido isso de cara. Houve sinais, mas eu não os percebi. Eu estava concentrado em outras coisas e eu... *maldição.*

Alex franziu o cenho, mais confusa do que nunca.

– O que você está tentando dizer?

– Você não é como as outras mulheres, Alex.

Quando ele voltou a encará-la, a confiança que normalmente cintilava em seu olhar não estava lá. Ele engoliu, o clique seco em sua garganta fazendo o sangue dela gelar nas veias. O que quer que ele tivesse a dizer, era ele quem tinha medo agora, e ver o traço de incerteza nele aumentou a sua ansiedade.

– Você é muito diferente das outras mulheres, Alex – repetiu com hesitação. – E eu... você precisa saber que eu também não sou como os outros homens.

Ela piscou, vendo uma pressão invisível pesar no silêncio que se fez entre eles. O mesmo instinto que lhe dizia para exigir mais respostas implorava para que ela recuasse e fingisse não querer saber – não precisava saber o que deixava Kade tão sem palavras e ansioso. Tudo o que ela conseguia fazer era observá-lo e esperar, preocupando-se com a possibilidade de ele estar prestes a lançar seu mundo num redemoinho ainda maior.

O toque estridente do celular de Alex lhe deu um choque tal qual o de um fio de alta-tensão. Ele tocou novamente e ela mergulhou para pegá-lo, contente pela desculpa para fugir da estranha e sombria mudança de humor de Kade.

– Alex falando – disse ela, reconhecendo o número de Zach ao abrir o aparelho e atender a chamada.

– Onde você está? – exigiu saber, nem mesmo perdendo tempo em dizer olá. – Acabei de passar pela sua casa e você não estava lá. Você está na casa de Jenna?

– Não – respondeu ela. – Jenna esteve na minha casa hoje cedo, antes de eu sair. Ela deve ter ido para casa.

– Bem, onde foi que você se meteu, então?

– Estou trabalhando – disse ela, irritada com o tom rude dele. – Estou com um cliente que agendou um voo hoje de manhã...

– Escuta aqui, temos um problema aqui em Harmony – Zach a interrompeu com rispidez. – Estou no meio de uma crise médica e preciso que você traga um ferido grave da floresta.

Alex despertou do nevoeiro emocional em que estivera presa antes de atender ao telefonema.

– Quem está ferido, Zach? O que está acontecendo?

– Dave Grant. Não sei a história toda, mas ele e Lanny Ham e alguns outros homens da cidade saíram para caçar na parte oeste hoje. Depararam-se com uma situação grave, muito grave. Lanny está morto e, pelo visto, as coisas não estão muito boas para Big Dave. Os homens estão com medo de transportá-lo na motoneve, temendo não conseguir trazê-lo a tempo de salvá-lo.

– Ai, meu Deus. – Alex se sentou para trás, sobre as pernas dobradas, sentindo um frio se espalhar pela pele. – Os ferimentos, Zach... o que aconteceu?

– Alguma coisa os atacou, de acordo com os outros homens. Dave está delirando, falando coisas sem sentido sobre uma criatura espreitando numa das cavernas a oeste de Harmony. O que os atacou é algo bem ruim, Alex. Ruim mesmo. Dilacerou-os de uma maneira horrível. A notícia se espalhou pela cidade e todos estão em pânico.

Ela fechou os olhos.

– Ai, meu Deus...

A mão de Kade pousou sobre seu ombro nu.

– O que houve, Alex?

Ela balançou a cabeça, incapaz de formar as palavras.

– Quem está com você? – Zach exigiu saber. – Puta que o pariu, Alex, você está com aquele homem do Pete's da outra noite?

Alex não achava que precisava dizer a Zach Tucker com quem passava seu tempo, não enquanto havia um homem morto e a vida de outro pendia por um fio. Não enquanto o horror do seu passado – o horror que ela temia ter visitado a família dos Toms há apenas alguns dias – estava novamente estraçalhando seu coração.

– Estou no chalé de Tulak, Zach. Posso sair agora mesmo, mas só devo chegar em quarenta e cinco minutos.

– Esqueça. Não podemos esperar por você. Vou localizar Roger Bemis.

Ele desligou, deixando Alex sentada ali, congelada pelo medo.

– O que aconteceu? – Kade perguntou. – Quem se feriu?

Por um momento, ela só conseguia se concentrar em inspirar e expirar. O coração batia com tristeza, a culpa a corroía.

– Eu deveria tê-los avisado. Eu deveria ter dito o que sabia em vez de acreditar que poderia negar isso.

– Alex? – A voz de Kade saiu cautelosa; os dedos, ao erguer seu rosto, foram firmes, ainda que gentis. – Me conte o que está acontecendo.

– Big Dave e Lanny Ham – murmurou. – Foram atacados hoje na floresta. Lanny está morto. Big Dave pode não sobreviver.

E se Kade tivesse ido com eles em vez de vir com ela? A ideia de que ele poderia estar perto desse tipo de perigo – ou pior, ser vítima dele – fez seu coração se contorcer. Sentiu-se doente de tanto medo, mas foi na raiva que ela se apegou.

– Você tem razão, Kade. Não posso fugir do que sei. Não mais. Tenho que enfrentar o mal. Tenho que tomar partido agora, antes que mais alguém se machuque. – A fúria a incentivava, enquanto o medo ameaçava segurá-la. – Preciso contar a verdade – para todos em Harmony. Para o maldito mundo inteiro, se for preciso. As pessoas precisam saber o que está aí. Não podem destruir o mal se nem mesmo sabem que ele existe.

– Alex – ele contraiu os lábios, começou a balançar a cabeça como se tivesse a intenção de dissuadi-la. – Alex, não acho que isso seja sensato...

Ela sustentou o olhar dele, incrédula.

– É por sua causa que eu me sinto forte para fazer isto, Kade. Precisamos ficar juntos – todos juntos – para derrotar isso.

– Ah, Cristo... Alex...

A hesitação dele foi como um punhal frio lentamente entrando no seu esterno. Confusa ante a mudança de atitude, mas determinada a fazer o que era certo – fazer o que tinha que ser feito – ela se afastou dele e começou a se vestir.

– Tenho que voltar para Harmony. Vou partir em cinco minutos. Você decide se vem comigo ou não.

Capítulo 16

Não conversaram durante todo o voo de volta para Harmony.

Kade ficou sentado ao lado de Alex num silêncio infeliz, dividido, querendo lhe explicar sobre a Raça e o lugar dela naquele mundo e temendo que, se ela soubesse o que ele de fato era, ela o colocasse na mesma categoria do monstro que ela abominava e que agora estava tão determinada a expor para toda a cidade e para o resto da humanidade.

O medo de que ela o odiasse manteve sua língua grudada ao céu da boca durante todos os quarenta e cinco minutos que foram necessários para levá-los de volta à pista de voo de neve, compactada nos limites da cidade. Sabia ser um bastardo por negar-lhe toda a verdade. Provara ser algo ainda pior no chalé de Tulak, quando permitiu que seu desejo por ela superasse seu dever – seu código de honra, por mais frágil que fosse –, que teria compelido um macho melhor a pôr todas as cartas na mesa antes de tomá-la para si.

Mas, com Alex, não foi só sexo. Não era só desejo, ainda que ele a desejasse sobremaneira. As coisas estariam bem melhores agora se aquilo fosse algo meramente físico.

A verdade era que gostava dela. Preocupava-se com ela. Não queria vê-la sofrendo mais, muito menos pelas próprias ações. Queria protegê-la das coisas que a atingiram no passado, e faria o que fosse possível para que nada de ruim voltasse a lhe acontecer.

Ah, sim, seus esforços até então estavam sendo bem-sucedidos...

Vinha fazendo um trabalho de primeira linha em tudo o que tocara desde que chegara ao Alasca.

Frente às provas que encontrara no chalé, o que deveria ter sido uma missão simples e secundária de aniquilar um Renegado no norte congelado do país agora se tornara uma busca para localizar um assassino em sua própria família. E agora ele tinha pelo menos mais um morto para acrescentar à mistura, talvez dois, se o relato sobre os ferimentos de Big Dave fosse acurado.

Outro ataque selvagem a respeito do qual Kade rezava para que todas as suspeitas não recaíssem sobre Seth.

Ele ainda ruminava esse temor quando Alex pousou o avião de maneira impecável. Maldição, mesmo perturbada como ela devia estar, Alex estava em total controle do manche. Uma verdadeira profissional. Apenas mais um detalhe que o fazia apreciá-la ainda mais.

– Merda – sussurrou baixo ao olhar para fora da janela da cabina. Estava mesmo caído por aquela fêmea.

– Parece que metade da cidade está agrupada do lado de fora do posto de saúde – observou Alex. – Já que o avião de Roger Bemis está estacionado, acho que eles já devem ter trazido Big Dave e Lanny da floresta.

Kade grunhiu, olhando para um quarteirão na direção do centro da cidade, para o que antes fora uma antiga casa de rancho, agora convertida em posto de saúde, no qual algumas dúzias de pessoas estavam reunidas sob a luz do pátio, algumas de pé, outras sentadas à toa em motoneves.

Alex desligou o motor do avião e abriu a porta do piloto. Kade saiu junto com ela, andando pela frente da aeronave enquanto ela o prendia e trancava tudo. Seus movimentos eram eficientes, as mãos enluvadas trabalhavam mais por hábito do que seguindo pensamentos conscientes. Quando, por fim, olhou para ele, Kade viu que o rosto dela estava pálido, a expressão estava séria e preocupada. Mas o olhar estava afiado com determinação.

– Alex... vamos discutir isso antes que você vá lá e diga o que acha que tem que dizer para esse pessoal.

Ela franziu o cenho.

– Eles precisam saber. Eu tenho que contar.

– Alex. – Ele a segurou pelo braço, com mais firmeza do que pretendia. Ela olhou para os dedos que a prendiam, depois levantou o olhar. – Não posso permitir que você faça isso.

Ela se desvencilhou e, por um segundo, ele considerou colocá-la em transe para mantê-la afastada da aglomeração logo adiante. Com um mínimo esforço mental e um resvalar de sua palma na testa dela, ele poderia colocá-la num estado mais maleável de semiconsciência.

Poderia ganhar um tempo precioso. Impedi-la de colocar em risco sua missão para a Ordem ao alertar seus concidadãos da existência de vampiros vivendo entre eles, à espreita na escuridão.

E ela o odiaria ainda mais – e com todo o direito – por continuar a manipulá-la.

Ela recuou um passo, as sobrancelhas ainda unidas mostrando sua confusão.

– O que deu em você? Eu tenho que ir.

Ele não a impediu quando ela girou e seguiu trotando na direção da pequena clínica da cidade. Com uma imprecação semicerrada, Kade foi atrás dela. Alcançou-a num instante, depois abriu caminho ao seu lado entre as pessoas agrupadas que conversavam ansiosas.

– ... terrível que algo assim tenha acontecido novamente – uma mulher de cabelos brancos murmurou para a pessoa ao seu lado.

– ... ele perdeu tanto sangue – outra pessoa observou. – Ficaram dilacerados, foi o que ouvi. Não sobrou nada muito intacto em nenhum dos dois.

– Que coisa horrível – disse outra voz na multidão, carregada de pânico. – Primeiro os Toms, agora Big Dave e Lanny. Quero saber o que o oficial Tucker planeja fazer a respeito!

Kade caminhou ao lado de Alex enquanto ela marchava na direção de Zach, que estava próximo à entrada da clínica, com o celular pressionado ao ouvido. Ele deu a entender que notara sua aproximação com um aceno de cabeça, continuando a gritar ordens para alguém do outro lado da linha.

– Zach – disse ela –, preciso falar com você...

– Estou ocupado – ele ralhou.

– Mas, Zach...

– Agora não, mas que merda! Tenho um homem morto e outro sangrando ali dentro e toda a maldita cidade fica me atormentando!

Kade conseguiu conter o grunhido protetor que se formou na garganta ante a explosão do humano. Sua raiva escalou perigosamente, os músculos ficaram tensos e prontos para uma briga para a qual ele percebeu estar mais do que pronto para começar. No entanto, sutilmente segurou Alex pelo braço e se colocou entre ela e o outro macho.

– Venha – ele lhe disse, guiando-a para longe do policial e também da sua fúria. – Vamos para outro lugar até as coisas se assentarem.

– Não – ela se opôs. – Não posso ir. Tenho que ver Big Dave. Preciso ter certeza...

Ela se soltou e subiu os degraus de concreto às pressas, sendo seguida de perto por Kade. O lugar estava muito silencioso, somente o zumbido das luzes fosforescentes no teto, vindo da recepção deserta e seguindo por todo o corredor em direção às salas de exames. Vendo a aparência dispersa da clínica e a sua falta de equipamentos, ela não lhe parecia pronta para tratar de algo muito maior do que um machucado ou uma aplicação de vacinas.

Alex caminhou pelo corredor com passos firmes e rápidos.

– Onde está Fran Littlejohn? Ela nunca deixa ficar tão frio aqui dentro – murmurou, mais ou menos na mesma hora em que Kade atentava para a temperatura.

Um frio ártico soprava pelo corredor vindo de uma das salas do fundo. A única com a porta fechada.

Alex pôs a mão na maçaneta. Ela não cedeu.

– Que estranho. Está trancada.

Os instintos de guerreiro de Kade se acenderam.

– Para trás.

Ele já se colocava diante dela, movendo-se com uma rapidez que os olhos dela não conseguiram acompanhar. Segurou a maçaneta e a girou com força. A tranca se abriu, os mecanismos se desintegraram como pó num segundo.

Kade abriu a porta e se viu fitando os olhos frios de um Servo Humano.

– Skeeter? – A voz de Alex soou aguda de surpresa e carregada de suspeitas. – Que diabos está fazendo aqui?

O interesse do Servo estava bem claro para Kade. No chão ao lado da maca de Big Dave jazia uma mulher grande, de meia-idade, sem dúvida a funcionária do posto de saúde. Estava inconsciente, mas ainda respirando, o que era melhor do que se podia dizer do seu paciente no leito.

– Fran! – Alex exclamou, apressando-se para junto da mulher, que não reagiu.

O foco de Kade era outro. O cômodo fedia com o cheiro sobrepujante de sangue humano. Se estivesse fresco, a reação física de Kade seria impossível de esconder, mas o cheiro era de sangue envelhecido, as células já não viviam. Assim como Big Dave, que, deitado na maca, estava praticamente irreconhecível devido à gravidade dos ferimentos. Kade só precisou aspirar uma vez o cheiro da hemoglobina coagulada para saber que o homem havia morrido há vários minutos.

– Meu Mestre ficou aborrecido ao saber do ataque de hoje – disse o Servo, com o rosto pálido e inexpressivo. Atrás dele havia uma janela aberta, obviamente sua via de entrada. Na mão, ele trazia um par de tesouras cirúrgicas que tinham sido usadas para acelerar os efeitos dos ferimentos letais de Big Dave.

– Kade... do que ele está falando?

Skeeter sorriu para Alex, um sorriso estranho.

– Meu Mestre também não ficou nada satisfeito ao ouvir a seu respeito. Testemunhas costumam ser um problema, entende?

– Ai, meu Deus – Alex murmurou. – Skeeter, o que você está dizendo? O que você fez?!

– Filho da puta – Kade sibilou, lançando-se sobre o Servo. Derrubou Skeeter num ataque de esmagar os ossos. – Quem criou você? Responda!

Mas o escravo de sangue só o encarou e riu, apesar dos golpes que Kade desferia nele.

– Quem é o filho da puta do seu Mestre? – bateu novamente em Skeeter. E mais uma vez. – Fale, seu merdinha.

As respostas não lhe foram dadas. Uma parte irracional sua se prendeu ao nome de Seth, mas aquilo era impossível. Ainda que Kade e seu irmão gêmeo fossem da Raça, a linhagem deles não era antiga o bastante ou pura o suficiente para qualquer um deles criar um Servo Humano. Somente as gerações mais antigas da raça vampírica tinham o poder de sugar um humano até quase a morte, depois assumir o comando da sua mente.

– Quais são as suas ordens? – Socou o rosto sem alma e sorridente do Servo. – O que contou ao seu Mestre a respeito de Alex?

Atrás dele, a voz dela penetrou a violência que o acometia.

– Kade... por favor, pare. Você está me assustando. Pare com isso e deixe-o ir.

Mas ele não podia parar. Não poderia libertar o humano que um dia fora Skeeter Arnold, não mais. Não sabendo o que ele era agora. Não sabendo o que ele poderia fazer com Alex se fosse libertado para obedecer às ordens do seu Mestre novamente.

– Kade, por favor...

Com um rugido gutural, ele segurou o pescoço do Servo nas mãos e girou com força. Houve um estalido de ossos e tendões se partindo, depois um baque quando ele deixou o fardo inerte cair no chão.

Ouviu o arfar de Alex às suas costas. Ele pensou que ela fosse gritar, mas ela ficou completamente calada. Quando Kade se virou para ela, não foi difícil ver a confusão – e o choque – nos olhos castanhos arregalados.

– Lamento que tenha visto isso – disse ele, baixinho. – Não havia como evitar.

– Você... o matou. Simplesmente o matou... com as próprias mãos.

– Ele já não estava mais vivo, Alex. Não passava de uma concha. Já não era mais humano. – Kade franziu o cenho, percebendo como aquilo devia ter soado para ela, vendo seu olhar confuso. Lentamente ele se levantou, e ela recuou um passo, para longe do seu alcance.

– Não me toque.

– Ah, merda – ele murmurou, passando os dedos pela cabeça. Ela passara por muita violência, mais do que o seu quinhão; a última coisa de que ela precisava era participar de mais por causa do seu envolvimento com ele. – Odeio o fato de você estar aqui agora, testemunhando isso. Mas eu posso explicar...

– Não. – Ela balançou a cabeça com vigor. – Não, tenho que procurar Zach. Tenho que buscar ajuda para Big Dave e tenho que...

– Alex. – Kade a segurou pelos braços de leve, mas sem permitir que ela se soltasse. – Não há nada que possa ser feito por nenhum desses homens agora. Envolver Zach Tucker ou qualquer outra pessoa nisso só tornará a situação ainda mais perigosa – não só para eles, mas para você. Não posso correr esse risco.

Ela o encarou, os olhos perscrutando-o.

No silêncio que pareceu permear o ar, a funcionária da clínica que Skeeter nocauteara começava a recobrar a consciência. A mulher gemeu, murmurando algo incompreensível.

– Fran – disse Alex, virando-se para ajudar a outra mulher.

Kade bloqueou o seu caminho.

– Ela vai ficar bem.

Com Alex observando-o atentamente, ele foi para junto da mulher e pousou a mão sobre a testa dela com gentileza.

– Durma, Fran. Quando você acordar, não se lembrará de nada disso.

– O que está fazendo com ela? – Alex exigiu saber, a voz se elevando enquanto a funcionária relaxava ao toque dele.

– Será mais fácil para ela se ela se esquecer de que Skeeter esteve aqui – disse ele, certificando-se de que a mente dela apagara qualquer lembrança do ataque de Skeeter e da presença dele e de Alex ali. – Também será mais seguro para ela assim.

– Do que está falando?

Kade virou a cabeça para encará-la.

– Há mais sobre os seus monstros do que você imagina, Alex. Muito mais.

Ela o encarou.

– O que está dizendo, Kade?

– Antes, quando estávamos no chalé, você disse que confiava em mim, certo?

Ela engoliu em seco e concordou sem dizer nada.

– Então, confie em mim, Alex. Ah, caramba... Não confie em ninguém mais a não ser em mim. – Relanceou para o corpo de Skeeter – o cadáver do Servo Humano que agora ele teria que desovar em algum lugar, e rápido. – Preciso que volte lá para fora. Não pode mencionar nada a ninguém a respeito de Big Dave e de Skeeter ou do que aconteceu aqui. Não conte a ninguém o que viu aqui, Alex. Preciso que saia, volte para casa e espere que eu a procure. Prometa.

– Mas ele... – a voz se partiu ao gesticular na direção do corpo alquebrado no chão.

– Cuidarei de tudo, Alex. Só preciso que me diga que confia em mim. Que acredita quando eu lhe digo que não há motivos para você ter medo. Não de mim. – Esticou a mão para tocar no rosto frio e ficou aliviado quando ela não se retraiu ou se afastou. Estava pedindo muito dela – muito mais do que tinha direito. – Vá para casa e espere por mim, Alex. Vou para lá assim que puder.

Ela piscou algumas vezes, depois retrocedeu alguns passos. Seus olhos estavam inexpressivos ao se aproximar da porta, e por um instante ele se perguntou se o medo seria demais para ela agora.

– Está tudo bem – disse ele. – Eu também confio em você, Alex.

Ele se virou e ouviu quando ela se foi, deixando-o ali para se livrar daquela confusão sozinho.

Capítulo 17

Num instante, seu mundo girara subitamente em torno do seu eixo.

Alex se afastou de Kade, surpresa ao ver que as pernas estavam funcionando apesar da mente girando pela falta de lógica do que acabara de vê-lo fazer – não só com Skeeter Arnold, mas também com Fran Littlejohn. Seria algum tipo de hipnotismo que ele usara nela ou algo mais poderoso, para que a mulher cedesse com tamanha facilidade aos seus desígnios?

E Skeeter...

O que ele quis dizer ao falar aquelas coisas estranhas a Kade, a respeito de levar adiante as ordens do seu "Mestre"? Foi uma conversa maluca, mas Skeeter não parecia louco. Parecia muito perigoso, não mais aquele pequeno traficante e o fracassado oficial da cidade que ela sabia que ele era, mas algo letal. Algo não humano.

Ele já não estava mais vivo... não passava de uma concha.

Ele matara Big Dave a sangue frio, e Kade torcera seu pescoço com as próprias mãos.

Ah, Deus. Nada mais fazia sentido para ela.

Há mais sobre os seus monstros do que você imagina, Alex.

O alerta de Kade ecoou em sua mente quando ela saiu para o frio sem luz da tarde. Como aquilo poderia estar acontecendo? *Não podia.* Como aquilo podia ser a realidade?

Mas ela sabia que era, assim como sempre soube que o que acontecera na Flórida tantos anos atrás também fora real.

Não confie em ninguém mais a não ser em mim.

Alex não sabia se tinha alternativa. A quem mais poderia recorrer? O que Kade fizera – tudo o que acabara de dizer na clínica – a deixara com mais perguntas do que ela estava preparada a fazer. Estava aterrorizada e incerta, mais do que nunca. Kade era perigoso; vira isso apenas um minuto atrás. Entretanto, também era protetor, não só com ela, mas também com Fran Littlejohn, uma mulher que ele nunca vira antes.

A despeito de tudo o que ele dissera e fizera, Kade era uma âncora sólida numa realidade que subitamente lançava Alex à deriva. Era a sua força e confiança que a mantinha flutuando quando olhou para a pequena multidão ainda aglomerada diante da clínica. As mais de duas dúzias de rostos que ela conhecia há tanto tempo agora lhe pareciam estranhos enquanto ela passava discretamente por entre eles. Mesmo Zach, que relanceou na sua direção quando ela conseguiu chegar do outro lado do agrupamento, lhe pareceu mais uma fonte de dúvidas e complicações indesejáveis do que um amigo.

Seu olhar se estreitou sobre ela, mas ela continuou andando, desesperada para sair dali.

– Alex.

Uma flecha de pânico súbito e frio a atingiu. Zach era a última pessoa com quem precisava falar no momento. Fingiu não ouvi-lo e andou um pouco mais rápido.

– Alex, espere. – Ele abriu caminho, segurando-a pela manga da parca. – Você pode esperar um minuto só?

Já que não tinha escapatória, ela parou. Foi um esforço manter a expressão neutra ao olhar para ele. Não havia como refrear o tremor que perpassou seu corpo quando Zach a encarou no escuro.

– Você está bem? Seu rosto está branco como cera.

Ela meneou a cabeça, dando de ombros sem jeito.

– Só estou um pouco cansada, acho.

– É, nem fale – concordou ele. – Escuta, desculpa se fui grosso agora há pouco. As coisas parecem estar indo de mal a pior por aqui.

Alex engoliu, assentindo com a cabeça. E ele não sabia nem metade da história.

Não confie em ninguém mais a não ser em mim... Não conte a ninguém o que viu aqui, Alex. Prometa.

As palavras de Kade entraram em seus pensamentos enquanto Zach a fitava na expectativa.

– Então? Você tem a minha completa atenção, pelo menos por enquanto. O que queria me dizer?

– Hum... – Alex não sabia o que responder, sentia-se incomodada com o modo com que Zach parecia fitá-la com especulação, com suspeita, até. – Eu só... estava preocupada com Big Dave, claro. Como ele está? Como você acha que... que ele está?

A pergunta soou estranha em sua boca, ainda mais com o coração ainda descompassado pelo que testemunhara na clínica.

A expressão de Zach se tornou um pouco questionadora.

– Você mesma o viu, não?

Ela balançou a cabeça, sem saber se conseguiria mentir com convicção.

– Eu não a vi entrar na clínica... Com o seu novo... *amigo*? – Ele enfatizou a palavra, desnecessariamente. – A propósito, onde ele está? Ainda lá dentro?

– Não. – Faltou bem pouco para ela cuspir a palavra. – Não sei do que você está falando. Kade e eu estivemos aqui fora o tempo todo. Ele acabou de ir embora.

Zach não pareceu acreditar, mas antes que ele tivesse a chance de pressioná-la ainda mais, a porta da clínica se abriu e Fran Littlejohn parou nos degraus.

– Policial Tucker! Onde está Zach? Alguém chame o polical Tucker imediatamente!

Alex observou, sentindo o medo aumentar ao ver Fran inclinar o corpo, à procura de Zach no meio da multidão.

– Aqui! – Zach a chamou. – O que foi?

– Ah, Zach! – A funcionária da clínica soltou um suspiro, os ombros largos se curvando. – Acho que o perdemos. Eu tinha acabado de lhe dar mais uma dose de sedativo, e me virei por não mais do que um minuto. Quando fui vê-lo novamente, percebi que ele havia morrido. Big Dave está morto.

– Maldição – murmurou Zach. Embora se dirigisse a Fran, lançou um olhar severo para Alex. – Não havia mais ninguém com você, Fran?

– Só eu estava lá – disse ela. – Pobre Dave. E pobre Lanny também. Que Deus os abençoe.

Enquanto uma onda de murmúrios e preces sussurradas atravessava a multidão, Alex pigarreou.

– Eu preciso ir, Zach. O dia foi longo, e eu estou muito cansada. Então, a menos que tenha mais perguntas...

– Não – respondeu ele, mas o olhar que lhe lançou foi reservado, carregado de relutante aceitação por tudo o que ouvira. – Vá para casa, então, Alex. Se eu precisar de você, saberei onde encontrá-la.

Ela assentiu, sem conseguir se livrar da sensação de ameaça ante o comentário dele ao se virar para ir embora.

Uns oito quilômetros além de Harmony, em meio à floresta congelada, Kade se livrou do peso do corpo sem vida de Skeeter Arnold de cima dos ombros e o lançou em uma ravina profunda.

Ficou ali um instante, depois que o cadáver do Servo Humano saiu do seu campo de visão, deixando o ar frio preencher seus pulmões e o vapor da respiração sair enquanto olhava para a vastidão ao seu redor. O céu estava escuro, o chão coberto de neve reluzia num tom azul sob as estrelas vespertinas. Na floresta mais ao longe, um lobo uivou, um chamado longínquo e triste para a sua alcateia. A selva que o cercava o chamava, e, por um instante, ele se sentiu tentado a ceder.

Tentado a ignorar o caos e a confusão que deixara para trás em Harmony. Tentado a fugir do medo que iniciara em Alex e da desagradável realidade que teria que lhe contar quando voltasse.

Ela o desprezaria pelo que tinha que lhe contar?

Recuaria horrorizada quando entendesse a sua verdadeira natureza?

Não poderia culpá-la se fizesse isso. Sabendo pelo que ela passara na infância, e agora, tendo-o visto matar um homem, como ele podia ter esperanças de que ela o fitasse com outra coisa senão medo e repulsa?

– Ah, merda – murmurou, agachando-se diante da ravina. – *Merda!*

– Problemas, irmão?

A voz inesperada, e a sua inesperada familiaridade – ali, dentre tantos lugares, justamente naquele momento – atravessou Kade como uma corrente de eletricidade. Ficou de pé num pulo e se virou, a mão indo automaticamente para uma das facas que trazia na cintura.

– Devagar – disse Seth com uma fala arrastada, inclinando a cabeça na direção da beira precária da ravina imediatamente atrás de Kade. – Melhor olhar onde pisa.

A fúria de Kade se elevou ao ver a figura desgrenhada e malcuidada do irmão.

– Eu poderia dizer o mesmo para você... irmão.

Continuou segurando a faca, girando a lâmina para trás, cautelosamente seguindo Seth quando ele se aproximou para espiar por cima da ravina. Seth grunhiu.

– Não é a maneira mais astuta de se livrar de um cadáver, mas imagino que não demorará muito até que os animais o encontrem.

– Você sabe tudo a esse respeito, não é?

Seth olhou para ele, os mesmos olhos prateados de Kade – o mesmo rosto – encarando-o como se estivesse diante de um espelho. Só que o cabelo escuro de Seth estava caído e sujo em mechas desgrenhadas, as faces encovadas, a pele suja de terra. O rosto dele estava mais magro do que Kade se lembrava, quase esquelético. Ele parecia drogado e havia algo de feroz no brilho dos olhos pesados.

– Onde diabos você se meteu? – ele exigiu saber. – Há quanto tempo vem fazendo seus joguinhos homicidas doentios?

Seth riu com um divertimento sombrio.

– Não fui eu quem jogou um humano numa tumba de gelo.

– Servo Humano – Kade o corrigiu, sem saber por que sentia a necessidade de se explicar para ele.

– Mesmo? – Seth arqueou uma sobrancelha. – Um Servo Humano, nos confins desta selva... interessante.

– É, olha só como eu estou empolgado – disse Kade, irônico. – E você não respondeu à minha maldita pergunta.

A boca de Seth se curvou nos cantos.

– De que adiantaria, já que você sabe o que vou dizer?

– Talvez eu tenha que ouvir de você. Conte-me como vem perseguindo e matando humanos desde que saí do Alasca no ano passado – inferno, isso vem acontecendo há mais tempo ainda, não é? – Ele emitiu um longo sibilo de desgosto. – Encontrei algo que talvez você consiga reconhecer. Tome...

Ele pegou a pulseira com dente de urso do bolso da calça e a lançou para o irmão.

– Agora você tem um par – comentou Kade. – Esse e aquele que você tirou do nativo quando o matou no inverno passado.

Seth olhou para a tira de couro entrelaçado com um dente branco preso a ela na palma da sua mão. Deu de ombros, sem se importar muito, curvando os dedos ao redor do seu prêmio.

– Você voltou ao Refúgio – murmurou. – Vasculhou minhas coisas. Que falta de educação. Muito traiçoeiro e dissimulado, Kade. Esse sempre foi mais o meu estilo do que o seu.

– O que aconteceu, Seth? Homicídios únicos já não o excitavam mais, por isso você passou a promover carnificinas?

Kade observou a máscara impassível do rosto do irmão revelar confusão.

– Não sei do que está falando.

– Vai ficar aí e tentar negar? Inacreditável – Kade escarneceu. – Vi os corpos, ou o que restou deles. Você matou uma família inteira – seis vidas numa só noite, seu doente filho da mãe. E hoje acrescentou mais dois na sua lista, quando atacou aqueles homens de Harmony.

– Não – Seth balançava a cabeça. Ele tinha até mesmo a coragem de parecer insultado. – Você está errado. Se houve crimes como esses, eles não são meus.

– Não minta para mim, maldição.

– Não estou mentindo. Sou um assassino, Kade. Tenho um... problema, assim podemos dizer. Mas mesmo a minha moral pervertida tem seus limites.

Kade o encarou, avaliando-o. Mesmo depois de um ano afastado, ele conhecia bem o irmão e sabia que Seth estava lhe dizendo a verdade.

– Não matei uma família inteira, e também não sou responsável pelos dois homens que você disse terem sido atacados hoje.

Kade sentiu um buraco frio se abrindo em seu peito. Por mais pervertido que o irmão fosse, ele dizia a verdade agora. Ele não matara a família Toms. Não matara Lanny Ham e não deixara Big Dave sangrando para morrer.

Se não foi Seth, quem foi, então?

Kade já abandonara a ideia de que Renegados pudessem ser os responsáveis – já que não havia relatos de machos da Raça desaparecidos na população dos Refúgios da região ou qualquer outro indicador de que houvesse vampiros à beira da Sede de Sangue nas redondezas.

Então, qual possibilidade restava?

Poderia ser o vampiro que transformara Skeeter Arnold em seu Servo? Nesse caso, por que um poderoso macho ancião da Raça preferiria caçar na selva remota e despovoada do Alasca quando poderia escolher dentre tantas cidades repletas de humanos? Aquilo simplesmente não fazia sentido.

Mas nada disso exonerava Seth dos seus crimes ou da ausência de arrependimento pelos seus atos.

– O que aconteceu com você? – Kade lhe perguntou, encarando o rosto que era tão semelhante ao seu, o irmão que ele ainda amava, apesar de tudo o que ele fizera. – Por que, Seth? Como pôde se permitir perder o controle assim?

– Perder o controle? – Ele gargalhou, balançando a cabeça para Kade. – Onde mais podemos nos sentir mais no controle do que durante uma caçada? Somos da Raça, meu irmão. É o que somos, está no nosso sangue. Nascemos para matar.

– Não. – Kade negou, enquanto Seth começava a se movimentar ao seu redor lentamente.

– Não? – perguntou ele, inclinando a cabeça numa pergunta. – Não foi por isso que agarrou a oferta de se unir à Ordem? Diga que não aprecia a sua licença para matar a mando de Lucan e dos seus irmãos de armas em Boston. Diga isso e sou eu quem vai chamá-lo de mentiroso.

Kade travou os molares, admitindo, pelo menos para si mesmo, que havia um quê de verdade nas palavras de Seth. Unira-se à Ordem para fugir do que estava se tornando no Alasca, assim como gostava de alimentar a selvageria em seu íntimo com algo que trazia algum grau de honradez. Mas agora havia um propósito maior no seu trabalho para a Ordem. Com o inimigo que tinham em Dragos, seu trabalho para a Ordem nunca fora mais vital. E não permitiria que Seth o menosprezasse comparando-o com seus joguinhos doentios.

– Sabe que isso não pode continuar, Seth. Você tem que parar.

– Não acha que já tentei? – Os lábios se repuxaram para trás dos dentes, expondo as pontas das presas. – No começo, quando éramos jovens, tentei controlar minhas... necessidades. Mas a selva continuou me chamando. Ela não o chama mais?

– Todos os minutos em que estou acordado – admitiu Kade, num baixo tom de voz. – Às vezes até quando estou dormindo.

Seth riu com sarcasmo.

– Mas claro que você, o nobre, consegue resistir.

Kade o encarou.

– Há quanto tempo você me odeia, meu irmão? O que eu poderia ter feito de diferente para que você entendesse que nunca houve competição entre nós? Eu não tinha nada a provar para você.

Seth nada disse, apenas o encarou pensativo.

– Você cometeu erros, Seth. Todos cometemos. Mas ainda há algo de bom em você. Sei que existe.

– Não. – Seth meneou a cabeça com vigor, com a agitação de uma mente doentia. – Você sempre foi o mais forte. Todo o bem foi para você, não para mim.

Kade escarneceu.

– Como pode dizer isso? Como pode pensar assim? Você, o filho favorito, a esperança da família. Papai jamais escondeu isso.

– Papai – Seth repetiu, exalando audivelmente. – Se ele sente algo por mim é pena. Precisei dele, enquanto você jamais precisou. Você é igual a ele, Kade. Será que nenhum de vocês vê o que eu vejo?

– Besteira – disse Kade, certo da sua rejeição a essa ideia.

– E depois você partiu para se unir à Ordem – continuou Seth. – Você se foi e eu me afundei ainda mais na sua sombra. Quis odiá-lo por ter partido. Inferno, talvez eu o odeie.

– Se precisa de uma desculpa pelo que fez, então que seja – Kade replicou com selvageria. – Culpe-me, mas você e eu sabemos que você só está procurando um modo de justificar o que está fazendo.

O riso de resposta de Seth foi pouco mais do que um rugido profundo na garganta.

– Acha mesmo que estou procurando uma justificativa? Ou algum tipo de absolvição? Eu mato porque posso. Não vou parar porque isso faz parte de mim agora. Eu gosto disso.

As entranhas de Kade se revolveram.

– Se isso é verdade, então sinto pena de você. Você é doente, Seth. Eu deveria livrá-lo do seu sofrimento... aqui, agora.

– Deveria – Seth replicou sem inflexão. – Mas não vai. Não pode, porque ainda sou seu irmão. A sua moral rígida nunca permitirá que me machuque, e nós dois sabemos disso. Esse é um limite que você jamais cruzará.

– Não tenha tanta certeza assim.

Quando ele disse isso, o uivo que ele ouvira alguns minutos antes se repetiu de algum lugar mais próximo. Kade relanceou por sobre o ombro, na direção da aglomeração de pinheiros e abetos na escuridão, sentindo o chamado da selva correndo em suas veias. Como também devia acontecer com Seth.

Mesmo devendo odiar o irmão, não poderia.

E ainda que sua ameaça fosse bem merecida, ele sabia que Seth estava certo. Jamais lhe provocaria mal.

– Temos que resolver isso, Seth. Você tem que me deixar ajudá-lo a...

Quando se voltou para olhar para o irmão novamente, tudo o que o recebeu foi o cenário invernal vazio... e a compreensão amarga de que qualquer esperança de salvar Seth se fora junto com ele.

Capítulo 18

Cada passo era uma agonia.

Cada pedaço do seu corpo estava coberto de bolhas por conta da exposição aos raios ultravioleta, seu poder de recuperação normalmente acelerado comprometido pelos ferimentos adicionais do tiro que o acertara na coxa e no abdômen. Sangue fresco aceleraria a regeneração necessária. Assim que se alimentasse, seus tecidos e órgãos se remendariam em poucas horas, assim como a pele, mas ele não podia se arriscar nenhum minuto a mais sem um abrigo adequado.

Mal sobrevivera à luz do dia, tendo sido forçado a fugir da caverna depois que os humanos o encontraram sem querer. Fugira, sangrando e ferido, para a floresta que o cercava, para os raios letais de sol do lado externo da caverna. Tivera apenas tempo suficiente para cavar um buraco fundo num banco de neve, cobrindo-se antes que a gravidade dos ferimentos combinados subjugasse seu corpo, rendendo-o inconsciente.

Agora, pouco depois de ter despertado para encontrar a bem-vinda escuridão, ele sabia que só precisava encontrar abrigo antes da aurora seguinte. Precisava encontrar um lugar seguro para se recuperar mais, a fim de poder ficar forte o suficiente para caçar novamente e alimentar suas células danificadas.

Os pés se arrastavam na neve iluminada pelo luar, o avanço lento e titubeante. Desprezava sua fraqueza física. Odiava que ela o lembrasse da tortura que enfrentara em cativeiro. Mas o ressentimento o movia agora, forçava os músculos dilacerados das pernas a se moverem.

Ele não sabia por quanto tempo, nem a distância que caminhara. Alguns quilômetros, por certo, desde a caverna e seu esconderijo improvisado na neve.

Adiante, ele viu um brilho alaranjado através do véu da silhueta das árvores perenes. Uma residência humana, aparentemente ocupada, e bem distante de qualquer outro sinal de civilização.

Sim, serviria.

Avançou, ignorando a dor ao se concentrar no chalé remoto e na presa desprevenida lá dentro.

Ao se aproximar, os ouvidos captaram sons baixos e chorosos de sofrimento humano. Algo suave, abafado pela madeira e pelas janelas de vidro fechadas. Mas a angústia estava clara. Uma fêmea chorava dentro do chalé.

O predador rastejou até a lateral do domicílio e pressionou o olho numa fenda de uma das venezianas que cobria a janela para barrar o frio.

Ela estava sentada no chão diante de uma lareira com fogo quase morrendo, bebendo direto de uma garrafa pela metade com líquido âmbar. Diante dela havia uma caixa vazia de imagens impressas espalhadas de qualquer modo ao seu redor. Uma pistola preta grande estava ao lado do joelho dobrado no chão. Ela soluçava, uma tristeza indescritível emanando de dentro dela.

Ele conseguia sentir o peso insuportável da tristeza e entendeu que a arma ao lado dela não era uma forma de proteção. Não naquela noite.

A cena o fez parar, mas só por um instante.

Ela deve ter sentido o seu olhar. A cabeça se virou para o lado, os olhos avermelhados fixos exatamente no ponto em que ele estava, escondido pela veneziana fechada e pela escuridão da noite.

Mas ela sabia.

Ela se levantou, pegando a pistola e cambaleando sobre os pés.

Ele se afastou, só para mover os pés silenciosos até a porta de entrada do chalé. Não estava trancada, mas não que isso o tivesse impedido. Ele virou a tranca com a mente, abrindo a porta.

Estava dentro do chalé e com as mãos ao redor do pescoço da mulher antes que ela se desse conta da sua presença.

Antes que ela conseguisse abrir a boca para gritar, antes que ela conseguisse comandar seus reflexos comprometidos pelo álcool para puxar o gatilho defendendo-se do ataque repentino, ele inclinou a cabeça e fincou as presas na carne macia do pescoço delgado.

Alex se sentou à mesa da cozinha com Luna descansando aos seus pés. Todas as luzes da casa estavam acesas, todas as portas e janelas trancadas.

Já fazia duas horas.

Não sabia quanto mais conseguiria esperar. Enquanto Luna dormia pacificamente por cima dos seus pés debaixo da mesa, a cabeça de Alex girava. Debatendo-se com perguntas que não ousava formular e se preocupando com o homem que a deixara pensando sobre quem – ou o que – exatamente ele era.

Mas a vozinha dentro dela que a incitava a fugir das coisas que a assustavam ficava calada quando ela pensava em Kade. Sim, tinha dúvidas depois do que presenciara aquela tarde. Assustada com a possibilidade de que o caminho adiante pudesse se tornar ainda mais instável do que o passado que deixara para trás. Correr, contudo, era a última coisa que pretendia fazer, agora e no futuro.

Sem ter o que fazer, imaginou como Jenna devia estar. Não devia ser fácil para ela, ouvir os detalhes das mortes na cidade bem quando o aniversário de sua perda pessoal se aproximava. Alex pegou o celular, querendo ouvir a voz da amiga. Mas justamente quando estava prestes a teclar o número de Jenna, ouviu uma batida suave na porta dos fundos.

Kade.

Alex abaixou o aparelho e se levantou, deslocando seu aquecedor de pés canino, que gemeu em protesto antes de abaixar a cabeça novamente para dormir um pouco mais. Alex foi até a porta onde Kade aguardava. Agora que ele estava lá, parecendo sombrio, imenso e perigoso através do vidro da janela, parte de sua coragem falseou.

Ele não exigiu nem forçou a entrada, mesmo ela sabendo, sem sombra de dúvida, que podia fazer bem pouco para barrar a sua entrada caso essa fosse a sua intenção. Ele simplesmente ficou ali, deixando a decisão completamente em suas mãos. E por ele não ter forçado a entrada, porque ela conseguia ver o tormento, antes inexistente, sombreando as profundezas dos penetrantes olhos prateados, Alex abriu a porta e o deixou entrar.

Ele deu um passo para dentro da cozinha e a puxou num abraço demorado e apertado. Os braços fortes a envolviam bem perto, como se ele nunca quisesse soltá-la.

– Você está bem? – ele perguntou, pressionando a boca no cabelo dela. – Odiei deixá-la sozinha.

– Estou bem – respondeu ela, afastando-se um pouco para fitá-lo quando ele finalmente afrouxou o abraço. – Eu estava mais preocupada com você.

– Não – disse ele. Franzindo o cenho enquanto afagava seu rosto, ele engoliu em seco. – Ah, não... Não se preocupe comigo.

– Kade, que diabos está acontecendo? Preciso que você seja honesto comigo.

– Sei disso – ele a segurou pela mão e a conduziu de volta à mesa. Ela se sentou numa cadeira enquanto ele se acomodava noutra ao lado. – Eu deveria ter explicado tudo antes, assim que percebi...

O coração dela se encolheu um pouco quando as palavras dele ficaram pairando no ar.

– Assim que você percebeu o quê?

– Que você era parte disso, Alex. Parte do mundo que pertence a mim e àqueles da minha espécie. Eu deveria ter lhe dito antes que você me visse matar aquele Servo Humano. E antes que fizéssemos amor.

Ela ouviu o arrependimento na voz dele pela intimidade partilhada, e sentiu mais do que uma pontada com isso. Mas a outra parte – o modo peculiar como ele se referiu a si mesmo e à sua espécie, e o fato de ele, de alguma maneira, a incluir na equação – foi o que fez sua mente se debater para se concentrar. E também havia a expressão estranha que ele usara para descrever Skeeter Arnold.

– Servo Humano? Não sei o que isso significa, Kade. Não sei o que nada disso significa.

– Sei que não – ele passou a mão na própria mandíbula e depois exalou uma imprecação bem audível. – Alguém se aproximou de Skeeter Arnold antes de mim. Alguém o sangrou, quase a ponto de matá-lo, antes de trazê-lo de volta para que pudesse servir. Ele não era mais um humano, Alex. Era menos do que isso. Alguém o transformou num Servo Humano, num escravo da mente.

– Isso é loucura – murmurou, e por mais que ela quisesse rejeitar o que ouvia, não conseguia descartar o comportamento sério e sombrio de Kade. – Você também disse que faço parte disso. Como? E o que quis dizer lá na clínica quando afirmou que há mais sobre o ataque à minha família? O que você poderia saber sobre os monstros que tomaram minha mãe e Richie de mim?

– O que eles fizeram foi monstruoso – disse Kade, num tom indecifrável, uniforme demais para ser reconfortante. – Mas também existe outro nome para eles.

– Vampiros – Alex nunca dissera a palavra em voz alta, não para se referir às mortes da mãe e do irmão. Ela se prendia à língua como uma pasta amarga, suja mesmo quando cuspida para fora. – Está mesmo tentando me dizer – ai, meu Deus... Espera mesmo que eu acredite que eles eram vampiros, Kade?

– Renegados – disse ele. – Viciados em sangue e letais. Mas também parte de uma estirpe à parte da humana, chamada de Raça.

Uma espécie muito antiga, não de mortos-vivos, nem de condenados, mas uma sociedade de carne e osso. Uma existente ao lado da humanidade há milhares de anos.

– Vampiros – sussurrou ela, aflita com a ideia de que aquilo pudesse ser real.

Mas era real. Uma parte sua sempre soubera que aquilo era real, desde o instante em que a família foi dizimada pelo ataque há tantos anos.

Os olhos de Kade permaneceram grudados nela.

– Em termos simplistas, dizer que eles eram vampiros é bastante válido.

Nada mais parecia simples para ela. Não depois do que vira. Não depois do que estava ouvindo agora. E, definitivamente, não no que se referia a Kade.

Ela sentiu certo afastamento dele enquanto ele a fitava, algo de sofrimento em seu olhar vago, e isso a consumiu.

– Você me disse uma vez que nada é simples. Que nada no seu mundo é simplesmente bom ou ruim, preto ou branco. Tons de cinza, você me disse.

Ele não piscou, apenas continuou a olhá-la.

– Sim.

– Era disso que estava falando? – ela engoliu, a voz falhando um pouco. – É esse o mundo em que você vive, Kade?

– Nós dois vivemos – respondeu ele, a voz tão suave que a assustou. – Você e eu, Alex. Nós dois somos parte disso. Eu, porque meu pai é da Raça. E você, porque carrega a mesma marca de nascença da minha mãe e de um pequeno número de mulheres raras. Você é uma Companheira de Raça, Alex. As propriedades do seu sangue e a combinação celular incomum conectam-na à Raça no mais primordial dos níveis.

– Isso é ridículo – ela balançou a cabeça, lembrando-se da delicadeza com que ele tocara a estranha marca escarlate em seu quadril quando estiveram no chalé naquele mesmo dia. Sem nenhum esforço, ela ainda sentia o calor do toque dele naquele lugar. – Uma marca de nascença não me transforma em nada. Isso não prova nada...

– Não – disse ele, com cautela. – Mas existem outras coisas que provam. Você já ficou doente alguma vez? Já se sentiu um pouco perdida, afastada, diferente das outras pessoas que a cercavam? Uma parte sua sempre procurou por algo que nunca conseguiu entender muito bem. Você nunca conseguiu encontrar o seu lugar no mundo. Estou certo, não estou, Alex?

Ela não conseguia falar. Que Deus a ajudasse, ela mal conseguia respirar.

Kade prosseguiu.

– Você também tem um dom que não consegue explicar – alguma habilidade inata que a separa do resto do mundo mortal.

Ela queria lhe dizer que ele estava equivocado. Queria, mas não podia. Tudo o que ele dissera resumia a sua experiência e seus sentimentos mais profundos. Era como se ele a conhecesse a vida inteira... como se ele a compreendesse num nível que nem mesmo ela compreendia.

Até aquele momento, por mais impossível que parecesse.

– Desde que eu era criança, sempre tive uma intuição para saber se alguém me dizia a verdade ou uma mentira – Kade assentiu enquanto ela falava, sem se surpreender. – Eu leio as outras pessoas, mas não você.

– É possível que o seu talento só funcione nos humanos.

Humanos. Não nele, porque ele era... algo mais.

Um frio a perpassou quando a compreensão total se fez.

– Você é... – a voz dela se partiu, quase sem se fazer ouvir. – Está me dizendo que você é como eles – aqueles que mataram minha mãe e meu irmão? Aqueles que mataram os Toms e Lanny e Big Dave?

– Não sei a quem culpar pelas mortes recentes daqui, mas eu não sou assim. Somente os mais doentios, mais horrendos membros da minha espécie fariam o que foi feito com a sua família, Alex. – Ele esticou a mão e aproximou os dedos dela da sua boca, beijando-os com ternura. Os olhos prateados prendiam o seu olhar com uma intensidade que a marcava interiormente. – Sou da Raça, Alex. Mas eu jamais a ferirei, nem a ninguém que você ame. Nunca. Meu Deus, juro que não vi isso acontecendo, não percebi nada disso... Nunca imaginei que acabaria me importando desse jeito.

– Kade – sussurrou, sem saber o que queria dizer depois das coisas que ele lhe contara. Estava repleta de perguntas e de incertezas, sobrepujada por uma confusão de emoções, todas centradas naquele homem – no macho da Raça – que segurava sua mão naquele momento, e o seu coração.

Como se entendesse o tormento que ela sentia, ele se inclinou ao longo da mesinha e a puxou nos braços. Alex se aproximou dele, deixando que ele a pegasse no colo.

– Não sei o que pensar disso tudo – murmurou ela. – Tenho tantas perguntas.

– Eu sei – ele a afastou um pouco e passou os nós dos dedos ao longo do rosto dela, na curva do pescoço. – Responderei tudo o que me perguntar. Quando eu voltar, você pode me perguntar o que precisa saber.

– Quando você voltar? – Pensar em ele sair agora, quando a sua cabeça – inferno, quando a sua vida toda – foi virada de ponta-cabeça, era impensável. Ele se levantou, tirando-a do colo. – Aonde você vai?

– Algo tem me incomodado a respeito de Skeeter Arnold. Eu o vi com alguém na outra noite, do lado de fora do Pete's. Levaram-no até uma mineradora a vários quilômetros daqui.

– Qual o nome dela?

– Coldstream.

Alex franziu o cenho.

– O lugar foi fechado uns vinte anos atrás, mas ouvi dizer que há uma nova administração. Estão mantendo sigilo por lá. Colocaram um monte de equipamento de monitoramento e cercas de segurança ao redor do perímetro.

– Nova administração, é? – A expressão sombria de Kade revelava muito.

– Você não acha...

– Acho, sim. Mas preciso ter certeza.

– Então eu vou com você.

As sobrancelhas escuras se juntaram.

– Não. Absolutamente, não. Pode ser perigoso...

– É por isso mesmo que não vou ficar aqui esperando e me preocupando. Vou com você. – Ela se adiantou para pegar a parca, fingindo não escutar a imprecação murmurada atrás de si. – Bem, você vem ou não?

Capítulo 19

Já que a sua motoneve estava estacionada na casa de Alex desde cedo, cada um pegou a sua e saíram juntos, partindo na direção da Companhia de Mineração Coldstream, vários quilômetros além da cidade. Para não chamarem atenção indevida, deixaram os veículos barulhentos um quilômetro antes do local e caminharam o restante com raquetes de neve.

O reconhecimento teria sido muito mais rápido se ele estivesse sozinho, mas Kade internamente estava aliviado por ter Alex consigo. Pelo menos ela estava à vista e ao seu alcance. Na cidade, sozinha, estaria vulnerável, uma ideia que fazia o seu coração contrair um pouco mais em seu peito conforme ele navegava pela tundra escura e congelada ao lado dela.

Adiante, algumas centenas de metros mais à frente, onde luzes artificiais cobriam a neve, o complexo da mineradora estava movimentado. Assim como quando Kade vigiara o local, naquela noite um punhado de funcionários continuava a descarregar um dos dois contêineres de carga estacionados do lado de fora da abertura da mina. Guardas com rifles automáticos patrulhavam a barricada da frente; câmeras de segurança estavam apontadas para o terreno que circundava o perímetro cercado pelas grades de aço.

Kade parou, pousando a mão enluvada no braço de Alex.

– Só vamos até aqui.

– Mas temos que nos aproximar muito mais para ver o que há lá dentro – sussurrou ela, a respiração evaporando ao penetrar a máscara de velo que protegia o rosto.

– É perigoso demais para você se aproximar mais, e não vou deixá-la aqui sozinha.

– Então vamos voltar para Harmony e pegar o meu avião. Podemos sobrevoar e dar uma bela olhada.

– E arriscar que consigam identificá-la do solo? – Kade deu um curto meneio de cabeça. – Nem mesmo se Harmony tivesse cem pilotos que possuíssem monomotores vermelhos. Não, existe outro modo.

Ele inspirou fundo, deixando um uivo baixo se avolumar na garganta. Depois o lançou ao céu, num chamado longínquo. Só precisou de um minuto até receber uma resposta selvagem de algum ponto não distante dali vindo do lado oeste. Kade procurou a voz lupina com a sua mente, depois, num comando silencioso, chamou o lobo.

Alex ficou assustada quando o animal de pelo cinzento apareceu em meio às árvores e veio diretamente na direção deles.

– Está tudo bem – Kade garantiu. Relanceou para ela, a boca se curvando ante a franca surpresa dela. – Você tem o seu talento; eu tenho o meu.

– O seu é muito mais legal – ela murmurou num sussurro sem ar.

Ele sorriu, depois fixou o olhar nos olhos luminosos e inteligentes do animal, que ouviu as instruções silenciosas que lhe foram passadas, depois disparou em movimentos furtivos para levá-las a cabo.

Alex arregalou os olhos para ele.

– O que você fez? E... como?

– Pedi à loba que nos ajudasse. Ela vai se aproximar das instalações e, através da ligação que ela e eu agora partilhamos, vai me mostrar tudo o que vir.

Alex ficou em silêncio enquanto Kade se concentrava na conexão temporária que o colocava a par dos sentidos da loba. Kade fechou os olhos, sentindo a movimentação ritmada das patas na neve, ouvindo os sopros de respiração saindo dos pulmões, a rapidez dos batimentos cardíacos. E através da visão noturna aguçada, ele viu a cerca entrelaçada e as guaritas de segurança, os funcionários – Servos Humanos, todos eles, ele agora percebia – entrando e saindo da entrada da mina, carregando caixotes de equipamentos e grandes caixas de papelão sem marcação que só Deus sabia que tipo de suprimento traziam.

Certo, a nova administração havia se mudado e, pelo que estava vendo, eles queriam garantir que ninguém se aproximasse demais para ver o que eles estavam aprontando.

E por falar na nova administração da mineradora...

As orelhas da loba se ergueram em estado de atenção, os instintos de autopreservação fazendo com que se agachasse quando um macho grande de cabelos claros e com gosto por ternos caros saiu andando da mina. Embora Kade nunca o tivesse visto antes, logo percebeu que o macho era da Raça. Se seu tamanho e sua postura não o tivessem denunciado, a grande extensão de *dermaglifos* o teria feito. As marcas saíam por debaixo das mangas enroladas da camisa e do colarinho aberto da camisa branca, em desenhos que obviamente o declaravam como um antepassado da Raça.

Alguém com poder suficiente para facilmente transformar um humano como Skeeter Arnold em seu Servo Humano.

E ao seu lado, obediente como um cão de caça, havia outro macho da Raça. Se o primeiro, vestido como banqueiro de Wall Street, era formidável simplesmente pela pureza da sua linhagem, o indivíduo parado ao seu lado o superava em muito. Armado até as presas e vestido dos pés à cabeça em uniforme de combate preto, a cabeça raspada, coberta de *glifos* densos, aquele era um inimigo com quem Kade e a Ordem apenas recentemente se familiarizaram.

Através dos olhos da loba, ele viu a reluzente coleira negra que circundava o pescoço do assassino – uma coleira eletrônica com um equipamento explosivo que garantia lealdade do vampiro às iniciativas desonestas do seu criador.

– Ah, que merda... – Kade murmurou em voz alta, ao observar remotamente a cena através dos olhos da sua ajudante lupina. – Dragos enviou um dos seus assassinos para cá.

– Quem? – Alex sussurrou ao seu lado. – Assassinos? Ai, meu Deus, Kade, conte-me o que você está vendo.

Ele balançou a cabeça, sem conseguir explicar as coisas adequadamente enquanto suas entranhas queimavam com repentinos terror e suspeita.

Por que Dragos enviaria um tenente das suas operações e um dos seus assassinos pessoais gerados da Primeira Geração para o meio do interior gélido do Alasca?

O que diabos eles estariam aprontando?

Depois que os vampiros entraram em outra construção, Kade orientou a loba a mudar de localização, para encontrar um lugar escondido e seguro em que pudesse cavar por baixo da cerca e invadir. Ele precisava ver melhor os contêineres, especialmente aquele pelo qual os Servos funcionários pareciam ter pouco interesse – um que ele agora notava ter amassados grandes nas laterais e dobradiças dobradas e esmagadas nas portas de trás.

Esperou, com o coração batendo em compasso com o da loba, enquanto ela cavava na neve até conseguir passar com o corpo por debaixo da cerca. Ela saiu do outro lado, arrastando-se, sabendo instintivamente que deveria ir pelas sombras. Quando ela se aproximou do contêiner, os músculos de Kade ficaram tensos.

Ele havia deduzido que encontraria más notícias dentro do contêiner. Não poderia ter estado mais certo. Enquanto a corajosa loba enfiava a cabeça no espaço entreaberto das portas arruinadas, espiando o que fora um espaço refrigerado, Kade compreendeu de pronto os objetos que para ela não faziam sentido algum.

Ele viu uma caixa enorme de concreto e aço destruída ali dentro, com a tampa arrancada e reduzida a entulho. Viu as manchas de sangue ressecadas ficando quase negras no chão e nas paredes – sangue com o cheiro dos da sua espécie, cujos traços a loba captou pelas narinas sensíveis. Ele viu as amarras de titânio que no passado prenderam os pulsos e os tornozelos da criatura que a maioria da população da Raça acreditava ter se extinto há muitos séculos... uma criatura que a Ordem sabia, de antemão, estar, na verdade, bem viva.

O Antigo.

Um dos antepassados extraterrestres que geraram a inteira Raça na Terra.

O extraterrestre selvagem e poderoso que Dragos vinha usando para atingir seus objetivos insanos.

Teria Dragos e seus associados se mudado para o norte depois do recente ataque da Ordem ao seu covil secreto? Pensaram em realocar o Antigo o mais longe possível da Ordem, transferindo-o para a velha mina?

Ou fora esse o plano, até que o Antigo tivesse, de alguma maneira, encontrado uma fuga do seu cativeiro?

Kade repensou os homicídios recentes na floresta e o ataque brutal aos dois homens de Harmony daquele mesmo dia.

A culpa não era nem de Seth, nem de Renegados.

Agora ele sabia disso com a maior das certezas. A culpa era de algo muito pior.

– Meu Deus – Kade sibilou. – Ele está aqui fora, em algum lugar. À solta.

Ordenou que a loba abandonasse sua espreita imediatamente, e ficou com ela enquanto ela batia em rápida retirada da propriedade da mineradora. Quando a sombra acinzentada desapareceu na floresta próxima, Kade desfez a conexão mental entre eles e pegou a mão de Alex.

– Temos que sair daqui. Agora.

Ela assentiu ante o tom urgente dele, sem desperdiçar tempo valioso em perguntas. Ele lhe explicaria tudo, mas antes precisava entrar em contato com a Ordem em Boston. Lucan e os outros precisavam saber o que ele descobrira ali, e o quanto a sua missão tomara outro curso.

Zach Tucker bateu algumas vezes mais, com o cabo de carboneto da lanterna Maglite que o Estado lhe dera, contra o batente instável e esperou, sem um pingo de paciência, na soleira do apartamento decrépito de Skeeter Arnold.

Visto que o idiota vinha ignorando os seus telefonemas e mensagens de texto nas últimas vinte e quatro horas, Zach não teve escolha a não ser investigar pessoalmente a casa que Skeeter dividia com a mãe. Fazia cinco minutos que estava parado no frio, congelando as bolas enquanto batia à porta sem ser atendido, mas ele não pretendia ir a parte alguma até obter algumas respostas daquele merdinha metido a besta.

Respostas e quinhentos dólares em dinheiro que Skeeter lhe devia da transação mais recente.

Se Skeeter achava que podia se safar sem dar a parte que lhe cabia, ele estava muitíssimo enganado. E caso tivesse colocado na cabeça oca dele que já não precisava de Zach – por talvez ter encontrado outra fonte de abastecimento na região e tivesse tido ideias repentinas de romper o acordo entre eles –, então Skeeter Arnold poderia muito bem descobrir que estava um tanto equivocado.

Zach bateu à porta novamente, com tanta força que era um milagre a madeira congelada não ter se partido com a pressão dos repetidos golpes do cabo da lanterna.

Por fim, uma voz abafada soou do interior – não de Skeeter, mas de Ida Arnold, sua afrontosa mãe. Zach desprezava aquela mulher, ainda que não tanto quanto Skeeter, que devia odiá-la, tendo que se sujeitar ao seu veneno e ódio todos os dias.

– Maldição! Estou indo! Estou indo! – berrou ela, o arrastar pesado dos pés pontuando cada uma das sílabas. A luz da varanda sobre a sua cabeça foi acesa, depois a porta foi puxada com outro resmungo rouco.

– Boa noite, Ida – Zach a cumprimentou de maneira educada, enquanto ela o olhava de cara amarrada.

– O que você quer? – Ela cruzou os braços sobre o peito, puxando as pontas do avental que usava em casa. – Veio me dizer que ele está encrencado de novo?

– Não, senhora.

Ela grunhiu.

– Ele morreu?

– Não, senhora. Nada disso. – Ele inclinou a cabeça. – Por que perguntou isso?

– Porque isso não me surpreenderia. Ouvi o que aconteceu com Big Dave e Lanny Ham hoje. – Ante o aceno sério de Zach, ela bufou e deu de ombros. – Nunca me importei muito com nenhum dos dois, para falar a verdade.

– Bem... – Zach disse meio à toa. Pigarreou e adotou a sua voz de policial, aquela que Jenna disse que o fazia parecer um cretino virtuoso. Tudo o que ele sabia era que normalmente obtinha resultados. – Na verdade, vim aqui falar com Stanley.

O fato de ele ter usado o nome de batismo do seu filho, e não o apelido pelo qual era chamado pela cidade inteira desde os tempos em que era um garoto magrelo de nariz remelento, aprofundou a carranca de Ida Arnold.

– Ele está?

– Não, não está. Não vi nem sinal do traseiro dele desde manhã cedo.

– Ele não telefonou nem lhe disse onde estaria, senhora?

Ela soltou uma risada cortante.

– Ele não me diz nada, igualzinho ao pai dele, que não prestava para nada. O garoto acha que sou cega e surda – murmurou. – Mas eu sei no que ele está metido.

– É mesmo? E o que seria isso, Ida? – Zach perguntou com cautela, estreitando o olhar sob a luz da varanda enquanto via a expressão da mulher endurecer.

– Ele está traficando, com certeza. Meu palpite é que ele também está contrabandeando bebida para os nativos, rio acima.

Zach sentiu as sobrancelhas se erguerem, ao mesmo tempo em que o estômago virava uma bola.

– O que a faz suspeitar que Skeet – Stanley – esteja envolvido em algo desse tipo?

Ela bateu no meio do peito com o dedo.

– Eu o eduquei, para o bem ou para o mal. Não preciso de provas para saber que ele está metido em confusão. Não sei no que ele andou se metendo, mas começou a me assustar. Acho que ele está com ideia de me machucar um dia desses. Na verdade, depois do jeito que ele me tratou da última vez em que esteve aqui, não duvido disso. Nunca vi ele tão arrogante e malvado. Agiu como se de repente tivesse criado bolas.

Zach pigarreou ante a grosseria da mulher.

– Disse que isso foi ontem?

Ela concordou.

– Ele chegou todo sujo e desgrenhado. Quando comentei sobre isso, ele me agarrou pelo pescoço. Estou dizendo, pensei que ele fosse me matar ali mesmo. Mas depois resmungou alguma coisa sobre trabalhar e entrou no quarto, fechando a porta. Pelo que sei, foi a última vez que esteve em casa. Uma parte minha quer que ele nunca mais volte, do jeito que me trata. Outra parte quer que ele... só suma. Na cadeia, que é o lugar dele.

Zach a encarou, percebendo que o medo e o desprezo que ela sentia pelo filho poderia lhe ser vantajoso.

– Quando ele esteve aqui da última vez, ele disse que tipo de trabalho estava fazendo?

– Ele não disse, mas o garoto nunca teve um dia sequer de trabalho honesto. Vai querer dar uma olhada no quarto dele? É um tremendo pardieiro, mas se é de provas que precisa...

– Não posso fazer isso – disse Zach, apesar de querer fazer aquilo mais do que tudo. – De acordo com as normas da força policial, não posso vasculhar a moradia dele. Isso necessitaria muita burocracia e seguir determinados procedimentos.

A corcova dos ombros dela se acentuou um pouco.

– Entendo.

– No entanto – Zach acrescentou de maneira obsequiosa –, visto que os conheço faz mais ou menos uma década, desde que passei a morar em Harmony, imagino que se me pedisse um favor pessoal de entrar e dar uma olhada – de modo não oficial, claro –, então eu não me oporia.

Ela o fitou por um instante, depois recuou um passo e gesticulou para que ele entrasse.

– É por aqui, no fim do corredor. Ele tranca a porta, mas eu tenho uma cópia da chave escondida no rodapé.

Ida Arnold andou lentamente até a porta do filho, apanhou uma chave de latão enferrujada do seu esconderijo, depois destrancou e abriu a porta para Zach.

– Só vou precisar de alguns minutos – disse ele, dispensando-a tanto com seu tom quanto com seu olhar muito bem treinado na academia de polícia. – Obrigado, Ida.

Depois que ela voltou pelo corredor, Zach entrou no apartamento imundo e começou a fazer uma busca completa no lugar. Embalagens de comida vazias, garrafas e outros lixos cobriam o chão e praticamente toda superfície disponível. E lá – surpresa – no balcão ao lado de um antigo rádio policial, um rolinho de notas de vinte dólares, amarradas com um elástico.

Não era do feitio de Skeeter deixar dinheiro solto. Tampouco o celular, mas lá estava ele, preso no canto de uma poltrona reclinável azul. Aquilo devia explicar por que ele não retornara suas chamadas e mensagens, ainda que não desculpasse Skeeter pelo modo cretino com que se portara do lado de fora do Pete's naquela manhã.

Zach pegou o dinheiro e o contou: quinze notas. Não eram os quinhentos dólares que Skeeter lhe devia, mas ele receberia com prazer o que conseguisse.

Foda-se, também ficaria com o celular.

Caso ele não o ajudasse a entender as atividades recentes de Skeeter ou o seu aparente novo associado nos negócios, então Zach poderia penhorar a maldita coisa da próxima vez em que fosse a Fairbanks para apanhar novos produtos do seu contato na cidade. Skeeter Arnold lhe devia e, de um jeito ou de outro, Zach pretendia receber o que lhe era devido.

Capítulo 20

Alex estava sentada no sofá de sua casa, dividindo uma fatia de torrada com manteiga com Luna, as duas observando Kade indo e voltando da cozinha até o corredor, enquanto falava ao telefone via satélite com Boston.

No período desde que tinham voltado para a casa dela, ele a atualizou quanto a algumas coisas a respeito dele e do trabalho que fora enviado a fazer no Alasca. Sua mente ainda processava o fato de ele não ser exatamente humano. Agora ela já sabia que ele também pertencia a um grupo de machos da Raça que jurou manter a paz entre a espécie deles e a humanidade. Pelo que ele lhe descrevera, a Ordem se parecia com uma organização militar, o que fazia sentido para ela quando olhava para Kade e observava a combinação sombria de força letal e confiança aguçada.

E, a despeito do perigo que emanava dele em ondas, especialmente o que ela testemunhara nesse dia, Kade era gentil com ela, protetor. Por mais atordoada que estivesse por tudo o que vira e ouvira nas últimas horas – nos últimos dias –, ela se sentia segura com ele.

Mesmo quando ele lhe explicara a pior das ameaças que estava diante dele e dos guerreiros da Ordem.

Ele lhe contara a respeito do inimigo que a Ordem vinha perseguindo, determinada a destruir, um macho da Segunda Geração da

Raça chamado Dragos. Alex ouviu atenta, mas petrificada, enquanto Kade descrevia as diversas maldades que Dragos cometera, como a abdução e o abuso de um número desconhecido de mulheres como ela – Companheiras de Raça, rastreadas e apanhadas durante décadas para serem usadas como depositório de um exército pessoal de assassinos que Dragos criara.

O que a fez pensar de fato, e o que fez seu sangue gelar nas veias, foi a verdade derradeira que Kade revelara aquela noite. O fato de que essa criatura, que não era deste mundo – uma criatura muito pior do que os Renegados viciados em sangue que mataram sua mãe e seu irmão –, estar, de algum modo, à solta no interior do Alasca.

Mesmo Kade se mostrou preocupado ao falar do Antigo para os amigos do complexo da Ordem em Boston, descrevendo o contêiner avariado e a presença de vampiros e de funcionários Servos Humanos na propriedade da antiga companhia de mineração. Apesar de manter a voz baixa, foi impossível para Alex deixar passar o fato de que ele e seus companheiros estavam se preparando para uma batalha contra essa nova ameaça.

Pensar que Kade estaria se encaminhando para o perigo fez sua respiração ficar mais rasa, o coração bater mais pesado. Não suportaria se algo lhe acontecesse. Não depois do tempo que ficaram juntos, tempo incrivelmente curto no qual, de algum modo, ele estava se tornando uma parte inextricável da sua vida. Em apenas poucos dias, ele se tornara seu amigo e amante, seu confidente. De alguma forma, ele estava se tornando algo maior do que tudo isso.

Poderia estar se apaixonando por ele?

Apaixonar-se... por um vampiro.

Não, ele não era isso.

Kade era da Raça, e isso era diferente. *Ele* era diferente.

Para ela, era difícil conciliar que ele fosse feito do mesmo estofo que os monstros que atacaram sua família. Difícil acreditar que em alguma parte do DNA dele, Kade carregava genes de algo completamente não humano, incomensuravelmente letal. Algo que não era da Terra. Era difícil para ela conciliar que aquele homem forte, orgulhoso e extremamente sensual caminhando pela sua casinha modesta não era, na verdade, nada humano, mas algo diferente. Algo muito além.

Alex o observava com fascinação, ainda mais pelo que o vira fazendo com a loba no lado de fora da companhia de mineração. Num instante, ele se tornara parte do belo animal, ligando-se a ele num nível silencioso, deixando Alex boquiaberta de tão admirada. Mesmo agora, ela se maravilhava, sentindo as ondas de selvageria, de poder sombrio e autoritário, ainda pairando ao seu redor. Ele era intenso e misterioso, forte e sedutor. E, sim, sexy demais.

Tudo em Kade a cativava.

Ela só precisava olhar para ele para se sentir incendiar.

E ele também sabia disso. Ela viu as centelhas de atenção no olhar prateado enquanto ele concluía a conversa e deixava o telefone na mesinha ao lado do sofá.

– Como você está? – perguntou ele, sentando-se ao seu lado. – Deve estar exausta. Sei que tudo isso é muita coisa para assimilar.

Ela ergueu os ombros num gesto de descaso.

– A minha cabeça ainda está girando, mas, pelo menos, agora tenho respostas. As coisas que nunca fizeram muito sentido para mim estão mais claras. Não é exatamente um motivo para dar pulos de alegria, mas é bom finalmente ter a verdade, por mais aterrorizante que ela possa ser. Por isso, obrigada, Kade.

Ele tomou sua mão na dele, as palmas pressionadas de leve enquanto ele percorria a pele suave do pulso com o polegar. Seu toque era quente, calmante. Muito carinhoso.

– Deus, detesto o fato de você ter sido arrastada para isso. Existem lugares para onde você pode ir para ficar segura, Alex. A Raça tem inúmeros Refúgios Secretos – comunidades seguras onde você será bem acolhida e protegida – que a aceitariam. Muito melhor do que posso fazer por você agora. Depois de ver o que vimos na mina hoje, isso se tornou real demais. Perigoso demais...

– Não vou a parte alguma – disse ela, enroscando os dedos nos dele e prendendo o seu olhar grave. – Não vou fugir. Não me peça para fazer isso, Kade.

Seu maxilar se retesou ao fitá-la. As sobrancelhas negras se abaixaram próximas aos olhos, a boca ficou reta quando ele balançou a cabeça com inflexibilidade.

– Esta batalha é minha. Da Ordem. Amanhã alguns dos guerreiros chegarão de Boston. Vou me encontrar com eles quando chegarem, e de lá vamos partir para uma ofensiva nas operações de Dragos na mina. Não sabemos o que vamos encontrar. Só sei que quero você o mais distante possível dessa missão – e de qualquer possível contratempo. – Esticou a mão e a passou com leveza na bochecha dela. – Isso também significa ficar o mais distante possível de mim, antes que eu a exponha a um risco maior.

– Não. – Alex virou o rosto, pressionando a boca no calor da palma da mão dele. Não posso mais me esconder, Kade. Não quero viver assim, sempre olhando por cima dos ombros, temendo coisas que não consigo entender. Não pode me pedir isso, não quando encontrar você me deu a força para acreditar que posso enfrentar meus medos. Conhecer você me deu forças para entender que eu *devo* enfrentá-los.

Ele praguejou, mas sua carícia era suave, o olhar penetrante, a cor prateada que rodeava suas pupilas escurecendo de desejo.

– Você me dá muito crédito. Você já era mais forte do que acreditava ser, passou pelo que passou quando criança e não permitiu que aquilo a destruísse. Poucos conseguiriam isso. Isso é coragem, Alex. Não precisou de mim para isso. E ainda não precisa.

Ela sorriu, esticando as mãos para segurar o rosto dele ao beijá-lo.

– Preciso, sim – sussurrou contra a boca dele. – E mais, eu te quero, Kade.

A respiração dele o abandonou num suspiro quando ela abriu os lábios sobre os dele novamente e se aproximou no sofá. Os braços dele a envolveram, prendendo-a numa gaiola frouxa, enquanto ela subia em seu colo e enterrava a língua na boca dele.

Ele gemeu, capturou a língua dela com os dentes... edepois, subitamente interrompeu o contato e virou o rosto para o lado.

– O que foi? Por que parou? – ela arfou as palavras, os lábios e a língua ardendo com um calor delicioso. Sentiu o sabor de sangue, somente um vestígio, mas o instinto a fez levar a mão à boca, e a ponta do dedo voltou tingida com uma mancha escarlate.

Relanceou para o rosto abaixado de Kade e sentiu o tormento dele no modo como o corpo grande vibrava com controle quase incontido, como se estivesse travando uma guerra particular consigo mesmo.

– Olhe para mim – sussurrou. Quando ele não a atendeu de imediato, ela suspendeu o queixo teimoso e o obrigou, fisicamente, a fitá-la. – Olhe para mim... deixe-me ver você.

– Confie em mim, você não vai querer ver – murmurou ele, desviando o olhar rapidamente.

Mas não antes que ela pudesse notar a mudança que acontecera em seus olhos. Ele não tinha conseguido se virar rápido o suficiente para esconder o fato de que seus olhos normalmente cinzentos agora reluziam num âmbar ardente. E as pupilas... havia algo de diferente nelas também.

– Kade, por favor – pediu ela com gentileza. – Deixe-me ver como você realmente é.

Lentamente, ele levantou o rosto. Os cílios negros se ergueram, e Alex ficou atordoada com o facho de brasas claras que brilhava como carvão aceso. E no meio de todo aquele fogo, as pupilas estavam estreitas, como as fendas dos olhos dos gatos. A estranheza do seu olhar, o modo como aquilo lhe transformava a face, aguçando os ângulos das maçãs do rosto e do queixo quadrado, deixaram-na aturdida. Ela ficou olhando, sem palavras. Sem ar.

– Não quero que tenha medo de mim, Alex.

A voz grave saiu raspando, estranhamente grossa para seus ouvidos, e então ela entendeu o motivo. Viu o brilho das pontas afiadas dos dentes brancos atrás dos lábios enquanto ele falava. As presas. Não exatamente ocultas, apesar dos esforços evidentes dele para escondê-las das suas vistas. Agora que a fitava, havia um desespero em seus olhos âmbar. Desespero e desejo como ela nunca vira antes.

– Não quero que me odeie, mas este sou eu, Alex. Este é o meu verdadeiro eu.

Apesar do imperceptível estremecimento de compreensão que fez seu coração bater mais rápido, Alex se inclinou para a frente e segurou o rosto dele nas mãos. Prendeu o olhar atormentado dele, depois desceu o seu olhar para os lábios entreabertos e para as pontas das presas, que pareciam ter se alongado ainda mais, ficando mais afiadas.

– Não estou sentindo nada parecido com ódio – sussurrou, inclinando a cabeça e umedecendo os lábios subitamente ressequidos. – Se você ao menos me beijasse de novo, saberia disso.

Centelhas reluziram como raios nos olhos dele no instante antes de ele se aproximar dos lábios dela. Alex sentiu o poder contido dele, e percebeu o controle que ele exercia para manter esse poder represado enquanto tomava a sua boca num beijo ardente, faminto e possessivo.

Alex se entregou a ele, deliciando-se com o resvalar molhado e quente dos lábios dele sobre a sua boca, queixo e pescoço. Ela escorregou as mãos por debaixo da camiseta preta de manga longa para sentir os músculos firmes e acetinados das suas costas. Conseguia sentir os contornos sutis das tatuagens sob as pontas dos dedos, um desenho intricado de curvas e arcos que ela traçava com as unhas, mas que queria mesmo era seguir com a língua.

– Deixe-me ver o seu corpo. Quero ver você por inteiro – murmurou ela, puxando a camiseta. Tirou-a pela cabeça e só conseguiu fitar maravilhada depois de desnudá-lo. – Meu Deus – arfou. – Estas não são tatuagens, são?

– São *dermaglifos* – explicou ele, recostando-se para permitir que ela visse os desenhos complexos que pulsavam em todo o seu torso, ombros e braços como se estivessem vivos. As marcas que antes eram de um tom mais escuro que a pele agora estavam multicoloridas, oscilando entre um vinho escuro, índigo e dourado. – Nós nascemos com eles, do mesmo modo que as Companheiras de Raça têm suas marcas de nascença.

– São lindos, Kade – os *dermaglifos* dele eram artísticos, entrelaçamentos rendados, uma teia gloriosa de cores mutantes. Alex se inclinou para correr um dedo ao longo de uma linha particularmente graciosa que dava a volta ao redor do disco plano do mamilo direito. O tom roxo ficou mais escuro sob seu toque. Surpresa, ela o fitou. – Como fez isso?

– *Você* fez isso – a boca dele se curvou. – As cores dos *glifos* mudam de acordo com o humor do macho.

– Ah! – exclamou ela, aquecendo-se sob o olhar significativo dele. – E o seu humor está...?

Ele não respondeu, apenas se moveu para frente, tomando-a noutro beijo lento e demorado que fez seu cerne derreter. Pressionou-a no sofá debaixo dele e começou a despi-la, incitando Luna a saltar do sofá e ir para a cozinha com uma bufada incomodada.

– Xiii... acho que acabou de perder alguns pontos com ela – murmurou Alex, entre beijos.

Ele riu, um ruído baixo e profundo que vibrou contra a boca de Alex.

– Depois peço desculpas. Neste instante, só existe uma fêmea cuja opinião me importa.

Levou o tempo que precisou para retirar a dupla camada de camisetas e malhas de velo e os jeans de corte solto. Cobriu cada centímetro do seu corpo com a boca, beijando uma trilha comprida e ardente do pescoço aos seios e depois ao abdômen, afagando os membros nus enquanto seu olhar febril se refestelava com ela.

Quando a finalmente deixou nua, Alex já arfava e doía de desejo. Ele se ajoelhou no sofá sobre ela, as coxas grossas encaixadas entre as pernas abertas dela. Ainda vestia os jeans, que pendiam baixo nos quadris, esticando-se na região do inchaço da virilha.

Ela ergueu a mão e o apalpou, necessitando sentir o calor da pele dele em suas mãos. Em todo o seu corpo.

Dentro dela.

Ele nada disse quando ela desabotoou seus jeans e abaixou o zíper. Estava nu por baixo do denim escuro, o pênis rígido transbordando assim que se viu livre do seu confinamento. Ergueu-se quando ela puxou as calças pelos quadris e empurrou-os até os joelhos, um movimento que aproximou a extensão gloriosa do membro a centímetros da sua boca.

Alex não conseguiu resistir à tentação. Apalpou seu membro e bolas e levou-o até a boca, envolvendo a cabeça larga com os lábios, deliciando-se com o gemido estrangulado de Kade quando ela escorregou a boca inteira até a sua base.

Sentiu-se tão bem contra a língua dela, quente e mundana, macia como um veludo a envolver a sua coluna sólida de aço. Alex mergulhou novamente nele, depois recuou para sugar a ponta, tudo isso observando os *glifos* do abdômen e das coxas agitando-se em tons ainda mais escuros.

– Ah, caramba – ele sibilou, enquanto ela brincava com a borda ao redor da sua cabeça com a boca, depois tomando-o até o fundo da garganta. Segurou-a pelos cabelos, prendendo-lhe a cabeça enquanto seu corpo ficava tenso como um cabo de aço. – Alex... ah, cacete...

As mãos tremiam quando ele a afastou de si. Seus olhos lançaram um calor intenso, e seu rosto estava rijo de paixão, enquanto rapidamente arrancava os jeans, largando-os no chão. Gloriosamente nu, moveu-se na direção dela uma vez mais e gentilmente envolveu-lhe o pescoço com a palma da mão. Seu toque estava carregado de posse, contudo, ele não a tomou simplesmente. Seu olhar transformado era faminto, mas paciente. Seu beijo passional, porém terno.

Não havia nada simples nele.

Nada simples no modo como ele a fazia se sentir.

Kade era simplesmente um amontoado de contradições, cada uma delas mais fascinante que a anterior.

Ele a fazia se sentir protegida, talvez essa fosse a maior das contradições. Ele a fazia se sentir cuidada... até amada.

E, por Deus, como ele a fazia arder.

Seu corpo se arqueou enquanto ele a afagava, cada centímetro seu hipersensível e ávido pelo toque dele. Ela não conseguia se aproximar o bastante, não conseguia agarrá-lo o suficiente, enquanto ele se erguia sobre seu corpo, afastando-lhe as coxas com as suas.

– Quero que as coisas caminhem devagar hoje à noite – disse ele, a voz rouca e sombria, quase irreconhecível. – Quero saborear você, a nós...

Observou-a quando a penetrou, devagar, preenchendo-a com deliberada cautela, ainda que seus quadris quisessem se apressar e os tendões do pescoço se esticassem sob a pele. Embalou-a com suavidade, atiçando o clímax crescente com uma reserva enlouquecedora.

Ela queria gritar pedindo que ele se apressasse, que a tomasse com força se isso fosse aplacar o desejo que colocara dentro dela.

Mas fazer amor com ele era bom demais para se apressarem. Ela não queria que aquela sensação – que aquela noite – acabasse. Nem ele; isso ela via em seu rosto. Sentia em cada investida contida dos quadris. Em cada carícia ardente e saborosa da sua boca que a beijava, deixando-a sem ar.

As horas passariam com rapidez. No dia seguinte, a missão dele com a Ordem recomeçaria. Amanhã, toda morte e perigo que rodeavam o refúgio daquele momento retornariam.

Cedo demais, pensou Alex.

E por isso ela envolveu o pescoço dele com os braços, passando as pernas em torno dos quadris que investiam com lentidão, torturando-a deliciosamente, e deixou-se girar em cima dele num abandono extático. Acolheu cada estocada profunda. Suspirou a cada recuo demorado. Deliciou-se com o peso e o calor do corpo maravilhoso de Kade se esfregando ao encontro do seu.

– Kade – arfou. – Ai, meu Deus...

Ele gemeu com força e suspendeu a pélvis dela do sofá. As investidas ganharam força, aprofundando-se, mas ainda refreadas pelo seu rígido controle.

– Solte-se – Alex gemeu. – Venha. Quero você inteiro, Kade.

Ele rosnou, num som animalesco e puro de recusa. Quando a tomou nos braços e tentou esconder o rosto, Alex o empurrou. O rosto dele estava selvagem de tormento, contraído de prazer e dor. E as presas... Deus, as pontas brancas reluzentes preenchiam sua boca, poderosamente impelidas, e ela não conseguiu conter um grito agudo.

Seu prazer mais uma vez se avolumava, trazendo com ele uma voracidade que revirava seu ventre, iniciando uma lenta fervura em seu sangue.

– Ah, Deus... Kade... – arfou com a sensação do desejo, tudo centrado nele. Cravou as unhas nos braços volumosos, enterrou o rosto na curva do pescoço e do ombro forte, enquanto ele a penetrava com estocadas intensas e demoradas.

O espiral de desejo dentro dela se contraiu ainda mais, queimando num desejo tão primitivo que a sobressaltou. O cheiro da pele aveludada, suave contra seus lábios, contra sua língua, deixou-a tonta de desejo. O ritmo aumentou ao cavalgá-lo, cada vez mais firme, mais duro, grunhindo a cada enterrada urgente da sua pélvis.

Alex suspirou seu nome. Gemeu, perdida na onda crescente de mais um orgasmo. Gritou quando ele a banhou, uma enchente de prazer que saciava e que deveria ter aplacado a sede ardente que vivia dentro dela agora, mas que só a fez explodir em mais uma exigência corrosiva.

Ela queria saboreá-lo.

Não da maneira que já fizera, mas de um modo que a chocou. De um modo que deveria tê-la aterrorizado, mas que só fazia seu sangue correr mais quente, mais rápido, mais vivo, com um poder sombrio que ela mal conseguia domar.

Sob a boca aberta, ela sentiu a pulsação acelerada do coração dele, batendo e vibrando dentro da veia do pescoço dele. Pressionou a língua, depois os dentes. Fechou-os num experimento sobre os tendões tensos e sobre a pulsação aquecida que parecia correr no mesmo ritmo desesperado que a sua.

Kade rosnou uma imprecação sombria, mas apenas bombeou os quadris com mais fúria.

Alex se deleitou com a sensação de fazê-lo perder o controle. Passou a língua e os dentes sobre a pele sensível, depois os afundou mais...

Kade se arqueou sobre ela, lançou a cabeça para trás e urrou.

Capítulo 21

Ele não conseguia se conter nem mais por um segundo.

Seu gozo disparou numa corrente escaldante quando os dentinhos cegos de Alex o resvalaram, numa mordida de brincadeira que quase rompeu a superfície da sua pele. Ela não tinha como saber o quanto ele desejava aquilo. Como era surpreendente o desejo de que ela sugasse o seu sangue, sorvesse-o. A intensidade com que desejava clamar Alex para si e uni-la para sempre a ele.

– Merda – arfou, enquanto as paredes sedosas ordenhavam seu pênis e a boca criava o caos em seus sentidos. – Alex... ah, porra!

Ele gozou mais do que antes, perdido no seu desejo por ela. Perdido nas batidas ensurdecedoras da sua pulsação, que exigiam que ela fosse sua, unida pelo sangue ou não.

A sua mulher.

A única fêmea que voltaria a desejar.

Sua companheira eterna.

Kade se ergueu sobre os joelhos para fitá-la, o sexo ainda cravado em seu calor, ainda rijo e desejando mais. O pescoço ardia por causa das mordidas de brincadeira dos dentes dela. Ele ainda sentia a doçura do sangue dela em sua língua, do momento em que tão impensadamente permitia que as presas rasgassem seus lábios ao beijá-la. Aquele pequeno aperitivo o condenara e também talvez a ela.

Desejo e sede de sangue o assolaram, aguçando sua visão e fazendo suas presas pulsarem com a necessidade de penetrar-lhe a pele macia. Agarrou-lhe o quadril e balançou ao seu encontro, observando-a se arquear debaixo dele, seguindo-o em direção ao pico de outro orgasmo avassalador.

Ela gritou seu nome, a coluna se arqueou para cima, o sangue corou a pele branca com um brilho róseo. Kade a observou com uma admiração torturante, nunca tendo visto algo mais belo do que Alex nos espasmos de um êxtase erótico.

Queria dar-lhe mais, o tipo de prazer e gozo – paixão e, sim, amor – que somente um macho unido pelo sangue poderia propiciar à sua companheira.

Deus, como ele queria isso.

– Alexandra – disse rouco, a única coisa que ele conseguia dizer quando a necessidade e a avidez por ela o assolaram, despindo-o de qualquer pensamento que não fosse o desejo por aquela fêmea. Queria alertá-la de que era perigoso naquele estado, mas só o que saiu da sua boca foi um som misto de imprecação e gemido.

Ela poderia tê-lo empurrado, mas fez o contrário. As mãos se ergueram, puxando-o para cima dela novamente. Com a respiração saindo pelos lábios em pequenos arquejos, puxou o rosto dele para perto do seu e o beijou, numa união úmida, profunda e bem recebida das bocas.

Kade tentou combater a necessidade – a avidez –, mas Alex rapidamente desfazia cada porção do seu controle. De modo vago, ele percebeu que não havia se alimentado desde que chegara de Boston alguns dias antes, e por mais que quisesse nomear sua sede uma necessidade de sobrevivência, ele sabia, no fundo, que era o sabor de Alex que ele queria.

Somente o dela.

Estava desvairado, caminhando sobre a beira de uma fenda bem profunda e prestes a arrastá-la consigo. Sabia disso. Sabia muito bem que deveria fazer com que Alex também soubesse.

Em seguida, porém, ela aprofundou o beijo, sugando-lhe o lábio inferior entre os dentes com uma sofreguidão que ele não tinha como confundir, mesmo no mais sóbrio dos momentos. E ele não estava nada sóbrio, seu corpo derretia, seu sangue corria pelas veias como fogo líquido.

Kade interrompeu o beijo com um grunhido. Traçou os lábios e a língua ao longo da linha delicada do maxilar dela, depois desceu para o ponto delicado atrás da orelha, sabendo que aquilo o amaldiçoaria, mas já não podia parar. A sensação do pulso acelerado dela contra sua boca cravou esporas no centro da sua necessidade, transformando uma dor aberta em franca agonia.

– Ah, Deus... Alex... – sussurrou rouco, depois tomou a pele suave da garganta entre os dentes e as presas e lentamente pressionou-os contra sua veia.

Ela inspirou arfando quando ele penetrou sua pele, uma fisgada repentina enrijecendo seu corpo e detendo sua respiração. Kade parou como se tivesse sido esbofeteado, horrorizado pelo que acabara de fazer, temendo não ter a força de se afastar agora, ainda que ela o odiasse depois disso.

Mas então Alex relaxou as mãos em seus ombros e começou a afagá-lo. Exalou um suspiro trêmulo de prazer, e ele reagiu com um gemido rouco e agradecido ao sugar a primeira golada na boca.

Ah, como ela era doce.

O sangue de Alex correu pela sua língua como seda, a fragrância única de mel e amêndoas misturada com o calor almiscarado da sua excitação. Kade sorveu ela, atônito ante a onda de calor e desejo que fluía para dentro dele a cada gole que tomava da sua veia. O sangue dela o saciava, o fortalecia. Inflamando-o de novo, e mais intensamente do que antes.

Ela era sua. E ainda que fosse necessária uma troca mútua de sangue para uni-los como companheiros, seu elo com ela agora era inquebrável. Era um elo visceral, um que só poderia ser rompido pela morte.

E ele lhe impusera isso.

Tal pensamento o envergonhava, mas era difícil sentir remorso quando Alex o segurava com mãos ávidas, arfando e se contorcendo contra ele enquanto mais um orgasmo a atingia. Ela gemeu sensualmente sob o feitiço hipnótico da mordida dele, os quadris se erguendo para tomá-lo mais profundamente enquanto ele sugava a doçura de mel do sangue dela em sua boca.

Se ela fosse apenas uma *Homo sapiens*, ela teria sentido conforto, até prazer, quando ele se alimentasse dela. Mas por ser uma Companheira de Raça, e por causa da paixão que ainda os percorria, a reação de Alex foi exponencialmente mais intensa. O êxtase dela era agora o seu, uma parte sua por meio do sangue dela que ele tinha dentro de si. Agora, cada sentimento intenso que ela vivenciasse também seria seu, desde a alegria até o sofrimento.

Ao sorver mais, ele sentiu o desejo dela aumentando, irreversível, um anseio febril que ela se esforçava para conter. A sede dele não diminuíra, mas agora a necessidade dela o moveu. Com uma lambida cautelosa sobre as perfurações, ele lacrou a mordida.

– Venha – murmurou, pegando-a nos braços. – Vou levá-la para a cama agora.

Atordoada e sem forças, ela apoiou a cabeça de leve no peito nu enquanto ele a carregava pelo corredor até seu quarto. Ele a depositou sobre a colcha de retalhos, beijando-a ao se sentar ao seu lado na cama. Acariciou a pele sedosa, cada curva e músculo sendo marcados com seu toque.

– Olhe para mim, Alexandra – pediu, quando ela fechou os olhos de prazer. A voz soou rouca e sombria, quase irreconhecível aos próprios ouvidos. – Preciso saber que você me vê agora, como eu sou. Este sou eu.

Ela suspendeu as pálpebras e o fitou. Ele esperou ver a repulsa dela, pois ele não poderia parecer mais feroz – mais inumano – do que naquele momento. Seus *glifos* pulsavam em cores mutantes, tons de desejo e paixão se misturando com o do desejo restante e do tormento que ele sentia por tudo o que acontecera ali com Alex. Não sendo o fato menor a união de sangue que ele iniciara e que não poderia ser rompida, mesmo que ela o desprezasse por isso.

Ele a viu observando-o, temendo falar. Temendo que ela o odiasse agora, ou que desviasse o olhar, repulsada pelo que ele se tornara.

– Este sou eu, Alex – disse baixinho. – Isto é tudo o que sou.

Os olhos castanhos o sorveram, sem titubear. Ela afagou os *glifos* mutantes do peito, seguindo o desenho com um toque lento, aprendiz. Desceu mais, espalmando a mão pela coxa, depois pela ereção do pênis. Ele exalou um grunhido silencioso de prazer quando os dedos o acariciaram amorosamente.

Através do sangue dela, da parte preciosa dela que nadava dentro dele, alimentando suas células, ele leu a profundidade do desejo dela por ele. Não havia nem medo nem incerteza enquanto ela o fitava. Só existia uma exigência suave, mas febril quando ela ergueu a mão para a sua nuca, guiando-o em direção à sua boca.

– Faça amor comigo de novo – sussurrou contra os lábios dele.

Era uma ordem que Kade estava mais do que disposto a obedecer. Gentilmente a rolou enquanto ela separava as pernas para acolhê-lo uma vez mais. Ele a penetrou lenta e carinhosamente ao trazê-la para o seu abraço. O beijo foi longo, passional, febril, enquanto ela traçava a língua pelas presas, e o sexo dele entrou em erupção dentro dela. Kade gritou seu êxtase e a esmagou ao seu encontro.

Que Deus o ajudasse, agora ele entendia o que os outros guerreiros comprometidos diziam sobre o prazer – o enlevo submisso – da união de sangue. Com Alex, com aquela mulher que despertara sentimentos que antes ele nunca quis arriscar, agora Kade sabia o que para sempre poderia ser. E ele ansiava por isso, com uma intensidade que o atordoava.

Naquele momento, com Alex enroscada nele tão aquecida, contente e exposta, ele quis prender aquele sentimento... mesmo que a selvageria dentro dele sussurrasse insidiosamente que aquilo não poderia durar.

O fogo que estivera se extinguindo lentamente na lareira algumas horas antes há muito se apagara. Jenna Tucker-Darrow estava deitada de lado, enroscada em si mesma no chão da sala principal do chalé, tremendo ao despertar das profundezas de um sono sem sonhos, pesado além do normal. Seus membros estavam frouxos, inertes, o pescoço, fraco e sensível demais para sustentar a cabeça.

Com certo esforço, ela conseguiu entreabrir os olhos e espiar em meio à escuridão do seu chalé. O medo rastejou pela sua espinha em forma de garras de gelo.

O invasor ainda estava ali.

Sentado no chão mais adiante dela, a cabeça estava abaixada. Ele era imenso, uma presença ameaçadora, mesmo em repouso.

E não era humano.

Ela ainda se debatia com essa percepção, imaginando se o que estava vendo poderia ser atribuído ao malte escocês no qual estivera se afogando – o preferido de Mitch, e a muleta na qual ela se apoiava todos os anos naquela época, para poder aguentar o terrível aniversário das mortes dos seus queridos Mitch e Libby.

Mas o invasor imenso que adentrara em sua casa e agora a mantinha prisioneira não era um tipo de alucinação alcoólica. Ele era de carne e osso, ainda que ela nunca tivesse visto carne como aquela. Ele aparecera nu numa temperatura abaixo de zero, e sua pele, que não tinha pelos desde a cabeça até os pés, era recoberta por um emaranhado de marcações densas em vermelho e preto que eram extensivas demais para que pudessem ser a obra de um tatuador. E o que quer que ele fosse, era mais forte que qualquer homem que ela conhecera em seus tempos de força policial, mesmo estando desarmado, e aparentando ferimentos muito graves.

Jenna já vira seu quinhão de ferimentos de balas, o bastante para saber que a porção de pele, os músculos estourados na coxa direita e um machucado menor na lateral do abdômen eram o resultado de tiros. Os outros machucados, bolhas e lesões que vazavam e cobriam boa parte da sua pele, eram menos discerníveis, ainda mais no escuro. Pareciam-se com queimaduras de radiação, ou de uma séria exposição solar – do tipo que se consegue só se você for se bronzear debaixo de uma lente de aumento.

Jenna sequer conseguia começar a supor de onde ele viera, ou o que ele queria com ela. Acreditou que ele tivesse a intenção de matá-la ao invadir sua casa. Verdade fosse dita, ela não se importaria caso isso acontecesse. De todo modo, era como se ela já estivesse meio morta. Estava cansada de viver sem as pessoas que mais amava. Cansada de se sentir tão inútil e solitária.

Mas o invasor – a criatura, pois era isso o que ele era – não invadiu com a intenção de matar. Pelo menos, não de pronto, pelo que ela sabia.

Todavia, ele fizera algo igualmente hediondo.

Ele mordera sua garganta, e para sua surpresa e descrença, alimentou-se do seu sangue como um monstro.

Como um vampiro.

Impossível, ela sabia. A sua lógica queria rejeitar a ideia, assim como queria rejeitar o que seus olhos ainda testemunhavam agora, enquanto olhava para o outro lado da sala, para a ideia impossível em carne e osso.

Jenna estremeceu ao se lembrar das presas imensas descendo sobre ela, rasgando-lhe o pescoço. Ainda bem que ela não se lembrava de mais nada depois disso. Ela poderia ter desmaiado, mas suspeitava que ele lhe tivesse feito algo para deixá-la inconsciente. Quer ela estivesse fraca pela perda sanguínea ou pelo que quer que ele lhe tivesse feito para derrubá-la, ela não tinha como saber.

Tentou se mover da sua posição fetal no chão, mas só conseguiu chamar a sua atenção. A cabeça dele se ergueu, os raios *laser* gêmeos dos seus olhos cravando-se nela do outro lado da sala. Jenna tentou se sentar ereta, recusando-se a se acovardar, pouco se importando com o que ele era. Afinal, não tinha nada a perder.

Ele a observou por um bom tempo. Talvez estivesse esperando que ela recuasse, ou tentasse se levantar e se lançar sobre ele num ataque de raiva fútil.

Só depois ela percebeu que ele segurava um objeto retangular e brilhante nas mãos. Um porta-retratos. Ela sabia qual era, não precisou olhar para a cornija da lareira acima de onde ela estava deitada para confirmar que ele segurava uma foto dela com Mitch e Libby. A última que tiraram juntos, poucos dias antes de serem mortos.

Sua respiração se acelerou um pouco ante a sensação de ultraje que a acometeu. Ele não tinha o direito de tocar nada que fosse seu, muito menos algo tão precioso como a última imagem da sua família.

Do outro lado, a cabeça despelada se curvou num ângulo inquisidor.

Ele se levantou, iniciando uma caminhada lenta e dolorosa na sua direção. Sem querer, ela percebeu que os ferimentos de bala tinham parado de sangrar. A carne não parecia mais tão danificada quanto antes, quase como se o processo de cicatrização estivesse acelerado – quase visivelmente acelerado.

Ele parou diante dela e se agachou. Embora estivesse ansiosa e nervosa pelo que ele pretendia fazer em seguida, Jenna se esforçou para não demonstrar.

Ele estendeu o porta-retratos para ela.

Jenna o encarou, sem saber o que fazer.

Ele continuou ali por um bom tempo, observando-a, a mão coberta de bolhas segurando, como um tipo de oferenda, a fotografia dela sorridente com o marido e a filha. Quando ela não se moveu, nem disse nada, por fim, ele deixou o objeto no chão ao lado dela. O vidro estava partido, as pontas da moldura de prata estavam manchadas com o sangue dele.

Jenna olhou para os rostos sorridentes através do vidro arruinado e não conseguiu segurar um grito estrangulado. A dor a engolfou, e ela deixou a testa caída no chão e soluçou baixinho.

Seu captor coxeou de volta para o outro lado da sala e a observou com atenção antes de se virar para olhar pela janela sem venezianas para o céu estrelado logo acima.

Capítulo 22

Resistindo ao despertar que a tiraria do seu sonho profundo, sensual e muito agradável, Alex suspirou langorosamente e mudou de posição na cama. Além do sono aveludado e profundo que a acariciava agora, ela só precisava de mais uma coisa para que seu estado de felicidade preguiçosa estivesse completo. Esticou o braço num arco lento sobre o colchão à procura do calor de Kade.

Ele não estava ali.

Teria ido embora sem lhe dizer nada?

Bem desperta agora, apoiou-se sobre os cotovelos e fitou a escuridão vazia do seu quarto. Ligou a luz do abajur, soprando um gemido desapontado por ele ter ido embora. Em seguida, porém, vindo do corredor, ela ouviu o rangido do chuveiro sendo desligado.

Um momento depois, Kade entrou devagar, nu exceto pela toalha rosa presa frouxamente ao redor dos quadris estreitos.

– Você acordou – disse ele, passando os dedos pelos espetos úmidos de ébano do seu cabelo.

– Já vai?

Ele se sentou na beira da cama. Gotículas de água reluziam nos ombros e no peito, algumas escorrendo pela pele macia e pelos *glifos* como pequenos riachinhos. Sua aparência e seu cheiro eram deliciosos, e Alex sentiu uma necessidade urgente de secá-lo com a língua.

Ele sorriu como se percebesse a direção lasciva dos seus pensamentos.

– Tenho que ir. Meus companheiros de Boston chegarão a Fairbanks em poucas horas. Vamos nos reunir numa parada de caminhões antiga no meio do caminho entre aqui e a companhia de mineração. Não podemos nos arriscar e dar a Dragos ou aos seus homens a chance de saberem que estamos na cola deles, por isso, vamos atacar a mina sem demora.

Ele falou com muita casualidade sobre o perigo que os aguardava. Tudo o que Alex conseguia pensar era na real possibilidade de ele se machucar. Ou pior, algo que ela sequer queria imaginar. Só de pensar em Kade entrando naquela mina – potencialmente nas mãos de Dragos, ou de um mal maior, caso cruzassem caminho com a criatura que, suspeitavam, tinha sido transportada para aquela região – fez as entranhas de Alex se retorcerem com um medo profundo e indigesto.

– Não quero que você vá. Tenho medo de que, se você for, eu jamais volte a vê-lo novamente.

– Não se preocupe – disse ele, e algo soturno, algo irônico trespassou o belo rosto. – Não vai se livrar de mim com facilidade, Alex. Não agora.

Ele apoiou a palma da mão na bochecha dela, depois se inclinou e a beijou, a boca tão carinhosa que abriu uma dor no meio do seu peito.

Ela doía em diversos lugares, nos lugares certos.

Quando os lábios dele se afastaram dos seus, cada uma das suas terminações nervosas tinha sido acesa como se tivessem sido tocadas por um raio. Mais embaixo, uma pulsação pesada em seu cerne lançou um calor que se avolumou entre as pernas. Depois das horas apaixonadas que tinham passado, ela ainda queimava por ele como se tivesse tido apenas uma pequena prova.

Suspirou com a lembrança do prazer de tudo o que partilharam.

– A noite passada foi...

– É... foi... – Ele sorriu, mas havia uma hesitação na voz dele. Algo de atormentado no seu olhar.

Ele acariciou o ombro nu dela, depois deixou os dedos viajarem pela lateral do pescoço, a única parte do corpo dela que parecia mais viva e aquecida do que a fenda úmida entre as coxas. Alex se aninhou nos toques leves como pluma, estremecendo com uma avidez crescente por ele enquanto ele passava o polegar pela veia que pulsava mais freneticamente em reação ao seu toque.

– Você me mordeu – sussurrou ela, sentindo um estremecimento estranho ao dizer as palavras.

Ele inclinou a cabeça num aceno grave.

– Mordi. Não deveria. Eu não tinha o direito de tirar isso de você.

Ele se referia ao sangue?

– Está tudo bem, Kade.

– Não – disse ele com seriedade. – Não está bem. Você merece mais do que isso.

– Eu... gostei – ela lhe contou, falando com uma sinceridade que a chocou. – O que você fez foi bom. Ainda é. Todas as partes em que você me tocou estão bem.

Ele exalou devagar, e sua respiração quente a atingiu na testa. Ele não havia parado de afagá-la no pescoço. Ela poderia apreciar aquele toque calmante por muitas horas mais.

– O que fiz na noite passada mudou tudo, Alex. Bebi de você. Eu me liguei a você, e não posso desfazer isso. Nem se você me odiar por isso.

Alex ouviu, vendo o tormento nos olhos dele. Também viu arrependimento, e isso apertou seu coração como uma chave de fenda.

– Na noite passada você não tinha como parar – disse ela, precisando compreender, mesmo se morresse ao ouvir uma confirmação. – Mas agora você deseja poder desfazer isso. Porque se sente diferente... em relação a mim?

A cabeça dele se ergueu de pronto, as sobrancelhas abaixadas junto aos olhos.

– Não. Nossa... não, Alex. O que eu sinto por você... – As palavras ficaram suspensas, como se tivessem ficado presas na garganta. – O que sinto por você é mais forte do que qualquer coisa que eu já tenha sentido. É amor, Alex, e isso aconteceu antes de ontem à noite. Isso estaria comigo mesmo se eu não tivesse tomado o seu sangue.

Ela não percebeu que estivera prendendo a respiração até o ar sair dos pulmões num suspiro.

– Ah, Kade...

Ele soprou uma imprecação ao acariciá-la.

– Não sei como permiti que isso acontecesse. Juro que nunca esperei encontrar o que tenho com você. Não agora, quando todo o resto ao meu redor parece tão desorganizado.

– Então daremos um jeito – disse ela, abraçando-o pela nuca. – Podemos resolver qualquer coisa, juntos. Porque também me apaixonei por você.

Ele praguejou de novo, mas dessa vez com reverência, um juramento sussurrado ao trazê-la para perto e puxá-la para um beijo apaixonado e delirante. Alex sentiu os músculos dele se flexionarem e retesarem sob seus dedos. Sentiu o tremor do desejo que o atravessou quando ele a deitou de costas e rastejou sobre ela. A toalha rosa voou pelos ares e Alex bebeu a visão magnífica do corpo dele, a saliência rija da ereção, toda aquela força pronta para penetrá-la.

O olhar dele era feroz, prata-claro cintilando com um fogo âmbar.

– Ah, Deus... Alexandra. Eu preciso ouvir agora. Diga que é minha.

– Sim – disse ela, depois gritou a palavra de novo quando ele a penetrou fundo, levando-a para a crista de uma onda quente e veloz de prazer.

Ele ficara na cama com Alex por quase uma hora, muito mais do que pretendera, mas, mesmo assim, fora quase impossível encontrar a disposição para sair. O que significou ter que correr como o diabo para conseguir chegar a tempo ao ponto de encontro com os guerreiros. Conseguira – por pouco – e acabara de descer da motoneve quando o ronco dos motores deles surgiu em meio à escuridão.

Os quatro vampiros estavam vestidos como ele, com uniforme invernal preto e capacetes de visores negros. Como membros da Raça, nenhum deles precisava da ajuda de faróis para guiá-los. As silhuetas imensas, cada uma delas carregada de armas, transbordaram das sombras da noite até quase voarem para a parada de caminhões abandonada. O lamento das motoneves preenchia o ar, correntes de tratores pesados cuspiam fumaça cinza e neve triturada atrás deles.

A versão da Ordem dos Cavaleiros do Apocalipse, pensou Kade com um sorriso amargo ao observar o grupo de guerreiros parar diante dele.

Brock foi o primeiro a saltar. Desligou o motor e ergueu a perna por sobre o assento, levantando o visor do capacete ao andar na direção de Kade para cumprimentá-lo com um largo sorriso e um soco no ombro direito.

– Não sossegou até me arrastar para esta geladeira esquecida por Deus, não é? Tenho que dizer, cara, estou sentindo vibrações de ódio aqui, meu chapa. Ou estaria, se conseguisse sentir outra coisa que não o Ártico gelando meus órgãos vitais.

Kade sorriu para o guerreiro que se tornara seu melhor amigo.

– Bom te ver também.

Logo atrás de Brock estava outro dos novos recrutas, o ex-agente Sterling Chase, ou Harvard, como era chamado, por conta de sua formação superior civil e do comportamento metido que demonstrara no começo do seu envolvimento com os guerreiros. Seu ar frio de superioridade ainda estava lá, mas aguçado por uma ponta gélida desde que se juntara à Ordem.

Chase era letal, e demonstrava uma satisfação insalubre no seu trabalho. Na verdade, Kade estava bem surpreso em vê-lo, considerando-se que só fazia algumas poucas semanas desde que levara um tiro bem feio no peito numa batalha nas ruas de Boston. Olhando para ele agora, Kade não conseguia deixar de ver um pouco da arrogância indesculpável de Seth nos olhos azuis gélidos do macho enquanto ele tirava o capacete e expunha a cabeça de cabelos loiros quase tão claros quanto a neve. Seu rosto estava magro, quase magro demais, e havia um ar vazio nos olhos do guerreiro. Uma apatia que Kade sentiu como se estivesse notando pela primeira vez.

– Temos imagens de satélite da companhia de mineração – disse Chase sem cumprimentar, puxando um pequeno laptop do seu equipamento para mostrar as imagens aos outros reunidos ao seu redor. – Informações fresquinhas. Gideon buscou as imagens logo depois que saímos do complexo.

– Bom – disse Kade. – Está se sentindo bem, Harvard?

Ele levantou o olhar, mas sua expressão estava ilegível.

– Nunca estive melhor.

Enquanto Kade observava o guerreiro, outros dois se aproximaram, ambos imensos, ambos armas impiedosas e eficientes do arsenal letal da Ordem. Eram da Primeira Geração da Raça, embora Tegan fosse séculos mais velho que o macho ao seu lado, chamado Hunter. Enquanto Tegan era um dos membros fundadores da Ordem ao lado do líder da Primeira Geração, Lucan, Hunter subira a bordo somente poucos meses atrás, um aliado improvável, visto que era um produto das experiências genéticas de laboratório de Dragos.

Nascido do último Antigo sobrevivente – a mesma criatura que potencialmente estava à solta no Alasca naquele instante – e de uma das muitas desconhecidas Companheiras de Raça cativas que Dragos vinha capturando durante décadas como parte da sua busca pelo poder, Hunter não devia ter mais do que quarenta ou cinquenta anos. No entanto, durante esse curto período, ele só conhecera disciplina e objetivos únicos.

Fora criado como assassino, um caçador implacável, recebendo nenhum outro nome[1] senão aquele da sua função – e de seu único valor – para Dragos, seu criador.

Atrás do visor espelhado do capacete, Hunter continuou em seu costumeiro comportamento autômato e silencioso, enquanto Tegan se aproximava do restante do grupo. Quanto ao último, nunca fora considerado o senhor Simpatia. Não fazia muito tempo, pouco mais que um ano, que o envolvimento de Tegan com a Ordem pareceu ser, no mínimo, duvidoso. No fim, porém, ele provara seu valor, sem falar que conquistara o amor de uma boa mulher. Hoje, como braço direito de Lucan, o guerreiro formidável colocava plenamente a sua intensidade letal e impiedosa em todas as missões da Ordem.

O olhar verde-claro era penetrante ao retirar o capacete e lançar um aceno breve, à guisa de cumprimento, para Kade.

– Bom trabalho, ter descoberto essa pista até a Mineradora Coldstream. Gideon a rastreou a uma empresa chamada Sociedade TerraGlobal. É uma empresa falsa, uma fachada para cerca de dez camadas de entidades de merda.

– Deixe-me adivinhar – disse Kade, secamente –, todas elas no fim apontam pra Dragos.

Tegan assentiu.

– Dante, Rio e Niko estão pesquisando as informações, seguindo cada migalha que conseguem encontrar, não importando o quanto sejam pequenas e dispersas. Nesse meio-tempo, Lucan e Gideon estão segurando o forte em Boston. Quase tive que amarrar Lucan para que não viesse conosco, mas não podemos deixar o complexo desprotegido quando ainda não temos uma pista direta para o próprio Dragos. Tesouros demais em casa.

1 A palavra "hunter", em inglês, significa "caçador". (N.T.)

Kade assentiu, notando a preocupação do macho ao falar de sua Companheira de Raça, Elise, e das companheiras dos outros guerreiros que consideravam o complexo da Ordem um lar.

Kade agora entendia esse sentimento.

Enquanto pensava em Alex, e no fato de tê-la deixado em casa, em Harmony, enquanto ele estava em sua missão...

Enquanto pensava que existia a possibilidade, se as coisas dessem muito errado e ele não conseguisse voltar para ela, de que ela pudesse cair nas mãos do Antigo e de algum outro perigo, e ele não conseguisse protegê-la...

Que inferno.

Era um pensamento pior do que o outro, uma espiral terrível da qual teve que se sacudir mentalmente para acompanhar o que Tegan estava dizendo.

– Baseado no que já vimos de Dragos, temos que deduzir que a mina tem algum tipo de mecanismo autodestrutivo armado. Se não conseguirmos chegar ao centro nervoso do covil, nós mesmos teremos que detonar o lugar.

Brock grunhiu.

– Motivo pelo qual estou carregado de C-4 suficiente para detonar uma cratera do tamanho de um meteoro na lateral da montanha. Tenho que confessar, vou ficar feliz de me livrar dessa merda.

Tegan acenou brevemente na direção dele, depois passou a dar instruções para o ataque à mina. Os guerreiros já tinham discutido o plano em Boston; agora era apenas uma questão de levar a missão adiante.

– Uma pena que Andreas Reichen não esteja aqui para acender essa festa – acrescentou Chase, referindo-se à mais nova aquisição do grupo, o antigo líder do Refúgio Secreto da Alemanha. – Um pouco de pirotecnia não faria mal hoje.

– Pois é – disse Tegan –, mas seu talento ainda está cru demais. Até ele conseguir dominá-lo, é melhor mantê-lo trabalhando nas relações diplomáticas da Ordem.

– Relações diplomáticas – Brock zombou, com um rugido divertido no peito. – Deus sabe que nenhum de nós aqui presente é apto para esse tipo de trabalho.

– Pode crer – concordou Tegan, sorrindo com ameaça fria. – Então, vamos parar de conversinha e botar pra quebrar.

Quando o grupo se separou e se preparou para sair, Brock ficou para trás e lançou um olhar questionador para Kade.

– O que aconteceu com você? Fiz patrulhas demais ao seu lado para não notar que alguma parada dura está rolando na sua cabeça, cara.

– Não, nada disso – Kade balançou a cabeça. – Não é nada. Está tudo bem. Vamos lá.

Os olhos escuros de Brock se estreitaram. Ele deu um passo para o lado e bloqueou o caminho de Kade, mantendo a voz baixa para que os outros não ouvissem.

– Sabe, esse é o tipo de desculpa esfarrapada que não se dá para alguém que esteve sempre olhando a sua retaguarda, do mesmo jeito que você olhou a dele também. Por isso, vou perguntar mais uma vez. Que merda aconteceu desde que chegou aqui?

Kade encarou seu colega e amigo – o guerreiro mais próximo a um irmão para ele. Mais próximo até do que seu gêmeo idêntico. O gêmeo que Kade já não reconhecia, e perdera há muito tempo.

Envergonhava-se ao pensar em Seth agora, quanto mais em tentar explicar o que descobrira a respeito dele nesse tempo em que estava no Alasca.

Ele teria que contar à Ordem tudo sobre aquilo em algum momento – sabia disso. Teria que contar a Alex também. Mas havia outras coisas mais importantes, como, por exemplo, o fato de que, em meio à loucura e discórdia desde que saíra de Boston, de algum modo baixara a guarda e se deixara apaixonar.

– A mulher – disse ele sem graça. – Alexandra Maguire...

– Está falando da Companheira de Raça – Brock o corrigiu, tendo, sem dúvida, ouvido algo a respeito dela num dos telefonemas de Kade. – Alguma coisa aconteceu com a fêmea?

– É, pode-se dizer algo assim – Kade exalou o ar aos trancos e barrancos. – Alex se tornou importante para mim. Muito importante.

Enquanto Brock o encarava, os outros guerreiros estavam subindo nas motoneves e dando partida. O ronco dos motores rugia ao redor deles, todos à espera da partida.

Brock o fitou com olhos arregalados mais um minuto, depois gargalhou.

– Nãããão! Ah, inferno, não... você também?

Kade sorriu, dando de ombros.

– Eu a amo, cara. E ela disse que me ama também, acredite ou não.

– I-na-cre-di-tá-vel! – disse Brock, ainda rindo e sacudindo a cabeça. – Isso está se tornando uma maldita epidemia.

– É melhor olhar por onde anda, então.

– Merda – respondeu ele, deixando a palavras sibilarem numa lenta expiração. – Agora com quem vou sair depois das patrulhas – Harvard? Não, obrigado, cara. Aposto como o Hunter ali também deve ser diversão pura...

Do outro lado, Tegan ergueu o visor do capacete e lançou um olhar de convocação.

– Vamos acabar logo com isso.

Brock deu um aceno, depois se voltou para Kade.

– Deixando a brincadeira de lado, cara, não vejo a hora de conhecer a sua mulher. Mas, antes, vamos chutar uns traseiros de Dragos.

Kade riu ao se encaminhar para a sua motoneve e se preparar para sair com seus companheiros, mas esse humor leve era em grande parte uma máscara ante a realidade desagradável que pesava cada vez mais sobre seus ombros. Porque, supondo-se que ele sobrevivesse ao ataque à mina, ele teria a desagradável tarefa de lidar com Seth logo em seguida.

Tinha a intenção de começar uma vida ao lado de Alex, se ela o aceitasse, mas não poderia fazer isso sem cuidar de um assunto que deveria ter resolvido antes mesmo de deixar o Alasca.

Seth estava se aproximando da Sede de Sangue, se é que já não a possuía. A loucura dele tinha que ser detida.

E Kade era o único que poderia fazer isso.

Capítulo 23

Fazia poucas horas desde que Kade saíra, mas a espera estava enlouquecendo Alex.

Dormir estava fora de questão, mesmo que ela não estivesse dormindo muito nos últimos dias. Já alimentara Luna e tomara banho, e se andasse mais uma vez pela pequena casa à procura de algo para limpar, lavar ou organizar, ela daria um grito.

Talvez pudesse convidar Jenna para vir até ali.

Melhor ainda, talvez pudesse ir até a casa dela. Deus bem sabia, ela se beneficiaria da distração de uma companhia, enquanto seu coração estivesse apertado por mãos de ferro, à espera de notícias de Kade, para que ela soubesse que ele estava bem.

Normalmente, ela apenas montaria na motoneve e se dirigiria até lá sem avisar, mas aquela era uma época do ano em que Jenna apreciava sua privacidade – exigia-a, na verdade. Os aniversários de morte de Mitch e de Libby sempre foram uma luta para a amiga, mas Alex se condoía ao pensar que Jenna preferia sofrer sozinha a contar com ela em busca de apoio naqueles dias difíceis.

Alex também estava incomodada por não ter notícias de Jenna desde que se viram pela última vez.

Passar mais do que um dia ou dois sem nem um telefonema ou visita breve era incomum para Jenna, não importando que época do ano fosse.

Alex pegou o telefone para ligar para ela e notou que a luz da secretária eletrônica estava piscando. Devia ser Jenna, Alex pensou, sorrindo de alívio. Ela devia ter deixado uma mensagem perguntando a Alex por que ela não havia telefonado, nem passado lá. Alex apertou a tecla de acesso às mensagens e aguardou.

Não era Jenna, mas uma das suas clientes, uma mãe recente com um bebê doente e um marido ausente por seis meses a trabalho no oleoduto, que queria saber se Alex poderia passar lá levando leite em pó e combustível para o gerador do chalé, pois o estoque de ambos estava no limite e ela estava preocupada que a tempestade que se aproximava piorasse a situação. A mensagem fora deixada na manhã anterior. Mais de vinte e quatro horas atrás.

– Mas que droga – sussurrou Alex.

O chalé da mulher não ficava mais do que quinze quilômetros distante da cidade, mas a ideia de se aventurar para fora de Harmony antes do amanhecer, ainda mais sabendo da criatura selvagem que devia estar pairando na escuridão, fez com que Alex hesitasse.

Mas, pensando bem, poderia ficar em casa e deixar os outros na mão só porque estava com medo? Não dissera a Kade que estava farta de fugir e de se esconder do mal que sempre soubera que existia, mas que fora covarde demais para enfrentar?

Ela tinha falado a sério.

Kade lhe dera forças para enfrentar seus temores.

E o fato de ele estar lá fora, em algum lugar, naquele instante, lutando por ela – por toda a humanidade e pela Raça –, renovou ainda mais a sensação de força em Alex. Kade, nobre e corajoso, era o seu homem, o seu companheiro. Ele a amava. Sabendo disso, não havia nada que ela precisasse temer.

– Vamos, Luna – Alex gesticulou para que a malamute a seguisse ao ir para a cozinha e apanhar a parca do gancho da parede. Calçou as botas e apanhou a chave da motoneve. – Vamos dar um passeio, menina.

E na volta da sua entrega ela pararia na casa de Jenna, só para garantir que estava tudo bem com ela também.

– Contamos dezessete Servos Humanos patrulhando as alas sul e oeste da propriedade – informou Kade, quando ele e Brock voltaram de um reconhecimento rápido da mineradora. – Pelo que pudemos ver, todos estão armados com rifles semiautomáticos e equipados com aparelhos de comunicação. Não há sinais do assassino da Primeira Geração ou do homem de Dragos, então é possível que estejam lá dentro.

Enquanto Tegan assentia, Chase chegou com seu relatório sobre o outro lado do alvo da operação.

– Quatro guardas Servos no portão da frente e mais alguns de vigia no lado leste da cerca perimetral. Deduzo que não sejam só esses. Vamos nos deparar com mais desses malditos quando entrarmos. A única pergunta é: quantos mais?

– Pouco importa – a voz grave de Hunter não tinha nenhuma inflexão, apenas fria constatação. – Os Servos têm reflexos humanos, inferiores. Não importa a quantidade deles e o quanto estão armados, é muito difícil que consigam incapacitar a todos nós. Eles só representam um obstáculo temporário à nossa missão.

– Correto – concordou Tegan, secamente. – Assim que nos infiltrarmos na propriedade e passarmos pelos Servos de guarda, nosso objetivo é duplo. Um, determinar se o Antigo está sendo mantido no interior e onde, se estiver lá. Dois, capturar o vampiro encarregado. Se ele está recebendo ordens de Dragos, então sabe onde Dragos está e o que está aprontando. Por isso, temos que pegar o homem e fazê-lo falar. E para isso ele precisa estar vivo.

– O que não quer dizer que ele precise estar feliz – Chase acrescentou com uma fala arrastada, as pontas das presas parcialmente visíveis em antecipação à batalha. – Só temos que garantir que a boca dele esteja funcionando.

– Entramos despercebidos – prosseguiu Tegan, lançando um olhar estreito e breve na direção do guerreiro, antes de se dirigir ao bando como um todo. – Vamos nos dividir em grupos e nos espalhar ao máximo em meio ao destacamento de segurança da mina, mas faremos isso em silêncio. Nada de balas, a menos que seja absolutamente necessário. Quanto mais nos aproximarmos da entrada da mina sem alertar o maldito lugar inteiro sobre a nossa presença, melhor.

O grupo de guerreiros assentiu em concordância.

– Precisamos de uma equipe de linha de frente para se aproximar dos guardas do portão – disse Tegan, olhando para Kade e Brock. Ante a aquiescência deles, lançou um olhar para Chase. – Nós dois vamos vasculhar e assegurar as construções externas e os contêineres, e garantir que Hunter tenha o caminho livre para a entrada da mina. Quando os Servos Humanos estiverem incapacitados e os prédios externos seguros, precisaremos de todas as mãos para entrar e invadir a mina.

– Parece um bom plano – afirmou Brock.

Kade assentiu e encontrou o olhar do amigo em meio a uma neve fina que começara a cair nos últimos minutos.

– Vamos lá.

– Muito bem – disse Tegan. – Todos sabem o que devem fazer. Carreguem as armas e vamos começar.

Os guerreiros se dividiram nos grupos assinalados e partiram. A velocidade e agilidade sobrenaturais os beneficiariam naquela missão, ainda mais porque, como bem apontara Hunter, apesar da quantidade de Servos, eles estavam em desvantagem naquela batalha simplesmente por serem humanos. Seus olhos não seriam capazes de captar a rapidez dos movimentos dos guerreiros enquanto o bando de machos se apressasse ao longo das cercas perimetrais e saltassem a barreira de quase três metros com graciosidade fluida e veloz.

Kade foi o primeiro a saltar pela cerca. Ele caiu sobre um Servo que estivera de guarda na guarita da frente, derrubando o segurança no chão congelado e silenciando o grito de alarme com uma adaga, instantaneamente cortando sua garganta. Enquanto ele arrastava o corpo para dentro da guarita, relanceou e viu que Brock já havia entrado, o Servo alvo do guerreiro negro eliminado com uma rápida e forte torcida do seu pescoço.

Juntos, os guerreiros se moveram para o ponto seguinte de ataque, Kade pulando no teto da construção externa ao lado enquanto Brock desaparecia na esquina de outra. Kade avistou seu alvo no chão logo abaixo. O Servo vigiava a área entre a cerca perimetral e um dos *trailers* corrugados que serviam de depósito de equipamentos, os olhos fixos na escuridão além da cerca. Ele foi abatido com menos do que um grunhido quando Kade saltou do telhado e o lançou para uma morte tranquila no chão.

Brock também marcou outro Servo em sua lista. E largou o corpo inerte do seu segundo Servo ao lado do de Kade.

Logo adiante, parcialmente escondido pela nevasca que começava a aumentar de intensidade, Tegan estava soltando o grande corpo sem vida de um Servo e livrando-o das suas armas. Mais adiante ainda, na direção do caminho que levava até a entrada da mina, Kade mal conseguia divisar a silhueta de Hunter enquanto o macho da Primeira Geração passava por dois Servos recém-mortos que estavam empilhados aos seus pés.

Kade lançou um olhar ao redor à procura do membro restante da equipe e o encontrou próximo aos contêineres de carga. Chase segurava um Servo pelo pescoço, estrangulando-o a vários centímetros do chão, uma pegada letal lenta e dolorosa. O Servo Humano se debatia e convulsionava ao começar a sufocar.

– Termine com isso – murmurou Kade ao notar a expressão contorcida de Chase num tipo de acesso de fúria. Ao seu lado, Kade ouviu o grunhido de Brock, um ronco profundo na garganta, quando ele também percebeu o guerreiro brincando com sua presa.

Chase puxou um punhal e se preparou para desferir o golpe letal.

Nesse mesmo momento, Kade viu a sombra de um movimento do outro lado – outro Servo, saindo da escadaria de um dos prédios vicinais. O segurança tinha o rifle apontado para Chase, e estava prestes a apertar o gatilho.

– Maldição – rosnou Kade, erguendo a arma e mirando-a na súbita ameaça à vida de Sterling Chase. O aviso de Tegan para segurar o fogo a não ser que fosse absolutamente necessário atirar ressoou em sua mente.

Que se dane.

Ele tinha que fazer aquilo. Se não fizesse, em outra fração de segundo, a Ordem perderia um membro da sua equipe.

Kade atirou.

O tiro soou como um estrondo de trovão. Na escada, uma explosão de sangue e carne se fez na lateral da cabeça do Servo quando a bala de Kade atingiu o alvo em cheio. O corpo do Servo caiu para o lado, aterrissando num baque duro no terreno abaixo.

Ao mesmo tempo, um alarme disparou dentro dos prédios. A sirene estridente ecoou pelo exterior da propriedade, trazendo o caos instantâneo.

Antes que Kade tivesse a chance de lamentar o movimento que poupara a vida do seu companheiro, mas possivelmente arriscara a missão, um exército de Servos jorrou de todas as direções. Um tiroteio se fez. Kade e Brock mergulharam atrás da construção mais próxima, devolvendo fogo para um grupo de Servos que se aproximara deles vindo do lado oposto.

Em meio à cortina de neve espessa, Kade notou a companhia adicional de Servos próxima a um prédio baixo de tijolos aparentes que protegia a entrada da mina. Uma dúzia deles saiu para fortificar a frente da construção, enquanto, atrás deles, outros mais apareciam nas janelas, que foram escancaradas, revelando canos longos de semiautomáticas de alto calibre.

Balas voavam de todas as direções enquanto Kade e os outros tentavam ceifar a linha de frente e abrir caminho até a entrada da mina, evidente centro nervoso das operações de Dragos no local. Os guerreiros abateram diversos alvos, mas não sem receber alguns tiros. Embora a genética da Raça lhes desse rapidez para antecipar e se desviar de tiros, no calor da batalha era fácil perder o rumo – e, potencialmente, a cabeça também.

Kade levou um tiro de raspão no ombro enquanto atirava nos Servos. Ao seu lado, Brock se desviou de uma bala e quase não conseguiu se desviar de outra. O restante dos guerreiros foi submetido a ataque semelhante e, como Kade e Brock, devolvia na mesma medida que recebia. Servos Humanos caíam por todos os lados, até que restaram somente alguns guardas obstinados à frente da entrada da mina.

Então, como que para aumentar o desafio, a porta de aço do prédio foi aberta e uma forma imensa trajando preto emergiu.

– Assassino – Kade sibilou para Brock quando o imenso macho da Primeira Geração que tinha sido visto antes com o tenente de Dragos saiu para se juntar à confusão.

Assim que ele disse isso, um dos guerreiros quebrou a formação e avançou, com a arma disparando.

Cacete.

Hunter.

– Deem cobertura! – Tegan exclamou, mas Kade e os outros já estavam fazendo isso, erguendo-se de suas localizações e entrando em posição atrás do antigo assassino para acabar com o inimigo e invadir a entrada da mina à força.

Muitos metros adiante, as passadas longas e determinadas de Hunter mastigavam o terreno coberto de neve, enquanto ele corria para se desviar da rajada de tiros que vinha na direção dele pela direita. Outra saraivada respondeu, e o Primeira Geração levou uma bala na coxa esquerda. Depois outra no ombro direito.

Hunter sequer vacilou ao ter a pele rasgada com o impacto. De cabeça baixa, ele abaixou a arma e avançou numa velocidade que somente os olhos de um integrante da Raça poderiam acompanhar.

Toda a sua fúria – toda a sua intenção letal – estava concentrada no outro assassino de Primeira Geração, o macho da Raça que nascera e fora criado do mesmo modo que ele, e que fora treinado para ser perito em apenas uma coisa: lidar com a morte.

No mesmo momento em que Hunter avançou, o assassino soltou as armas que segurava e se lançou no ar num grande salto. O par de Primeiras Gerações colidiu num baque de ossos e músculos. Ao caírem no chão, travados num combate corpo a corpo violento que não terminaria até que um deles estivesse morto, o restante dos guerreiros se movimentou rapidamente para dizimar os Servos restantes que guardavam a mina.

As duas batalhas foram violentas, sangrentas e pareceram acontecer num vácuo de tempo que era tanto agonizantemente lento quanto acelerado como se na velocidade da luz.

Kade e os outros convergiram para a entrada da mina. Sangue, ossos e balas pulverizaram a escuridão coberta de neve. Servos caíram em maior número agora, seus gritos agonizantes e agudos rompendo a noite, enquanto as sirenes da mina continuavam tocando.

E no chão, ali perto, Hunter e o assassino rolavam e giravam em movimentação indistinta, socando-se mutuamente. Enquanto Kade acabava com mais um Servo na entrada, ele viu a brancura das presas do assassino na escuridão, quando o Primeira Geração abriu a carranca para morder o ombro de Hunter.

Kade teve uma oportunidade para atirar no bastardo, mas, no meio do caos que os rodeava, seria uma chance mínima. Se errasse, poderia acabar colocando uma bala na cabeça de Hunter.

Soltou uma imprecação e mirou – bem quando Hunter agarrou a coleira de polímero preta ao redor do pescoço do assassino e o afastou. Hunter o golpeou no peito. Impiedosamente e em silêncio, ele agarrou a imensa cabeça careca do vampiro entre as mãos e a bateu com força no chão duro de neve compactada. Kade ouviu o baque dos ossos do crânio reverberar sob suas botas.

A luta do assassino desacelerou, mas Hunter ainda não tinha acabado. As mãos se moveram com eficiência inflexível e força implacável, e ele suspendeu o fardo pesado do outro macho e fez o assassino incapacitado voar pelos ares. O corpo se chocou contra a lateral de um dos contêineres e a coleira eletrônica do assassino jorrou uma saraivada de faíscas quando atingiu o aço corrugado.

– Ah, merda! – exclamou Kade, tendo visto de antemão o que aquelas coleiras faziam. – Explosão de raios UV, todos para baixo!

Seu comando fez Hunter e o restante dos guerreiros ir direto para o chão. Assim que se abaixaram, houve um súbito *flash* ofuscante de pura luz branca. O raio ultravioleta disparou debaixo da cabeça do assassino, atravessando pele, carne, tendões e ossos. Quando se extinguiu no instante seguinte, o imenso assassino da Primeira Geração jazia na neve derretida num amontoado alquebrado, a cabeça careca e coberta por *glifos* cortada do resto do corpo.

Sem piscar, Hunter sacou a pistola do coldre e apertou o gatilho mais algumas rodadas na direção de um punhado de Servos que cambaleava por perto, temporariamente cegos pela explosão do segundo anterior. Kade e o resto do grupo se uniram a ele e, em questão de poucos momentos, nada ficou de pé entre eles e a entrada da mina a não ser um campo de cadáveres.

Tegan chutou a porta de aço e liderou o grupo para dentro do prédio. A sala da frente estava vazia, a não ser pela carnificina de mais Servos e algumas câmeras de segurança. No fundo do cômodo havia outra porta, também de aço, mas fortificada por um trinco pesado e uma trava giratória, como a de um cofre de banco.

– Brock – chamou Tegan –, me passe um pouco do C-4.

Brock se adiantou e tirou das costas a mochila com munição. Apanhou um dos bolos claros de material explosivo e cortou um pedaço pequeno. Quando o pressionou na porta de aço e acionou a pólvora, todos voltaram a sair e cobriram as cabeças no instante em que ele apertou o detonador e estourou a porta.

– Entramos – disse, quando a fumaça e a poeira começaram a baixar.

Empurraram a porta estourada e entraram cautelosamente no corredor do outro lado. Quartos com beliches enfileiravam-se em um dos lados da passagem, presumivelmente para os Servos que guardavam o local. Mais no fundo, havia um depósito, uma cozinha simples e, mais além, uma sala de comunicação que parecia ter sido evacuada há pouco tempo.

Os guerreiros continuaram a busca, passando por um cômodo espartano que não era mais que uma cela de prisão sem luz nem cama, apenas uma coberta dobrada no chão. Sobre um banquinho baixo no canto havia uma caixa aberta de munição e a bainha de uma adaga grande.

Hunter olhou dentro do quarto com um olhar impassível.

– O assassino dormia aqui.

A cela fria contrastava com o dormitório opulente que o grupo encontrou poucos metros adiante no fim do corredor. Através de uma porta parcialmente aberta, Kade vislumbrou muita madeira escura lustrada e mobília luxuosa. Atrás de uma escrivaninha de cerejeira imaculada, uma cadeira de couro ainda girava, movimentando-se pela partida abrupta do seu ocupante recente.

Sem dúvida, a suíte luxuosa pertencia ao tenente de Dragos.

Kade indicou o quarto restante enquanto seguiam pela passagem, antes que o corredor se abrisse na própria mina.

– Ele só pode ter fugido numa direção.

– É. – O olhar verde de Tegan o encontrou em sinal de concordância. – Direto para uma armadilha.

Gesticulou para que os outros ficassem atrás dele, depois liderou o caminho até a boca escura do corredor.

Capítulo 24

A nevasca que começara de maneira bem suave estava se intensificando em flocos persistentes e pesados enquanto Alex e Luna voltavam da entrega feita na floresta. Alex estava contente em ter podido ajudar a jovem mãe que contara com ela, mas ainda estava preocupada por não ter conseguido falar com Jenna. Pegou o celular e tentou falar com ela em seu chalé mais uma vez.

Ninguém atendeu.

A preocupação que vinha sentindo pela amiga só aumentou no tempo em que esteve fora, avolumando-se. E se Jenna estivesse enfrentando a situação de modo pior este ano? Alex sabia que ainda era difícil, que ela ainda se desesperava com a perda do marido e da filha. E se o desespero tivesse se aprofundado dessa vez?

– Ah, meu Deus... Jenna. Por favor, permita que eu esteja errada.

Com Luna correndo ao seu lado, Alex acelerou a motoneve ao desviar da trilha de caça que no fim conduziria a Harmony. Em vez disso, afastou-se da cidade, indo na direção do chalé de Jenna, a um quilômetro do centro.

Ela devia ter ainda uns quinze minutos de estrada quando viu algo se mover entre as árvores adiante. Não conseguiu discernir a forma na escuridão, mas parecia... uma pessoa?

Sim, era isso mesmo. Alguém no meio da folhagem rasteira da floresta carregada de neve. Por mais incrível que fosse, apesar do frio de gelar, ele estava completamente nu.

E não estava sozinho.

Muitas outras formas se materializaram nas sombras ao lado dele, formas escuras de quatro patas... uma alcateia de uma dúzia de lobos. A visão do homem e dos animais silvestres juntos não a chocou muito, porém a deixou confusa.

Kade?

Alex diminuiu a velocidade da motoneve, Luna parando ao seu lado.

– Kade – chamou, o nome saindo apressado da sua boca como num sopro instintivo. Ela sentiu um breve instante de alegria em vê-lo, mas a razão a esmagou tal qual uma marreta. Kade partira horas atrás para se encontrar com os guerreiros de Boston. O que poderia estar fazendo ali, daquele jeito?

Algo nele não parecia certo...

Aquele não podia ser Kade.

Mas... *era.*

O farol da motoneve cravou seu facho sobre ele. Os lobos se espalharam pela floresta, mas ele parou ali, sozinho, um braço erguido para proteger os brilhantes olhos cor de âmbar da luz forte. Seus *dermaglifos* estavam tão escuros contra a pele e algo quase tão negro – algo que sua mente se recusou a reconhecer a princípio – lambuzava sua pele dos pés à cabeça.

Sangue.

Ah, meu Deus...

Ele estava machucado... muito machucado, a julgar pela aparência horrível.

O coração de Alex deu um salto dentro do peito. Ele estava machucado. Sua missão com a Ordem deve ter ido terrivelmente mal.

– Kade! – exclamou ao descer da moto e começar a correr na direção dele. Luna a circundou, bloqueando o caminho e latindo bem alto, um aviso ou, talvez, até mesmo a cadela pudesse ver que havia algo de muito errado com ele.

– Kade, o que aconteceu com você?

Ele inclinou a cabeça na direção dela e a encarou como se estivesse hipnotizado, o cabelo negro desgrenhado no alto da cabeça e molhado. Mesmo com os trinta metros que os separavam, Alex conseguia ver sangue borrifado no rosto, descendo em linhas pelo queixo.

Por que ele não respondia?

Que diabos havia de errado com ele?

Alex parou, os pés subitamente se recusando a se mover.

– Kade? Ai, meu Deus... por favor, fale comigo. Você está machucado. Conte-me o que aconteceu.

Mas ele não proferiu nem uma palavra.

Como uma criatura da floresta, ele se afastou dela, desaparecendo nas sombras escuras.

Alex o chamou, mas ele não estava mais à vista. A luz da motoneve invadia a parte entre as árvores onde Kade e os lobos estiveram. Ela deu alguns passos hesitantes, tentando ignorar o nó de terror em suas entranhas e o alerta baixo do ganido de Luna ao seu lado.

Ela tinha que encontrar Kade.

Tinha que descobrir o que acontecera.

Os passos incertos de Alex se transformaram num trote, as botas se arrastando pela neve. Seu coração estava acelerado, os pulmões se contraindo a cada respiração enquanto corria na escuridão gélida, seguindo o facho penetrante do farol da sua motoneve.

Ela arfou quando viu manchas de sangue na neve. Tanto sangue. As passadas de Kade estavam em todos os cantos. Assim como as marcas das patas da alcateia.

– Ai, meu Deus... – sussurrou Alex, sentindo-se nauseada, quase vomitando, ao se aventurar mais na floresta, seguindo a trilha de sangue.

Quanto mais ela avançava, mais a neve ficava escura. Sangue como ela nunca vira. Sangue demais para Kade ter perdido e ainda conseguir ficar de pé e correr como tinha corrido ao perceber quem ela era.

Alex andou entorpecida, todos os seus instintos clamando para que ela desse meia-volta antes que visse algo que nunca seria capaz de arrancar da lembrança.

Mas ela não conseguia se virar.

Não conseguia fugir.

Ela tinha que saber o que Kade estivera fazendo.

Os pés de Alex desaceleraram ao chegarem ao lugar onde a carnificina se iniciara. A sua visão embaçou quando ela viu o resultado de um ataque feroz. Um ataque de vampiro – pior do que qualquer outra selvageria vista por ela. Outro ser humano, outra pessoa inocente, brutalizada pelos monstros assassinos dos seus pesadelos.

Brutalizada por Kade, ainda que ela nunca tivesse acreditado se não tivesse visto com os próprios olhos.

Alex não conseguia se mexer. Deus, ela mal conseguia ficar de pé ali, atordoada com um choque e um horror tão profundos que ela não era nem capaz de juntar fôlego para gritar.

Kade sentiu algo estranho no peito quando ele e os outros guerreiros avançaram pelo corredor da entrada da mina. Prosseguiu pelo escuro, com a pistola na mão pronta para ser usada, tentando desprezar a sensação gélida que se avolumava atrás do esterno.

Caramba, será que tinha levado um tiro durante a confusão anterior?

Secretamente, procurou por um ferimento ou pela umidade de sangue derramado, mas não encontrou nada. Nada além de uma dor fantasma que parecia querer sugar o ar dos seus pulmões. Sacudiu-se, tentando manter a atenção focada na caverna escura que se estendia à frente dele e dos outros guerreiros.

As sirenes ainda soavam atrás deles; nada além do silêncio os aguardava nas profundezas da mina. Em seguida, um resvalar mínimo de sapatos surgiu de algum lugar bem no fundo da escuridão. Kade ouviu e tinha certeza de que o resto dos guerreiros também ouvira.

Tegan ergueu a mão para impedir o avanço deles na passagem.

– Parece que este lugar dos infernos está vazio – disse ele, tentando atrair o tenente de Dragos ao falar para o abismo obscuro adiante. – Me passe um pouco de C-4. Vamos explodir esse filho da...

– Espere – a voz imparcial soou arrogante e relutante, um grunhido no meio do escuro. – Apenas espere... por favor.

– Apareça – ordenou Tegan. – Venha bem devagar, cretino. Se estiver armado, vai comer chumbo antes de dar o primeiro passo.

– Não tenho nenhuma arma – a voz rugiu a resposta. – Sou um civil.

Tegan escarneceu.

– Não hoje. Apareça.

O associado de Dragos apareceu na escuridão conforme fora instruído, mas só um pouco. Vestindo calças de alfaiataria cinza e uma casimira preta, ele se parecia mais com um chefe de estratégia do que um militar tático. Pensando bem, pelo que a Ordem vira no passado a respeito dos associados escolhidos a dedo por Dragos, ele parecia recrutar seus tenentes baseando-se mais no *pedigree* e na capacidade para a corrupção do que em qualquer outra coisa.

Com as mãos erguidas num gesto de rendição, o homem de Dragos permanecia na escuridão da entrada da mina. Ele se movia com lenta deliberação, a expressão culta atenta, sem conseguir disfarçar muito bem o medo quando seus olhos captaram os cinco guerreiros da Raça mantendo-o em suas miras letais.

– Quem é você? – Tegan exigiu saber. – Qual o seu nome?

Ele não disse nada, mas seu olhar pareceu desviar ligeiramente para o lado.

– Há alguém com você aí dentro? – perguntou Tegan. – Onde está o Antigo? Onde está Dragos?

O macho avançou um passo com hesitação.

– Eu preciso de algum tipo de garantia por parte da Ordem – ele ousou dizer, seguido de novo desvio de olhar. – Eu preciso de um refúgio...

Um tiro explodiu na escuridão, interrompendo as palavras, visto que arrancou uma parte considerável da cabeça do vampiro.

– Assassino – grunhiu Hunter na mesma hora, mas seu aviso foi eclipsado por mais disparos vindo da escuridão.

O tenente de Dragos – o vampiro que poderia ter fornecido à Ordem uma pista sobre o inimigo – estava caído no chão num monte inerte e ensopado. Kade e os outros quatro guerreiros abriram fogo na direção da boca escura da caverna, saraivando a área ao descarregar seus pentes de munição ao mesmo tempo em que se desviavam dos tiros a eles direcionados.

– Procurem abrigo! – exclamou Tegan quando os tiros recebidos não davam sinal de parar.

Kade e Brock mergulharam no quarto mais próximo à entrada da caverna, Tegan foi logo atrás. Chase e Hunter assumiram seus postos mais à frente na passagem, devolvendo fogo para a chuva incansável de balas que atravessava a escuridão.

– Brock – disse Tegan com as presas cintilando na escuridão. – Jogue um pouco de explosivo no corredor. Atiramos daqui para detoná-lo.

Brock abaixou a pistola e pegou a sacola de C-4 da mochila. Trabalhando rapidamente, ele colocou uma cápsula explosiva e um pequeno detonador na pasta branca. Assim que terminou, acenou para Tegan.

– Tem que acertar em cheio. Se não acertarmos o detonador embutido, não temos faísca.

Kade captou o olhar negro do guerreiro.

– Sem faísca, sem explosão.

– Isso mesmo.

– Jogue – disse Tegan.

Brock se moveu para a abertura da porta. Jogou o C-4 num arco alto, e ele desapareceu nas sombras da entrada da mina; os três abriram fogo. Foi difícil determinar se eles tinham acertado a pasta, até que uma faísca brilhou no escuro. Em seguida, o material explodiu com um estampido atordoante.

Uma nuvem crescente de fumaça e de cascalho avançou como um tsunami, lançando pedaços de concreto e poeira asfixiante na sala em que Kade, Brock e Tegan tinham entrado para se protegerem.

E depois, avançando em meio à onda cegante de escombros, apareceu o assassino da Primeira Geração.

Ele não passava de um borrão de movimento, avançando como uma bala de canhão. Tegan pulou para interceptá-lo, e logo os dois machos da Primeira Geração se engalfinharam numa luta mortal. A escuridão e a nuvem de detritos os engoliu quando a luta se intensificou, as armas batendo no chão de pedra, punhos batendo em carne e ossos.

Um odor pungente e repentino de sangue surgiu da confusão dos movimentos.

Um rugido de fúria – o grito grave de ódio de Tegan... depois silêncio.

Alguém encontrou um interruptor e o apertou. Tubos fluorescentes iluminaram o corredor numa luz branco-azulada nebulosa.

E lá estava Tegan, com a coxa sangrando por conta de um ferimento profundo, a adaga de titânio serrilhada entre o pescoço grosso do assassino e a coleira de polímero preta que o circundava.

– Devagar, agora – ele aconselhou o assassino doméstico de Dragos. – Levante-se bem devagar.

O Primeira Geração careca grunhiu, os olhos reluzindo ódio puro.

– Vai se foder.

– Levante – ordenou Tegan. – Devagar. É muito fácil perder a cabeça numa situação como essa.

De má vontade e irradiando perigo, o assassino se pôs de pé. Com Kade e os outros apontando as armas para o vampiro, Tegan lentamente o conduziu para a sala mais próxima. A função da sala era conhecida o bastante para Kade, uma vez que ele e a Ordem já tinham se deparado com uma similar quando atacaram o quartel-general de Dragos em Connecticut, apenas poucas semanas antes. Era uma cela, com uma gaiola cilíndrica no meio, com amarras eletrônicas e painel de controle computadorizado, projetada para receber um prisioneiro em particular.

– Onde está o Antigo? – Tegan exigiu saber, guiando o assassino para as amarras que haviam sido feitas para prender o extraterrestre. Tegan relanceou para Kade e Brock. – Amarrem esse filho da puta.

Cada um deles pegou uma mão e prendeu uma algema em cada pulso do Primeira Geração. Enquanto eles prendiam os braços, Chase se aproximou e ajustou duas outras algemas nos tornozelos.

– Onde está o Antigo? – Tegan perguntou uma vez mais, as palavras saindo tensas. – Ok, que tal assim: onde está Dragos? Obviamente ele está diversificando suas atividades agora, transferindo as operações em vez de mantê-las num só lugar. Então, ele mudou o Antigo para este depósito frio, mas e quanto ao resto? Onde estão as Companheiras de Raça que ele mantém como prisioneiras?

– Ele não vai saber – a voz profunda de Hunter sobressaiu-se sobre o barulho das sirenes do lado externo e a tensão crescente dentro da câmara de contenção do Antigo. – Dragos não nos diz nada. Como seus caçadores, nós servimos. Apenas para isso.

Tegan rosnou, parecendo querer disparar a coleira do assassino ali, naquela hora. Mantendo uma mão na adaga que pressionava a coleira de UV, ele pôs a outra mão na testa do assassino e empurrou a cabeça grande.

– Filho da puta. Ele sabe de alguma coisa.

A boca do assassino se curvou numa piada particular.

– Comece a falar, seu merdinha de laboratório, ou vai virar fumaça agora mesmo.

O olhar do assassino era glacial.

– Todos nós vamos virar fumaça – ele sibilou por entre dentes e presas.

Kade relanceou para o painel de controle na parede oposta, só naquele segundo percebendo que havia um relógio digital retrocedendo na marca dos cinco minutos. Além do frio que esmagava seu peito, agora havia uma sensação de *déjà vu* agarrando-se a ele quando ele viu que o mecanismo autodestruidor da mina contava os segundos.

– Merda. Ele já apertou o botão. Este lugar vai explodir inteiro.

Tegan grunhiu, baixo e letal, ao afastar a adaga debaixo do queixo do assassino e deixá-lo ali, na cela do Antigo. Kade e os outros recuaram quando ele se aproximou do painel de controle e apertou a tecla que operava as grades de luz ultravioleta. Os fachos verticais de luzes reviveram, circundando o assassino, aprisionando-o de um modo mais seguro do que qualquer metal o faria.

– Vamos sair daqui – disse Tegan, partindo para a porta. O restante dos guerreiros saiu atrás dele, Kade e Brock na retaguarda.

Brock parou para lançar um sorriso amplo para o prisioneiro.

– Não vá a parte alguma, entendeu?

Normalmente, Kade teria rido do humor sombrio do parceiro, mas era bem difícil apreciar qualquer coisa quando seu coração batia como se ele tivesse corrido cem quilômetros e suas veias estavam acesas com o mesmo tipo estranho de frio que se abrigara no seu peito.

Correu com o restante do grupo para fora do prédio da mina até o pátio externo, que mais parecia uma zona de guerra. As sirenes berravam mais alto do lado de fora, gritando no meio da noite. A neve descia num ritmo furioso, encobrindo o campo de corpos de Servos e fazendo a visibilidade cair a quase zero.

– Precisamos dar um *adiós* a esses corpos, garantir que não sobre nada depois da explosão deste lugar – disse Tegan. – Venham, vamos arrastá-los para dentro de um dos prédios e detoná-los com o que resta do C-4.

– Pode deixar – disse Brock.

Kade se uniu aos outros guerreiros que trabalhavam para limpar o pátio antes que o relógio autodestrutivo chegasse a zero. Estava mais difícil para ele respirar, o sangue pulsava com as próprias sirenes de alarme, a consciência cobrindo a onda de adrenalina e o foco de combate que permearam seus sentidos por boa parte do confronto na mina.

Enquanto ele e os companheiros arrastavam os últimos Servos mortos, e os primeiros estrondos de explosão começavam a sacudir o chão, a causa do seu incômodo interno o atingiu.

Alex.

Puta merda.

Alguma coisa tinha acontecido. Ela estava perturbada, abalada. Algo terrível acontecera com ela... a horrorizara. E ele sentiu o trauma dela como se fosse seu, porque sorvera o sangue dela, e era esse elo de sangue que vinha clamando em suas veias.

Seu nome era um chamado – uma oração – quando o chão debaixo dele começou a tremer, e a companhia de mineração explodiu pelos ares atrás dele.

Capítulo 25

– Tudo bem, Alex, mas espere um segundo só. Devagar, ok? – Zach Tucker fechou devagar a porta do abrigo atrás de sua casa e olhou para Alex em completa descrença. Ela não poderia culpá-lo. Ninguém em seu juízo perfeito acreditaria no que ela acabara de lhe contar – não a menos que tivessem visto com seus próprios olhos. – Está me dizendo que acabou de encontrar outro corpo na floresta e acha que foi um ataque... de vampiro?

– Sei que foi, Zach – seu coração doeu quando ela disse isso, mas a imagem de Kade e a do corpo trucidado que ele deixara para trás dilacerava-a como garras gélidas. – Ai, meu Deus, Zach... Sei que não acredita em mim, mas é verdade.

Ele franziu o cenho e a fitou por um longo momento.

– Por que não entra? Está frio demais aqui, você está tremendo como vara verde.

Não por conta do frio do exterior, mas pela confusão e pelo terror ao descobrir que Kade a traíra. Ele jurara ser diferente dos monstros dos seus pesadelos, e ela acreditara. Ela teria acreditado em tudo o que ele lhe dissesse, se não tivesse acabado de ver a prova sangrenta da sua traição.

– Venha – disse Zach, passando o braço ao redor dos ombros dela e guiando-a para fora do abrigo, tomando a direção da casa. Luna se levantou para segui-los, acompanhando os passos de Alex, mas antes que a malamute conseguisse entrar na casa, Zach fechou a porta em seu focinho. – Sente-se, Alex. Vamos devagar, ok? Ajude-me a entender o que você acha que viu.

Obedecendo, entorpecida, ela se afundou no sofá na sala de estar. Ele se acomodou ao seu lado.

– Eu não *acho* que vi nada, Zach. Eu *vi* de verdade. Tudo o que contei a você é verdade. Vampiros existem.

– Ouça o que está dizendo. Isso não se parece em nada com você, Alex. Tem agido de maneira estranha desde o ataque aos Toms. Desde que aquele cara – Kade – apareceu em Harmony. – Seu olhar se estreitou. – Ele te deu drogas? É isso o que ele está fazendo aqui em Harmony? Por que se esse cretino acha que pode chegar na minha cidade para começar a traficar...

– Não! – Alex balançou a cabeça. – Deus, é isso o que você está achando? Que estou te contando isso porque estou drogada?

– Eu tinha que perguntar – contemporizou, ainda observando-a com uma intensidade que a incomodava. – Desculpe, Alex, mas tudo isso parece meio... uma loucura, ora.

Ela exalou profundamente.

– Sei o que isso parece. Assim como você, não quero acreditar nisso. Mas é a verdade. E sei disso desde que eu tinha nove anos de idade.

– Como assim?

– Os vampiros, Zach. Eles são reais. Há muitos anos, eles mataram a minha mãe e o meu irmão.

– Você disse que tinha sido um motorista embriagado.

Ela balançou a cabeça lentamente.

– Não foi. Eu vi o ataque com meus próprios olhos. Foi a pior coisa que já vi na vida. E não precisei ver o ataque a Pop Toms e à família dele para saber que o mesmo mal os matou. Eu deveria ter dito alguma coisa. Talvez eu pudesse ter impedido o que aconteceu a eles, ou a Lanny Ham e Big Dave.

A carranca de Zach se acentuou.

– Está dizendo que vampiros os atacaram na caverna?

– Um vampiro – corrigiu-o. – O mesmo que provavelmente matou a família Toms. Ele é mais forte que os outros vampiros, Zach. É um dos pais de toda a raça de vampiros. E ele... ele não é deste mundo.

Zach se recostou no sofá e emitiu uma gargalhada.

– Meu Deus, Alex! Mas que merda você está me dizendo? Você me parece bem sóbria, mas só pode estar completamente chapada se está esperando que eu acredite nessa merda toda. Vampiros alienígenas, é isso o que está me dizendo?

– Sei que é difícil de imaginar que algo assim possa existir, mas estou dizendo que existe. Vampiros existem, e eles se chamam de Raça. – Ela parou antes de mencionar Kade, pois ainda não estava pronta para traí-lo, ainda que ele não tivesse dificuldade alguma em fazer o mesmo.

Zach se levantou e estendeu as mãos para ela.

– Vá para casa e tente dormir um pouco para ver se isso passa.

– Preste atenção – suplicou ela, desesperada para que ele não a dispensasse pensando que estivesse drogada ou louca. Via que estava perdendo aquela batalha e temia que seu fracasso em convencê-lo pudesse custar as vidas de outras pessoas. – Zach, por favor! Temos que avisar as pessoas. Você tem que acreditar em mim.

– Não, Alex, não tenho. – Ele se virou para fitá-la e havia algo de brutal em sua expressão. – Nem sei se posso acreditar em nada que tenha me contado hoje, inclusive na sua alegação de haver outro cadáver na floresta. Não tenho tempo para esse tipo de merda, ok? Tenho meus próprios problemas! As pessoas já estão bem nervosas com o que tem acontecido aqui. Os estaduais chegam amanhã, e a última coisa de que preciso é você me trazendo mais dor de cabeça com um monte de asneiras sobre alienígenas assassinos com sede de sangue correndo à solta na floresta!

Alex desviou os olhos, sem suportar a fúria do olhar dele.

Nunca o vira tão zangado. Tão... descontrolado. Ele estava praticamente em pânico, e não parecia ser pelo que ela lhe dissera. Ao virar a cabeça, notou umas cédulas enroladas sobre a mesinha lateral e um celular que lhe parecia vagamente familiar. Encarou os dois itens, e uma suspeita estranha começou a se formar em sua espinha.

– Esse não é o celular de Skeeter Arnold?

Zach se surpreendeu com a pergunta.

– O quê? Ah. Sim. Eu o confisquei do merdinha hoje de manhã.

Ele pegou o rolo de notas de vinte sem oferecer nenhuma explicação e o colocou no bolso da calça, os olhos presos nela o tempo inteiro. O sangue de Alex desacelerou nas veias, esfriando de modo estranho.

– Não vi Skeeter hoje. Quando você se encontrou com ele?

Zach deu de ombros.

– Acho que não foi muito antes de você aparecer aqui. Deduzi que os estaduais iriam querer o aparelho por causa da investigação deles, já que foi usado para a filmagem na propriedade dos Toms.

Essa explicação fazia sentido.

Porém...

– Quando foi mesmo que o viu?

– Mais ou menos uma hora atrás – respondeu ele, de modo seco. – Por que isso importa?

Ela sabia por que ele estava na defensiva, mesmo sem ter que esticar a mão para tocá-lo e confirmar com seu dom de adivinhar a verdade. Zach estava mentindo. Já fazia horas que Skeeter estava morto – pelas mãos de Kade, depois que Skeeter acabara de vez com Big Dave.

Por que Zach estaria mentindo para ela?

Enquanto a pergunta se formava em sua mente, ela pensou no dinheiro que Zach guardara e no celular que ele não teria como ter pegado no momento em que alegara tê-lo feito... e no fato de que, apesar de quase a cidade inteira de Harmony e das comunidades que a cercavam saber que Skeeter tinha ligações com o tráfico de drogas e com bebidas ilegais, Zach nunca encontrara provas suficientes para prendê-lo. Talvez Zach não tivesse procurado com muita vontade.

Ou talvez Zach não tivesse vontade de remover Skeeter Arnold do seu ramo de atividade.

– Ai, meu Deus... – murmurou. – Você e Skeeter tinham um tipo de arranjo, Zach?

O olhar defensivo dele se acentuou ainda mais.

– Que diabos você está falando?

Alex se levantou, sentindo parte do horror por tudo o que acontecera naquele dia se dissolver sob o calor do seu ultraje.

– Tinham, não tinham? Todas aquelas suas viagens para Anchorage e Fairbanks. Era lá que você conseguia o estoque dele? Que tipo de comissão você arrancava dele por ele repassar as drogas, ou às custas dos garotos nativos que desperdiçavam a vida com as bebidas que ele vendia ilegalmente? Bons garotos como Teddy Toms...

Os olhos de Zach arderam de fúria, mas ele lhe lançou um sorriso de empatia.

– É isso mesmo o que você acha de mim? Você me conhece há anos, Alex.

– Será? – ela balançou a cabeça. – Não tenho mais certeza. Não tenho mais certeza de nada.

– Então me deixe cuidar de você – disse ele num tom gentil, mas que não a convenceu. – Vou pegar o meu casaco e vou levá-la para casa para que possa descansar. Acho que é disso que você está precisando, Alex. – Pressionou os lábios e balançou a cabeça uma vez. – Já volto, está bem?

Enquanto ele saía da sala, Alex continuou de pé, sobrecarregada de incertezas.

Era como se lhe tivessem tirado o chão debaixo dos pés. Já não sabia em quem podia confiar.

Não em Kade.

E, pelo visto, tampouco em Zach.

Ela não considerava sensato confiar nele agora.

Chamas e fragmentos voaram pelos ares na escuridão quando a mineradora explodiu atrás dele.

Kade relanceou para trás, sentindo a força do calor em expansão contra o rosto, o calor que transformara a tempestade de neve que caía sobre ele e sobre seus companheiros guerreiros numa chuva breve e morna. Esse calor não durou muito. O frio enregelante retornou, concentrado no peito de Kade.

– Alex... – sussurrou.

Ele tinha que encontrá-la.

Brock lhe lançou um olhar preocupado.

– O que foi?

Kade esfregou a dor gélida por trás do peito.

– Não sei bem. É Alex, e o que quer que eu esteja sentindo, não é nada bom.

Mesmo tendo certeza, por conta do elo de sangue que os unia, que ela não estava em perigo mortal, seus instintos ordenavam que fosse procurá-la. Mas ele tinha uma obrigação para com a Ordem, e um dever para com os guerreiros, com os quais ele já poderia ter fracassado ao perder de vista o foco daquela missão. O posto militar de Dragos no Alasca fora destruído, alguns dos seus homens também foram eliminados, mas o Antigo ainda estava à solta. A missão dos guerreiros só estaria completa quando o alienígena letal fosse localizado e contido.

– Merda – sibilou.

Aquilo não era nada bom. Não poderia continuar nem mais um segundo sem pelo menos falar com Alex. Tinha de se certificar de que ela estava bem. Uma parte sua só precisava ouvir a voz dela.

– Ligue para ela – sugeriu Brock. Quando Kade hesitou, perguntando-se por que o gelo em seu peito subia pela garganta e tinha o sabor do terror, Brock lhe lançou um olhar grave. – Telefone para a sua fêmea.

Kade pegou o celular do bolso e se afastou alguns metros dos guerreiros. Discou o número de Alex. O telefone tocou três vezes antes que ela atendesse.

– Alex? – ele a chamou no silêncio do outro lado da linha. Às suas costas, a crepitação das chamas e a chuva suave dos estilhaços pareceram ensurdecedores ante o silêncio dela. – Alex... você está aí? Consegue me ouvir?

– O que você quer? – Ela parecia um pouco sem fôlego, como se estivesse andando apressada.

– O que eu quero... – ecoou ele. – Eu... você está bem? Sei que está perturbada. Estou sentindo isso. Fiquei preocupado que algo tivesse acontecido...

A zombaria dela o acertou nos joelhos.

– Engraçado. Quando o vi antes, você não pareceu se preocupar por eu estar perturbada.

– O quê? – Ele balançou a cabeça, tentando entender o que ela dizia. – O que está acontecendo com você?

– Você queria que eu o visse daquele jeito? Foi isso o que quis dizer quando disse que temia que eu o odiasse um dia? Porque, neste instante, não sei o que pensar. – A voz dela demonstrava raiva e mágoa. – Depois do que vi, não sei o que estou sentindo. A respeito de você e de nós e de qualquer outra coisa.

– Alex, não sei do que está falando...

Mais respirações ofegantes, as botas dela esmagando a neve.

– O que foi aquela história de uma missão com a Ordem? Tudo besteira, não é, Kade? Um joguinho seu para me fazer acreditar que você é algo melhor do que é na verdade?

– Alex...

Ela sufocou o choro.

– Meu Deus, tudo o que houve entre nós não passou de um monte de besteira, não é?

Kade se afastou ainda mais da destruição atrás dele e dos guerreiros, que haviam notado seu afastamento do grupo.

– Alex, por favor. Conte-me que diabos está acontecendo.

– Eu vi você! – exclamou ela. – Eu vi, Kade. Na floresta, coberto de sangue, correndo com uma alcateia de lobos. Vi o que você fez com aquele homem.

– Ah, meu Deus... – murmurou, a compreensão o esmagando como uma onda gigante. – Alex...

– Eu te vi! – sussurrou ela agora, a voz se partindo. – E sei que você me viu, porque você olhou bem na minha direção.

– Alex, não era eu – disse ele, com o coração pesado. – Era o meu irmão. Meu irmão gêmeo, Seth.

– Ora, por favor – caçoou ela. – Que conveniente você se lembrar dele agora. Deixe-me adivinhar, você é o Dr. Jekyll e ele é o Mr. Hyde.[2]

Kade compreendia a dúvida dela. Entendia a raiva dela e seu desprezo por ele. As emoções dela invadiam seu peito, apertando-lhe o coração como se estivesse sendo segurado por mãos de ferro.

– Alex, você não entende. Não quis contar sobre o Seth porque tinha vergonha. Dele, do que ele fez. De mim também e do fato de que não pus um fim à loucura dele antes. Não lhe contei sobre ele porque pensei que você pudesse achar que sou como ele. – Ele soltou um suspiro pesado. – Que inferno... talvez fosse apenas questão de tempo antes que você percebesse que *sou* como ele.

Ela ficou em silêncio por um bom tempo, o ruído de passos parando. Ao fundo, ele ouvia os latidos de Luna.

– Vou desligar agora, Kade.

– Espere. Preciso ver você. Onde você está, Alex?

---

2 Referência a *O Médico e o Monstro*, livro escrito por Robert Louis Stevenson em 1886. (N.T.)

– Eu não... – Ela inspirou profundamente, exalando num sopro. – Não quero ver você. Não agora. E talvez nunca mais.

– Alex, não posso deixar que você faça isso. Quero conversar com você. Pessoalmente, não assim. – Ele fechou os olhos, sentindo parte da esperança desvanecendo. – Diga onde está. Posso chegar à sua casa em poucos minutos...

– Não estou em casa. Depois do que vi hoje, fiquei sem saber o que fazer ou aonde ir. Por isso procurei por Zach.

O policial humano. Merda.

O pânico surgiu no peito de Kade.

– Alex, sei que está triste e confusa, mas não conte a ele nada sobre...

– Tarde demais – murmurou ela. – Tenho que ir, Kade. Fique longe de mim.

– Alex, espere. Alex! – O celular emitiu um sinal quando a ligação foi interrompida. – Maldição.

Ele tentou ligar novamente, mas não obteve resposta. Três toques, quatro... caiu na caixa de mensagens e ele desligou.

Tentou novamente. Mesmo resultado.

– Merda! – rosnou com raiva, frustração e fúria ante si mesmo pelo que Alex passara. Um trauma pelo qual ele tinha responsabilidade e que, provavelmente, lhe custaria a mulher que ele tinha esperanças de poder ter ao seu lado pelo resto da vida.

Quando se virou, Tegan estava logo ali.

– Isso não me parece nada bom.

Kade sacudiu a cabeça de leve.

– Uma fêmea, obviamente – Tegan concluiu. – A Companheira de Raça de Harmony?

Kade sustentou o olhar do guerreiro da Primeira Geração.

– Estou ligado a ela. E eu a amo.

Tegan, um macho da Raça igualmente comprometido, grunhiu.

– Existem coisas piores.

– É verdade – concordou Kade. – Existem coisas piores. Ela pensa que eu a traí. Não traí, mas não fui totalmente honesto com ela, e a decepcionei. Ela disse que nunca mais quer me ver.

– Prossiga – disse Tegan.

– Alex sabe sobre a Raça – disse Kade. – Também sabe sobre o Antigo. Cacete, ela sabe de tudo. E acho que ela pode ter contado tudo a um policial de Harmony.

Tegan não piscou. Seu olhar era equilibrado, calculista. Implacável.

– Isso seria uma infelicidade.

Kade assentiu e emitiu uma imprecação.

– Acho que é tarde demais para detê-la. Ela disse que foi procurá-lo. Ela está magoada e assustada. Acredito que ela tenha procurado o humano em busca de ajuda.

– Entendo. – O rugido de Tegan foi tão profundo que mal se fazia ouvir. – Então parece que vamos para Harmony agora. Precisamos conter essa situação. E, caso seja necessário, teremos que conter a sua fêmea também.

Capítulo 26

– Venha, Luna. Vamos embora.

Alex se sentou na motoneve que estava estacionada do lado de fora da casa de Zach e esperou que Luna se acomodasse na sua frente. Colocando o celular desligado no bolso da parca depois dos telefonemas repetitivos de Kade, Alex só conseguiu ficar ali, um minuto parada na escuridão sob os flocos de neve, ordenando-se a simplesmente inspirar e expirar.

Não conseguiria mais falar com ele. Não naquele momento. Seu coração estava fraco, e mesmo tendo dito a Kade para que se mantivesse afastado, havia uma parte sua que o queria de volta, mesmo tudo estando tão confuso à sua volta. Talvez por causa disso ela ainda quisesse o conforto dos braços de Kade ao seu redor.

Ela ainda queria o seu amor.

Mas ela não sabia se poderia confiar em seus sentimentos agora. Nada lhe parecia claro. Desde que conhecera Kade, seu confortável mundo da dualidade preto e branco, bom e ruim, se fora. Ele mudara tudo. Abrira-lhe os olhos, e ela nunca mais poderia voltar a viver como vivera.

Estava mudada para sempre, basicamente porque, não importando o quanto quisesse temê-lo, odiá-lo pelo que ele era, seu coração se recusava a abandoná-lo.

Alex deu partida na motoneve. Só precisava se afastar de todos para poder pensar, esfriar a cabeça. Precisava de um porto seguro, e só conseguia pensar em um lugar onde poderia consegui-lo – o chalé de Jenna. Na confusão das últimas horas, a intenção de ir visitar a amiga fora desviada. Se existia uma pessoa na qual poderia confiar agora, Alex sabia que essa pessoa era Jenna.

Atrás dela, a porta da casa de Zach bateu.

– Ei, aonde você vai? – ele a chamou, atravessando o quintal em passadas rápidas. – Eu disse que queria levá-la para casa, para garantir que você chegasse bem. Acho que você não está em condições de...

– Não quero a sua ajuda, Zach. – Alex o fitou com seriedade, desgostosa em pensar que o considerara um amigo. Pior, que se permitira ter intimidades com ele uma vez. Se Kade era perigoso por causa do sangue da Raça que fluía em suas veias, então Zach era uma ameaça muito maior pelo modo como estava disposto a usar pessoas inocentes – corrompendo e arruinando vidas – em benefício próprio. – Quanto dinheiro você e Skeeter ganharam juntos ao longo dos anos? Por que valoriza tão pouco as vidas das pessoas que jurou proteger e servir, já que se mostra disposto a desperdiçá-las como tem feito?

Zach a fitou de olhos arregalados.

– Você não sabe o que está dizendo, Alex. Está alucinando.

– Estou mesmo?

– Sim, está. – Ele se aproximou. – Temo que represente um perigo para si mesma.

– Na verdade está preocupado que eu seja um perigo para o seu sustento, não é?

Ele riu, mas sem humor algum.

– Como representante da lei, não posso, em sã consciência, permitir que saia da minha custódia estando assim, Alex. Agora desça da motoneve.

Ela balançou a cabeça e acelerou o motor.

– Vai se foder.

Antes que pudesse sair, a mão de Zach a segurou pelo pulso. Ele segurou firme seu braço, quase a desequilibrando. Alex viu, alarmada, que ele sacara a pistola do coldre da cintura.

Ela arfou horrorizada, mas, nesse exato instante, Luna virou a cabeçorra e enterrou os dentes no braço que segurava Alex.

Zach gritou de dor e afrouxou a pegada, e Alex, passando um braço protetor ao redor de sua amada Luna para segurá-la à sua frente, acelerou o veículo, fugindo a toda velocidade.

Acelerou em meio à cortina de neve, sem ousar olhar para trás.

Nem mesmo quando ouviu Zach gritando seu nome, seguido do ronco de outra motoneve que vinha atrás dela.

A mulher jazia inerte no piso do chalé, apenas o peito subia e descia lentamente com sua respiração. Estava em estado de transe, despercebida da incisão que ele lhe fizera na nuca pouco tempo antes.

Essa incisão cuidadosa agora vertia um fio fino de sangue, enquanto ele permanecia agachado ao seu lado, juntando a delicada pele humana. Inclinou-se e lambeu o fio cuprífero, depois pressionou a língua na ferida para selar a pele.

Seu corpo também se recuperara. As queimaduras dos raios ultravioleta esfriaram, a pele já não estava mais cheia de bolhas doloridas. Os ferimentos de bala na coxa e no abdômen estavam fechados com uma pele regenerada. E a sede, que fora sua fiel companheira desde que escapara do cativeiro, por fim fora aplacada.

Agora que a mente estava lúcida, ele tinha a oportunidade de refletir, considerar o que o aguardava.

Mais fugas. Mais esconderijos, mais luta para ficar sempre um passo adiante da descendência que queria ou capturá-lo ou destruí-lo. Mais da mesma existência que conhecera desde que ele e seus companheiros deram o primeiro passo naquele inóspito mundo humano.

Sobreviveria.

Mas com que finalidade?

Enquanto seus instintos garantiam que ele estava bem longe de ser derrotado, sua lógica calculava que não havia modo de um dia ele vencer. Não havia um fim a ser vislumbrado, apenas mais do mesmo.

Ele e os outros sete conquistadores que haviam aterrissado ali há tantos e tantos anos deveriam ter sido reis dos seres humanos inferiores que habitavam aquele planeta. Poderiam ter sido reis, não fosse pelo levante dos seus filhos meio-humanos. Não fosse pela guerra que o deixara sozinho, sua sobrevivência dependendo da traição do filho que o mantivera escondido na caverna de uma montanha.

Não deveria ter ficado surpreso com a traição que o aguardava depois de ter despertado.

Depois do seu período de hibernação, esperava que o mundo tivesse se modificado, disposto como uma recompensa na qual ele poderia se banquetear. Todavia, ele fora acorrentado e deixado à míngua, enfraquecido por drogas e tecnologia que ele imaginara estarem muito além da inteligência da humanidade grosseira que existia quando ele a tinha visto pela última vez.

A Terra avançara. Não se parecia em nada com o que ele deixara para trás, mas apenas o bastante para que a vida ali para ele fosse uma eterna provação. Uma monotonia infindável de dias e noites, de perseguições e recuos.

Ele não sabia bem se tinha a força de vontade ou o desejo para enfrentar aquilo.

A mulher à sua frente estava na mesma cilada. Ele testemunhara seu desespero, e sentira o sabor da derrota em cada pulsação do seu coração, por ter se nutrido dela. Seu sabor era de solidão, de desesperança, e isso atiçava algo em seu íntimo.

Ela também era uma guerreira. Percebera isso nas poucas imagens espalhadas pela casa. Aquela mulher no uniforme dos guerreiros humanos, portando armas e com um olhar determinado. Aquele olhar não sumira, mesmo quando ela estivera assustada e enfraquecida pela perda de sangue. Ainda era forte, ainda uma guerreira em seu coração, mas ela já não enxergava isso em si mesma.

Ela também estava perdida... sozinha.

Porém, por mais que ela estivesse pronta a desistir de tudo nos momentos anteriores à sua intromissão nos planos dela, a genética avançada dele jamais permitiria tal sujeição. Nascera um conquistador, pronto para a guerra. Era, no fim, um predador. Quer desejasse, quer não, seu corpo resistiria à morte até o fim... não importando quanto tempo demorasse para esse fim chegar.

E ele também era movido pelo desejo de ver seus inimigos derrotados, por qualquer meio necessário.

Foi essa motivação que o impeliu a agir do modo como agira há poucos minutos com aquela mulher inconsciente, e totalmente alheia, deitada no chão do chalé.

Agora ele se afastava dela perdido em pensamentos. Automaticamente levou o pulso esquerdo à boca e selou o pequeno corte que ali fizera. A língua passou pela pequena fenda no músculo sob a pele e logo fechou a ferida, que desapareceu como se jamais tivesse existido.

Ao se levantar e seguir para o lado oposto da sala, ouviu a aproximação de motores não muito longe do chalé.

Será que já o teriam localizado?

Ele não tinha como saber se seus perseguidores eram humanos ou da Raça.

Mas, ao testar a nova força e a pele dos braços, sorriu com gravidade, satisfeito ao ver que estava preparado para enfrentar o perigo iminente.

Capítulo 27

Alex acelerou o quanto pôde em meio à neve e à floresta a caminho do chalé de Jenna. Ainda ouvia Zach vindo atrás, aproximando-se cada vez mais. Fazendo um zigue-zague perigoso, rezando para quem sabe despistá-lo em meio à tempestade forte, ela tinha esperanças de que a arma que ele sacara pouco antes na cidade tivesse sido apenas um lapso temporário do seu juízo e bom senso.

Contudo, enxergara o brilho perigoso no olhar dele. Ele, provavelmente, estava furioso, e desesperado para proteger seu segredo. Principalmente de Jenna. Mas estaria tão desesperado a ponto de matar Alex no processo?

O nó de medo preso em sua garganta dizia a ela que sim.

O coração de Alex batia como se quisesse sair pela boca quando ela chegou à propriedade de Jenna. Parou abruptamente e desligou o motor. Luna pulou com ela, e as duas começaram a correr na direção da varanda do chalé.

– Jenna! – ela chamou. – Jenna, sou eu!

Bem perto dos degraus, Alex ouviu a motoneve de Zach parar atrás dela.

– Não dê nem mais um passo, Alex.

Ah, Deus.

– Jenna! – gritou novamente. – Você está aí?

Não houve resposta. Nenhum movimento de nenhum tipo veio de dentro do chalé.

Atrás dela, o clique suave da trava de uma pistola.

– Maldição, Alex. – A voz de Zach soou fria, desprovida de qualquer emoção. – Por que está me obrigando a fazer isso?

– Jenna – chamou novamente, mais baixo dessa vez, percebendo a futilidade da coisa.

O chalé estava silencioso. Ou Jenna não conseguia ou não queria ouvi-la. E se seu medo em relação a Jenna tivesse fundamento? Alex mal ousava imaginar tal coisa.

Mas nem teria chance de fazê-lo, porque Zach, pelo visto, estava fora de si, e Alex estava prestes a morrer.

Então, em meio à quietude, Alex ouviu um barulho bem baixo – um gemido, quase imperceptível mesmo perto da porta como estava. O coração de Alex deu um salto de esperança.

– Jenna? – ousou dar um passo adiante, apenas um pé no último degrau da varanda. – Se consegue me ouvir, por favor, abra...

O tiro ressoou como um canhão atrás dela. Alex sentiu o sussurro quente da bala passar ao seu lado e se enterrar no batente de madeira nem um metro mais à frente.

Ah, meu... Deus.

Zach atirara nela.

O corpo de Alex ficou congelado pelo choque e pelo medo, e o frio a fez tremer por inteiro. Exalou trêmula e girou devagar, sem permitir que Zach a alvejasse pelas costas. Se ele pretendia fazer aquilo, então, por Deus, ele teria que olhar para ela.

No entanto, assim que se virou, houve uma explosão atrás dela. Algo imenso saiu explodindo do chalé de Jenna num borrão de movimento, arrancando a porta das dobradiças. Zach berrou. A arma disparou mais uma vez, a bala voando pelos pinheiros cobertos de neve logo acima.

Alex agarrou Luna e se lançou ao chão, o rosto enterrado no pelo quente do pescoço da cadela. Não entendia o que estava acontecendo.

Por um instante, sua mente se esforçou para processar o grunhido gutural e os golpes líquidos e repugnantes que se seguiram.

Logo entendeu do que se tratava.

Lentamente levantou a cabeça. O grito que chegou aos lábios morreu quando vislumbrou a criatura letal que não se comparava a nada que ela tinha visto antes.

O Antigo.

Em meio à neve forte que caía na escuridão, o olhar âmbar queimava como *laser*, carregado de selvageria. Ele estava nu, não tinha pelos, era coberto da cabeça aos pés por *dermaglifos* tão densos e entrelaçados que praticamente escondiam sua nudez. As presas imensas pingavam de sangue – do sangue de Zach, retirado do buraco que um dia fora a garganta dele.

Um pensamento terrível cruzou sua mente: será que o monstro também atacara Jenna?

Alex fechou os olhos, sussurrando uma prece pela amiga, desejando desesperadamente que algum tipo de milagre a tivesse poupado da selvageria brutal que acabara de recair sobre Zach.

Luna ganiu nos braços de Alex, e a criatura inclinou a cabeça num ângulo exagerado, encarando o animal. Ela começou a se afastar do corpo de Zach, um grunhido baixo saindo do fundo da garganta do alienígena.

Os pulmões de Alex se contraíram, apertando o pouco de ar dentro deles. Ela teve certeza de que o Antigo a atacaria, mas seu olhar questionador perdurou alguns segundos agonizantes. Tempo durante o qual o ronco de mais motores foi trazido pelo vento.

Alex lançou um olhar nervoso na direção do som.

E quando retornou o olhar, o Antigo se fora, e nada além de alguns galhos baixos balançando na floresta indicavam que direção ele havia tomado.

O medo de Alex atingiu Kade como uma bigorna no estômago.

Ele e os outros guerreiros aceleravam nas motoneves, estando bem próximos de Harmony, quando a sensação de que estavam se afastando de Alex, e não se aproximando, tomou conta dele. Com presteza, ele redirecionou o grupo, liderando o caminho ao longo de uma trilha de caça que partia a oeste de Harmony.

Marcas recentes de outros veículos ainda eram visíveis na trilha, mas não mais do que a sensação de aproximação do elo de sangue que o unia a Alex, que pulsava mais forte enquanto sua motoneve avançava na trilha, indo na direção de um chalezinho algumas centenas de metros mais adiante na escuridão.

O coração de Kade flanou ante a sensação de tê-la encontrado, só para afundar no instante seguinte quando o cheiro acre de sangue humano atingiu suas narinas. Não era o dela – ele reconheceria a fragrância doce como o mel do seu sangue em qualquer lugar –, mas a ideia de que Alex estivesse próxima a qualquer tipo de morte fez o medo disparar em suas veias.

Kade apertou mais a manopla do acelerador, mas a maldita coisa era lenta demais para o seu gosto. Ele saiu da trilha e abandonou o veículo, saltando com fluidez antes de atingir o chão e começar a correr, usando todo o potencial da agilidade da Raça para alcançá-la.

– Alex! – chamou num grito, passando às pressas pela carnificina diante do chalé, relanceando apenas para ver o cadáver brutalizado do policial Zach Tucker e os restos do que antes fora a porta do chalé. – Ah, meu Deus... Alex!

Correu para dentro e a encontrou sobre os joelhos dobrados ao lado da amiga Jenna, que estava deitada no chão do chalé escuro. Kade acendeu a luz, não porque precisasse, mas para o bem das duas mulheres. Jenna parecia confusa, os olhos estavam sonolentos, a voz empastada como se tivesse acabado de acordar depois de ter desmaiado.

– Alex – murmurou Kade com suavidade, a voz entrecortada de emoção.

Ela se virou para fitá-lo, depois se levantou lentamente. Deu um passo hesitante para a frente, e isso foi tudo de que ele precisou. Kade foi até ela e a puxou para si, passando os braços ao seu redor. Ele beijou o topo da sua cabeça, aliviado demais em ver que ela não estava ferida.

– Alex, eu sinto muito. Por tudo.

Ela se afastou um pouco e desviou o olhar. Ele viu a emoção nos olhos dela. A incerteza que dizia que ela ainda não sabia ao certo se deveria confiar nele plenamente. Sentiu-se esmagado ao ver essa dúvida no olhar dela. Era ainda pior saber que era o responsável por colocar aquela dúvida ali.

Ela o afastou de Jenna, que ainda murmurava coisas incoerentes, entrando e saindo do estado de consciência.

O olhar de Alex o prendeu com uma calma desoladora.

– Foi o Antigo, Kade. Ele esteve aqui.

Ele praguejou, apesar de não estar surpreso, devido às condições do corpo do lado de fora.

– Você o viu? Ele tocou em você? Ele... meu Deus... ele chegou a fazer alguma coisa com você?

Ela balançou a cabeça.

– Ele devia estar se escondendo no chalé de Jenna quando Zach e eu chegamos há poucos minutos. Ele saiu numa explosão pela porta da frente depois que Zach tentou atirar em mim...

– O quê? – O sangue de Kade passou de gélido por conta do medo a fervente de raiva. Se Tucker já não estivesse morto, Kade arrancaria os pulmões dele. – Que diabos aconteceu? Por que o filho da puta tentou machucar você?

– Porque percebi o que ele estava aprontando. Zach e Skeeter estavam em conluio, vendendo drogas e bebidas alcoólicas aos nativos da floresta. Entendi que havia alguma coisa errada quando vi o celular de Skeeter e um punhado de dinheiro na casa de Zach hoje. Ele tentou mentir a respeito, mas eu logo percebi.

– Ele escolheu a pessoa errada para fazer isso, hein?

O sorriso dela foi breve e superficial.

– Não quero que Jenna veja... – Ela gesticulou para o quintal da frente quando as palavras se perderam. – Ela vai ter que saber da verdade, claro, mas não desse jeito.

Kade concordou.

– Sim, claro.

Enquanto conversavam, o restante dos guerreiros chegou até o chalé em seus veículos. Kade saiu para interceptá-los, informando--lhes que o Antigo acabara de sair dali e que a vítima era o irmão da amiga de Alex.

Chase e Hunter se adiantaram para fazer uma limpeza discreta do local, enquanto Tegan e Brock entravam no chalé com Kade.

– Essa é a Alex – disse ele, apresentando rapidamente os guerreiros. Era difícil não tocar nela enquanto explicava o que acontecera antes da chegada deles, só para se certificar de que ela não fora ferida.

– Você e a sua amiga estão bem? – perguntou Tegan, a voz do Primeira Geração grave, em sinal de respeito, apesar do fato de ele estar ali para avaliar uma situação que passara de uma confusão leve para um caos completo.

– Estou bem – garantiu Alex –, mas estou preocupada com Jenna. Não vejo nada de errado com ela, mas ela não me parece muito bem também.

Tegan relanceou para Brock, mas o grande guerreiro já estava se encaminhando para dar uma olhada na mulher do outro lado da sala.

– O que ele vai fazer com ela? – perguntou Alex com a preocupação, franzindo as sobrancelhas.

– Está tudo bem – Kade a assegurou. – Se houver algo errado, ele poderá ajudar.

Brock passou as mãos pelas costas de Jenna, depois, com suavidade, afastou os cabelos e pousou os dedos negros na palidez do rosto dela.

– Ela foi colocada em estado de transe – explicou. – Mas já está se recuperando. Vai ficar bem.

Chase e Hunter entraram no chalé e olharam para Tegan.

– O jardim está limpo. Nós dois podemos começar a vasculhar a área em busca do rastro do Antigo.

Tegan pressionou os lábios e soprou um suspiro pesado.

– Ele deve estar a quilômetros de distância agora. Uma agulha num palheiro. Nunca o apanharemos no meio dessa floresta. Seria impossível rastrear o filho da puta nesse maldito interior vasto no meio da tempestade.

Kade sentiu o olhar de Alex sobre si.

– E quanto a Luna? Se você usar o seu talento com ela, ela seria capaz de ajudar a rastrear o Antigo?

Tegan olhou para a malamute que se aproximara para passar o focinho na mão de Kade.

– Pode ser a nossa melhor chance, cara.

– Sim, posso fazer isso – disse ele –, mas e quanto a vocês? Vamos todos correr atrás dela, carregados de armas para o caso de encontrarmos o bastardo?

– Posso levá-los de avião – sugeriu Alex.

– De jeito nenhum. – Kade meneou a cabeça. – Absolutamente não. Não vou envolver você ainda mais nessa merda do que já envolvi. Esse é um risco que não estou disposto a correr.

– Quero fazer isso. Não vou deixar Luna, e posso levá-los todos no meu avião, enquanto ela rastreia o Antigo no solo.

– Está escuro, Alex – ele alertou com rispidez. – E está nevando pra cacete.

– Não entendo aonde quer chegar – ela contra-argumentou. – E quanto mais nos demorarmos aqui discutindo sobre isso, mais longe essa criatura vai chegar. Esse é um risco que *eu* não estou disposta a correr.

Tegan lançou um olhar questionador para Kade.

– Ela tem razão. E você sabe disso.

Kade se voltou para Alex, vendo nos olhos dela toda a coragem e a determinação que o fizeram se apaixonar por ela. O fato era que a Ordem precisava dela naquela hora. Sentia orgulho de Alex, mas, ao mesmo tempo, estava aterrorizado. E exalou um xingamento baixo e disse:

– Sim. Ok, vamos fazer isso.

– E quanto à humana? – perguntou Chase, gesticulando na direção de Jenna. – É melhor apagar a memória dela antes que ela veja mais do que já viu.

Quando o ex-agente começou a andar na direção dela, Brock virou a cabeça, com as presas reluzindo por trás dos lábios.

– Para trás, Harvard. Não toque nela. Entendeu?

Chase parou de imediato. Deu de ombros como se não se importasse e recuou quando Brock voltou a atenção para a fêmea humana novamente.

Quando a tensão dentro do chalé diminuiu, Alex se ajoelhou ao lado de Luna e passou os braços ao redor da malamute num abraço amoroso, sussurrando-lhe algo antes de levantar o olhar para Kade.

– Muito bem. Ela está em suas mãos agora. Prometa que será cuidadoso com ela.

– Prometo – disse com toda a sinceridade.

Enquanto Alex se afastava, Kade segurou o queixo de Luna na palma da mão e se deparou com seu olhar inteligente. Estabeleceu sua conexão com a mente canina, depois lhe deu o comando silencioso para mostrar-lhe para onde o Antigo fora.

Alex tinha os braços cruzados sobre o peito, uma mão pressionando a boca, quando Luna saiu correndo do chalé para enfrentar a nevasca do lado de fora.

Capítulo 28

Não muito tempo depois, Alex os levava de avião pelo cenário escuro e selvagem, com Kade como seu copiloto e três dos seus amigos da Raça acomodados no compartimento de carga atrás deles. Kade lhe passava as instruções, navegando pelo caminho através de seu elo mental com Luna, no chão.

Alex não conseguia vê-la. Estavam muito no alto, e a neve era densa demais na escuridão para que ela enxergasse muito além do nariz do avião. Aquelas condições de voo eram muito perigosas – potencialmente letais –, mas Alex conhecia a região como a palma da sua mão. Seguia as instruções de Kade praticamente antecipando o caminho que Luna percorria ao longo do rio Koyukuk, a rota mais sensata que o Antigo devia ter tomado.

– Continue seguindo o rio – Kade lhe disse. – O rastro está mais fresco agora. Estamos nos aproximando dele.

Alex assentiu, concentrando-se na pilotagem e nos ventos fortes que vinham de Brooks Range conforme seguiam mais ao norte ao longo do rio congelado. Embora mal conseguisse enxergar a faixa congelada de água, ela sabia que estavam se aproximando de um ponto em que o Antigo seria forçado a fazer uma escolha: ficar no chão e confiar na mata densa para escondê-lo da perseguição ou virar para o oeste e subir num terreno mais alto, escalando os cumes escarpados da montanha. Nenhuma das opções oferecia as melhores condições de pouso, mas, naquele tempo, existia pouca coisa mais traiçoeira do que tentar aterrissar sobre rochas altas potencialmente instáveis.

– O rastro está virando – anunciou Kade. – Temos que virar à esquerda.

– Ok – respondeu Alex, lançando uma prece silenciosa para os céus enquanto mudava de curso, abandonando o rio e seguindo a montanha. – Segurem-se todos. Vamos ter um pouco de turbulência por conta dos ventos.

– Como estamos aí na frente? – perguntou Tegan, logo atrás dela. – Tem certeza de que consegue lidar com a situação?

– Fácil, fácil – disse ela, mas não era bem a verdade, e sentiu a mão de Kade resvalar na sua.

O contato com a mão dele foi bom. Apesar de ainda trazer consigo a visão aterradora que vira na floresta, do seu estômago ainda estar revirado de medo pela experiência que tivera e pelo terror maior de ter visto o Antigo no chalé de Jenna, Alex não tinha como negar seus sentimentos por Kade. Ele era a única pessoa que a conhecia, melhor do que qualquer outro. A despeito de tudo o que acontecera com eles e ao redor deles, seu coração não teria como se proteger do conforto que somente ele era capaz de lhe dar.

Parte da traição e da raiva que sentira por Kade e pelo restante da sua espécie se dissolveu quando ela vira como ele e os amigos da Ordem lidaram com a horrível situação do chalé. Kade fora atento e carinhoso com Alex, respeitoso e cheio de consideração para com Jenna. Os outros guerreiros também. Particularmente aquele chamado Brock, que ficara para trás para cuidar de Jenna.

Era complicado conciliar uma raça de seres que conseguia demonstrar tamanha humanidade e, ao mesmo tempo, pertencia à mesma linhagem alienígena implacável da criatura que matara Zach e tantos outros nos últimos dias. Ou dos Renegados viciados em sangue que mataram sua mãe e seu irmão. Ou do irmão gêmeo que Kade se envergonhara de admitir ter até que Alex tivesse visto a selvageria de Seth por si só.

Mas Kade e os outros machos da Raça que ele lhe apresentara eram diferentes. Eram bons homens, apesar da genética que fazia deles algo além – algo mais – do que homens.

Eles tinham honra.

Kade também tinha. E agora, enquanto ela levava os guerreiros da Ordem em meio a ventos fortes, na direção do penhasco denteado da montanha e de uma batalha iminente com uma criatura que não era daquele mundo, ela só podia esperar que ela e Kade tivessem a chance de desatar os nós daquele emaranhado e ver o que um significava para o outro. Só podia rezar para que houvesse algum tipo de futuro para eles do outro lado do perigo que os aguardava.

– Luna está rastreando o cheiro do Antigo na base da montanha – informou Kade ao seu lado. – Ah, merda... é uma rocha bem alta. O filho da puta está escapando pela encosta. Vamos perdê-lo na montanha.

– Apenas me diga para onde Luna está indo – pediu Alex. – Deixe que eu me preocupe com o que fazer para chegar lá.

Ela pilotou o avião ao longo da encosta, seguindo as orientações de Kade, esforçando-se para ver através do para-brisa enquanto flocos finos dançavam e atrapalhavam sua visão.

– Maldição – grunhiu ele um momento depois. – O rastro sumiu. Acabou de sumir. Luna está dando voltas no rochedo logo abaixo de nós, mas não consegue mais farejar o cheiro do Antigo.

– Porque ele saltou nesse ponto – observou Hunter sem emoção alguma. – Ou o Antigo está acima do animal, ou abaixo dela.

– Estamos próximos o bastante agora para seguirmos a pé – disse Tegan. – O Antigo não vai conseguir se distanciar muito sem nos ter no seu traseiro. Mas temos que descer deste avião agora.

– Ok, lá vamos nós – disse Alex ao espiar pela janela, vendo opções limitadas para nada mais do que a mais curta das aterrissagens.

Ela apontou o avião na direção de uma faixa estreita de neve imaculada numa plataforma rochosa, e começou a descer.

Kade já vira Alex em ação atrás do manche do avião dela, mas isso não diminuía a admiração que sentia por ela quando ela aterrissou a aeronave numa saliência estreita da montanha coberta de neve. Foi só depois que aterrissaram que Kade notou que ela conseguira pousar num deslize suave que deixara pouco menos de um metro como margem de erro para cada lado.

Nenhum dos guerreiros emitiu palavra quando o monomotor gemeu até silenciar e o avião descansou na beira do cume.

Nem mesmo Hunter, que estava sentado ereto no compartimento de carga, com o rosto impassível, apesar de as juntas dos dedos estarem brancas devido à força com que se segurara na tela acima da cabeça.

Por fim, Chase emitiu um xingamento bem sonoro.

Tegan riu baixinho.

– Que diabos de aterrissagem, hein, Alex?

– Que mulher – disse Kade, olhando para Alex do outro lado da cabine e sentindo um orgulho que muito provavelmente não tinha o direito de sentir. Mas o olhar dela foi suave, ainda que breve, na sua direção, e lhe deu uma onda de esperança de que talvez não a tivesse perdido completamente ainda.

Talvez ainda existisse uma chance para eles.

Enquanto o grupo desembarcava do avião e se preparava com armas e munição, Luna surgiu subindo o declive, indo direto para os braços de Alex. Por um instante, Kade se permitiu continuar com a ligação telepática com a cadela para poder aproveitar o calor do amor de Alex pelo animal.

Quando a ligação se rompeu, Tegan estava ao seu lado, armado para uma guerra.

– Vamos nos dividir: Hunter vai pelo declive, Chase e eu cobriremos o terreno lá embaixo.

Kade assentiu.

– Aonde quer que eu vá?

Tegan relanceou para Alex, que elogiava Luna baixinho.

– Fique aqui e certifique-se de que a sua fêmea esteja em segurança. Isso é mais importante do que qualquer coisa que possa fazer, não acha?

Kade refletiu sobre o comentário, sentindo o dever de dizer que a missão era a coisa mais importante agora. Que nada mais importava do que seu juramento para com a Ordem, seus irmãos de armas e seus objetivos. Uma parte sua acreditava nisso. Parte sua sabia sem sombra de dúvida que daria a vida por qualquer um dos guerreiros, assim como eles o fariam por ele. Eram a sua família, um elo tão firme como qualquer outro já conhecido.

Mas Alex era algo mais.

Ela era dona do seu coração agora. Ele nem tentaria negar isso. E sabia que quando Tegan se referiu a ela, o guerreiro da Primeira Geração comprometido sabia disso por experiência própria.

– Verdade – admitiu Kade. – Sem Alex... ah, caramba. Sem ela nada mais importaria.

Tegan assentiu, a boca contraída numa linha fina.

– Talvez você deva lhe dizer isso.

Deu um tapa no ombro de Kade, depois gesticulou para que os guerreiros começassem a última etapa da perseguição. Quando Hunter saltou para o rochedo mais acima e Tegan e Chase desceram, Kade se encaminhou para junto de Alex.

– Acho que nós três formamos uma boa equipe – comentou, esticando a mão para coçar Luna atrás da orelha, só para distrair as mãos em vez de tocar em Alex.

Ela envolveu o próprio corpo com os braços.

– Não vai com os outros?

– Tegan quis que eu ficasse aqui para proteger você. Ele sabe o quanto você significa para mim, e sabe que eu morreria se algo acontecesse com você.

Uma linha tênue se formou entre as sobrancelhas dela quando ela o fitou. Por um bom tempo, só houve silêncio entre eles. A tranquilidade da neve que caía e o uivo fraco de um lobo ao longe.

Quando, por fim, Alex falou, sua voz mal passava de um sussurro.

– Quis odiar você. Quando o vi na floresta, coberto de sangue...

– Não era eu – ele a lembrou. – Não era eu, Alex. Era Seth, não eu.

Ela assentiu.

– Sei disso. Acredito em você. Mas foi você que eu vi naquele momento. Era você, Kade, parecendo tão monstruoso quanto os Renegados que mataram minha mãe e Richie. Quis odiá-lo naquele momento... mas não consegui. Uma parte minha se recusava a desistir de você, mesmo lá, quando você não poderia parecer mais horrendo ou maligno para mim. Eu ainda o amava.

Ele exalou um suspiro de alívio e a trouxe para os braços.

– Alex... Sinto muito pelo que você pensou. Pelo que viu. Sinto muito por tudo.

– Foi o que mais me assustou, Kade. Que eu poderia amá-lo mesmo que você fosse um assassino. Mesmo que você fosse um monstro, como...

– Como o meu irmão – ele completou com suavidade. – Não sou ele. Eu juro. Nunca precisará ter medo de mim. Eu te amo, Alexandra. E sempre amarei.

Devagar, ele segurou o belo rosto dela entre as mãos e a beijou. Era tão bom tê-la nos braços, ao encontro dos seus lábios; ele poderia beijá-la para sempre.

Mas, atrás deles, o rosnado de Luna fez os instintos de combate de Kade ficarem alerta.

Ele sentiu uma ínfima mudança no ar ao se afastar de Alex e passá-la para trás do seu corpo num reflexo...

Bem quando uma figura grande e escura caiu dos céus.

Vários metros adiante, o Antigo aterrissava com graciosidade fluida sobre a neve. Arreganhando os dentes e as enormes presas, a criatura letal fixou o olhar âmbar em Kade e sibilou com intenção assassina.

Capítulo 29

Alex gritou.

O terror tomou conta dela quando as pernas cobertas de *glifos* do Antigo se contraíram e se agacharam, os olhos âmbar banhando Kade numa luz horrenda.

– Alex, saia daqui.

Ela engoliu em seco.

– O q-quê?

– Vá! – Kade lhe ordenou, os olhos fixos na ameaça diante dele. – Volte para o avião, decole. Afaste-se desta rocha o máximo que puder. Vá agora!

O medo pulsou em suas veias, mas as pernas recusavam-se a se mexer. Ela não abandonaria Kade assim, não importava o que ele lhe dissesse. Não importando o que ele estivesse enfrentando. Eles o enfrentariam juntos.

– Não vou embora. Eu não...

– Maldição, Alex, vá! – rosnou ele, pegando uma das grandes pistolas semiautomáticas no coldre sob a parca.

Ele se mexeu com uma velocidade que ela não pôde acompanhar. Num segundo, a mão estava escorregando para baixo do casaco aberto; no seguinte, ele empunhava a pistola diante dele, atirando sem parar.

Mas o Antigo era mais rápido, até mais do que Kade.

Ele se desviou da saraivada de balas, e depois suas pernas potentes empurraram o chão num salto que o teria feito cair sobre Kade – teria, não fosse por um súbito borrão de movimento que se mostrou ser Hunter. O imenso guerreiro da Primeira Geração adernou sobre o Antigo vindo da rocha de cima, derrubando a ambos no chão coberto de neve numa confusão caótica de rolamentos e empurrões.

Lutaram quase que em termos de igualdade em relação a força e potência, os dois brigando como se estivessem preparados para batalhar até a morte.

Kade se juntou à luta bem quando Hunter recebeu um golpe violento na base da nuca e do ombro. O sangue verteu da ferida, o que só fez o Antigo ficar ainda mais agitado, os olhos mais selvagens, as presas se alongando ainda mais. Ele jogou a cabeçorra para trás e abriu a mandíbula num uivo furioso.

Kade atirou e, em vez de o Antigo atingir Hunter novamente, ele desperdiçou um tempo precioso desviando-se da bala de Kade.

Alex piscou, tempo suficiente para o Antigo agarrar o cano da arma de Kade entre os dedos. O metal se esmagou no seu punho e, depois, usando uma força que ela mal podia imaginar, o alienígena lançou Kade pelos ares. Ele aterrissou próximo à borda do penhasco, cortando a cabeça numa pedra, sangrando acima da têmpora.

– Kade! – exclamou Alex, o coração congelando.

Ele tentou se levantar, mas o esforço não passou de uma tentativa desorientada e desajeitada. Ele caiu de costas com um gemido.

Um passo em falso, e ele estaria perdido.

– Kade! Ah, meu Deus... Não se mexa!

A neve girava ao redor deles, a tempestade tendo se intensificado desde que aterrissaram. Ela mal pôde distinguir a silhueta de Hunter quando ele se levantou e avançou sobre o Antigo novamente. Com um sibilo malévolo, a criatura girou sobre si mesma e empurrou o enorme Primeira Geração para longe dele.

Então, o Antigo começou a rastejar na direção de Kade, na beira do penhasco.

O coração de Alex queria explodir para fora do peito enquanto ela se aproximava cada vez mais do avião. Não pretendia fugir, nem mesmo naquele instante. Estava morrendo de medo, mais do que tivera em todas as outras situações de sua vida, mas tinha que fazer algo – por Kade e pelo seu companheiro de armas –, pouco importando se seus atos fossem insignificantes ante aquela ameaça.

Agarrou o rifle carregado e ficou de costas para o avião.

Ergueu-o quando o Antigo se aproximou ainda mais do lugar onde Kade estava, ainda tentando se levantar. Ela não permitiria que a criatura o alcançasse.

Alex puxou o gatilho.

O tiro ressoou como um trovão na escuridão repleta de neve.

O Antigo não antecipara aquilo. A mãozorra pressionou o peito, mas o sangue escorreu pelos dedos.

O extraterrestre curvou os lábios para trás e rosnou. Em seguida voltou a rastejar... não mais na direção de Kade, mas na sua e de Luna, próximas ao avião.

Alex ouviu o uivo de lobos em algum lugar ali perto. Tantas vozes. Pelo menos meia dúzia ou mais. Escutou-os e quase conseguiu ouvir as batidas das patas se elevando em meio ao frio mordaz da tempestade e do terror enregelante da situação que se desenrolava naquela rocha.

Alex sabia que os lobos estavam próximos, mas não estava preparada para a visão deles, subitamente se apressando pela encosta íngreme logo abaixo. A alcateia atacou em conjunto, todos os lobos saltando juntos no mesmo alvo: a criatura extraterrestre que rosnava seu ultraje enquanto os oito predadores atacavam.

Enquanto os lobos mordiam e rasgavam, saltando sobre o Antigo, outro adversário surgiu da rocha logo abaixo.

Seth.

A respiração de Alex ficou presa quando o macho da Raça que se parecia tanto com Kade emergiu das sombras e do turbilhão caótico da tempestade. Ele já não parecia tão idêntico a Kade, era mais uma imagem espelhada – de algum modo reversa, ainda que ele fosse a metade mais selvagem e mais perigosa do macho da Raça que ela amava.

As imensas presas de Seth reluziam como a alvura dos ossos. Os olhos lançaram uma luz âmbar feroz que queimava como dois *lasers*. Alex engoliu em seco quando ele lhe lançou um breve olhar de esguelha. Ela pensou ter visto um pedido de desculpas na expressão severa do seu rosto. Talvez uma pontada de remorso.

Mas, em seguida, com um grito de guerra que fez seu sangue gelar, ele se lançou num salto potente e caiu sobre o Antigo.

Estavam demasiadamente próximos do despenhadeiro.

O movimento foi forte demais para ser detido.

Os olhos de Alex se arregalaram quando ela percebeu o que estava prestes a acontecer. Contraiu-os no instante seguinte, enquanto Seth e o Antigo inclinavam-se em direção ao precipício juntos.

– Seth!

Kade exclamou o nome do irmão, o torpor em sua mente causado pelo golpe contra a rocha se dissipando por completo quando viu Seth envolvido na luta contra o Antigo. O horror o deixou sem ar no instante seguinte, quando os viu deslizar diante dele na beira do penhasco e cair na escuridão.

Houve um estrondo que pareceu vir de todas as partes ao seu redor, como uma sequência de trovões, só que ele também o sentiu sob os pés. E acima dele também.

Em seguida, um rasgo violento de gelo e de neve compactada cedendo da rocha acima deles.

A avalanche rugiu ao descer da encosta, toneladas de neve e de gelo, descendo como uma onda ao lado da cabeça de Kade, indo parar na fenda íngreme montanha abaixo. Uma fina nuvem sufocante e cegante de cristais em pó se ergueu em seguida, gelando o rosto de

Kade e forçando-o a desviar o olhar da fenda recheada de neve em que o Antigo e o seu irmão caíram. Nada poderia sobreviver ao peso sufocante de tanta neve.

Kade sentiu mãos suaves segurando-o pelos ombros, o calor do corpo de Alex prendendo-o num abraço próximo a ela. E, atrás deles, na rocha, ele ouviu o som baixo de vozes. Hunter, Tegan e Chase, um silêncio de descrença murmurada por tudo o que acabara de acontecer.

– Kade – sussurrou Alex, o tom baixo e reconfortante. – Ah, meu Deus... Kade.

Tudo o que ele queria era passar os braços ao redor dela e aceitar o amor que ela lhe oferecia agora, mas seu coração clamava pelo seu gêmeo. A perda do seu irmão o dilacerava; o sacrifício de Seth era difícil demais para processar. Terrível demais para ser real.

Kade se afastou dos braços protetores de Alex e engatinhou até a beira do precipício.

– Seth! – exclamou ele para o vazio rochoso, esforçando-se para encontrar até o mais ínfimo fio de esperança de que seu irmão não estivesse morto.

E, então... uma forma escura, alquebrada, deitada numa rocha estendida cerca de trinta metros abaixo. Movendo-se somente de leve, mas viva.

A esperança se fez no peito de Kade.

– Meu Deus. É ele. – Kade se pôs de pé. – Seth, aguente firme!

Alex arfou.

– Kade, o que vai fazer? Kade, não...

Ele se jogou no precipício.

O grito de Alex o seguiu quando ele caiu num salto calculado, no meio da extensão rochosa. Os pés aterrissaram bem ao lado do irmão. Kade se agachou e limpou o gelo e a neve do rosto abatido e do corpo de Seth.

– Maldição, Seth... – Sua voz se partiu num misto de alívio e sofrimento ao ver a extensão dos ferimentos do irmão, resultado tanto da luta com o Antigo quanto da queda. Seth sangrava em contusões múltiplas na cabeça e nos membros, mas o corte mais profundo e que mais preocupava Kade era o do torso.

Regenerar-se desse tipo de ferimento seria um desafio para um macho da Raça em plena forma, mas para alguém nas condições emaciadas de Seth? Merda. A situação não era nada boa para ele.

Os olhos de Seth estavam fechados, o corpo flácido e alquebrado. Ele mal respirava, a não ser por um fio de ar que chiou para fora dos pulmões quando ele partiu os lábios e tentou falar com Kade.

– V-vá... – enunciou ele após um segundo. – Não pode... me salvar... irmão.

Kade exalou um xingamento brusco.

– O diabo que não posso. Não vou deixá-lo aqui.

– Não. Deixe-me... Estou morrendo. Já estou morto... Você e eu sabemos disso.

– Não, irmão, assim não – Kade ralhou. – Você vai se recuperar. Vou levá-lo ao Refúgio Secreto do nosso pai e você se recuperará de tudo isso.

– Não. – Seth murmurou baixo. Os olhos se entreabriram lentamente no sibilo de dor. – Não, Kade, não vou.

O olhar do irmão gêmeo quase o fez desviar o seu. As pupilas eram fendas verticais finas, banhadas em luz âmbar clara. O olhar de Seth era feroz, repleto de angústia. As presas ainda estavam alongadas. Os *glifos* que estavam visíveis em meio aos rasgos nas roupas estavam escuros, pulsando em cores como se ele estivesse ávido por sangue.

Todos os sinais estavam presentes, mas para Kade era a morte reconhecê-los.

Desde que o vira pela última vez, seu irmão sucumbira à Sede de Sangue.

Seth era um Renegado.

– Não há volta agora – murmurou Seth. – Você tentou me avisar.

– Ah, cacete... – sussurrou Kade. – Maldito seja, Seth. Não, não pode ser...

Seth inspirou de leve e um acesso violento de tosse o acometeu. Seu corpo estremeceu. A pele pareceu empalidecer bem diante dos olhos de Kade.

– Deixe-me ir, irmão. Por favor.

Kade balançou a cabeça.

– Não posso. Sabe disso. Eu não teria desistido de você, nem antes... nem agora. Você salvou a minha vida lá em cima, Seth. Maldição, agora eu vou salvar a sua.

Ele virou a cabeça e gritou para o alto do penhasco onde estavam Tegan e os outros.

– Preciso de cordas. Meu irmão está ferido. Ele não vai conseguir subir sozinho. Vou precisar içá-lo para cima.

Os guerreiros espiaram para baixo, depois sumiram para atender ao pedido de Kade. Em seguida, o rosto de Alex apareceu no lugar deles, a sua simples visão era como um porto seguro para ele, dando-lhe a sensação de amor puro e verdadeiro – algo que ele precisava mais do que tudo naquele instante.

Os lábios partidos e ensanguentados de Seth formaram um sorriso fraco.

– Está apaixonado – deduziu ele, com um quê de melancolia na voz.

– Estou – confirmou Kade. – O nome dela é Alexandra. Vou torná-la minha companheira, se ela me aceitar.

Seth fechou os olhos, acenando de leve com a cabeça.

– Eu teria gostado de conhecê-la.

– Você vai. – Kade o fitou, vendo o corpo machucado do irmão ficar ainda mais parado. – Você tem que aguentar firme, Seth. Vamos... abra os olhos. Continue respirando, maldição!

Mas os olhos de Seth continuaram fechados.

Ele respirou, mas só uma última vez. O peito ficou contraído na última expiração, e depois ele se foi.

O sofrimento de Seth se acabara.

Kade segurou o corpo alquebrado do irmão gêmeo nos braços. Ficou sentado com ele na rocha congelada e o ninou com suavidade, rezando para que Seth finalmente encontrasse paz.

Capítulo 30

Ninguém disse nada enquanto os guerreiros ajudavam Kade a suspender Seth pelo penhasco. Trabalharam sobriamente, manuseando o corpo sem vida como uma carga preciosa, mesmo estando evidente, ainda que na morte, que o gêmeo de Kade era um Renegado.

Os *dermaglifos* de Seth ainda estavam escuros, as presas ainda se alongavam para fora dos lábios frouxos. Embora os olhos estivessem fechados sob as pálpebras, as pupilas ainda estariam alongadas, as íris ainda estariam banhadas num tom âmbar feroz.

Todos sinais da Sede de Sangue que o tomara e que o declarara como um inimigo para cada membro da Raça respeitador das leis. E ainda mais para os guerreiros da Ordem, que juraram extirpar da população qualquer assassino em seu meio.

Não obstante, Tegan e Chase deitaram Seth com cuidado reverente no chão forrado de neve diante de Kade, enquanto Hunter foi até a beira do precipício para averiguar a fenda profunda muito abaixo. Ele voltou um olhar grave para Tegan e balançou a cabeça de leve.

– Não vejo sinal de vida lá embaixo. O Antigo por certo está morto.

Tegan assentiu.

– Muito bem. Mesmo que a queda não o tenha matado, alguns milhares de toneladas de gelo e neve por certo darão cabo do serviço.

Nesse instante, Alex se aproximou, vinda do avião, com uma coberta dobrada nas mãos. Tinha os olhos rasos de lágrimas ao relancear para Kade, depois sacudiu a mortalha que cobriria o corpo danificado e sangrento de Seth.

Kade estendeu a mão.

– Espere. Preciso vê-lo assim. Preciso que todos vocês o vejam assim e saibam que esse poderia muito bem ser eu – fitou os rostos sérios dos seus companheiros da Ordem, desde os impassíveis olhos dourados de Hunter, a carranca de Chase, até o olhar firme e insondável de Tegan. Por fim, Kade olhou para Alex, a pessoa cuja opinião mais lhe importava. – Seth, meu irmão gêmeo, era um assassino. Eu sabia disso há muito tempo, mas não queria admitir. Nem para mim mesmo. O que eu de fato não desejava admitir era que ele e eu não éramos assim tão diferentes.

– Ele era um Renegado – disse Tegan. – Existe uma diferença.

– Sim – Kade ergueu os ombros em reconhecimento. – Mas ele levou muitos anos para cair. E durante esses anos, ele caçou como um animal. Ele matou a sangue frio. Seth estava doente, com uma selvageria que não conseguiu conter. Sei disso porque essa selvageria também habita em mim.

Kade viu Alex engolir em seco, viu que ela segurava a coberta mais próxima ao corpo como se subitamente necessitasse do seu calor. Sentiu a leve aceleração em sua pulsação quando ela o fitou em silêncio circunspecto. Através do seu elo, ele sentiu o medo dela como se fosse seu.

Odiou saber que ele era a causa, e o impulso de aplacar suas preocupações com uma mentira confortadora era quase impossível de conter. Mas ele estava farto de mentiras. Não poderia mais esconder, ou fingir ser algo mais forte do que era, mesmo com o risco de perder Alex naquele lugar, naquele instante.

Ela tinha que saber a verdade, assim como o grupo de machos da Raça diante dele.

– Desde a época em que Seth e eu éramos garotos, permitimos que nosso talento nos regesse. Era difícil resistir à liberdade que ele nos oferecia, e o poder. Na época, eram coisas irrefletidas: comandar predadores mortais, correr ao lado deles. Caçar com eles. Às vezes, vivenciar a precisão de um ataque mortal através dos olhos deles. E uma vez que a selva nos clamou, refrear isso só ficou mais difícil. Às vezes ainda é.

Ainda que Alex sequer piscasse, Kade sentiu o nó no estômago dela enquanto ela o ouvia. Estava enojada, não por Seth dessa vez, nem por algum mal-entendido que Kade pudesse aplacar com charme e promessas bem-intencionadas. Ela agora via a verdade, finalmente, e por mais terrível que fosse para ele saber que a estava afastando com a sua honestidade, ele não conseguiria se conter até ela saber tudo.

– Poder demais nunca é bom – interveio Chase no longo silêncio que se seguiu, a voz do ex-agente carregada de reflexões. – Ele corrompe até os mais fortes.

– Sim, é verdade – concordou Kade. – Corrompeu Seth há muito tempo. Não sei quando ele começou a matar humanos. Isso não importa agora. No fim descobri, e eu deveria tê-lo detido então, mas não o fiz. Em vez disso, saí do Alasca. Recebi o telefonema de Niko dizendo que a Ordem estava procurando novos recrutas e mal pude esperar para sair daqui. Para impedir que eu me tornasse o que Seth se tornara, fugi para Boston e o deixei para que se defendesse sozinho.

Tegan o fitou com seriedade.

– Isso foi no ano passado. Seth já não era uma criança. Por quanto tempo mais você o teria considerado sua responsabilidade?

– Ele era meu irmão – disse Kade, lançando um olhar sofrido para o Renegado que um dia fora o seu reflexo. – Seth era uma parte de mim, quase uma extensão do que eu sou. Eu sabia que ele estava doente. Eu deveria ter ficado para mantê-lo na linha. E se ele não parasse de matar, ou, no fim, fosse provado que ele não conseguiria parar, então eu deveria ter me certificado de que ele fosse detido para sempre.

O olhar de Tegan se estreitou.

– Não seria fácil matar um irmão, não importando o que ele tivesse feito. Pergunte a Lucan, ele lhe dirá isso.

– É mais fácil partir o coração de um pai? – escarneceu Kade, o som amargo raspando em sua garganta. – Meu pai teria esperado isso de mim, não de Seth. Todas as esperanças e atenções sempre estiveram em Seth. Ele ficará arrasado em vê-lo assim. Assim como teria ficado caso eu tivesse exposto o segredo de Seth em vez de protegê-lo durante todo esse tempo.

Tegan grunhiu:

– A verdade só se torna mais feia quanto mais se tenta escondê-la.

– Sim, sei disso. – O olhar de Kade se desviou para Alex, mas ela lhe dera as costas. Tendo entregado a manta para Chase, voltou para o avião em silêncio, com Luna trotando aos seus pés. Kade pigarreou. – Preciso levar meu irmão para casa, para a família, que é onde ele deve ficar. Mas antes quero me certificar de que Alex esteja bem. E a amiga dela, Jenna, também.

– Também temos o problema adicional de um policial morto na cidade – Chase acrescentou.

Kade assentiu.

– Sem falar nas diversas outras pessoas no gelo depois dos ataques do Antigo, e uma unidade de policiais estaduais a caminho, vinda de Fairbanks, para averiguar essas mortes.

– Merda – disse Tegan. Gesticulou para que Chase cobrisse o corpo de Seth. – Você e Hunter levem-no para o avião. Cuidado, hein? Renegado ou não, o irmão de Kade salvou a vida dele hoje. O que Seth fez muito provavelmente salvou os nossos traseiros aqui.

Os dois guerreiros assentiram em concordância ao carregarem Seth. Quando Kade deu um passo para segui-los, Tegan o deteve com um olhar significativo.

– Ei – disse ele, num tom alto o bastante apenas para os ouvidos de Kade. – Entendo um pouco a situação pela qual está passando, por isso, você não está só. Muito tempo atrás, eu cedi a uma selvageria semelhante, só que a minha droga escolhida era a fúria. Ela quase me matou. E teria, se Lucan não tivesse me livrado dela. Agora é Elise quem me mantém com os pés no chão. Mas ela está sempre aqui. A fera nunca se vai por completo, mas estou aqui para lhe dizer que ela pode ser controlada.

Kade ouviu atentamente, lembrando-se de ter ouvido sobre as dificuldades de Tegan, tanto nos primeiros anos da Ordem na Europa, há séculos, quanto em eventos mais recentes que uniram Tegan e a sua Companheira de Raça, Elise, no ano anterior.

– Não vou dizer que estou contente em ouvir isso hoje – o Primeira Geração disse –, mas respeito o fato de você ter confiado em nós para desabafar.

Kade assentiu uma vez.

– Eu devo isso a vocês.

– Deve, sim – respondeu Tegan. – Você tem que se lembrar de uma coisa, meu chapa. Você perdeu um irmão no Alasca hoje, mas terá sempre uma família em Boston.

Kade sustentou o olhar verde cristalino.

– Verdade?

– Verdade – confirmou Tegan, a boca larga se abrindo num sorriso breve. – Agora vamos sair dessa porra de rocha congelada e cuidar das coisas.

Alex não podia fingir que ouvir a confissão de Kade não a tivesse assustado. Vendo o irmão dele – o gêmeo que se assemelhava tanto a ele – transformado no mesmo tipo de monstro que matara sua mãe e Richie só fez piorar as coisas.

Será que Kade poderia um dia se transformar num monstro também? Ele acreditava piamente que sim, e a preocupação cravou uma dor no peito de Alex, não tanto por medo, mas por preocupação com ele.

Não queria vê-lo sofrer. Não queria perdê-lo para a doença – ou para a selvageria viciante – que reivindicara Seth.

Com exceção de Jenna, por quem só lhe restava rezar para que estivesse bem, Alex perdera todos a quem amara. Agora Kade poderia ser o próximo. Ele temia a natureza sedutora do seu talento. Vendo o que ele fizera com Seth, Alex também a temia. Não sabia se poderia permitir se apaixonar ainda mais por Kade, só para perdê-lo para algo com que jamais poderia competir na esperança de vencer.

Mas o problema era que ela já o amava.

Era a profundidade desse amor que mais a aterrorizava enquanto levava ele e os demais guerreiros de volta a Harmony. Não poderia desconsiderar o fato de que o irmão Renegado de Kade jazia morto e coberto no compartimento de carga do seu avião, um aviso sombrio do futuro que poderia aguardar Kade.

Perder os seus entes queridos para Renegados já fora muito difícil. Perder Kade para o mesmo inimigo maligno que lhe roubara a família era uma perspectiva terrível demais para ser contemplada.

Alex afastou seus pensamentos dessas preocupações sombrias e procurou um lugar para aterrissar perto do chalé de Jenna, na periferia da cidade. No caminho, tinham decidido evitar a pista de pouso de Harmony, para não arriscarem atrair mais atenção indesejada dos já perturbados moradores. Por isso, Alex pousou o avião numa clareira não muito longe da propriedade de Jenna.

– O caminho para o chalé é por aquelas árvores – explicou a Kade e aos outros ao parar a aeronave e desligar os motores.

Kade se virou para fitá-la do banco de passageiro, pela primeira vez desde que deixaram a montanha em direção a Harmony. Os olhos se abaixaram por um instante quando ele limpou a garganta.

– Depois que encaminharmos a situação aqui na cidade, eu gostaria de levar Seth para o Refúgio Secreto da família perto de Fairbanks. Sei que é muito pedir isso. Demais até, ainda mais depois...

– Não é demais pedir isso – replicou Alex. – Claro, Kade. Eu o levo até lá quando estiver pronto.

A expressão dele era séria, reservada.

– Obrigado.

Ela assentiu, sentindo-se triste pelo modo como ele parecia estar se afastando dela com seu silêncio e seu cuidado ao falar com ela. Ou talvez ele não estivesse se afastando, mas empurrando-a.

Alex saiu do avião junto com ele e os outros machos da Raça, deixando Luna para tomar conta do corpo de Seth, enquanto voltavam para ver como Jenna e Brock estavam.

Assim que avistou o chalé com a porta destruída e o sangue de Zach ainda visível por baixo da neve recém-caída, a realidade do que acontecera tomou conta de Alex como uma onda de emoções.

– Ai, meu Deus – arfou, começando a correr quando estava mais próxima. – Jenna!

Brock apareceu na soleira da porta, o imenso corpo do macho da Raça bloqueando a entrada, enquanto Alex se apressava degraus acima.

– Ela está bem. Confusa e não exatamente coerente no momento, mas não está ferida. Ela vai ficar bem. Coloquei-a no quarto para que pudesse descansar com mais conforto.

Alex não se conteve e passou os braços ao redor dos ombros largos do macho, abraçando-o num gesto de agradecimento.

– Obrigada por ter cuidado dela, Brock.

Ele assentiu solenemente, os olhos castanho-escuros carregados de uma gentileza que parecia incongruente num guerreiro imenso e de aparência letal.

– O que aconteceu? – perguntou ele, quando Alex passou por ele para entrar no chalé e Kade e os outros entraram atrás dela. – Encontraram o Antigo?

– É uma longa história – disse Tegan. – Contaremos tudo mais tarde, mas basta dizer que o Antigo está morto. Infelizmente, não sem perdas para o nosso lado. Kade perdeu o irmão na batalha.

– O quê? – A expressão de Brock se contraiu quando ele pousou uma mão reconfortadora sobre o ombro de Kade. – Ah, meu Deus. O que quer que tenha acontecido, eu sinto muito.

Alex estava movida pela emoção genuína – pelo elo forte – entre Kade e Brock, entre todos os guerreiros reunidos na saleta do chalé. Ela se sentia tocada ao ver homens tão fortes – homens que, em sua essência, eram algo muito mais extraordinário do que isso, na verdade – cuidando uns dos outros como uma família.

Sentindo-se uma intrusa naquele momento, Alex escapou para o quarto onde Jenna estava deitada, enrolada de lado, onde Brock a deixara.

Jenna se esticou quando Alex se sentou com cuidado na ponta do colchão.

– Oi – murmurou ela, a voz grogue, mal passando de um sussurro. As pálpebras se ergueram apenas por uma fração de segundo.

– Oi – Alex sorriu e afastou uma mecha de cabelos do rosto pálido. – Como está se sentindo, querida?

Jenna murmurou algo indecifrável quando os olhos se revolveram e voltaram a se fechar novamente.

– Ela vem oscilando entre consciência e inconsciência desde que vocês saíram.

Alex virou a cabeça e encontrou Brock de pé atrás dela. Kade e os outros guerreiros entraram no quarto também, todos eles observando Jenna com silenciosa preocupação.

– Ela ainda está fraca pela perda de sangue – explicou Brock. – O Antigo deve ter ficado por tempo suficiente para se alimentar dela. Ela teve mais sorte do que a maioria. Pelo menos está viva.

Alex fechou os olhos, o lamento pela provação de Jenna extraindo o pouco ar que prendia nos pulmões.

– Coloquei-a sob um transe leve para acalmá-la – acrescentou Brock –, mas algo não está certo. O transe não está deixando-a completamente inconsciente, o que é estranho, levando-se em consideração que ela é humana.

– Não é uma Companheira de Raça? – Tegan inquiriu.

Brock balançou a cabeça.

– Somente uma *Homo sapiens* comum, até onde sei.

Tegan grunhiu.

– Imagino que isso, pelo menos, seja uma boa notícia. O que está acontecendo com ela?

– Ah, se eu soubesse... Ela não sente dores, mas fica despertando, murmurando coisas sem sentido. Não são nem palavras, mas murmúrios estranhos e incoerentes.

Alex olhou para a amiga e a acariciou com cautela.

– Pobre Jenna. Ela já passou por tanta coisa. Não merecia mais isso depois de tudo pelo que já passou. Eu bem que gostaria de poder estalar os dedos e apagar tudo o que aconteceu aqui hoje.

– Na verdade, isso pode ser arranjado – comentou Tegan. Quando Alex girou com um olhar questionador, ele prosseguiu: – Podemos apagar as lembranças dela quanto a tudo o que aconteceu. É indolor e rápido. Ela nem saberá que estivemos aqui. Podemos fazer de modo que ela não se lembre de nada referente a um ou dois dias atrás... mais até, se for necessário.

– Consegue fazer isso?

Tegan deu de ombros.

– Vem a calhar de tempos em tempos.

Alex olhou para Kade.

– E quanto a mim? Também consegue apagar as minhas lembranças de tudo isso?

Kade sustentou o olhar dela pelo que pareceu um momento infindável.

– É isso o que você quer?

Houve um tempo em que Alex teria abocanhado a chance de se livrar das lembranças terríveis que a atormentaram. Ser capaz de piscar os olhos e não se lembrar de nenhuma perda, nenhum medo.

Houve uma época, na verdade não muito tempo atrás, em que ela daria qualquer coisa para se esquecer de tudo aquilo.

Mas não mais.

Seu passado era parte de quem ela era. As coisas que testemunhara, por mais terríveis que fossem, moldaram sua vida. Ela não poderia descartar de livre e espontânea vontade as lembranças da mãe e do irmão, nem mesmo as lembranças da noite em que foram mortos. Fazer isso seria outro modo de fugir, de se esconder das coisas que ela não se sentia forte o bastante para enfrentar.

Ela não queria mais ser essa pessoa.

Não poderia voltar a viver daquele modo, nunca mais.

Antes que pudesse dizer isso, Jenna começou a se debater na cama. Flexionava e contraía pernas e braços, o rosto estava tenso, a respiração saía em sopros pelos lábios. Ela murmurou algo ininteligível, em seguida seus movimentos se tornaram ainda mais agitados.

Brock foi para o lado de Alex e colocou a mão grande nas costas de Jenna com o máximo de cautela. Fechou os olhos, concentrando-se enquanto resvalava a mão nela com carinho, e parte da perturbação de Jenna pareceu diminuir ante seu toque.

– Brock – Tegan disse, balançando a cabeça de leve. – Não a coloque em transe ainda. Preciso ouvir o que ela está dizendo.

O guerreiro assentiu, mas manteve a mão nas costas de Jenna, ainda afagando-a num movimento muito leve. Ela relaxou na cama, mas seus lábios continuaram a se mexer, sussurrando mais dos resmungos peculiares enquanto passava para um estado mais calmo.

Tegan escutou por um momento, o rosto ficando ainda mais sério a cada sílaba estranha que saía da boca de Jenna.

– Puta merda. Não podemos apagar a memória dessa fêmea. Tampouco podemos nos arriscar a colocá-la em transe novamente.

– O que está acontecendo? – Alex perguntou, preocupada pelo olhar atônito do guerreiro normalmente impassível. – Há alguma coisa errada com Jenna?

– Não temos como saber até levá-la para Boston.

Alex se levantou, alarmada.

– Do que está falando? Levar Jenna para Boston? Não pode tomar essa decisão por ela. Ela tem uma vida aqui em Harmony...

– Não mais – interrompeu Tegan, a voz impedindo qualquer tipo de argumentação. – Quando sairmos daqui, a mulher virá conosco.

Kade se moveu para ficar ao lado de Alex.

– O que foi, Tegan?

O macho mais velho da Raça inclinou a cabeça na direção de Jenna, que continuava a murmurar baixinho sob o toque gentil da mão de Brock.

– A amiga humana de Alex não está sendo incoerente. Ela está falando outra língua. A língua do Antigo.

Capítulo 31

Levou um tempo para que o choque, depois da bomba lançada por Tegan sobre Jenna, se dissipasse. Enquanto Kade e os companheiros falavam por telefone via satélite com o quartel general da Ordem para comunicar a Lucan os diversos desdobramentos e desastres em potencial no Alasca, Alex continuou no quarto de Jenna o tempo inteiro com ela.

Kade sabia que ela estava preocupada com a amiga.

Alex tentara argumentar com Tegan que não era justo arrancar Jenna do seu mundo em Harmony e levá-la para Boston como se Jenna não tivesse o poder de opinar a respeito. Mas Tegan não foi dissuadido, tampouco Lucan, depois que o líder da Ordem fora informado da revelação surpreendente a respeito de Jenna Tucker-Darrow, e do fato de que a fêmea humana subitamente estava falando um idioma que não tinha origem naquele planeta e que há séculos não era ouvido.

Uma língua reconhecida apenas por poucos dos mais antigos da Raça, e algo que a Ordem esperava, de algum modo, que pudesse ser útil nos esforços contra o inimigo, Dragos.

Alex relutara em deixar Jenna sozinha com os companheiros de Kade quando chegou a hora de Kade e ela partirem para o Refúgio Secreto da família dele. Tegan dera sua palavra de que Jenna ficaria segura com eles, mas Kade notou que somente a garantia pessoal de Brock finalmente pusera fim em parte das preocupações no olhar de Alex.

– Ele cuidará bem dela até voltarmos – Kade lhe disse agora, sentado ao lado dela na cabine do monomotor enquanto sobrevoavam as luzes de Fairbanks, algumas centenas de metros abaixo. Alex também confiara Luna ao guerreiro, tendo mandado a cadela de volta para o chalé de Jenna antes que ela e Kade partissem. – Você não precisa se preocupar, Alex. Combati ao lado de Brock no último ano, confiando nele para que cobrisse minha retaguarda, assim como eu cobri a dele. Quando ele dá a sua palavra, pode confiar que ele a mantém. Jenna não poderia estar em melhores mãos.

O que era mais do que ele poderia garantir em relação a Alex, Kade ponderou. Se não tivesse precisado do transporte aéreo para levar o corpo de volta de Seth para os domínios da família, ele teria insistindo para que ela também tivesse ficado para trás, sob a guarda de Brock. A recepção que o aguardava no Refúgio da família não seria agradável, ele bem sabia disso. A última coisa que ele queria era que Alex testemunhasse sua vergonha, ou visse a dor que seu regresso por certo causaria em sua família quando lhes apresentasse o corpo de Seth.

Aquele era um caminho que ele desejava poder trilhar sozinho, mas havia uma pequena porção sua que estava agradecida pela companhia ao seu lado. De modo egoísta, ele se reconfortava apenas com a presença dela junto de si.

Alex o fitou em seu silêncio.

– E quanto aos outros moradores de Harmony? Ouvi Tegan dizer ao telefone que ele, Chase e Hunter iriam conter a situação enquanto nós cuidamos de Seth. O que exatamente significa "conter a situação"? Eles não... não vão ferir ninguém na cidade, vão?

– Não. Ninguém sairá ferido – garantiu Kade, tendo participado da discussão com Lucan e os demais para montar uma estratégia para os passos finais da missão no Alasca. – Lembra quando você disse que gostaria que houvesse um modo de apagar as lembranças de Jenna a respeito do Antigo e do que ela deve ter passado com ele?

Alex lançou um olhar incrédulo quando entendeu o que ele queria dizer.

– Está falando da cidade inteira? Existem quase cem pessoas em Harmony. O que Tegan e os outros vão fazer? Bater de porta em porta?

Kade sorriu, a despeito da gravidade da situação, incluindo o hiato formado pelos assuntos não resolvidos entre Alex e ele.

– Tenho certeza de que encontrarão um modo de cuidar disso. Tegan é mais do que eficiente.

Kade relanceou pela janela em direção ao cenário logo abaixo do avião, que passara do terreno uniforme da cidade, com suas ruas limpas e telhados cobertos de neve, para a extensão de floresta indomada.

– Os quatro mil hectares do meu pai começam a partir daquele cume à frente. Há uma clareira onde podemos pousar do outro lado daqueles abetos ao norte. O complexo do Refúgio Secreto fica a uma distância fácil de caminhar dali.

Alex assentiu em concordância ao direcionar o avião para o terreno por ele indicado.

Assim que pousaram, Kade foi para o compartimento de carga para apanhar o corpo de Seth envolvido na manta. Ele suspendeu o fardo sem vida com cuidado, o peso de Seth uma carga preciosa que ele nunca mais seguraria. Por mais que intencionasse levar o irmão para casa sozinho, como era seu dever, ele tinha que admitir que a presença de Alex enquanto ele caminhava até o Refúgio lhe deu um conforto do qual ele não esperara precisar.

Ela andou ao seu lado com sobriedade, até o quintal forrado de neve da residência principal. Já devia ser o fim da manhã, deviam faltar poucas horas para o nascer do sol. Grande parte dos habitantes da Raça daquela pequena comunidade devia estar recolhida em seus aposentos, dormindo talvez, outros fazendo amor.

Kade parou diante da casa grande onde a mãe e o pai moravam, refletindo que em poucos minutos abalaria suas vidas com sofrimento e perda. As mesmas coisas das quais ele tentara protegê-los ao guardar o segredo de Seth por tanto tempo.

– Você está bem? – Alex hesitou ao seu lado. Pôs a mão em seu ombro, num toque gentil e carinhoso que lhe deu mais força do que ela jamais poderia imaginar.

Ele precisou dessa força no momento que se seguiu.

De dentro do Refúgio veio o som das passadas atravessando o piso de tábuas de madeira. A voz da mãe chamou de algum lugar lá dentro:

– Kir? Kir, o que foi? Aonde você vai?

O pai de Kade não respondeu.

As portas da casa principal se abriram num rompante somente com a força das emoções do macho mais velho. Ele passou pela soleira como uma tempestade, obviamente tendo sido despertado do seu repouso e tendo parado apenas para vestir um par de calças de flanela antes de disparar para fora, para enfrentar a notícia que nenhum pai gostaria de ouvir.

Alex arfou ao vê-lo, embora o choque dela não tenha sido nenhuma surpresa para o filho sobrevivente de Kir.

Quase dois metros de músculos furiosos, *dermaglifos* latejando em tons escuros de alarme e de raiva, parados na varanda do casarão de madeira. Os olhos cinzentos ardiam com um tom âmbar, rapidamente inquirindo Alex antes de se depositarem em Kade num juízo abrasador.

– Conte-me o que aconteceu com o meu filho.

Kade nunca ouvira a voz do pai estremecer, nem mesmo nos piores momentos de Kir. O tremor na voz grave de barítono era como uma adaga cravada nas entranhas de Kade.

– Pai... eu sinto muito.

Kir avançou pelos degraus para a neve. Parou diante de Kade e de Alex, esticando uma mão trêmula para levantar a manta que cobria o rosto de Seth.

– Ah, meu Deus... Não. – As palavras ficaram presas na garganta, carregadas de angústia. Ele olhou uma vez mais, dessa vez demoradamente, como se estivesse se forçando a assimilar o rosto de Renegado que estivera escondido sob a mortalha. – Rezei para que isso não acontecesse de novo. Maldição, não com um dos meus filhos.

– Kir! – Kade levantou o olhar quando a mãe, gestante, parou na varanda, a camisola engolfada por uma parca grande que ela deve ter apanhado antes de sair de casa. Seus passos falsearam quando ela viu Kade parado na neve, os braços tomados por um fardo inconfundível. – Ah, meu Deus! Não, meu Deus, não! Por favor, diga-me que esse não é...

– Para trás – ordenou o pai de Kade. Depois suavizou o tom, tornando-o mais suave. – Victoria, eu imploro... não se aproxime. Por favor, meu amor, entre. Faça o que eu digo. Você não precisa ver isto.

Com um soluço de choro, ela retrocedeu, ajudada por Maksim, que acabara de aparecer. Max a segurou pelo braço para ampará-la, enquanto ajudava a companheira do irmão a entrar na casa.

– Entregue-o para mim – pediu o pai de Kade, assim que as portas se fecharam e Max e Victoria entraram. – Deixe-me segurar o meu filho.

Kade passou Seth para os braços dele e observou o pai carregar o corpo, descalço na neve que o alcançava nos tornozelos, indo na direção da capela do Refúgio, no centro do complexo. Ali, como era o costume, o corpo de Seth seria preparado para os ritos finais que aconteceriam na aurora seguinte.

Kade sentiu os braços de Alex envolvê-lo num abraço quente, mas isso pouco serviu para aplacar o frio do remorso que o corroía tal qual um abutre devora um cadáver.

Em poucas horas, nada além de um monte de cinzas restaria do seu irmão – ou do lugar de Kade em sua família.

Em Harmony, os guerreiros se esfalfavam para deixar a situação ajustada para os moradores, o que começara ainda antes, quando iniciaram a tarefa de desaparecer com os diversos cadáveres do depósito frio da pista de decolagem e na clínica minúscula da cidade.

– Uma coisa boa a respeito de toda essa neve e vastidão daqui é toda essa maldita neve e vastidão daqui – observou Tegan com objetividade, quando Chase e Hunter se encontraram com ele nas motoneves que os aguardavam numa trilha de caça muitos quilômetros floresta adentro.

Eles partiram de Harmony nos veículos carregando os membros da família Toms, Big Dave e Lanny Ham, todas vítimas recentes dos ataques do Antigo, para uma caverna nas montanhas da região. Alguns tiros estrategicamente disparados precipitaram a queda de gelo e de pedra na boca da caverna, selando-a e garantindo que os mortos não seriam encontrados até algum momento da próxima era glacial.

– Alguma novidade de Gideon quanto à fase dois dessa operação? – Tegan perguntou a Chase, que estava encarregado de coordenar a parte urbana da lista de tarefas do dia.

– Está tudo organizado – respondeu Chase. – Gideon falou com Sidney Charles, o prefeito de Harmony, informando-o de que a unidade despachada pela Polícia Estadual do Alasca da divisão de Fairbanks chegaria em uma hora para se endereçar a todos os moradores de uma vez, a fim de coletar testemunhos.

– Deduzo que o bom prefeito tenha concordado?

Chase assentiu.

– Ele disse a Gideon que cuidaria pessoalmente para que cada cidadão estivesse presente. Eles se reunirão na igreja de Harmony à nossa espera.

Tegan riu baixo.

– Com isso, como fica a situação? Invasão de propriedade, adulteração de provas, comprometimento das cenas de crimes, personificação da força policial, cerca de uma centena de mentes humanas apagadas numa só investida e tudo isso antes que o sol nasça...

Chase sorriu.

– Apenas mais um dia de trabalho...

Kade não tinha certeza se seria bem recebido na capela do Refúgio, onde todos os moradores do complexo se reuniram para se despedir de Seth nos minutos restantes antes do nascer do sol. Tivera a intenção de não comparecer, andando de um lado para o outro diante de Alex como um animal enjaulado conforme a hora se aproximava cada vez mais do meio-dia. Por fim, não suportou esperar mais.

– Tenho que estar lá – explodiu, parando na frente de Alex, sentada no sofá da sala de estar do chalé dele. – Se eles acreditam que tenho o direito de estar lá ou não, não importa, preciso estar lá. Por Seth. E por mim também. Maldição, todos precisam ouvir o que tenho a dizer.

Saiu apressado do chalé e atravessou o terreno congelado. A neve levemente tingida de azul, devido à luz da aurora próxima, esmigalhou-se sob suas botas a cada passada larga que o conduzia até a capela.

As janelas da pequena construção de madeira já estavam cerradas em antecipação ao dia. Conforme Kade se aproximou, ouviu o murmúrio suave de vozes baixas em orações privadas, misturadas aos sons intermitentes das pessoas em luto, vindos de dentro.

Mesmo antes de chegar ao ferrolho da porta, sentiu o cheiro da parafina das oito velas que estariam queimando no altar, e o odor fragrante do óleo perfumado que envolvia o corpo de Seth em preparação aos ritos eternos que logo aconteceriam.

Oito onças de óleo para abençoá-lo e purificá-lo.[3] Oito camadas de seda branca imaculada para envolvê-lo até que seu corpo fosse entregue ao sol. Oito minutos de exposição aos ardentes raios ultravioleta para aquele que fosse escolhido dentre os vivos para acompanhar Seth em particular nos minutos finais da cerimônia fúnebre.

– Merda – sussurrou Kade, parado diante da porta da capela enquanto absorvia a realidade da situação.

---

3 Oito onças equivalem a aproximadamente 227 gramas. (N.T.)

Seu irmão estava morto.

Sua família estava em luto.

E Kade sentia-se mais do que responsável por isso.

Abriu a porta da capela e entrou. Quase todas as cabeças se viraram na sua direção, alguns fitando-o com pena, outros como o estranho que ele se tornara no ano em que estivera afastado com a Ordem.

Todos os reunidos na capela trajavam roupas cerimoniais – as fêmeas em vestidos negros de capuz, machos em longos robes negros com cintos. Encontrou os pais na fileira da frente, ao lado de Maksim e de Patrice, todos de preto, todos com os rostos pálidos ante o choque, olhos vermelhos e úmidos de lamento. Caso Seth tivesse se unido a Patrice, como sua viúva, ela estaria trajando um vestido vermelho para sinalizar a união de sangue. O corpo dele, envolto em branco no altar, traria um beijo rubro, pois sua Companheira de Raça teria cortado os próprios lábios para depois pressionar a boca à dele num último adeus.

Enquanto Kade refletia a respeito das tradições solenes da sua espécie, ele não conseguia deixar de pensar em Alex. Não conseguia deixar de pensar num futuro onde ele estaria deitado no altar fúnebre, o rosto transformado como o de Seth, fixo pela Sede de Sangue sob a mortalha branca de seda. Alex o amaria então?

Poderia pedir que o amasse agora, depois de tudo o que ela sabia sobre ele? Depois de tudo o que vira e ouvira nas últimas horas, ele poderia esperar receber a confiança ou o afeto dela novamente?

E quanto às pessoas ali reunidas? Seus parentes naquele Refúgio Secreto teriam outra coisa a não ser desprezo assim que dissesse o que tinha a dizer?

Kade não sabia. Naquele momento, pouco se importava. Caminhou pelo corredor central, sabendo o quanto estava deslocado em suas roupas de combate sujas de sangue, armas e adagas penduradas no cinto ao redor dos quadris, enquanto os coturnos ecoavam nas tábuas enceradas de madeira que conduziam ao altar.

O olhar do pai se estreitou sombriamente quando Kade seguiu para a frente da capela. Enquanto passava entre as fileiras dos bancos, ouviu murmúrios baixos das orações e dos elogios sussurrados sobre seu irmão.

– Um garoto tão bom, não foi? – alguém refletiu num tom quase inaudível. – Que tragédia algo assim acontecer com ele.

– Seth sempre foi o estudioso e o responsável – outro sussurro declarou. – Ele poderia ter sido um grande líder de Refúgio um dia.

– Pobres Kir e Victoria, eles devem estar arrasados – observou outro morador tomado pelo sofrimento. – Como alguém haveria de imaginar que Seth se tornaria um Renegado? Que desperdício e que desapontamento para a família.

– Kir se recusou a comentar o assunto – foi a resposta sussurrada. – Ouvi dizer que está tão envergonhado que não deixou ninguém se aproximar do corpo depois que Kade trouxe Seth para casa.

– Isso mesmo – alguém concordou em tom confidencial. – E só porque Victoria insistiu com Kir que ele permitiu a reunião para os ritos fúnebres. É como se ele só quisesse fazer Seth desaparecer, como se jamais tivesse existido.

Kade ignorou a onda de especulações sussurradas atrás dele quando abriu caminho até o altar diante da capela. A vergonha e a desaprovação do pai não o surpreendiam. O ferrenhamente disciplinado, rigidamente perfeito Kir jamais toleraria um Renegado na família. Quanto mais se dignar a admitir que seu filho favorito se entregara à Sede de Sangue.

Kade também estava envergonhado, não tanto pela fraqueza do irmão e pelos males imperdoáveis causados por ele, mas por seu fracasso em ajudar Seth a dar a volta por cima antes que fosse tarde demais.

– Este momento pertence ao meu irmão – disse, dirigindo-se à congregação de parentes e outros moradores do Refúgio. – Não desejo roubar de Seth nem um segundo disso, mas existem algumas coisas que todos vocês devem saber. Coisas que todos vocês têm que entender antes de condená-lo pelo que ele foi transformado no final.

– Sente-se, Kade. – A voz do pai soou baixa e equilibrada, porém os olhos reluziam uma ordem. – Este não é o lugar nem a hora para isso.

Kade assentiu.

– Sei disso. Eu deveria ter vindo muito antes. Talvez, se eu tivesse dito algo antes, meu irmão tivesse tido uma chance. Talvez ele não estivesse morto.

O pai se levantou, afastando-se do banco.

– Nada do que tem a dizer vai mudar alguma coisa. Por isso, rapaz, segure sua língua. Deixe estar.

– Não posso – replicou Kade. – Carreguei o segredo de Seth por tempo demais. Também tenho carregado os meus segredos. Já passou da hora de me libertar deles.

A mãe de Kade piscou, refreando uma nova onda de lágrimas, uma mão pousada no volume do ventre onde outro par de irmãos gêmeos crescia dentro dela.

– Do que está falando? Que segredos, Kade? Por favor... quero saber.

Ele fixou o olhar além da desaprovação do pai, fixando-se na súplica que nadava nos olhos úmidos da mãe. Talvez o que dissesse naquela sala, diante de todas aquelas testemunhas, pudesse de algum modo ajudar seus novos irmãos, que logo nasceriam com o mesmo talento – o mesmo chamado selvagem e sedutor – que tanto ele quanto Seth possuíam. Por esse motivo, ele tinha que falar.

E também havia Alex.

O olhar de Kade se desviou para o fundo da capela lotada, na qual ela entrara em silêncio e agora permanecia ao lado da porta fechada, o olhar firme também carinhoso e forte. Ela assentiu de leve, a única aprovação que verdadeiramente contava naquela sala.

– Meu irmão não estava bem – disse ele para a congregação. – Desde o tempo em que éramos garotos, nós dois nos debatemos com a habilidade herdada no nascimento. Talvez em outra pessoa, como na senhora, mãe – disse, olhando para ela ao falar sobre o dom singular que ela também possuía –, esse talento poderia ser considerado uma força. Para Seth e para mim, ele se tornou uma maldição. Era poder demais para dois garotos que eram idiotas, ingênuos e arrogantes demais para entender as consequências. Abusamos do talento que herdamos da senhora. A princípio, nós o tratamos como um jogo, correndo com alcateias de lobos na floresta, caçando com eles... matando com eles. Deixamos que a natureza nos regesse. A certa altura, percebi que Seth não conseguia parar.

– Ah, meu filho – arfou ela. – Eu sinto muito. Eu não fazia ideia...

– Sei disso – disse ele, interrompendo-a antes que ela assumisse mais culpa que não lhe pertencia. – Ninguém imaginava. Foi errado da parte de Seth e da minha escondermos a verdade. Piorei as coisas ao sair do Alasca no ano passado.

A carranca de Kir se acentuou.

– Piorou como?

– Seth havia matado um humano. – Kade ignorou o arfar horrorizado que perpassou a congregação, os olhos cravados no pai. – Ele havia matado, e eu sabia disso. Ele me prometeu ter sido um erro que jamais se repetiria. Não acreditei nele. Eu quis, mas conhecia meu irmão bem demais. Eu deveria ter feito alguma coisa na época. Deveria ter encontrado um meio de garantir que ele não repetisse aquilo. Contudo, eu fui embora.

O silêncio recaiu na sala enquanto Kade falava, um silêncio que se estendeu infinitamente, um peso frio e carregado que ele portava sobre os ombros enquanto sustentava o olhar indecifrável do pai. A mãe de Kade se apressou a preencher o silêncio tenebroso.

– Você tinha que ir, Kade. A Ordem precisava da sua ajuda em Boston. Você tinha um trabalho importante a fazer lá...

– Não – negou Kade com um meneio da cabeça. – Fiquei contente em me unir à Ordem, mas não foi por isso que parti. Não de verdade.

Saí do Alasca porque tive medo de que, se ficasse, eu me transformaria como Seth. Para me salvar, abandonei meu irmão – abandonei todos vocês – e fugi para Boston por minhas razões egoístas. Não há honra no que eu fiz.

Relanceou para o fundo da igreja ao dizer isso, encontrando o olhar de Alex. Ela o ouvia sem julgamentos, o único par de olhos que não o fixava com desprezo ou descrença atordoada.

– O que Seth fez foi errado – continuou. – Ele estava doente, além de qualquer ajuda, talvez, mesmo antes que a sua fraqueza o transformasse num Renegado. Mas, apesar disso tudo, ele morreu com honra. Por causa do sacrifício de Seth há poucas horas, eu estou vivo. Mais importante ainda, há uma mulher linda e extraordinária no fundo desta sala que também está viva por causa das ações de Seth nos momentos finais da sua vida.

Como um todo, o grupo se virou para olhar Alex. Ela não se retraiu ante a repentina atenção, nem ante os sussurros de especulação e curiosidade que atravessaram a igreja após o anúncio de Kade.

– Seth não era perfeito – disse Kade. – E Deus bem sabe que eu jamais serei. Mas eu amava o meu irmão. E devo a ele por tudo o que ele fez hoje.

– Você o honra desse modo – uma voz masculina murmurou de algum lugar à esquerda de Kade, que relanceou e encontrou Maksim de pé. Ele assentiu com sobriedade. – Você nos honra a todos hoje, Kade.

O elogio do tio – do seu amigo – foi inesperado e fez a garganta de Kade se contrair. Em seguida, murmúrios semelhantes se ergueram dos outros na sala.

Kir andou até a frente e pousou uma mão no ombro dele.

– Chegou a hora. A aurora está se aproximando, e eu tenho que levar Seth para o sol.

Kade levantou a mão e envolveu o pulso forte do pai com os dedos.

– Deixe que eu faça isso. Por favor... tem que ser eu, pai.

Ele esperava receber uma recusa firme. Um olhar sombrio que forçaria Kade a insistir em carregar o fardo – a honra final – de acompanhar o corpo de Seth pelos oito minutos de exposição solar exigidos pelas tradições fúnebres da Raça.

Kir, porém, não discutiu. Recuou um passo, sem dizer nada enquanto Kade se despia da camiseta preta suja pelo combate e do cinturão de armas, deixando-as num banco de madeira próximo.

Ninguém enunciou sequer uma sílaba quando ele foi até o altar, ergueu o corpo envolto do irmão nos braços e começou a caminhar pelo corredor que dava no jardim de trás forrado de neve, onde o sol do meio-dia estava rompendo a suspensa escuridão invernal.

Capítulo 32

Alex aguardava no chalé de Kade, ansiosa de preocupação pelo que ele estava se sujeitando no jardim de trás da capela do Refúgio. Oito minutos de exposição aos raios ultravioleta em sua pele descoberta. Oito minutos de dores excruciantes, antes que o dever permitisse que Kade deixasse o corpo do irmão para ser consumido pelos raios solares.

Alex não faria ideia da tradição fúnebre da Raça se não fosse pelo tio dele, Maksim, e pela jovem Companheira de Raça chamada Patrice, os dois tendo seguido para os fundos da igreja para se apresentarem depois que Kade levara embora o corpo de Seth. Os dois se mostraram calorosos e acolhedores, esperando com ela enquanto o restante da congregação saía pelos túneis subterrâneos que se ligavam às construções do complexo do Refúgio.

Max e Patrice se ofereceram para fazer companhia a Alex no chalé de Kade para esperá-lo e ajudá-la a cuidar das queimaduras, mas Alex declinou a oferta de modo educado. Ela não achava que Kade fosse gostar de receber tantas atenções. Sequer sabia se ele a quereria ali agora, uma preocupação que tornava a espera ainda mais arrastada.

Mas os pensamentos a seu respeito voaram como cinzas ao vento quando ouviu as passadas de Kade na varanda do chalé.

Alex correu para a porta e a abriu, aflita ao vê-lo de pé com a luz do sol brilhando atrás dele. De maneira inacreditável, após os oito minutos em que estivera com o irmão, Kade não tomara um dos túneis, mas caminhara pelo pátio desde a capela até seu chalé.

– Ai, meu Deus – sussurrou Alex, enquanto os olhos cinzentos a fitaram do rosto vermelho e coberto de bolhas. Sua garganta se contraiu como se estivessem prendendo-a com um punho cerrado. – Venha, entre.

Quando ele passou por ela, os ombros, os braços e o torso nus radiavam um calor palpável que ela conseguia sentir mesmo a trinta centímetros de distância. Ele obviamente estava em agonia, mas não demonstrou nenhum sinal disso além dos danos visíveis dos raios ultravioleta na pele.

– Venha comigo – disse Alex. – Tenho um banho frio à sua espera.

Ele lhe lançou um olhar questionador.

– Conheci Maksim e Patrice na capela. Eles me contaram o que você poderia precisar quando voltasse. – A boca dele se curvou de leve, mas quando ele tentou falar, a voz não passou de um som rouco. – Venha, Kade. Deixe-me cuidar de você.

Ele a acompanhou até o banheiro no fim do corredor. Não opôs resistência quando ela o ajudou a se despir, retirando-lhe os coturnos e as meias, uma de cada vez, enquanto ele permanecia de pé no piso de azulejos, a palma larga, que se apoiava no ombro dela, mais se parecendo um ferro elétrico. Alex tomou cuidado ao retirar as calças e cueca. Não conseguiu conter um leve arfar, atordoada como sempre ante a perfeição masculina do corpo dele e da complexidade artística dos seus *glifos*, mas naquele momento estava preocupada demais em aliviar as queimaduras para ficar se deleitando com a nudez dele.

Ajudou-o a entrar na banheira, observando-o enquanto ele afundava lentamente na água fresca, num sibilo que se alongou num suspiro profundo.

– Está bem assim?

Ele gemeu e assentiu de leve, os olhos se fechando quando o vapor do contato da pele quente contra a água se elevou.

– Obrigado – murmurou, afundando ainda mais.

Alex apanhou um pano macio e o mergulhou na água.

– Apenas relaxe. Eu cuido do resto.

Com cuidado, derramou água fresca sobre os ombros largos. Repetiu o processo nas costas e no peito queimados, depois nos braços nus. Com o máximo de cuidado possível, aproximou o pano do rosto e lavou a pele avermelhada sobre os ângulos das maçãs do rosto e das linhas firmes do queixo e da testa.

Enquanto ele relaxava mais, Alex gentilmente inclinou a cabeça dele para trás para poder molhar os cabelos de ébano e deixar água fresca cair sobre o crânio.

– As coisas que você disse hoje na capela a respeito de Seth e sobre si mesmo... senti muito orgulho de você, Kade. Foi preciso muita coragem para enfrentar todos daquela forma.

Ele grunhiu, um som de rejeição sem palavras.

– Você pode duvidar, mas foi um bom irmão para Seth. Acho que todos viram isso hoje. E também é um bom filho para os seus pais.

As pálpebras se ergueram quando as sobrancelhas desceram numa carranca.

– Alguns minutos de conversa – disse com voz rouca. – Foi só. Isso não apaga o passado. Não quer dizer porra nenhuma.

Alex deixou cair mais água contra a cabeça dele e com carinho passou os dedos pelos cabelos sedosos.

– Por que você é tão duro consigo próprio?

– Ver o que o meu irmão era deveria responder à sua pergunta – disse ele, praticamente rosnando as palavras. – Estou certo de que não tenho que lembrá-la do que ele foi capaz. Você viu pessoalmente na floresta na periferia de Harmony.

– Sim – Alex concordou com suavidade. – Vi, sim. Mas aquele foi Seth, e não você. Ou devo lembrá-lo de que essas foram exatamente as palavras que você me disse quando lhe contei o que tinha visto? Seth era um assassino, você não é.

Kade exalou um xingamento vívido, mas Alex ignorou a ira crescente dele.

– Foi Seth quem se transformou em Renegado, Kade. Isso não significa que você também se tornará.

Ele mudou de posição na banheira, erguendo a cabeça para fitá-la diretamente nos olhos.

– Por grande parte da minha vida, Alex, eu fugi da verdade, vivendo em negação. Fugindo das coisas que não podia controlar. Pensei que colocando uma distância suficiente entre mim e os meus problemas, eles simplesmente... desapareceriam. Bem, não desapareceram.

Alex concordou. Ele bem poderia estar descrevendo a vida dela.

– Sei que fugir não resolve nada – sussurrou. – É preciso se erguer e enfrentar as coisas que mais nos assustam. Você me ensinou isso, Kade.

A carranca dele se acentuou.

– É o que pretendo fazer. Mas preciso fazer isso sozinho, Alex.

– O que quer dizer?

– As coisas que eu disse hoje na capela, e na montanha antes de trazermos o corpo de Seth... Não posso me arriscar a colocar você em meio aos meus problemas.

– É um pouco tarde para isso, não acha? – Acarinhou o maxilar duro, apenas com um resvalar de dedos sobre a pele sensível. – Ouvi tudo o que disse. Vi o que aconteceu com o seu irmão. Entendo seus medos, Kade. Mas não vou fugir. Nunca mais. E também não vou permitir que você me afaste. Eu te amo.

Ele exalou um suspiro rouco, e quando a fitou novamente, centelhas de luz âmbar iluminavam as íris prateadas. Ela viu o brilho das presas brancas por trás dos lábios, reluzindo com poder letal.

– Eu te amo, Kade – ela disse, insistindo e recusando-se a recuar. – E a menos que você me diga aqui e agora que não me ama, então não consigo pensar em nenhum motivo para que qualquer um de nós fique sozinho.

Ele a encarou, o maxilar travado.

– Maldição, Alex. Você sabe que não posso dizer isso. Eu te amo. E isso complicou tudo.

Ela sorriu com um humor que mal sentia.

– Um pouquinho de cinza em demasia para você? – perguntou com suavidade. – E eu aqui pensando ser a única que gostava das coisas simples, preto e branco.

Ele não retribuiu o sorriso. Estava exausto demais para isso. Quando Alex se afastou um pouco, notou que o olhar dele passara dos seus lábios para o seu pescoço.

A pulsação dela palpitava naquele ponto, num ritmo rápido que se acelerou para uma palpitação acelerada enquanto via Kade encarando-a com avidez naquele lugar. Ele percebeu que era observado e abruptamente desviou o olhar. Tentou ocultar que percebia a pulsação do sangue dela logo abaixo da pele. Tentou esconder a sua sede por ela.

Alex o coagiu a fitá-la novamente com um toque.

– Você não tem que negar quem é ou do que precisa, Kade. Não para mim. Não mais.

Silenciosamente, abaixou o pano úmido e se posicionou ao encontro da boca dele, afastando o cabelo do pescoço.

Seu nome foi um sussurro reverente nos lábios dele quando ele inspirou, depois expirou um ar cálido contra a sua pele. Kade desceu sobre ela num movimento rápido, a mordida afiada repleta de uma necessidade e de um desespero que ele não fez esforço algum para esconder.

Na casa de Zach Tucker, em Harmony, um par de policiais estaduais recentemente chegados do posto em Fairbanks estava sentado em silêncio submisso, os dois homens em transe no sofá.

Numa poltrona reclinável ao lado deles, o prefeito Sidney Charles roncava suavemente, também em transe. O ancião nativo se mostrara muito colaborador, ainda que inadvertidamente, para os objetivos da missão da Ordem na cidade. Não só cumprira a promessa de juntar os moradores na igreja algumas horas antes, como também teve os bons modos de acompanhar os recém-chegados policiais para a casa de Zach Tucker, quando o avião deles pousou, vindo de Fairbanks, em torno do meio-dia.

Com Brock ainda a postos no chalé de Jenna, Tegan, Chase e Hunter desde então realocaram a operação para a casa de Tucker. Aguardaram a passagem das poucas horas de sol ali, usando o tempo livre para fuçar os registros de computador do policial em busca de mais provas de corrupção na casa. Não tiveram que procurar muito.

Zach Tucker podia ter sido um policial do interior, mas tinha talento para contador. Ele registrara todas as transações ilegais de drogas e bebidas que passaram das suas mãos para as de Skeeter Arnold, a fim de que as distribuísse na região.

Quando os dois policiais acordassem, encontrariam um livro-razão escrito e uma planilha de computador na casa de Zach. Encontrariam o cofre onde Zach mantinha um montante considerável de dinheiro em espécie que lucrara com seu negócio paralelo, no período de alguns bons anos.

Os policiais seguiriam um palpite, que nenhum deles desconsideraria e que os levaria à floresta, onde encontrariam o único policial da cidade, brutalmente assassinado e destroçado pelos animais. Próximo ao corpo, encontrariam o celular de Skeeter Arnold, mostrando o histórico de telefonemas para e do policial Tucker. Sem terem como localizar Skeeter, os policiais estaduais concluiriam que Tucker, e possivelmente Skeeter, pelo visto levaram a pior numa negociata que acabara mal.

O que os estaduais não encontrariam eram provas de qualquer coisa estranha acontecendo em Harmony. Ninguém na cidade se lembraria das mortes recentes, quanto mais dos nomes das vítimas, e com um vírus estrategicamente instalado por Boston no sistema de computação, todos os despachos para a Polícia Estadual da última semana seriam apagados, não dando nenhum motivo para os estaduais investigarem mais a fundo o desagradável problema de corrupção policial numa cidade que de outro modo seria totalmente pacífica.

– Acho que isso dá conta do problema – Chase disse ao sair do escritório domiciliar de Tucker. – Desabilitei a senha de acesso ao computador e há uma planilha das transações recentes do nosso garoto estrategicamente aberta no monitor. Esses policiais vão pensar que Tucker era não só um cretino, mas também um completo idiota.

Tegan riu.

– Já estou acabando aqui com estes humanos. Diga a Hunter que partimos em cinco minutos.

Chase assentiu. Deu um passo, depois parou.

– Alguma notícia de Kade?

– Nada ainda.

– Uma pena essa história do irmão – Chase comentou em sua voz estranhamente impassível.

– Pois é – concordou Tegan. – Uma pena mesmo.

Quando o ex-agente virou para sair, Tegan pigarreou.

– Escute, Harvard. Eu queria falar com você a respeito do que aconteceu na mina.

– O que foi?

– Só fiquei imaginando em que merda você estava pensando quando estava segurando aquele Servo Humano pelo pescoço em vez de acabar de vez com ele, numa morte rápida.

O sorriso de Chase lhe pareceu de algum modo rígido demais no rosto.

– Só estava me divertindo um pouco, nada mais.

Tegan o fitou, observando o agente antes puritano que se mostrara um bem valioso para a Ordem, mesmo que por vezes um tanto descuidado.

– A diversão pode acabar matando você, cara. É melhor se lembrar disso.

A expressão de Chase era indiferente, o erguer dos ombros casual, despreocupado.

– Claro, Tegan. Obrigado pelo conselho. Vou me lembrar dele.

Tegan o viu sair, depois voltou a atenção para as instruções que dava aos humanos em transe para que acordassem quando ele e os outros vampiros tivessem tido tempo suficiente para se afastarem diversos quilômetros da cidade.

Capítulo 33

Kade estava do lado de fora do seu chalé no Refúgio, vestindo um roupão de seda preto, apoiado na coluna de madeira da varanda dos fundos, que dava para a vastidão da propriedade. Fazia algumas horas que o sol se pusera, e a escuridão encobria a região uma vez mais. Estava perdido em pensamentos, fitando o horizonte, onde o brilho esverdeado da aurora boreal manchava o céu estrelado.

Alex saiu para se encontrar com ele. Ele a ouviu caminhando suavemente logo atrás dele, fechou os olhos quando ela o envolveu pela cintura com os braços. Ela emitiu um som suave no fundo da garganta e depois suspirou quando ele resvalou a ponta dos dedos nos braços nus sob a manga de seda branca do roupão.

Haviam passado boa parte do dia na cama, um deitado nos braços do outro. Seu corpo ainda se recuperava das queimaduras do ritual fúnebre, ainda que estivesse bem melhor, graças ao sangue que Alex lhe dera. Agora sua pele só estava avermelhada e sensível, sem nenhuma bolha mais e sem lhe causar dores. Sua libido lhe lembrava de que ele estava bem o bastante para desejar Alex. Deus bem sabia, não existia nada que o impedisse de desejá-la.

– Não quis acordá-la – ele murmurou, enquanto os dois permaneciam de pé, unidos como um, sob o céu estrelado, observando a aurora boreal ao longe. – Você enfrentou muitas coisas nos últimos dias. Devia descansar mais.

Alex foi para a frente dele e se enterrou em seu calor.

– Vim aqui lhe dizer a mesma coisa. Como está se sentindo?

Ele grunhiu e balançou a cabeça de leve.

– Melhor, graças a você. E ainda mais quando a tenho nos braços.

Ela ergueu a cabeça para lhe dar um beijo suave. O resvalar dos lábios dela era um convite cálido. Repleto de ternura pelo que passaram juntos, e verdejante com a esperança sutil pelo caminho que os esperava adiante.

– Precisei de você hoje, Alexandra – sussurrou ao encontro da boca dela. – Tentei me convencer de que não precisava, mas tudo de que precisei foi você. Obrigado por tudo o que fez por mim hoje. Obrigado por estar aqui.

Ela lhe sorriu e sua voz soou suave de emoção.

– Você nunca terá que me agradecer por isso.

– Deus, como eu te amo – murmurou, o peito se comprimindo ao fitá-la. – Você me deixa honrado, Alex. Agradecido. Acho que não sabe o quanto. Você poderia ter qualquer macho que escolhesse...

Ela esticou a mão para acariciá-lo com doçura.

– Só há um homem que eu escolheria. Só um macho para eu amar.

As palavras dele morreram com um gemido quando ele inclinou a cabeça e apanhou a boca suave num beijo profundo e apaixonado. O desejo surgiu dentro dele, sensual e exigente. Queria Alex – em sua cama, sob suas presas. Desejava-a de todos os modos que pudesse tê-la.

Seu desejo era tão completo que ele mal ouviu a batida na porta da frente do chalé.

Ele a teria ignorado por completo caso Alex não tivesse recuado, sem fôlego.

– Chegou alguém.

– Não me importo – Kade se moveu para beijá-la novamente.

A batida soou novamente, dessa vez mais alta. Insistente e exigente.

Kade grunhiu uma imprecação ao acariciar o belo rosto antes de recuar para atender a porta. Sabia quem encontraria do outro lado, mesmo antes de abri-la.

– Pai – disse. Seu tom entrecortado não poderia ser interpretado como um cumprimento.

Kir o fitou, depois relanceou por sobre o ombro dele, onde Alex vinha da varanda de trás.

– Precisamos conversar.

Kade manteve-se firme, bloqueando a entrada com seu corpanzil.

– Eu já disse tudo o que tinha para dizer.

– Mas eu não – outro olhar na direção de Alex. – Escute-me. Por favor, filho.

Kade nunca ouvira seu pai enunciar nenhuma dessas palavras numa conversa com ele. Talvez por isso tenha afrouxado a mão na maçaneta e dado um passo para o lado para permitir a entrada dele.

Mas não estava disposto a ceder no que se referia a Alex.

– Tudo o que tiver a dizer pode ser dito na frente de Alexandra. Ela é a minha companheira. Não escondo nada dela.

As sobrancelhas de Kir se ergueram de leve na testa orgulhosa.

– Claro. – Inclinou a cabeça na direção de Alex, num gesto de respeito que lhe rendeu uns pontos a mais com Kade. – Tudo bem se nos sentarmos um pouco, filho?

Kade assentiu, depois estendeu a mão para que Alex se unisse a eles. Ela foi até eles e se acomodou ao seu lado do sofá, enquanto Kir tomava a poltrona de couro diante deles. Por um instante, o macho mais velho apenas os fitou, a expressão inescrutável, os olhos rabugentos sem piscar enquanto os avaliava.

– Hoje foi um dia que rezei para que nunca chegasse – disse ele por fim. A voz parecia oca, ainda carregada de sofrimento. – Por muito tempo, desde que vocês eram meninos, vivi o medo de pensar em perder seu irmão.

Kade abaixou o rosto, a vergonha renovada voltando a aparecer.

– Sei que está desapontado, pai. Eu sei... ah, meu Deus... – Alex entrelaçou os dedos nos dele. Kade engoliu as cinzas que pareciam ter se alojado em sua garganta. – Sei que deve desejar que tivesse sido eu e não Seth.

– Você não sabe de nada – Kir rosnou. A cabeça de Kade se ergueu, e a voz do pai se suavizou. – Não sabe o que eu desejo ou o que eu sinto. Como poderia, quando nunca lhe dei nada de mim? Em vez disso, dei tudo a Seth. Dei-lhe demais.

Kade deu de ombros.

– Ele era seu filho. Você o amava.

– Você também é meu filho – replicou ele. – E amo os dois, Kade. Mas Seth precisava mais de mim. Ele nunca teve a sua independência. Ele não nasceu com a sua coragem.

Kade franziu o cenho.

– O senhor o amava. Todos amavam.

– Sim – admitiu ele. – Porque você era mais forte do que ele, Kade. Em todos os modos, você era melhor do que ele. Seth sabia disso tanto quanto eu. Tentei compensar as falhas dele dando-lhe mais atenção do que a você, mas isso o arruinou ainda mais.

– O senhor deixou que ele cuidasse dos assuntos do Refúgio em seu lugar – observou Kade. – Pareceu estar moldando-o para ter um Refúgio próprio.

Kir balançou a cabeça de leve.

– Tentativas fúteis de um pai, nada mais. Tentei lhe dar oportunidades para que fizesse algo para si próprio. Fracassei vezes sem conta. Seth jamais seria um bom líder. Ele era fraco demais, inseguro demais.

– E eu? – perguntou Kade, a pergunta escapando dos lábios antes que ele conseguisse contê-la.

– Você – disse Kir, pensativo ao fitá-lo. – Você era indomável. Incontrolável, desde o instante em que saiu berrando e chutando do ventre da sua mãe. Você era uma força da natureza, Kade. Todos os que o olhavam enxergavam algo único, algo especial, em você. Já conheci outra criança não muito diferente de você.

– Grigori – murmurou Kade, observando a expressão do pai mudar de surpresa leve a arrependimento.

– Grigori – repetiu Kir lentamente. – Imagino que tenha ouvido algo sobre ele pelo meu outro irmão, Maksim.

Kade confirmou.

– Max me contou um pouco. Sei que Grigori significou muito para o senhor e sei que ele se tornou um Renegado.

As sobrancelhas de Kir se ergueram apenas uma fração.

– Sim, é verdade.

– E também que pensou que eu acabaria como ele um dia.

– Você? – Ele fez uma careta e balançou a cabeça. – Nunca pensei isso de você. Era com Seth que eu me preocupava. Sim, é verdade que você me lembrava Grigori. Tudo o que era vibrante, robusto e forte dele, eu via em você, Kade. Seth, por sua vez, não tinha nenhuma dessas qualidades. Ele se parecia com meu irmão por ter as mesmas fraquezas e inseguranças que, no fim, o condenaram. Eu sabia disso, e vivia aterrorizado com o que poderia acontecer com Seth. Quanto a você, só me restava esperar que você jamais fosse colocado na posição em que estive em relação a Grigori. Rezei para que você nunca tivesse que enfrentar tal tipo de decisão.

Algo muito frio se enrolou ao redor do coração de Kade ante as palavras do pai. Os dedos de Alex se contraíram entre os seus, como se ela também temesse o que Kir poderia dizer.

– Conte-me o que aconteceu, pai.

– Nunca quis que você tivesse que sustentar o fardo de ter destruído algo que amava. – O olhar de Kir se embaçou com arrependimento. – Pensei que se mantivesse Seth perto de mim, se eu lhe desse oportunidades de provar seu valor, a minha força seria o bastante para sustentá-lo. Se eu pudesse impedir que Seth cedesse para a fraqueza que eu enxergava nele desde que era criança, então, talvez, ele não acabasse como Grigori. Talvez você não fosse forçado a fazer o que eu tive que fazer.

– Max disse que Grigori nunca mais foi visto, nem tiveram notícias depois que a família soube que ele se tornara um Renegado e que matara alguém em sua Sede de Sangue. Mas disse que o senhor se recusou a falar de Grigori depois disso.

Kir assentiu com gravidade.

– Não havia por que falar dele novamente. Ele morreu. Como irmão dele, senti-me no dever de garantir que ele nunca mais matasse alguém.

Alex exalou um arfar ante a confissão solene. Kade ficou atordoado ao descobrir a semelhança entre a trajetória do pai e a sua, o quanto nunca soube sobre o macho que o gerara ou sobre a vida que ele tivera antes do seu nascimento e de Seth.

Murmurou uma imprecação, mas sem nenhum veneno. Nunca mais haveria, depois daquela noite.

– Guardei rancor a vida inteira – admitiu. – Pensei que me desprezasse.

Kir estalou a língua, balançando a cabeça num sinal de remorso.

– Jamais. Só desejei o melhor para você. Para os meus dois filhos. E agora, para os dois novos que nascerão daqui a poucas semanas.

– Desperdiçamos muito tempo com segredos e temores envenenantes – Kade lhe disse. Virou-se para Alex, tomado de amor pela fêmea dona do seu coração. – Não posso mais gastar um minuto sequer assim.

Kir se levantou.

– Nem eu devo tomar o seu tempo quando você e Alex podem passá-lo juntos. Quero que saiba que sinto orgulho de você, Kade. E que estou contente que tenha encontrado a felicidade. Você encontrou o amor, e junto com todas as suas outras qualidades, é isso o que o fará superar seus desafios.

Kade engoliu em seco, dando um aceno desajeitado.

– Obrigado, pai.

– Por quanto tempo você e Alex ficarão aqui no Refúgio?

– Não muito – respondeu Kade. – No máximo mais algumas horas. Alguns dos meus companheiros da Ordem estão à nossa espera numa cidade próxima daqui. Temos que concluir uma missão e depois voltaremos para casa.

– Os dois? – perguntou Kir, olhando de Kade para Alex.

– Acho melhor tornar isso oficial e perguntar para ela – disse Kade, sorrindo ao afagar o rosto de Alex. Virou o rosto dela para o seu. – O que me diz, Alex? Existe alguma chance de eu convencer você a ir comigo para Boston?

Os suaves olhos castanhos cintilaram.

– Nunca fui para a Nova Inglaterra. Acho que eu gostaria de conhecer.

O sorriso de Kade se ampliou.

– Eu lhe mostrarei o maldito mundo inteiro se deixar...

Beijaram-se, interrompidos um segundo depois pelo leve pigarrear pouco à vontade de Kir. Alex corou intensamente. Kade não se sentiu envergonhado pelo seu amor, deparando-se com o olhar divertido do pai com um levantar de sobrancelhas indefensável.

Kir sorriu, depois caminhou para a porta, com Kade e Alex vindo ao seu lado. Quando pararam na soleira, Kade estendeu a mão, mas o pai não a apertou. Em vez disso, puxou Kade num abraço forte.

– Sei que você criou uma família em Boston, junto à Ordem – disse, afastando-se para fitar Kade nos olhos. – Estou contente por isso. Mas você também tem a sua família aqui. Você e a sua bela Alexandra têm uma família aqui.

– Posso abraçá-lo também? – perguntou Alex, voltando a sua gentileza para o pai durão de Kade.

A boca de Kir se curvou num raro sorriso.

– Eu me sentirei honrado se o fizer.

Enquanto Alex o abraçava, o ancião fitava Kade, o olhar repleto de emoções em demasia para Kade enumerá-las. Orgulho, perdão, arrependimento, esperança... anos de emoções não verbalizadas entre pai e filho. Talvez agora eles pudessem ter a oportunidade de reparar as coisas que foram soterradas por tantos segredos, tantos medos inúteis.

E também havia Alexandra.

Kade olhou para a fêmea que amava – sua fêmea, sua companheira. Seu coração transbordava com todas as coisas que queria lhe dizer, coisas que queria partilhar com ela... promessas que pretendia lhe fazer agora, na esperança de ter o resto da vida ao lado dela para sustentá-las.

Kade passou o braço ao redor dos ombros de Alex, enquanto juntos acompanhavam com o olhar a caminhada do pai por sobre a neve iluminada de luar até a casa principal. Quando ele se foi, Kade se virou para Alex e a tomou nos braços.

Ela arquejou quando seus pés deixaram o chão, depois gargalhou quando ele a girou e começou a andar na direção do quarto.

– Coloque-me no chão! Você ainda não se recuperou das queimaduras, Kade. Não deveria estar fazendo isso.

– Ah, deveria, sim – replicou ele, fitando-lhe os olhos com uma avidez que não conseguiria ocultar mesmo que tentasse.

Fizeram amor, primeiro numa junção tempestuosa e febril, ambos perdidos em suas próprias emoções crescentes e nas exigências urgentes do desejo que nutriam um pelo outro. Kade arrebatou o corpo dela, fazendo-a chegar ao orgasmo tantas vezes que, por fim, ela desistiu de tentar contar.

Os sentidos de Alex estavam repletos dele, o corpo se fragmentando conforme alcançava a crista de outra onda de prazer, aninhada nos braços protetores de Kade.

Ela o amava tão profundamente que se condoía de tanta devoção. E nos momentos seguintes à paixão, ela soube que também era amada.

O toque dele era gentil enquanto acariciava a pele sensível do pescoço dela, os dedos resvalando a pele macia atrás da orelha.

– Não agi corretamente com você – murmurou baixinho. – Quando bebi de você naquela primeira noite na sua casa. Aquela deveria ter sido uma escolha sua, Alex. Tomei isso de você. Eu deveria ter lhe dito o que aquilo significava antes de me unir a você. Eu deveria ter sido honrado o suficiente para conquistar esse direito, e não roubá-lo de você, como fiz.

– Isso não importa para mim – murmurou ela. – Tudo o que importa é que estamos juntos agora. Quero você para sempre, Kade. Eu quero... – As palavras se perderam, não por medo ou incerteza, mas devido à profundidade do desejo dela. Virou-se para ele. – Tudo o que quero é você. Estar unida a você como a sua Companheira.

– E tudo o que eu quero é fazer você feliz, e saber que está segura e protegida.

– E eu estou. Não existe lugar em que eu esteja mais feliz – ou mais segura – do que nos seus braços. – Acariciou o belo rosto, vendo o tormento que ainda permanecia na expressão dele. Uma ponta de dúvida sobre si mesmo que ainda não desaparecera dos olhos dele, e que talvez nunca desaparecesse por completo. – Juntos somos fortes, Kade. Mais fortes do que a selvageria que há dentro de você. Você ouviu o que o seu pai disse: o amor é a força mais poderosa. Nada tem mais poder do que ele.

– Acredita mesmo nisso?

– Mais do que tudo – respondeu. – Mas a questão é: você acredita?

Ele a encarou por um bom tempo, os olhos prateados perscrutadores.

– Contanto que eu tenha você ao meu lado, acredito que tudo seja possível. Eu te amo, Alexandra. Você é tudo para mim.

Ele a trouxe para perto e a beijou – o beijo mais reverente e terno que ela jamais saboreara. Alex se derreteu ao seu encontro, o corpo reagindo numa corrente fluida de calor que se empoçou em seu cerne. Inclinou a cabeça para trás quando a boca dele viajou pela linha da mandíbula até a lateral do pescoço.

Kade afastou a cabeça num grunhido. Fitou-a, os olhos reluzindo na luz âmbar, as presas cintilando sua brancura. Já estava sôfrego de desejo, ávido de fome por ela.

Franziu a testa, as emoções sombrias se debatendo na profundeza do olhar prateado.

– Para sempre?

– Para sempre, Kade. – Passou as pontas dos dedos sobre a boca sensual dele, onde as pontas das presas reluziam por trás dos lábios entreabertos. – Una-me a você agora. Quero saboreá-lo. Quero ter a eternidade ao seu lado.

Num grunhido profundo, ele a encarou erguendo o próprio pulso até a boca. Entreabriu os lábios, depois cravou as presas na pele e nos músculos. O sangue gotejou das perfurações, caindo-lhe do queixo. Hesitante, ofereceu o braço para ela.

Alex o segurou nas mãos e levou o pulso dele aos lábios.

A primeira sensação foi um choque. Ela não sabia o que esperar, mas nada em sua imaginação a preparara para a realidade do que era beber de Kade. O sangue dele era uma doçura que rolava em sua língua, uma surpreendente selvageria que roubou seu ar. Bebeu o cheiro da pele dele, e o sabor mundano do seu sangue quando sugou da veia aberta.

Uma força a atravessou como um raio.

Kade gemeu de prazer e ela bebeu mais, ávida, o desejo pulsando em cada terminação nervosa e fazendo todos os seus sentidos viverem ativamente. O calor rugia dentro dela, e ela choramingou quando a primeira onda de orgasmo se ergueu e a levou.

O rosnado de Kade era um triunfo puramente másculo.

Alex ainda flanava de prazer quando ele lambeu o pulso, depois deitou o corpo dela, abrindo-lhe as pernas ante seu olhar faminto e ardente.

– Você agora é minha, Alex. Que Deus a ajude, mas você é minha para sempre.

– Então me mostre – sussurrou, a voz rouca de prazer. Lambeu os lábios, saboreando até a última gota dele em sua língua. Inclinou a cabeça para o lado, apresentando a garganta para Kade. – Mostre-me que eu sempre serei sua, Kade.

Os lábios dele se curvaram expondo as presas, que brilhavam afiadas como diamantes na luz tênue da aurora que dançava ao longe daquele chalé. Alex acolheu a beleza selvagem do rosto dele, sentindo nada semelhante a medo ao fitá-lo naquele instante.

Ele era seu coração, seu amante, seu companheiro.

Seu tudo.

– Kade, me ame – murmurou uma súplica.

– Para sempre – respondeu ele.

Então, com um gemido de prazer e de entrega, ele abaixou a cabeça e cravou uma mordida profunda na carne dela, mostrando-lhe como a eternidade deles seria prazerosa.

Este livro foi composto nas fontes Adobe Garamond Pro, e BlackChancery,
e impresso em papel *Norbrite 66,6 g/m²* na Imprensa da Fé.